Protégée par son ennemi

---

La traque de l'impossible

LENA DIAZ

# Protégée par son ennemi

*Traduction française de*
CHRISTINE BOYER

BLACK ROSE

HARLEQUIN

*Collection :* BLACK ROSE

*Titre original :*
COWBOY UNDER FIRE



**HARPERCOLLINS FRANCE**
83-85, boulevard Vincent-Auriol, 75646 PARIS CEDEX 13
Service Lectrices — Tél. : 01 45 82 47 47 - www.harlequin.fr
ISBN 978-2-2804-6132-0 — ISSN 1950-2753

Composé et édité par HarperCollins France.
Imprimé en septembre 2021 par CPI Black Print (Barcelone)
en utilisant 100% d'électricité renouvelable.
Dépôt légal : octobre 2021.

FSC
www.fsc.org
MIXTE
Papier issu de sources responsables
FSC® C159065

Pour limiter l'empreinte environnementale de ses livres, HarperCollins France s'engage à n'utiliser que du papier fabriqué à partir de bois provenant de forêts gérées durablement et de manière responsable.

# 1

Les doigts crispés sur son pistolet caché au fond de la poche de son manteau, Hayley s'efforçait d'atteindre la maison aux allures de château qui se trouvait au bout de l'allée. Cette intrusion ressemblait à un parcours du combattant. La pluie tombait à verse et trempait ses cheveux, ses bottes s'enfonçaient dans la boue, le vent glacé lui giflait le visage, le froid mordait sa peau. À croire que les éléments se liguaient contre elle pour la punir de ce qu'elle s'apprêtait à faire.

Si elle avait cherché un signe céleste pour encourager ou condamner sa démarche, elle aurait vu dans cette tempête hivernale un feu rouge lui enjoignant de faire immédiatement demi-tour. Mais il n'était pas question pour elle de renoncer à sa mission.

Par prudence, elle avait garé sa vieille Chevrolet sur le bas-côté de la route, assez loin pour qu'aucun véhicule de passage ne fasse le rapport avec cette propriété. Mais lutter contre la nature hostile l'épuisait. Si elle devait marcher encore longtemps par ce froid glacial dans la terre détrempée, elle allait finir par s'écrouler. Seule la vue au loin du porche couvert où elle pourrait s'abriter la faisait avancer.

Et n'était-ce pas insensé de considérer la demeure d'un tueur comme un refuge ?

Un éclair zébra le ciel, illuminant l'imposante bâtisse en pierre flanquée de deux tourelles. Situé au cœur des Smoky

Mountains aux sommets enneigés, l'endroit était vraiment magnifique, à condition évidemment de préférer les châteaux aux cabanes en rondins traditionnelles. Il était en effet plus courant de voir des chalets dans les montagnes au-dessus de Gatlinburg, dans le Tennessee.

Si Hayley n'avait pas su qui vivait ici, sans doute aurait-elle admiré la beauté de l'édifice et les murets de pierres sèches alentour, conçus davantage pour agrémenter les environs que pour décourager un intrus motivé. Elle n'avait eu aucune difficulté à les franchir.

Ce château semblait tout droit sorti d'une gravure des contes de fées de son enfance. Avec un peu d'imagination, elle aurait pu se voir en princesse et croire qu'un beau chevalier l'attendait à l'intérieur pour la sauver – jusqu'au moment, du moins, où il se serait rendu compte qu'elle n'avait besoin de personne. Hayley Nash n'était pas une demoiselle en détresse. Et Dalton Lynch ne serait jamais un preux chevalier juché sur son fier destrier. Au contraire, il était le méchant de l'histoire, et elle l'héroïne déterminée à le mettre hors d'état de nuire. Et cela pour longtemps.

Si elle survivait à cette tempête.

Elle continuait de marcher, mais chaque pas lui coûtait. Seul point positif, ce déluge avait obligé Lynch à enfermer sa meute de chiens dans la grange avant de partir. Une meute qu'il laissait en général s'ébattre en liberté sur ses terres.

Voilà des mois qu'elle l'espionnait et le suivait de près. Elle avait noté qu'il sortait de chez lui essentiellement pour aller travailler plus haut dans la montagne et à l'occasion pour se ravitailler en ville. Et en son absence, ses chiens – qui ressemblaient plus à des loups dopés aux stéroïdes qu'à de gentils toutous – gardaient sa propriété. Cet orage était un cadeau du ciel. Il offrait à Hayley une occasion unique de s'aventurer sur son domaine, d'entrer chez lui et d'y chercher les preuves de ses crimes sans se faire dévorer. Cela dit, venir ici n'en représentait pas moins un énorme risque.

Mais pour Bethany Miller, sa meilleure amie depuis le lycée, Hayley était prête à tout.

Prouver que Lynch avait assassiné Bethany s'avérait bien plus difficile qu'elle ne l'avait imaginé quand elle avait démissionné de son emploi de programmeuse informatique. Afin de se donner les moyens d'enquêter, elle avait également quitté Pigeon Forge pour s'installer à Gatlinburg, mais ces bouleversements ne s'étaient pas encore révélés très utiles. La police locale s'était lassée de ses visites à répétition et ne voulait plus l'entendre parler de Lynch. Peut-être parce que, à une époque, il avait été policier à Bozeman, dans le Montana, avant de divorcer et d'emménager dans le Tennessee. Manifestement, les forces de l'ordre se serraient les coudes.

Au départ, pourtant, elle avait cru qu'ils ne le protégeraient pas. Après tout, il s'était passé quelque chose dans le Montana qui avait obligé Lynch à quitter la police. De plus, Hayley leur avait mâché le travail. Elle leur avait appris, par exemple, que Bethany était journaliste d'investigation. Elle leur avait suggéré de s'interroger à ce sujet. Lynch l'avait certainement tuée pour l'empêcher de publier le reportage sur lequel elle travaillait, un reportage sans doute compromettant pour lui. Mais ils avaient refusé de s'y intéresser.

Bethany n'ayant aucune famille pour réclamer justice, Hayley avait estimé qu'il lui revenait de se charger de l'enquête. Pour susciter l'intérêt local et obtenir d'éventuels témoignages, elle avait créé un site web et publié un blog sur l'affaire.

Elle s'attendait à provoquer une vague d'indignation au sein de la communauté de Gatlinburg. Après tout, Bethany était une fille du coin, et son corps criblé de balles avait été retrouvé ici, sur la propriété de Lynch. Beaucoup d'autres éléments prouvaient d'ailleurs la culpabilité de ce dernier.

Mais l'accueil avait été mitigé. Son blog avait surtout exacerbé quelques fous furieux du cyberespace, des justiciers autoproclamés qui se disaient prêts à massacrer Lynch.

Devoir publier un post pour prendre la défense de cet assassin afin de calmer les velléités de vengeance de quelques excités n'avait pas été simple. Mais Hayley n'avait pas eu le choix. Elle s'était sentie moralement obligée de remettre les métadonnées de son site à la police pour leur permettre d'identifier et de localiser les pires menaces. Elle avait ensuite effacé ces diatribes de sa page et désactivé la fonction « Commentaires ». Pourtant, elle continuait de poster au moins une fois par semaine pour que Bethany ne tombe pas dans l'oubli. Mais désormais, elle s'efforçait de modérer son ton.

Une autre rafale de pluie glaciale la tira de ses pensées et la poussa à hâter le pas pour se mettre au plus vite à l'abri. Quand elle atteignit enfin l'allée pavée, elle respira mieux. Bientôt, elle serait à l'intérieur et découvrirait, du moins l'espérait-elle, des preuves accablantes que la police ne pourrait ignorer.

S'il s'en tenait à sa routine habituelle, Lynch ne rentrerait pas chez lui avant l'heure du dîner. Cela dit, elle n'allait pas prendre de risques inutiles. Elle s'arrangerait pour ne rester qu'une heure tout au plus.

Trempée jusqu'aux os, elle gravit les marches du porche. Elle jeta un coup d'œil par les fenêtres. Elle avait vu Lynch partir travailler et, en principe, il n'y avait personne à l'intérieur. Mais elle préférait vérifier.

Le salon était désert. Sur la droite se trouvaient un couloir et un escalier. Sur la gauche, la cuisine. Mais à part son propre reflet dans la vitre, elle ne vit personne.

Elle essaya d'imaginer quelle tête aurait Lynch après avoir parcouru un si long chemin boueux sous une pluie battante comme elle venait de le faire. Sans doute resterait-il aussi séduisant qu'à l'accoutumée. Voilà pourquoi il lui était si difficile de convaincre ses interlocuteurs qu'il était un tueur. Il n'avait pas la tête de l'emploi. Il était beau comme un dieu.

Le manteau qu'il portait en permanence et le stetson noir vissé sur son crâne auraient paru ridicules sur n'importe qui. Par ici, les hommes étaient plutôt vêtus de blousons et coiffés de casquettes de base-ball. Mais sur lui, ils semblaient naturels. Cela dit, dans les westerns, les méchants étaient toujours habillés comme lui, non ?

Ce matin, lorsqu'elle l'avait observé de loin grimpant dans son camion, le vent qui soufflait fort avait ouvert son manteau, négligemment jeté sur ses larges épaules. Elle avait alors vu son corps mince et musclé, ses longues jambes. Dès que Lynch apparaissait quelque part, la plupart des femmes se pâmaient comme des idiotes. Et Hayley devait reconnaître – mais uniquement en son for intérieur, jamais à voix haute – qu'elle non plus n'était pas insensible à l'image de virilité brute qu'il renvoyait. Ce qui ne faisait qu'apporter une preuve supplémentaire à ce qui était évident pour elle, malheureusement pour elle seule : Dalton Lynch était dangereux.

Il incarnait à la perfection l'ange déchu. Sa beauté physique et son sourire sexy désarmaient tous ceux qu'il croisait. À l'exception de Hayley, bien sûr. Elle était immunisée contre son charme. Et déterminée à le faire tomber.

Elle jeta un bref coup d'œil aux alentours. La pluie s'était calmée. Le vent ne hurlait plus. À croire que cette tempête n'avait qu'un objectif : la décourager de venir. Maintenant qu'elle avait atteint le château, le tonnerre allait gronder ailleurs et ennuyer quelqu'un d'autre, plus loin dans la montagne.

Cet orage inconsistant n'arrangeait pas ses affaires.

En effet, la probabilité que Lynch décide de rentrer chez lui pour le déjeuner afin de s'assurer que le blizzard n'avait pas provoqué de dégâts dans sa propriété venait d'augmenter de façon exponentielle.

Son plan d'origine, qui prévoyait une heure pour fouiller l'endroit, ne tenait plus. Le plan B consistait à effectuer ces recherches en une demi-heure au maximum. Peut-être même moins, sachant que Lynch travaillait à un quart d'heure de route de chez lui. Elle allait devoir se dépêcher, mais elle était allée trop loin pour repartir sans avoir au moins essayé de trouver quelque chose pour l'incriminer. Elle espérait que, s'il décidait de quitter son lieu de travail, il serait retardé. Elle avait vraiment besoin de chacune de ces trente minutes.

Sans perdre de temps, elle sortit de son sac le set de rossignols qu'elle avait acheté dans une quincaillerie de Pigeon Forge. D'apparence banale et inoffensive, la boutique proposait du matériel susceptible d'être utilisé pour l'espionnage et la surveillance. N'étant pas une enquêtrice expérimentée, Hayley ne savait pas très bien ce qu'il lui fallait. Sur une impulsion, elle avait fait l'acquisition de ces outils capables de crocheter les serrures. Maintenant, elle s'en félicitait.

Après avoir visionné des vidéos sur Internet et s'être entraînée pendant des jours sur les serrures de son chalet de location, elle était certaine que celles de Lynch ne lui résisteraient pas longtemps.

Mais très vite, elle se rendit compte qu'elle avait peut-être fait preuve d'optimisme. Le pêne dormant de l'entrée s'avérait plus récalcitrant que prévu.

Elle consulta l'heure sur son smartphone. Il lui restait vingt-cinq minutes. Que devait-elle faire ?

Elle regarda la lucarne de la porte. Pourrait-elle se faufiler à l'intérieur en passant par là ? Elle était composée d'un treillis de petits carrés de verre colorés impossibles à traverser, même si elle les cassait tous.

Pourtant, elle refusait de s'avouer vaincue. Après tout, il y avait plus d'une façon d'entrer dans un château.

Elle affronta de nouveau le sol boueux pour contourner l'édifice et tenter sa chance à l'arrière, avec la porte de la cuisine. L'un de ses passes parvint à forcer la serrure. Mais le pêne dormant se montra aussi peu coopératif que l'autre. Il refusa de bouger.

Il y avait cependant un autre moyen d'ouvrir. La moitié supérieure de la porte était couverte de petits carreaux en verre. Il lui suffisait d'en briser un, d'y passer la main pour actionner la poignée.

Saisie d'un brusque sentiment de culpabilité, elle hésita. À sa décharge, elle n'avait pas l'habitude d'entrer par effraction chez les gens. Elle n'avait encore jamais fait irruption chez quelqu'un sans y être invitée, ni endommagé volontairement le bien d'autrui.

*Bethany. Fais-le pour Bethany.*

Rapidement, avant de se l'interdire, elle frappa de la crosse de son pistolet l'une des vitres colorées. Le carreau explosa en mille éclats de verre qui se répandirent sur le plancher. Après avoir actionné le mécanisme avec précaution, elle se précipita à l'intérieur. Le tonnerre grondait au loin, comme pour lui reprocher son geste. Elle regarda fiévreusement son téléphone.

*Plus que vingt minutes.*

Une décharge d'adrénaline la galvanisa et lui donna la force nécessaire pour s'élancer dans la cuisine. Elle passa devant le salon au pas de course et fila dans le couloir du fond. Même si Lynch vivait seul, elle l'avait suffisamment observé à travers ses jumelles pour savoir qu'il recevait parfois des amis ou des collègues. S'il y avait quelque chose qui risquait de l'incriminer, il ne l'avait certainement pas laissé en évidence dans le salon. Il l'avait caché dans un bureau privé ou dans une chambre.

Le couloir du fond menait à des toilettes et à une buanderie. Il n'y avait pas de bureau, du moins pas au rez-de-chaussée. Elle courut vers l'escalier, se rendant compte un peu tard qu'elle laissait des traces de boue partout dans la maison, par ailleurs impeccable. Une autre vague de culpabilité la traversa, mais elle la repoussa.

Elle monta les marches quatre à quatre. Parvenue à l'étage, elle consulta à nouveau son smartphone.

*Plus que dix-sept minutes.*

Misère. Comment était-elle censée fouiller un endroit aussi grand en si peu de temps ? Les tourelles à elles seules lui demanderaient un bon moment, une fois qu'elle aurait compris comment y pénétrer. Elle glissa son téléphone dans sa poche et sortit son arme, au cas où ses calculs – ou ses vœux pieux – se révéleraient erronés et que Lynch débarquerait à l'improviste.

La première porte en haut de l'escalier ouvrait sur une chambre avec salle de bains. Visiblement, il ne s'agissait pas de la chambre principale. Elle ouvrit rapidement les portes suivantes. Elle découvrit des placards, des chambres, des réduits. D'autres toilettes étaient aménagées au fond. Quand elle arriva devant la dernière porte, elle poussa un soupir de soulagement.

La suite du maître de maison.

D'un rapide coup d'œil, elle repéra un grand dressing et une salle de bains sur la droite. Tous deux étaient ouverts, mais elle ne perdit pas de temps à en inspecter l'intérieur. Elle n'en avait pas besoin. Elle avait trouvé ce qu'elle cherchait. Toute la moitié gauche de la pièce était aménagée en bureau : une grande table de travail équipée de tiroirs et flanquée de deux immenses étagères l'occupait. Des piles de papiers y étaient entassées.

*Jackpot.*

C'est ici que Lynch travaillait quand il était chez lui, quel que soit son métier. En effet, elle ignorait ce qu'il faisait dans la vie. Encore un mystère et la preuve qu'il avait quelque chose à cacher. Tout ce qu'elle savait était qu'il se rendait chaque jour dans la montagne jusqu'à un immense chalet, se garait sur un parking sur lequel stationnait souvent une douzaine de véhicules et revenait chez lui le soir. Peut-être allait-elle découvrir maintenant l'origine de son argent et comprendre comment un ancien flic en disgrâce gagnait sa vie.

Elle courut vers le bureau et se laissa tomber dans le fauteuil. D'instinct, elle devina qu'il lui restait peu de temps ; aussi préféra-t-elle ne pas perdre de précieux instants à consulter son téléphone. Au lieu de quoi, elle posa son arme sur l'une des étagères et ouvrit le tiroir le plus proche.

Alors qu'elle commençait à en inspecter le contenu, elle se figea soudain en entendant un bruit sourd derrière elle. Comme si quelque chose de lourd heurtait le plancher.

De quoi s'agissait-il ? Des pas du tueur ?

Elle jeta un coup d'œil à son arme, regrettant de l'avoir laissée si loin.

S'il s'agissait de Lynch, pourquoi ne disait-il rien ? Il aurait été en droit de crier, de lui demander ce qu'elle faisait chez lui, non ?

Très lentement, elle se retourna pour regarder par-dessus son épaule. Ce n'était pas Lynch. Mais un énorme chien-loup gris-blanc qui se tenait à quelques enjambées d'elle.

Les babines retroussées, il avança, l'air menaçant, ses grosses pattes griffant le bois. Un grognement sourd montait de sa gorge. Ses yeux bleus fixaient Hayley alors qu'il levait le museau, humant l'air.

Elle tendit lentement la main vers le pistolet.

— Bon chien. Tout va bien. Tu es une brave bête…

Il grogna plus fort, hérissa les poils et se redressa, les muscles tendus.

Comme Hayley se précipitait vers son arme, l'animal fonça sur elle.

# 2

Hayley murmura des mots apaisants au chien et lui massa doucement les oreilles pour le rassurer tandis que le vétérinaire le palpait pour chercher d'autres blessures.

— Pensez-vous qu'il va s'en remettre ? demanda-t-elle avec angoisse, en proie à une profonde culpabilité.

Le vieux chien n'y était pour rien si son maître était un tueur. Il avait voulu protéger son territoire ou, du moins, essayer de le faire. Mais quand il avait foncé sur elle, elle avait bondi de côté pour l'éviter, et il s'était assommé en heurtant le bureau de plein fouet. Alors qu'elle s'apprêtait à lui tirer dessus, elle s'était brusquement rendu compte que ses yeux bleus étaient voilés et qu'il n'avait pas de crocs sous ses babines retroussées.

Heureusement, elle n'avait pas pressé la détente.

Le vétérinaire aux cheveux blancs la dévisagea par-dessus ses lorgnons.

— Vous semblez très inquiète pour un chien que vous avez trouvé errant au bord de la route, dit-il d'un ton suspicieux.

Il avait raison. La réaction de Hayley vis-à-vis d'un animal inconnu paraissait bizarre. Pourtant, elle aurait été incapable de s'enfuir en abandonnant la pauvre bête à son triste sort. Bien sûr, elle n'allait pas avouer qu'elle était entrée par effraction dans cette maison et que le chien s'était blessé en tentant de défendre les biens de son maître.

S'apercevant que le vétérinaire attendait toujours sa réponse, elle haussa les épaules.

— Il était couvert de sang et paraissait très mal en point. N'importe qui se serait arrêté pour lui porter secours.

Dieu merci, elle avait trouvé la télécommande qui ouvrait les grilles. Si elle n'avait pas pu se garer devant le porche, elle n'aurait jamais réussi à emmener le gros chien chez le vétérinaire. Dans son état, le pauvre aurait été incapable de sauter les murets de pierre.

Le vétérinaire acquiesça d'un signe de la tête.

— Les blessures à la tête saignent toujours beaucoup. Nouer cette taie d'oreiller autour de son crâne pour faire pression sur la plaie était une bonne idée. Les points de suture que je lui ai posés vont l'aider à cicatriser. Comme ils sont hauts, il ne sera même pas nécessaire de lui faire porter une collerette pour l'empêcher de les lécher.

— Et pourquoi marche-t-il de travers ? Il tient à peine debout. Il ne souffre pas d'une commotion cérébrale au moins ?

Cette fois, le médecin sourit.

— Il est aveugle et très âgé. Il marche toujours ainsi.

Une brusque panique saisit Hayley.

— Vous connaissez ce chien ?

— Pardon ?

— Vous venez de dire qu'il marchait *toujours* ainsi.

— Vraiment ? répliqua-t-il en se grattant le menton. Je voulais dire qu'il est logique qu'il se déplace avec difficulté, vu son grand âge et son état général. Au cas où vous ne l'auriez pas remarqué, il n'a plus de dents. Voilà longtemps qu'il aurait dû prendre sa retraite, mais il est trop têtu pour l'admettre.

Il tapota affectueusement l'animal avant de se redresser.

— Êtes-vous sûre de ne pas vouloir que je jette un œil à

la plaie que *vous* avez à la tête ? Ou que je prie mon assistant de vous conduire à l'hôpital ? Vous devriez la faire soigner.

Elle posa la main sur le pansement qu'il avait insisté pour lui mettre sur la tempe à son arrivée.

— Je vais bien, vraiment. Comme vous l'avez dit, les blessures à la tête saignent toujours beaucoup.

Avec une grimace, elle considéra son corsage taché à la fois par le sang du chien et le sien. Son manteau était dans un état pire encore. Elle l'avait laissé dans sa voiture pour ne pas salir le cabinet du vétérinaire.

Il lui avait fallu déployer beaucoup d'énergie pour rouler le gros chien blessé et inerte dans des draps et le tirer hors de la chambre de Lynch. Elle l'avait à moitié traîné, à moitié porté pour descendre l'escalier puis les marches du porche. Quand enfin elle avait réussi à le hisser dans son SUV, elle était épuisée. Elle s'était alors installée au volant pour foncer vers la ville.

Le vétérinaire la considéra d'un œil sceptique.

— Vous devriez quand même vous faire examiner. Peut-être la plaie nécessite-t-elle des points de suture.

— Merci, je le ferai, mentit-elle.

Elle n'avait aucune intention d'aller aux urgences, ni aujourd'hui ni jamais. Elle préférerait mourir que de se rendre à l'hôpital. Elle avait eu sa dose de médecins et de piqûres.

— De quelle race est-il ? demanda-t-elle. On dirait un loup.

Il se mit à rire.

— En effet, un husky sibérien ressemble un peu à un loup Mais avec des yeux bleus.

— C'est un husky ? s'exclama-t-elle avec surprise.

Le chien était énorme, plus gros que la plupart de ceux qu'elle avait vus, à l'exception du reste de la meute de Lynch.

— Il est sans doute croisé avec un lévrier irlandais, d'où sa taille. En tout cas, il aura mal à la tête pendant quelques jours. Je vais lui prescrire des antalgiques. Cela vous va ?

— Bien sûr.

Il lui demandait de façon subtile si elle acceptait de payer la consultation et les médicaments, même si elle n'était pas la propriétaire de l'animal, comprit-elle. Bien sûr, elle s'en acquitterait mais difficilement, il fallait le dire. En vérité, elle avait beaucoup de mal à joindre les deux bouts, ces temps-ci. En effet, après avoir pris un congé sans solde, elle vivait sur ses économies et sur ce que lui rapportaient quelques mises à jour de ses sites web. Mais le chien s'était blessé par sa faute. Elle se savait responsable de son triste état.

— Puis-je vous régler ce que je vous dois maintenant et vous le laisser pour la nuit ? s'enquit-elle. Je passerai le récupérer demain matin et j'essayerai de retrouver son maître.

En réalité, elle avait prévenu Lynch de façon anonyme qu'il devait venir chercher son chien chez le vétérinaire.

— Bien sûr, répondit ce dernier en se dirigeant vers la porte.

Dès qu'il l'ouvrit, un concert d'aboiements et de miaulements se fit entendre. Il ne réagit pas. Sans doute était-il habitué au vacarme et n'y faisait-il plus attention.

— Attendez mon assistant qui va venir dans quelques instants, d'accord ? Nous sommes un peu débordés, en ce moment. Nous allons devoir préparer une cage.

Comme le chien poussait un gémissement, elle se rendit compte qu'elle le serrait trop fort. Elle le lâcha aussitôt et le caressa jusqu'à ce qu'il se calme.

— J'ai vraiment besoin de partir. Cela va être long ?

— Je vais lui demander de faire au plus vite.

Il lui tendit la main.

— Merci, mademoiselle Nelson.

Elle rougit en l'entendant la désigner sous le faux nom qu'elle lui avait donné.

— Merci, docteur Cord. Merci de l'avoir soigné si rapidement.

Il hocha la tête et partit, refermant la porte derrière lui.

Hayley se reprochait de lui avoir menti. Mais elle n'avait pas voulu risquer que quelqu'un reconnaisse son nom. En effet, elle apparaissait sur les réseaux sociaux via son blog contre Lynch et elle avait également donné une interview télévisée lorsqu'elle s'efforçait d'intéresser le public au meurtre de son amie. Elle n'était pas une célébrité, loin de là, mais elle préférait ne pas s'exposer davantage au danger.

Elle continua à caresser l'animal qui, épuisé, ronflait sur la table d'examen. Mais comme elle levait les yeux vers l'horloge murale, elle cessa brusquement de respirer. Plus d'une heure s'était écoulée depuis qu'elle avait débarqué ici pour demander de l'aide.

Elle avait choisi le cabinet de vétérinaire le plus proche du domicile de Lynch. Mais avec un peu de recul, elle prenait conscience qu'elle aurait sans doute dû aller ailleurs, au cas où il fréquentait cet endroit. Cela dit, les assistants qui avaient porté le chien à l'intérieur n'avaient pas eu l'air de le reconnaître. Le vétérinaire non plus. Elle avait eu de la chance. Mais la chance risquait de tourner très vite…

Il lui fallait sortir d'ici avant que Lynch ne rentre chez lui et ne découvre l'état dans lequel elle avait mis sa maison. Il y avait des débris de verre et de la boue au rez-de-chaussée, du sang partout à l'étage. Dans sa chambre, les draps avaient été arrachés du lit. Elle se rendit compte un peu tard qu'elle aurait dû mettre des gants. Cela dit, ses empreintes digitales n'étaient fichées nulle part ; cela n'avait donc pas vraiment d'importance, même si Lynch portait plainte. Tant qu'elle s'en tiendrait à son histoire et nierait être entrée chez lui, personne ne pourrait l'obliger à donner ses empreintes digitales.

Elle battit des paupières et pressa la main sur sa gorge. Seigneur. Elle était déjà en train de réfléchir à ce qu'elle inventerait pour s'en tirer si la police l'arrêtait ! Incroyable.

Et dire que, jusqu'à aujourd'hui, son pire crime avait été un petit excès de vitesse. Mais à présent, elle risquait de se retrouver en prison ou pire…

Quand elle avait mis au point sa petite virée chez Lynch, elle s'était imaginée en train de crocheter la serrure, de prendre des photos de documents accablants avant de s'en aller sans que personne ne s'aperçoive de rien. Il ne lui était pas venu à l'esprit que la situation pourrait dégénérer et devenir incontrôlable. Elle avait sans doute eu tort de briser la vitre de la porte de la cuisine.

De toute façon, elle n'aurait pas dû aller là-bas. Entrer par effraction chez lui était une grosse erreur, elle s'en rendait compte à présent.

Il lui fallait se ressaisir. Franchir la ligne jaune, se métamorphoser en criminelle dans l'espoir d'en attraper un, ne lui correspondait pas. Elle se reprochait de plus en plus de s'être si mal comportée.

De nouveau, elle regarda l'horloge et fronça les sourcils. Il ne fallait pas une heure pour préparer une cage. Ou pour faire venir un assistant. Elle se dirigea vers la porte derrière laquelle le Dr Cord avait disparu. Mais lorsqu'elle en actionna la poignée, elle se rendit compte qu'elle était verrouillée.

Son cœur s'accéléra, sa gorge se serra. Elle prit une profonde inspiration et s'ordonna de ne pas s'affoler. Il était logique que le médecin ne veuille pas que ses clients se rendent dans les zones privées, sans doute pour des questions d'assurances. Elle allait sortir par la porte par laquelle elle était entrée, voilà tout. Ensuite, elle demanderait à quelqu'un à la réception de surveiller le chien pendant qu'elle réglait la consultation.

Comme elle s'approchait de l'autre porte, celle-ci s'ouvrit. Son soulagement se mua rapidement en panique. En effet, l'homme qui apparut n'était pas un assistant vétérinaire.

Mais Dalton Lynch.

# 3

Vêtu de sa tenue habituelle, Lynch dominait Hayley de sa haute taille, et, intimidée, elle se sentit soudain minuscule en face de lui. Il entra et referma la porte derrière lui. Il avait l'air surpris et contrarié. Pourtant, au lieu de l'attaquer, il s'approcha de la table d'examen et se pencha vers le chien.

Il le caressa longuement, et murmura des mots apaisants d'une voix grave pour rassurer l'animal dans son sommeil. Lorsqu'il passa avec douceur le doigt sur la petite zone de fourrure rasée au-dessus de l'œil et sur les points de suture, il serra les mâchoires.

Comme Hayley, pressée de partir, passait derrière lui pour quitter discrètement la pièce, il se redressa et l'attrapa par le bras.

— Vous n'irez nulle part avant de m'avoir expliqué comment vous vous êtes retrouvée chez un vétérinaire avec Denali, mademoiselle Nelson.

La panique serra la gorge de Hayley. Elle tenta de se dégager.

— Lâchez-moi, dit-elle d'une voix étranglée.

Il écarquilla les yeux de surprise et la libéra immédiatement. Mais quand elle tenta de nouveau de gagner la sortie, il lui bloqua le passage.

Elle recula, mettant la table et le chien entre eux. Soudain, des mouches dansaient devant ses yeux. Ses oreilles bourdonnaient. Elle se sentait oppressée. Que lui arrivait-il ?

Lynch s'approcha d'elle.

— Respirez, Hayley, ordonna-t-il. Vous allez vous évanouir.

Elle se plaqua contre le mur, les mains tendues pour le tenir à distance.

Avec un juron, il ouvrit la porte et disparut dans le couloir.

Elle haletait comme un poisson hors de l'eau, essayant désespérément d'aspirer de l'air sans y parvenir. La pièce tournait autour d'elle et s'assombrissait à vue d'œil.

— Ça va aller, calmez-vous, murmura la voix du Dr Cord à côté d'elle. Asseyez-vous, mademoiselle Nelson, ajouta-t-il en la guidant vers une chaise.

Elle s'y affala, le souffle court, au bord du malaise. Sans cesser de lui parler avec douceur, le vétérinaire plaqua quelque chose contre sa bouche. Et après un moment, elle réussit à respirer de nouveau. Sa vision s'éclaircit.

Elle découvrit alors Dalton Lynch. Agenouillé près d'elle, l'air inquiet, il la regardait avec attention. À côté de lui, le chien gémissait et grattait le sol comme s'il essayait de la toucher, la truffe en l'air.

Le vétérinaire sourit et tapota la main de Hayley.

— Denali est inquiet pour vous, jeune femme.

Elle prit une autre inspiration et se força à lui sourire.

— Merci, docteur Cord. Merci de votre aide. Cela va beaucoup mieux.

— Remerciez M. Lynch. Il m'a obligé à quitter une consultation avec un autre patient et a insisté pour que je vienne ici.

Il retira le sac en papier qu'il lui avait collé sur la bouche.

— Je reviendrai vous voir dans quelques instants. Une future maman caniche et son maître m'attendent à côté, dit-il en riant.

Avant que Hayley n'ait le temps de comprendre ce qui se passait, il s'en alla, la laissant seule avec Lynch.

Le husky gémit, s'assommant presque dans ses tentatives pour l'atteindre.

— Si cela ne vous dérange pas, dit Lynch, je vais laisser Denali vous approcher et s'assurer que vous avez survécu. Il a besoin de vous entendre respirer. Comme il est aveugle, il compense avec l'odorat, l'ouïe et le toucher.

Pour toute réponse, Hayley se laissa glisser sur le sol et ouvrit les bras.

Denali se précipita vers elle, la renversant presque. Il lui lécha le visage et remua la queue avec énergie comme un chiot.

— Denali, arrête, ordonna Lynch. Tu vas lui faire mal.

Elle serra le chien contre elle.

— Non, non. Ça va, assura-t-elle, enfouissant le visage dans sa fourrure. Je vais bien, mon beau.

Il lui donna un dernier coup de langue, puis se précipita vers Lynch pour frotter son museau sur sa jambe. Son maître attacha une laisse à son collier et se tourna vers elle.

— Je vous remercie. Il était fou d'angoisse pendant que vous vous sentiez mal.

— Il… il est formidable. C'est moi qui vous remercie. Ce câlin avec lui m'a fait du bien.

Elle passa les mains sur son jean.

— Je n'arrive pas à croire que je me suis presque évanouie. Cela ne m'était encore jamais arrivé.

— C'est compréhensible, vu les circonstances…

Il savait qu'elle le prenait pour un tueur.

Un tueur insisterait-il pour qu'un vétérinaire vienne aider quelqu'un qui s'efforçait par tous les moyens de le mettre en prison ? Un tueur montrerait-il autant d'affection pour son chien ? L'attitude de Lynch la troublait. Ses convictions en étaient ébranlées.

— Ce pansement sur le côté de votre tête…, demanda-t-il. Denali en est-il responsable ?

— Quoi ? Oh ! non, pas du tout. Je suis tombée. Il n'y est pour rien.

Il hocha la tête, l'air soulagé.

— Il se montre parfois un peu trop zélé, comme vous l'avez remarqué. Maintenant, pourriez-vous m'expliquer comment vous vous êtes retrouvée avec lui ? Et comment il a été blessé ?

— Euh… Je…

Elle se racla la gorge, si sèche qu'elle avait du mal à parler.

Il tira l'autre chaise vers lui et s'assit en face d'elle tout en veillant à garder ses distances. Essayait-il de la mettre à l'aise en lui donnant de l'espace ? Lorsqu'il entrouvrit la porte, elle comprit qu'il se mettait en quatre pour qu'elle ne se sente pas piégée.

— Il y a de l'eau là-bas, dit-il en désignant un lavabo derrière elle. Et des gobelets en carton à côté. Je peux vous en remplir un si vous le souhaitez, mais je ne veux pas vous effrayer…

Elle le considéra avec perplexité.

— Pourquoi êtes-vous si prévenant avec moi ?

Il poussa un profond soupir.

— Je vous traite comme je traiterais n'importe qui. Écoutez, nous savons tous les deux que vous dites pis que pendre sur moi. Et je ne vais pas perdre mon temps ou vous faire perdre le vôtre à essayer de vous convaincre que vous vous trompez sur mon compte. Alors buvez un peu d'eau et racontez-moi simplement ce qui s'est passé. D'accord ?

Elle toussa à nouveau, puis se leva pour se servir un verre d'eau. Après quelques gorgées, elle se sentit un peu mieux. Elle vida le gobelet avant de reprendre sa place.

— Comment avez-vous su que j'étais ici ? Que votre chien – Denali – était là ?

— Le Dr Cord m'a appelé. Il a trouvé la puce électronique de Denali. Tous mes chiens en ont une.

Elle avait les mains moites et les frotta sur son jean. Bien sûr, Denali était doté d'une puce d'identification. Et naturellement, le vétérinaire ne le lui avait pas dit. Elle ne se rappelait pas avoir vu qui que ce soit chercher une micropuce sur l'animal. Mais là encore, le médecin avait insisté pour panser sa propre plaie pendant qu'un assistant préparait Denali pour l'examen. Sans doute avait-il alors découvert cette micropuce.

Voilà pourquoi le vétérinaire avait mis tant de temps à venir lui parler. Il avait dû téléphoner à Lynch d'une autre pièce pour lui exposer la situation. Et il s'était arrangé pour la retenir en attendant l'arrivée du maître du husky. Heureusement, Lynch ne savait pas encore qu'elle était entrée par effraction chez lui. S'il avait été au courant, il l'aurait sommée de s'expliquer à ce sujet au lieu de lui demander si gentiment comment elle s'était retrouvée avec le chien.

— Hayley, racontez-moi comment vous avez…

— Je préfère que nous continuions à nous appeler par nos noms de famille.

À ce stade, s'accrocher à ce protocole était un acte de désespoir. Elle avait de plus en plus de mal à se rappeler que Lynch était dangereux. Et elle sentait que, si elle commençait à l'appeler Dalton et l'entendait lui donner du Hayley de sa voix douce et profonde, elle n'aurait bientôt plus de défenses.

Et dire qu'elle s'était crue immunisée contre son charme…

Il esquissa un sourire triste.

— Pour ma part, j'aimerais mieux que vous m'appeliez Dalton mais, si vous êtes plus à l'aise avec mon nom de famille… faites comme vous voulez. À propos de Denali…

— Il marchait sur le bord de la route, et je l'ai conduit ici. C'est tout ce que je sais.

Elle rougit. Ce qui était ridicule, bien sûr. Pourquoi éprouver des scrupules à mentir à un tueur ? Cela n'avait aucun sens. Il lui fallait absolument recouvrer son sang-froid. Jamais elle ne se serait attendue à trouver Dalton Lynch touchant, si jamais elle était un jour en face de lui. Et pourtant, c'était exactement ce qu'elle ressentait.

*Il est dangereux. Ne l'oublie pas. Reste sur tes gardes.*

Il fixa son visage cramoisi et poursuivit :

— Il était à l'intérieur de ma maison. Comment est-il sorti ?

Il s'exprimait d'un ton factuel, sans l'ombre d'un jugement. Mais ses yeux bleus perçants lui disaient qu'il ne la croyait pas.

Elle haussa les épaules.

— Comment le saurais-je ?

— C'est vrai. Où l'avez-vous découvert exactement ?

— Sur la route qui passe devant chez vous. Et devant chez moi, ajouta-t-elle. Ce n'est un secret pour personne que je vis à dix minutes de chez vous. Ni que je vous surveille. Je roulais en voiture quand je l'ai aperçu. Il semblait en mauvais état, alors je me suis arrêtée et je l'ai amené ici.

— Je ne qualifierais pas votre comportement à mon égard de « surveillance ». Il s'apparente plutôt à du « harcèlement ».

Il avait l'air plus las qu'énervé. Il caressa le husky assis à ses pieds.

— Mais si Denali a réussi à s'échapper quand je suis sorti de chez moi ce matin et que vous l'avez vraiment trouvé, merci de l'avoir conduit ici, dit-il. C'est un vieux chien très affaibli qui passe l'essentiel de ses journées à dormir dans le dressing de ma chambre. Je suis surpris qu'il ait réussi à descendre seul l'escalier. En général, je dois le porter dehors pour lui permettre de soulager sa vessie et de faire le peu d'exercice dont il est encore capable.

Il avait l'air gentil. Il semblait vraiment attaché à Denali.

Là encore, cela ne signifiait rien. Le tueur en série Ted Bundy n'avait-il pas eu un chien, à une époque, lui aussi ?

Sur ces mots, Lynch se leva, dominant à nouveau Hayley de sa haute taille. Puis il se rendit au fond de la pièce, loin de la porte, entraîna le husky avec lui et lui ordonna de s'asseoir.

— Merci encore d'avoir pris soin de lui. Je vous en suis infiniment reconnaissant.

Hayley bondit sur ses pieds et se précipita vers la porte. Mais avant de la franchir, elle hésita.

— Vous me laissez partir ? Comme ça ?

Il fronça les sourcils.

— Bien sûr. Vous pensiez que j'allais vous kidnapper ?

Elle déglutit avec difficulté, ne sachant pas quoi dire.

Une expression agacée apparut sur le visage de Dalton Lynch.

— Vous êtes-vous déjà demandé si je n'étais peut-être pas le méchant que vous croyez que je suis ? Je suis comme tout le monde. J'ai envie de vivre ma vie, d'aller travailler, peut-être de passer du bon temps avec mes amis pendant mes moments de liberté.

Il semblait attendre qu'elle réponde quelque chose, mais elle resta muette.

Il secoua la tête.

— Je préférerais que personne ne me suive et ne rapporte les détails de ma vie sur Internet. Un jour, dans un avenir proche, une fois l'enquête sur le meurtre de votre amie aboutie, vous comprendrez que je ne suis pas votre ennemi. Lorsque vous en prendrez conscience, je serai heureux d'accepter vos excuses.

— Cela n'arrivera jamais.

Il ouvrit la bouche comme pour en discuter, mais y renonça.

— Avant de rentrer chez vous, vous devriez peut-être consulter un médecin. Cette coupure sur votre tempe commence à saigner à travers le pansement.

Elle tendit instinctivement la main et grimaça de douleur.

Il la regarda, mais n'ajouta rien. Au lieu de quoi, il attendit. Comme un vrai gentleman, il la laissait partir la première, veillant à garder ses distances.

Cet épisode ébranla Hayley. Il s'était montré gentil, généreux et compréhensif. Ce qui n'avait pas de sens, vu ce qu'il était. Pour la première fois, elle se mit à douter. Non qu'elle l'ait jugé coupable sur un coup de tête. De nombreuses preuves attestaient qu'il était responsable de la mort de Bethany. Les faits étaient là. Dalton Lynch était un tueur.

Alors pourquoi n'en avait-il pas l'air ?

Son chien gémit et gratta le sol.

Lynch lui tapota la tête.

— Il a besoin de sortir. Si vous ne partez pas, je…

— Je m'en vais.

Elle courut vers la porte, sans se soucier de ce qu'il pourrait penser. Une fois à l'intérieur de sa Chevrolet, elle s'affala sur le volant. Malgré sa hâte de s'en aller, elle se sentait incapable de conduire.

L'espionner, consulter des photos, lire des articles de journaux sur un tueur, c'était une chose. Mais se retrouver dans une pièce à trois pas de lui et se mettre à douter soudain de tout ce qu'elle croyait savoir sur lui en était une autre.

Après un moment, elle démarra. Elle se dirigea vers la route de campagne qui menait chez elle. En voiture, le trajet était bref, mais ce laps de temps lui permit de dissiper sa peur. En revanche, ses doutes étaient toujours là. Mais il lui suffirait de se replonger dans ses documents pour retrouver ses repères.

Du moins l'espérait-elle.

Lorsqu'elle sortit du dernier virage de la route et que le château de Lynch apparut, son ventre se noua. Deux voitures de police se trouvaient dans l'allée, gyrophares allumés. Une Mercedes était garée devant le porche, une Mercedes noire comme celle qu'elle voyait souvent sur le parking du lieu de travail de Lynch. Et elle reconnut le grand brun en costume qui parlait à l'un des policiers. Il s'agissait d'un des collègues de Lynch. Il tourna la tête vers elle alors qu'elle passait. L'avait-il reconnue ?

La panique la submergea, et elle dut faire appel à toute sa volonté pour ne pas écraser l'accélérateur. Au lieu de quoi, elle s'obligea à respecter les limitations de vitesse jusqu'au virage suivant. Alors, pied au plancher, elle fonça.

Elle n'était plus qu'à une centaine de mètres de son chalet lorsque des sirènes retentirent derrière elle. Elle se raidit et regarda dans son rétroviseur. Deux voitures de police arrivaient. S'agissait-il de celles qu'elle avait vues dans l'allée de Lynch ?

*Pourvu qu'elles passent leur chemin,* pria-t-elle intérieurement.

Le souffle court, elle se rabattit sur le bord de la route.

La première voiture de patrouille la doubla.

Pas la seconde.

Celle qui l'avait dépassée s'arrêta devant sa Chevrolet, comme pour l'empêcher de reprendre la route. L'autre la prit en sandwich par-derrière.

Elle serra si fort le volant que ses jointures en blanchirent.

*Inspire. Expire. Personne ne t'a vue entrer par effraction chez Lynch. Tout va bien.*

Un coup donné contre sa vitre la fit sursauter.

Elle rougit en regardant le visage d'un policier de Gatlinburg. Il lui fit signe de baisser sa vitre.

Pendant qu'elle obéissait, le grondement d'un moteur les poussa, le policier et elle, à regarder derrière eux. La Mercedes se positionna derrière la deuxième voiture de police. Puis un pick-up qui ne lui était pas inconnu s'arrêta brusquement.

Lynch bondit de son camion au moment où l'homme

dans la Mercedes sortait de sa voiture. Ensemble, ils se dirigèrent vers Hayley.

*Respire. Respire.* Des mouches noires dansaient devant ses yeux. *Ressaisis-toi, Hayley. Ce n'est pas le moment de t'évanouir. Inspire, expire.*

Les mouches s'envolèrent. Elle frissonna de soulagement.

— Madame, dit l'officier, sortez du véhicule, je vous prie.

Des bruits de bottes martelant le macadam la firent tressaillir. Lynch et l'autre homme s'approchaient.

— Ai-je roulé trop vite ? demanda-t-elle en s'efforçant de sourire d'un air innocent.

Lynch s'arrêta à côté du policier, le regard rivé sur elle.

— Vous ignoriez que ma maison était équipée de caméras de surveillance, n'est-ce pas ? Et que mon patron avait envoyé quelqu'un jeter un œil chez moi lorsque le vétérinaire m'a appelé à propos de Denali ? Vous auriez dû me dire la vérité, Hayley.

— Mlle Nash, corrigea-t-elle en se forçant à sourire alors que la peur nouait son ventre.

Lynch l'observa quelques instants, visiblement déçu, et Hayley sentit une vague de honte la submerger. Puis il s'éloigna, comme si elle ne méritait même pas son mépris. Elle aurait dû se moquer de l'opinion qu'il avait d'elle. Mais pour une raison incompréhensible, sa réaction la ravagea.

— C'est elle. Hayley Nash, dit l'autre homme, son patron, au policier. C'est elle qui apparaît sur les images de la vidéo.

L'officier posa la main sur son holster.

— Sortez de la voiture, mademoiselle, répéta-t-il.

Elle tremblait si fort qu'elle eut du mal à pousser la portière. Elle réussit à se tenir debout sans s'effondrer, puis laissa échapper un cri de surprise lorsque le policier la poussa contre la Chevrolet pour la menotter.

— Vous êtes en état d'arrestation pour violation de domicile et cambriolage.

# 4

Hayley passa les mains sur sa combinaison orange, une couleur ridiculement gaie pour un uniforme de prison. Elle s'adossa au mur tandis qu'à quelques pas de là la jeune femme chargée de l'escorter finissait de remplir des papiers.

Quand la surveillante était entrée au petit matin dans sa cellule pour la prévenir qu'elle avait de la visite, elle ne l'avait pas vraiment réveillée.

Hayley n'avait pas fermé l'œil de la nuit.

Assise sur sa couchette – dans l'hypothèse où une dalle en béton recouverte d'un matelas épais comme une feuille de papier puisse être qualifiée de couchette –, elle avait lutté des heures durant contre les haut-le-cœur qui l'assaillaient. L'odeur d'urine et de vomi qui imprégnait la cellule était insoutenable. Au moins y était-elle seule. Vu le nombre de couchettes, la petite pièce pouvait théoriquement accueillir quatre détenues. Mais même seule, elle n'était pas parvenue à dormir. La puanteur, les bruits ambiants, le désespoir des autres prisonniers dont elle entendait les cris dans le couloir, l'avaient empêchée de s'assoupir. Et la nourriture infecte qui lui avait été poussée sur un plateau crasseux via un tiroir de sécurité n'avait rien fait pour améliorer son moral. Si elle n'avait pas déjà regretté de s'être introduite par effraction chez Lynch, elle s'en mordait les doigts, à présent.

Sa vie de criminelle était définitivement terminée.

Ses poignets lui faisaient mal à cause des menottes. Pourtant, elles ne lui avaient été imposées que durant les quelques instants nécessaires pour la conduire de sa cellule à ce couloir. Mais Hayley les avait portées si longtemps la veille, après son arrestation, qu'elle en sentait encore la brûlure froide, comme la douleur d'un membre fantôme.

La surveillante s'approcha d'elle.

— Par ici, mademoiselle Nash.

Comme elle l'entraînait vers une porte jaune citron, Hayley se demanda si l'idée de peindre cet endroit déprimant de couleurs vives était un échantillon de l'humour d'un malade mental.

— Souvenez-vous de ce que je vous ai dit, lui rappela la gardienne de prison. Vous devrez utiliser le téléphone pour communiquer avec votre visiteur. Sinon, il ne pourra pas vous entendre à travers la vitre. Une fois l'entretien terminé, vous presserez le bouton sur le mur pour me prévenir. Vous n'avez droit qu'à trente minutes de parloir, sauf si vous avez demandé et obtenu un supplément auprès de l'administration carcérale. À l'expiration de vos trente minutes, si vous êtes toujours au téléphone, la ligne sera automatiquement coupée. Vous raccrocherez alors et reviendrez à cette porte où je vous menotterai à nouveau pour vous reconduire dans votre cellule. Compris ?

— Pouvons-nous ignorer la partie où vous me renvoyez dans ma cellule ? dit Hayley en souriant.

Son interlocutrice ne lui rendit pas son sourire.

— Trente minutes.

Elle ouvrit la porte et la fit entrer.

Quand Hayley découvrit la longue rangée de chaises en plastique et de boxes séparés par des paravents, elle se retourna pour demander à la surveillante où était son visiteur. Mais la porte s'était déjà refermée avec un bourdonnement électronique annonçant qu'elle était verrouillée.

Génial. Comment était-elle censée savoir dans quel cagibi l'attendait son avocat ? Avec un peu de chance, il savait à quoi elle ressemblait et il lui ferait signe.

Une demi-heure ne semblait pas un laps de temps suffisant pour rencontrer un avocat commis d'office et mettre au point sa défense, ou même se faire expliquer comment sortir d'ici sous caution. Elle n'avait plus d'argent et avait besoin d'augmenter le nombre de ses programmations informatiques pour espérer se renflouer. En attendant, aurait-elle les moyens de régler une caution ? Elle n'en avait pas la moindre idée.

Elle passa devant trois détenus qui parlaient à travers leur téléphone à des visiteurs assis de l'autre côté de la vitre. Absorbés par leurs conversations, ils ne lui accordèrent aucune attention, ce qui lui convenait parfaitement. Elle parvenait au bout de la rangée de boxes lorsqu'elle reconnut l'homme installé de l'autre côté de l'une des cloisons de verre.

Elle n'en crut pas ses yeux.

Dalton Lynch leva la main pour la saluer et lui sourit. Sans lui faire l'aumône d'un regard, elle passa devant d'autres chaises. Mais personne ne l'y attendait pour lui parler. La surveillante lui avait dit qu'elle avait un visiteur sans préciser de qui il s'agissait. Hayley avait évidemment supposé que son avocat commis d'office, et qu'elle n'avait pas encore vu, venait s'entretenir avec elle. Si elle avait deviné que Lynch était le visiteur en question, elle serait restée dans sa cellule.

Redressant les épaules, elle tourna les talons et repartit vers la sortie. Alors qu'elle repassait devant Lynch, un feuillet collé sur la vitre devant lui attira son attention. Elle voulut poursuivre son chemin mais, dévorée de curiosité, elle ne put s'empêcher de se pencher pour lire ce qui y était écrit.

Lynch pressait une feuille de papier contre le verre. Il avait tracé en grosses lettres et à l'encre noire le mot :

FROUSSARDE

Elle se dirigea vers les portes qui menaient vers les cellules.

# 5

Avec un cri de surprise, Hayley se redressa sur sa couchette et battit des paupières, éblouie par la lumière du petit matin.

Comme elle s'efforçait de recouvrer ses esprits, ses repères, un petit rire la poussa à tourner la tête. La surveillante qui l'avait escortée la veille jusqu'au parloir se tenait à la porte de sa cellule, une paire de menottes à la main.

Hayley s'effondra contre le mur et se recroquevilla sous sa couverture, submergée par une vague de désespoir.

— Que me voulez-vous ? grommela-t-elle à la vue des menottes.

— Si vous ne voulez pas sortir de cette cellule pour voir qui est venu vous rendre visite, ça ne me dérange pas.

Comme elle s'apprêtait à refermer la porte et à s'en aller, Hayley bondit sur ses pieds.

— Non ! Attendez, s'il vous plaît.

La jeune femme en uniforme se retourna et leva la main pour l'arrêter.

— Reculez pour me permettre de fermer la porte.

— Non, non, je vous en prie, attendez. Pardonnez-moi. Vous m'avez réveillée, et j'étais… un peu perdue. Qui est venu me voir ? S'agit-il de mon avocat, enfin ?

— J'ignore qui est votre visiteur et je m'en fiche. Je suis chargée d'extraire les détenus de leur cellule pour les conduire au parloir. Pas de me renseigner sur l'identité des personnes qui les y attendent. Si vous voulez aller voir par vous-même, je vous donne deux minutes pour aller aux toilettes et mettre vos chaussures. Sinon, j'ai d'autres prisonniers à gérer.

Hayley hésita. Lynch n'essayerait pas de revenir, quand même.

— D'accord, d'accord. Merci. Je me dépêche.

Quelques instants plus tard, elles arrivèrent devant la porte jaune.

— Vous connaissez les consignes, dit la surveillante.

Mais comme la veille, elle lui redonna les règles de visite. Puis elle pressa un bouton et la poussa à l'intérieur.

Tout en longeant les chaises en plastique, Hayley s'efforçait de démêler ses cheveux de ses doigts. Elle n'avait pas eu le temps de les brosser ni de les attacher.

*Pourvu que ce soit mon avocat,* psalmodia-t-elle intérieurement, *pourvu que ce soit mon avocat.*

Comme la veille, il n'y avait pas grand monde au parloir. Et quand elle longea la rangée de chaises, elle reconnut avec stupéfaction l'homme assis de l'autre côté de la vitre. Il avait retiré son manteau, ouvert sa veste et étendu ses longues jambes devant lui. Les pointes de ses bottes brillaient à la lumière des néons.

Il se redressa en la voyant et lui sourit.

Le visage fermé, elle poursuivit sa marche jusqu'au bout de la rangée, même si elle ne s'attendait pas à y voir quelqu'un d'autre. En tout cas, pas son avocat commis d'office. Manifestement, les avocats payés par le gouvernement fédéral n'étaient pas pressés de défendre les clients qu'ils étaient contraints de représenter.

Elle s'affaissa contre le mur, luttant contre les larmes qui brûlaient ses paupières. Après deux jours et deux nuits dans cet horrible endroit, elle était désespérée. Et la seule personne à lui rendre visite était Dalton Lynch, son pire ennemi. Comment le monde pouvait-il être aussi cruel ?

Elle pressa les mains sur ses yeux et inspira profondément jusqu'à ce que son envie de pleurer se dissipe. Puis elle se dirigea vers l'endroit où Lynch attendait. Elle ne s'assit pas.

Alors qu'il s'emparait du récepteur de son côté de la vitre, elle saisit par réflexe le téléphone qui se trouvait de son côté. Mais très vite, elle interrompit son geste et remit le combiné sur son socle. Certes, elle était épuisée, affamée et accablée, mais pas au point d'écouter Lynch se réjouir de sa présence ici. Elle ne maîtrisait plus grand-chose de sa vie, mais il lui restait encore la liberté de choisir de lui parler ou pas.

Elle se dirigea vers la sortie.

Elle claqua sa main contre le bipeur pour prévenir la surveillante qu'elle était prête à partir.

Comme elle attendait son arrivée, elle eut l'impression que quelqu'un la regardait, une impression qui ne cessa de croître jusqu'à ce qu'elle jette enfin un coup d'œil par-dessus son épaule. Lynch se tenait devant la cloison vitrée. Comme la veille, il y avait collé une feuille de papier. Mais le message était différent.

JE PEUX VOUS SORTIR D'ICI.

Elle battit des paupières. Que voulait-il dire par là ? Allait-il abandonner les charges contre elle, retirer sa plainte ?

Derrière elle, la porte s'ouvrit.

Il retourna le papier, et elle lut :

NOUS DEVONS PARLER D'ABORD.

— Allons-y.

La surveillante lui fit signe d'avancer dans le couloir. Hayley hésita puis fit signe à Lynch.

— Je ne…

— Maintenant.

La jeune femme en uniforme la tira hors de la pièce et referma la porte.

# 6

Dalton attendit deux jours pour retourner à la prison. Son objectif était d'amener Hayley à coopérer. Vu l'air désespéré qui était le sien la dernière fois qu'il l'avait vue, elle était au bout du rouleau. Il espérait que le prolongement de son séjour carcéral la rendrait plus réceptive à l'accord qu'il voulait lui proposer. Il avait entendu parler du régime réservé aux détenus et savait qu'il n'avait rien d'enviable. Il n'avait pas eu la possibilité de venir avec Denali pour l'attendrir et la rendre plus disposée à parler. Mais il y avait d'autres moyens pour lui donner envie de sortir d'ici. Étant donné la qualité des repas servis aux prisonniers, elle avait sûrement faim.

Il prit place dans l'un des boxes du fond du parloir et commença à sortir le contenu de son sac avant de l'étaler sur la table devant la cloison en verre. Il considéra avec satisfaction le petit déjeuner qu'il avait apporté. Œufs brouillés, bacon grillé croustillant, pommes de terre rissolées et pile de pancakes moelleux… Tout y était et cela sentait délicieusement bon. Il badigeonna les pancakes de beurre et de sirop d'érable. Puis prit une thermos de café brûlant et en remplit un grand mug. Enfin, il posa à côté une serviette en papier, une fourchette – il était interdit d'introduire des couteaux dans la prison –, et s'assit sur la chaise pour attendre.

Il ne se demandait pas si Hayley apprécierait ce menu. Elle le commandait chaque fois qu'elle se rendait au Starbucks de la ville. En effet, si depuis des mois elle l'espionnait et surveillait ses moindres faits et gestes, ses collègues l'avaient prise, *elle*, en filature. Voilà comment il connaissait ses préférences culinaires.

Et voilà surtout pourquoi, si *elle* le soupçonnait d'un meurtre, *lui* savait avec certitude qu'elle était coupable d'un autre crime : elle aidait un réseau de truands à mener leurs activités scélérates au nez et à la barbe des forces de l'ordre. Ils étaient d'une extrême dangerosité. Ils tuaient quiconque se mettait en travers de leur chemin. La seule vraie question était de savoir si elle était consciente que son travail sur leurs sites web facilitait ces meurtres ou si elle était manipulée par ces truands. Pour Mason Ford, le patron de Dalton, le verdict était sans appel. Elle était coupable. Pour sa part, Dalton avait encore des doutes.

Il consulta sa montre. Hayley arriva devant lui, pile à l'heure où il l'attendait. Une fois de plus, elle trouva le parloir à moitié vide. Il avait graissé la patte des autres visiteurs pour s'assurer qu'ils seraient seuls.

Comme les autres fois, elle passa devant lui, les mâchoires serrées, le visage fermé. Il ne put s'empêcher de sourire au regard noir qu'elle lui lança et à l'entêtement dont elle faisait preuve. Comment faisait-elle pour être toujours aussi belle, après quatre jours de prison, sans maquillage et avec cet amas de boucles brunes emmêlées ? Dommage qu'ils ne se soient pas rencontrés dans d'autres circonstances. Elle était exactement le genre de femme qui le faisait craquer. Sexy, rebelle et surtout dotée d'un esprit vif.

Parfaite.

Comme elle posait les yeux sur la table, il la vit presque saliver à la vue de ce qu'il lui avait apporté. Il avait travaillé sept ans dans la police et savait que les contribuables rechignaient à mettre la main à la poche pour offrir de savoureux repas aux détenus. Grâce aux espions qu'il avait derrière ces murs, il avait appris que Hayley n'appréciait que modérément les menus de la prison et ingurgitait le minimum pour survivre. L'expression douloureuse peinte sur son ravissant visage lui apprit qu'il avait atteint son objectif.

Elle regarda le téléphone accroché au mur, se demandant manifestement si elle devait ou non le décrocher.

Pour l'aider à se décider, il brandit un feuillet.

JE PEUX VOUS SORTIR D'ICI.

Indécise, elle se mordilla les lèvres, mais elle finit par s'emparer de son téléphone et lança :

— Mon avocat commis d'office ne s'est toujours pas présenté. Je suppose que ça n'a rien à voir avec vous ?

Il jeta un regard circulaire dans la pièce avant de répondre.

— Tout ce que nous disons ici est enregistré.

— Ça signifie que vous vous êtes débrouillé pour m'empêcher de me défendre, mais que vous ne l'avouerez pas parce que c'est illégal ?

Il sourit.

— Comment est la cuisine ici, Hayley ? J'ai appris que les repas servis n'étaient pas terribles.

Il prit un morceau d'œuf avec sa fourchette, le glissa dans sa bouche, fermant les yeux pendant qu'il mâchait.

— Un délice !

Elle le fusilla du regard.

Il se tamponna les lèvres de sa serviette.

— Si vous acceptez de me parler, je verrai comment vous faire sortir d'ici. Je connais bien le juge. Ensuite, je vous emmènerai dîner ou petit déjeuner si vous préférez dans le restaurant de votre choix. Je vous inviterai, bien sûr.

Elle leva un sourcil surpris.

— Vous me proposez un petit repas en amoureux, mon cher Dalton ?

Il sourit.

— La prison ne vous a pas fait perdre votre humour, à ce que je vois.

— Ni mes principes. Je ne dîne pas avec les assassins.

Il s'adossa à sa chaise.

— Premier avertissement. Les règles ont changé. La prochaine fois que vous me traitez d'assassin, je m'en vais.

Elle leva les yeux au ciel.

— De quoi voulez-vous me parler ?

— Pas ici. Comme je l'ai dit, tout est enregistré. J'ai besoin de m'entretenir avec vous en privé. En fait, mon patron – Mason Ford – et moi aimerions vous interroger.

— Alors sortez-moi d'ici pour commencer. Il vous suffit d'abandonner toutes les charges contre moi ou de demander une libération sous caution, non ? Ensuite, nous nous retrouverons dans un endroit neutre, en présence d'un tiers pour assurer ma protection. D'un policier, par exemple.

— Pas question. Cet échange doit être confidentiel. Et avoir lieu *avant* que vous ne soyez libérée. Si je retire ma plainte et que vous sortez d'ici, je n'aurai plus aucun moyen pour vous obliger à me parler. Si vous êtes d'accord, nous irons dans une salle d'interrogatoire. Sans caméra. Ni policier.

— Sans policier ? Pourquoi ? Vous en étiez un autrefois, non ? Que s'est-il passé dans le Montana pour que vous préfériez les éviter, à présent ? Avez-vous assassiné quelqu'un d'autre là-bas ?

Il se força à sourire.

— Deuxième avertissement. Alors que décidez-vous ? Acceptez-vous de nous rencontrer, Mason et moi ?

— Pourquoi sans témoin ? Pour que vous puissiez me tuer comme vous avez tué Bethany ?

— Troisième et dernier avertissement.

Il raccrocha son téléphone.

Sous les yeux écarquillés de Hayley, il se leva, remit dans son sac les plats qu'il avait apportés ainsi que la thermos.

Elle agita les mains derrière la vitre, essayant frénétiquement d'attirer son attention. Mais comme s'il ne remarquait pas son manège, il repoussa sa chaise et sortit.

# 7

Hayley faisait les cent pas dans sa cellule. Voilà huit jours qu'elle y était enfermée, et elle espérait que la surveillante allait bientôt venir lui annoncer qu'un visiteur l'attendait au parloir. Quand deux gardiennes lui apportèrent le petit déjeuner, elle leur posa la question. Mais les deux femmes lui répondirent que personne n'avait demandé à la rencontrer. Tout comme la veille. Et l'avant-veille.

À ce stade, elle se sentait prête à parler à n'importe qui, y compris à Dalton Lynch. Surtout à Dalton Lynch, parce qu'il lui avait proposé de la faire sortir d'ici. Quoi qu'il veuille en échange, elle accepterait très probablement – à condition, bien sûr, qu'il lui en donne la possibilité.

Allait-elle mourir ici, seule et abandonnée de tous, avant qu'un juge ne se souvienne de son existence ? Chaque fois qu'elle demandait à parler à un avocat, les surveillantes lui assuraient qu'elles avaient transmis sa requête, mais que le tribunal était débordé en ce moment. Cela n'avait aucun sens. Personne n'était en prison sans avoir été entendu par un juge et sans qu'un avocat ne tente d'intercéder en sa faveur. Elle était victime d'une détention arbitraire.

Mais quand le déjeuner lui fut servi, elle se laissa tomber sur sa couchette, forcée de reconnaître sa défaite. Personne ne viendrait la voir ce jour-là. Elle repoussa l'assiette au contenu incertain et peu appétissant, replia les jambes contre sa poitrine et s'efforça de trouver un sens à la situation.

Elle n'avait pas droit à un avocat.

Pas le droit de s'expliquer devant un juge.

Personne ne proposait de la libérer sous caution.

Et la seule personne qui voulait la voir était un homme qu'elle avait accusé de meurtre. D'ailleurs, lui-même ne venait plus, écœuré par ses insinuations et ses insultes. Comme elle se rappelait à quel point il avait été prévenant et attentionné chez le vétérinaire, elle se reprocha de lui avoir lancé ces accusations à la tête. Mais visiblement, elle était incapable de s'en empêcher. Elle le considérait comme un assassin depuis si longtemps qu'il lui était désormais impossible de lui parler comme s'il était innocent.

Même si elle commençait à espérer qu'il le soit.

Pourtant, cela voudrait dire qu'elle s'était trompée, qu'elle avait presque épuisé ses économies pour mener une enquête visant quelqu'un qui ne méritait pas d'être traité ainsi.

Mais cela signifierait aussi que ses doutes étaient justifiés. Et qu'elle n'était pas folle. Parce que, depuis qu'elle l'avait vu assis dans ce parloir, elle pensait à lui d'une manière qu'elle n'aurait jamais imaginée.

Elle pensait à lui comme une femme pensait à un homme qui l'attirait et lui plaisait énormément.

Maintenant, il hantait ses pensées jour et nuit. Elle se consumait pour lui. Dalton Lynch était devenu sa croix. Depuis qu'elle l'avait vu caresser son vieux chien en lui murmurant des paroles apaisantes, depuis qu'il était allé chercher le vétérinaire dans la pièce voisine pour lui demander de l'aide parce qu'elle était au bord du malaise, tout avait changé. Elle le considérait comme un être humain. Et depuis qu'elle l'avait vu sans son chapeau, qu'elle s'était aperçue qu'il avait les cheveux blonds et non bruns comme elle l'avait cru, il lui paraissait moins menaçant, moins méchant. Certes, il était ridicule de juger ainsi quelqu'un sur la couleur de ses cheveux, mais, en tout cas, elle le voyait autrement depuis lors.

Elle secoua la tête et posa son menton sur ses genoux. Le problème était qu'elle avait envie qu'il soit innocent. Il avait l'air si gentil, si doux, qu'elle voulait désespérément croire qu'elle s'était trompée à son sujet.

Mais si elle s'était trompée, s'il était innocent, alors qui avait tué Bethany ?

Et pourquoi Dalton était-il venu lui rendre visite en prison après ce qu'elle avait fait chez lui ?

De quoi lui et son patron pouvaient-ils bien vouloir lui parler ? Et pourquoi ce besoin de secret ?

Autant de questions sans réponse.

Un bourdonnement la fit relever la tête. Deux surveillantes apparurent et poussèrent deux détenues vêtues de combinaisons orange dans sa cellule, puis refermèrent la porte derrière elles.

— Sois gentille, Molly, cria l'une des gardiennes. Tu as suffisamment de problèmes comme ça. N'ajoute pas un délit d'agression à ton casier judiciaire.

Hayley battit des paupières en regardant la dénommée Molly, une femme immense et charpentée comme une armoire à glace. Ses ongles vernis de mauve étaient si longs qu'ils ressemblaient à des serres alors qu'elle repoussait ses boucles blond platine de son visage.

À côté d'elle, une fille maigre aux cheveux gras offrit à Hayley un sourire édenté et gloussa.

— Tu crois qu'elle a des cigarettes pour nous, Molly ?

La dénommée Molly ricana en s'approchant de Hayley.

— Je l'espère bien, Tabby. Pour elle.

# 8

Hayley raccrocha avec colère le téléphone public accroché au mur. Chacune de ses tentatives pour joindre son avocat commis d'office s'était soldée par un échec.

— Madame, écartez-vous de l'appareil, c'est mon tour, maintenant, cria une des détenues en jouant des coudes pour prendre sa place.

Hayley avait bien envie d'essayer de rappeler l'avocat une fois de plus, mais elle hésitait. Les autres prisonnières qui faisaient la queue pour téléphoner allaient finir par lui sauter dessus. Manifestement, ces femmes avaient perdu tout sens civique. La vie derrière les barreaux s'apparentait à la jungle où régnait la loi du plus fort. Les bleus dont elle était couverte en attestaient. Cela dit, Molly et Tabby avaient regretté de l'avoir attaquée. Hayley s'était défendue, déversant sur elles toute sa colère et sa frustration. Les deux harpies avaient fini par la laisser tranquille, mais sans doute ce répit n'était-il que provisoire.

Elle avait vraiment besoin de sortir d'ici.

— Mademoiselle Nash ?

Hayley reconnut l'une des surveillantes qui avaient installé Molly et sa copine dans sa cellule, sans se soucier du mal qu'elles pourraient lui faire.

— Que voulez-vous ? s'enquit Hayley d'un ton peu amène.

— Vous avez de la visite. Mais si vous préférez retourner dans votre cellule…

— Non, désolée. S'il vous plaît. Oui, je veux voir qui est ici.

— Vous connaissez la routine ? Les règles du parloir ?

Hayley hocha la tête avec enthousiasme et tendit ses poignets pour être menottée.

# 9

Quand Dalton vit l'état de Hayley alors qu'elle s'asseyait derrière la cloison de verre et s'emparait du téléphone, il dut faire appel à toute sa maîtrise de soi pour ne pas exiger de s'entretenir sur-le-champ avec le directeur de la prison sur la façon honteuse dont il traitait les prisonniers.

Elle avait l'air de revenir de l'apocalypse.

Il réglerait ses comptes avec le responsable de l'établissement pénitentiaire plus tard. Dès qu'elle l'aperçut, son visage meurtri s'éclaira comme celui d'un enfant le matin de Noël, impatient de découvrir ses cadeaux sous le sapin. Il avait attendu plusieurs jours avant de revenir dans l'espoir de la faire changer d'attitude. Il voulait qu'elle accepte de les aider. Mais il n'avait jamais voulu *ça*.

Elle lui fit signe de décrocher son téléphone et lui sourit. Ce sourire le culpabilisa davantage encore. Il se sentit soudain comme le dernier des salauds. Il s'obligea à se rappeler pourquoi il était ici, ce qui était en jeu. Des vies. Des vies de dizaines d'innocents. Il devina qu'il devrait s'en souvenir souvent avant la fin de cette discussion.

Il se força à sourire à son tour et prit l'appareil.

— Salut, Hayley.

Elle saisit son téléphone à deux mains.

— Je suis vraiment désolée d'avoir été aussi agressive la dernière fois que vous êtes venu. Cela ne se reproduira plus.

À ce moment-là, il se détesta vraiment.

— Ne vous en faites pas pour ça. Mais dites-moi, que vous est-il arrivé ? demanda-t-il en désignant la balafre sur sa joue. Êtes-vous tombée ?

— Oui, d'une certaine façon. Sur le poing de Molly. Mais elle a regretté de m'avoir attaquée. Je lui ai rendu ses coups. J'avais les mains en sang, mais depuis elle n'essaye plus de m'agresser. Sa copine Tabby non plus.

— Que voulez-vous dire ? Que s'est-il passé exactement ?

Elle haussa les épaules.

— Rien que je ne puisse gérer. Parlons plutôt de la façon dont vous pourriez me sortir d'ici. Je suis tout à fait disposée à vous rencontrer, vous et votre patron.

Ces mots bouleversèrent Dalton. Il ne s'attendait pas à ce qu'elle cède, pas si vite en tout cas. Et encore moins qu'elle accepte aussi de leur parler sans témoin. Que lui avaient donc fait Molly et Tabby pour qu'elle rende ainsi les armes et renonce à ce pour quoi elle s'était tant battue ?

— Avez-vous cessé de me considérer comme un tueur ?

Elle ferma un instant les paupières avant de planter son regard dans le sien.

— Disons que j'essaye de garder l'esprit ouvert. Et je promets d'être plus gentille. De respecter vos règles.

Elle pressa une main contre la paroi, le regard implorant.

— Convainquez-moi, Dalton. Convainquez-moi que vous êtes innocent. Je suis prête à vous entendre. Vraiment.

Ces paroles firent à Dalton l'effet d'un coup de poing en plein ventre. Il se sentit plus bas que terre. Fallait-il qu'elle soit désespérée pour rejeter ses certitudes au sujet de sa culpabilité. Cette incarcération prolongée – injustifiée pour une première infraction perpétrée sans violence – l'avait détruite.

Et il était responsable de ce traitement odieux.

Pour la faire enfermer et parvenir à la faire plier, il avait dû graisser des pattes, promettre des faveurs à des gens qui ne les méritaient pas, se comporter d'une façon qu'il n'aurait jamais envisagée quand il travaillait dans la police. Certes, il l'avait fait pour la bonne cause, mais il commençait à se demander si la fin justifiait les moyens. La certitude de contribuer à arrêter des criminels ne soulageait pas sa conscience.

Lui apporter quelques réponses, des réponses vraies, parviendrait peut-être à atténuer sa culpabilité. C'était le moins qu'il puisse faire.

Conscient des caméras et des appareils enregistreurs placés dans la salle, il choisit ses mots avec soin.

— J'ai un alibi. En béton. Mais je ne peux pas vous le donner parce qu'il s'agit d'une enquête en cours. La vie d'autres personnes est en jeu. Je vous jure que vous aurez bientôt les réponses dont vous avez besoin sur moi et sur votre amie. Mais pas maintenant.

Hayley écarquilla les yeux alors qu'il parlait. Ses mains tremblèrent sur le récepteur. Un moment s'écoula avant qu'elle ne finisse par hocher lentement la tête.

— D'accord, dit-elle. Nous progressons. Peut-être pourriez-vous me parler du Montana. Dites-moi ce qui vous a poussé à démissionner de la police. Les médias étaient étrangement discrets sur ces raisons, comme si quelqu'un leur interdisait de préciser ce qui s'était réellement passé. Votre nouveau patron a sans doute quelque chose à voir avec cela.

— Votre hypothèse est la bonne.

— Voulez-vous me raconter ce qui s'est passé ?

Il soupira et se rassit sur sa chaise.

— Connaître la vérité ne vous donnerait pas une meilleure image de moi.

— Pourquoi ? Vous n'avez… blessé personne, n'est-ce pas ? Les articles que j'ai lus évoquaient des problèmes de procédures – vous n'auriez pas respecté certaines règles –, mais ils ne donnaient pas de détails.

— Mason les a menacés de poursuites s'ils prétendaient le contraire. C'est une longue histoire, Hayley. Et je préfère ne pas l'évoquer ici. Si vous êtes vraiment disposée à nous parler, alors je ferai en sorte que vous sortiez d'ici.

Elle pressa la main sur la vitre.

— Vous allez organiser très vite cet entretien, n'est-ce pas ? Et je pourrai sortir tout de suite après ?

— Dès que possible. Je vais y travailler dès maintenant.

Il repoussa sa chaise pour partir.

Une vague de panique parut la submerger.

— Attendez ! La demi-heure à laquelle j'ai droit n'est pas écoulée. J'ai encore du temps, presque un quart d'heure. Pouvons-nous parler d'autre chose avant que les surveillantes ne me ramènent dans ma cellule ?

Il se maudit de l'avoir brisée ainsi. Il rapprocha sa chaise de la cloison.

— Bien sûr. De quoi voulez-vous parler ?

— Je ne sais pas.

Elle se mordilla les lèvres. Elle avait l'air si nerveuse, si inquiète à l'idée de retourner en prison qu'il se le reprocha en son for intérieur.

— Aimeriez-vous que je vous raconte l'histoire de Denali ? proposa-t-il. Que je vous dise comment je l'ai sauvé alors qu'il n'était qu'un chiot ? Je travaillais alors dans le Montana et j'enquêtais pour démanteler un réseau de trafic de chiens.

Elle hocha vigoureusement la tête.

— Avec plaisir. Peut-être pourrions-nous demander aux autorités de nous laisser plus de temps que la demi-heure réglementaire ?

— Peut-être, dit-il, sachant que cela n'arriverait pas.

Il lui fallait la sortir d'ici au plus vite comme il le lui avait promis et avant que la captivité ne la détruise totalement.

Il commença à lui raconter l'histoire de Denali et des autres chiens qu'il avait sauvés. Il insista sur le bonheur de sa meute depuis leur libération plutôt que sur les souffrances que les pauvres bêtes avaient endurées des années durant. Il lui parla de la difficulté de transporter huit chiens d'un bout à l'autre du pays. Mais après avoir roulé des heures, enfermés à l'arrière de son camion, ils avaient été heureux de pouvoir enfin s'ébattre sur ses terres. Ils étaient libres pour la première fois de leur vie. Dalton lui parla aussi de ses parents, lui racontant des épisodes amusants qu'il avait vécus avec eux depuis qu'ils avaient pris leur retraite et s'étaient installés en Floride.

La façon dont son visage se détendait et la joie avec laquelle elle l'écoutait lui mirent un peu de baume au cœur.

Mais le monde cruel refit bientôt surface.

Lorsque les surveillantes l'entraînèrent, Hayley essaya de se montrer courageuse. Mais il voyait la peur dans ses yeux alors qu'elle lui adressait de la main un signe d'adieu.

Et il allait vraiment faire quelque chose pour elle.

Il sortit à grands pas du parloir, et effectua les démarches administratives nécessaires pour quitter l'établissement. Puis il s'installa dans son camion et passa deux appels.

L'un au directeur de la prison.

L'autre à son patron.

— Mason, dit-il dès que ce dernier décrocha, elle a accepté de parler. Il faut organiser cet interrogatoire au plus vite et la faire sortir d'ici tout de suite après.

# 10

La vue de la chaîne boulonnée au centre de la table de la salle d'interrogatoire fit frissonner Hayley. Heureusement, dans l'immédiat, elle ne portait pas de menottes et personne ne semblait songer à l'attacher. Pourtant, sa combinaison orange était là pour lui rappeler qu'elle n'avait pas encore recouvré la liberté.

La porte s'ouvrit. Dalton et Mason entrèrent, lui déclenchant un regain de panique. Elle ne s'attendait pas à être interrogée comme une vulgaire criminelle. Après avoir vu Dalton chez le vétérinaire, après l'avoir écouté lui raconter ses histoires de chiens et lui parler de sa famille, elle commençait presque à le considérer comme un ami.

Cela dit, chaque fois qu'il lui avait rendu visite en prison, elle était épuisée et affamée. Elle n'avait jamais réussi à dormir dans cette cellule nauséabonde, et la nourriture était tellement infecte qu'elle avait beaucoup de mal à l'ingurgiter. Mais la veille au soir, le dîner qui lui avait été servi était étonnamment bon. Elle en avait savouré chaque bouchée. Ensuite, elle avait bien dormi pour la première fois depuis son incarcération. Ce matin, le petit déjeuner était tout aussi savoureux. Elle soupçonnait Dalton d'être à l'origine de cette amélioration. Elle se sentait presque redevenir elle-même. Mais du coup, elle retrouvait aussi ses angoisses, ses peurs, et elle recommençait à douter… de tout.

Pouvait-elle lui faire confiance ? Était-il coupable ou innocent du meurtre de Bethany ?

Si Dalton essayait de la mettre à l'aise, son patron, Mason, n'avait manifestement aucun scrupule à faire le contraire. Son air méprisant comme son regard froid la glaçaient.

Un inspecteur de police qu'elle n'avait jamais rencontré, un dénommé Olson, les suivit à l'intérieur. Sa présence aurait dû la rassurer, mais il n'en fut rien. L'arme qu'il portait à la ceinture avait tout d'un gadget. Quelles étaient ses chances de la sortir de son holster avant que les deux autres – plus grands et plus musclés que lui – ne parviennent à le maîtriser ?

Se mettre à douter de Dalton semblait être une forme de trahison, d'autant qu'il avait promis de la sortir de prison. Mais elle ne cessait de se remémorer ce qu'elle avait lu dans le journal de son amie et les photos qu'elle avait retrouvées. Des photos dont elle ne se séparait jamais depuis le début de son enquête sur la mort de Bethany.

Dalton la salua d'un mouvement de tête. Il ne portait plus son stetson. La police l'avait-elle obligé à l'enlever chaque fois qu'il venait ici ? Ou cela faisait-il partie d'un plan pour paraître plus accessible ? Elle détestait les doutes qui l'assaillaient.

Avec un sourire amical, il prit place en face d'elle. L'inspecteur Olson s'assit à sa gauche et Mason à sa droite.

— Heureux de vous revoir, Hayley. Je ne pense pas que vous n'ayez jamais été officiellement présentée à mon patron, même si vous vous êtes déjà vus. Mason Ford.

Son allusion à son arrestation sur le bord de la route la fit rougir. C'était un souvenir qu'elle préférerait oublier.

Mason la salua froidement et posa un épais dossier devant lui. Ses yeux bruns reflétaient suspicion et méfiance, là où Dalton semblait plein d'empathie.

Frottant ses paumes moites sur sa combinaison orange,

Hayley essaya de sourire mais, à la vue de l'inquiétude peinte sur les traits de Dalton, elle comprit qu'elle avait échoué.

— J'ai eu droit un festin de reine hier soir et j'ai très bien dormi pour la première fois depuis mon arrivée ici. Je suis sûre que c'est grâce à vous, Dalton. Sans parler de mes colocataires qui ont été mystérieusement transférées dans une autre cellule.

— Je ne vois pas de quoi vous parlez. Je n'ai aucune influence en ce lieu, dit-il avec un clin d'œil.

Son sourire était sincère, cette fois. Mais quand elle remarqua l'expression de l'inspecteur, elle se calma. Quoi que Dalton ait fait, il l'avait fait pour l'aider. Et elle ne voulait pas qu'il ait des ennuis à cause d'elle.

— Si j'ai bien compris, à la fin de cet entretien, vous abandonnerez toutes les charges qui pèsent contre moi, dit-elle en se frottant les bras. Je pourrai alors rentrer chez moi. Dès aujourd'hui, n'est-ce pas ?

— C'est notre accord, oui. Quant à savoir si vous pouvez rentrer chez vous aujourd'hui, inspecteur Olson, qu'en pensez-vous ?

— Si vous retirez votre plainte, il n'y aura plus aucune raison de la retenir ici. Après cet interrogatoire, nous procéderons à la levée d'écrou pour lui permettre de récupérer ses effets personnels et de se changer. Mlle Nash pourra partir après avoir signé quelques papiers.

Cette déclaration aurait dû la satisfaire. Mais elle ne pouvait s'empêcher de se demander ce que Dalton et son patron avaient à gagner en la laissant partir. Elle s'était rendue coupable d'un crime, inutile de le nier. Les images des caméras de surveillance le prouvaient. La présence de ses empreintes chez Dalton également. Un juge indulgent la condamnerait peut-être à une peine avec sursis puisqu'il s'agissait de sa première infraction. Mais après ces quelques jours en prison, elle ne voulait à aucun prix risquer d'y retourner un jour. Être de nouveau incarcérée la tuerait. Voilà pourquoi elle avait accepté de parler. Mais eux, quel était leur intérêt ? Elle ne comprenait pas.

Elle posa les yeux sur l'épaisse chemise cartonnée sur la table. Peut-être la réponse était-elle à l'intérieur.

— Qu'y a-t-il dans le dossier ?

Dalton jeta un coup d'œil au policier avant de répondre.

— Il contient des informations issues de notre enquête sur les événements entourant la mort de Bethany Miller. Nous sommes disposés à les partager avec vous en échange de vos réponses à nos questions.

— Votre enquête ? répéta-t-elle en reportant son attention sur Dalton. Êtes-vous des détectives privés ?

— Pas exactement.

Il fit signe à Mason, qui tira un feuillet du dossier et le lui tendit avec un stylo.

— Avant d'aller plus loin, vous devez signer ce document, dit Dalton. C'est un contrat précisant les termes de notre discussion.

— Quels termes ?

— Il y a deux conditions à respecter impérativement.

La déception lui tordit le ventre.

— C'était trop beau pour être vrai, je le savais. C'est un piège.

— Pas du tout, assura Dalton. Il s'agit d'un accord de confidentialité. En échange de l'abandon de toutes les charges qui pèsent contre vous, vous vous engagez à ne rien révéler de cet entretien. Si vous rompiez l'accord, les charges retenues contre vous seraient immédiatement rétablies.

— Et je retournerais en prison.

— Oui.

Elle ne voulait pas retourner dans sa cellule. En aucun cas, à aucun prix. Mais de quoi pouvaient-ils vouloir discuter avec elle qui nécessitait un accord de confidentialité ? Cette exigence semblait étrange.

— Vous avez dit qu'il y avait deux conditions. Quelle est la seconde ?

— La seconde, vous l'avez déjà acceptée la dernière fois que nous en avons parlé. L'inspecteur Olson sortira de la pièce. Cet entretien doit être privé.

L'expression de Dalton était amicale, il semblait honnête. Il tentait de la convaincre qu'elle pouvait lui faire confiance, qu'elle n'avait rien à craindre. Mais le devait-elle ? Une semaine plus tôt, elle aurait été terrifiée à l'idée d'être si proche de lui. Hier, elle aurait accepté n'importe quoi uniquement pour avoir la possibilité de sortir de prison. Aujourd'hui, un peu reposée et nourrie, elle revenait à ses doutes et à ses soupçons passés.

Ne se montrait-il pas trop gentil pour être honnête ?

Elle avait entendu la joie dans sa voix lorsqu'il lui parlait de ses chiens ou de ses parents. Il l'avait traitée comme une amie, la mettant à l'aise.

Était-ce un plan ? Voulait-il l'amener ici depuis le début ?

Avait-il vu la violation de domicile dont elle s'était rendue coupable comme l'occasion rêvée de la plier à sa volonté ? La peur et l'anxiété n'étaient pas bonnes conseillères. Pouvait-elle faire confiance à des décisions prises sous la contrainte ?

Et dans quelle mesure ce sentiment de confiance à son égard était-il influencé par l'attirance physique qu'elle éprouvait pour lui ? Même maintenant, elle aspirait quelque part à se blottir dans ses bras. Elle voulait croire qu'il était quelqu'un de bien, un homme sur qui elle pouvait compter et qui l'aiderait… Et non le tueur qu'elle avait vu en lui si longtemps.

Risquer sa propre vie sous l'influence de ses hormones ou sous la contrainte était de la folie.

Elle lui lança un regard d'excuse.

— Je suis désolée, Dalton. Vraiment désolée. Mais j'ai changé d'avis. Je refuse d'être interrogée par Mason et vous sans témoin. Je ne veux pas rester seule avec vous. Je dois assurer ma sécurité. Je tiens à cet entretien, même si je ne vois pas comment je pourrais vous être utile en quoi que ce soit. Mais même si mon jugement sur vous a changé au cours des derniers jours, je préfère ne pas risquer ma vie. Pouvons-nous trouver une sorte de compromis ?

Elle désigna d'un geste la chaîne boulonnée à la table.

— Peut-être accepteriez-vous d'être attaché…

— C'est hors de question, intervint Mason qui ramassa le dossier et se leva.

Dalton l'arrêta d'un geste.

— Ça va, Mason. Si ça permet à Hayley d'être rassurée, l'inspecteur Olson peut me menotter à la table.

— Non, gronda Mason avec colère. C'est exclu. Je ne permettrai jamais que l'un de mes employés, et encore moins un ami, soit traité comme un criminel. Cela va à l'encontre de tout ce que je représente, de tout ce que représente mon entreprise. Je refuse. Tant pis. Nous trouverons un autre moyen d'obtenir ce que nous…

Il serra les mâchoires, comme s'il se rendait compte qu'il en avait trop dit.

— Une autre façon d'obtenir… quoi ? demanda Hayley, se sentant sur le point de découvrir la vraie raison pour laquelle ils voulaient lui parler.

Mason lui lança un regard noir, mais ne répondit pas. Il ne se rassit pas non plus. Il ne faisait aucun doute qu'il considérait leur accord comme mort, l'entretien comme terminé.

La panique pointa de nouveau sa vilaine tête, donnant envie à Hayley d'accepter tout et n'importe quoi. Mais son instinct de survie était fort. Aussi, au lieu d'accepter leurs conditions, elle étouffa sa fierté et eut recours à la supplication.

— Je ne veux pas retourner en prison. Je vous en prie, ajouta-t-elle en posant la main sur celle de Dalton.

Il fixa sa main sur la sienne pendant un long moment, puis s'éclaircit la gorge et regarda son patron.

Mason secoua la tête.

— Non.

— Monsieur Lynch, monsieur Ford, intervint Olson d'un ton apaisant, il s'agit d'une simple précaution qui permettrait à Mlle Nash de se sentir en sécurité. Je pourrais…

— J'ai dit non ! rugit Mason en ajustant sa veste et en glissant le dossier sous son bras. Oubliez ce deal, Dalton. Vous porterez plainte contre Mlle Nash comme je vous exhorte à le faire depuis le début. Et si vous refusez, je demanderai à mes avocats de saisir le procureur pour la poursuivre pour harcèlement. Vos sentiments absurdes ne m'empêcheront pas d'intenter une action en justice. Elle veut nous piéger, mais c'est mal me connaître.

Il fusilla Hayley du regard et lança :

— Cet entretien est terminé.

Il ouvrit la porte et fit signe à Dalton de le suivre.

Les mots de Mason plongèrent Hayley dans une profonde culpabilité. Elle renâclait à faire confiance à Dalton alors qu'il l'avait défendue lorsque Mason avait voulu qu'elle soit arrêtée. Dalton avait refusé qu'elle soit traitée de la sorte. Il lui avait accordé le bénéfice du doute, l'avait écoutée avec patience. Il respectait ses opinions même s'il ne les partageait pas. Elle avait de plus en plus de mal à le croire capable de faire du mal à quelqu'un ou d'avoir tué son amie.

Mais s'il était innocent, pourquoi Bethany avait-elle écrit toutes ces choses sur lui dans son journal ? Et que signifiaient ces photos ?

Au regard teinté de sympathie que Dalton lança à son patron, elle comprit qu'il savait pourquoi Mason était si contrarié à l'idée que Dalton soit menotté. Quelque chose d'horrible s'était manifestement produit dans le passé de Mason. Et à cause de cela, il ne céderait pas sur ce point.

Apparemment, Dalton non plus.

Il repoussa sa chaise et se leva.

Comprenant que ses chances d'être libérée étaient en train de lui échapper, elle attrapa le contrat et le signa, puis elle jeta le stylo dessus.

— Voilà. Je suis prête à parler. Tout ce que je veux, c'est que vous assuriez ma sécurité. Ce n'est pas comme si je demandais quelque chose d'impossible. Il doit y avoir un moyen d'y parvenir.

— Messieurs, intervint Olson, j'ai peut-être une idée...

# 11

L'inspecteur Olson se répandit en excuses lorsqu'il fit entrer Hayley dans la petite salle conçue à l'origine pour les séances d'identification. La pièce était en effet couverte de poussière et de toiles d'araignée. Il lui expliqua qu'elle servait rarement, la plupart des identifications s'effectuant désormais de façon numérique.

En face d'elle se trouvait un immense miroir sans tain qui occupait la majeure partie du mur. Il permettait en principe à une victime ou à un témoin de désigner de façon anonyme un suspect parmi plusieurs personnes alignées et ainsi de l'identifier.

Hayley y contemplait son propre reflet tandis que, de l'autre côté de la cloison, Dalton et Mason l'observaient à loisir sans qu'elle puisse les voir. Consciente qu'ils la regardaient et entendaient le moindre froissement de tissu quand elle changeait de position ou croisait les jambes, elle frissonna, mal à l'aise, et se frotta les bras.

Le haut-parleur installé dans un coin crépita.

— Avez-vous froid ? demanda Dalton. Avez-vous besoin d'un pull ?

Comme elle s'en était doutée, aucun de ses faits et gestes ne leur échappait.

— Non, ça va. Merci.

D'autres bruits parasites se firent entendre. Le micro

grésilla, et cette fois elle reconnut la voix de l'inspecteur Olson.

— Je suis en train d'éteindre le matériel d'enregistrement. Nous sommes presque prêts. Ensuite, comme convenu, je sortirai de cette salle. Pendant toute la durée de l'entretien, je resterai à l'extérieur de la pièce dans laquelle vous vous trouvez. Votre échange avec MM. Lynch et Ford sera totalement confidentiel. Lorsque vous en aurez terminé, je viendrai vous chercher en compagnie d'une policière qui vous escortera jusqu'à votre cellule pour vous permettre de réunir vos affaires et de procéder à la levée d'écrou. Compris ?

Elle comprenait très bien les mots « levée d'écrou ».

— Oui, merci.

— D'accord. L'interrogatoire débutera dans quelques instants.

Hayley joignit les mains sur la table, pensant déjà à tout ce qu'elle ferait, une fois rentrée chez elle. Une longue douche chaude venait en tête de liste. Ensuite, elle s'occuperait des mises à jour des sites web qu'elle gérait en plus de ses activités officielles. Son loyer allait bientôt tomber, et elle n'avait pas assez sur son compte pour le régler.

Au départ, elle avait eu l'idée de se lancer dans la création de sites personnalisés, sur mesure, pour arrondir ses fins de mois. En effet, il lui fallait gagner de l'argent, en plus de son salaire officiel, pour rembourser ses énormes prêts étudiants. Et comme son employeur ne permettait pas à ses salariés d'effectuer des missions en free-lance – les considérant comme une concurrence déloyale –, elle était forcée de garder le silence sur ses activités parallèles. Elle n'avait donc pas la possibilité de démarcher pour promouvoir sa petite entreprise.

Sans le vouloir, Bethany l'avait aidée à trouver son premier client. Un jour, assise en tailleur sur le canapé, son ordinateur portable entre les cuisses, elle avait montré à Hayley un site de cadeaux sur Internet, un site dont Hayley n'avait jamais entendu parler. Mais plutôt que d'être attirée par les objets présentés, Hayley avait éclaté de rire à la vue du site web qui révélait un manque criant de professionnalisme. Elle lui avait affirmé être capable de faire mieux. Bethany l'avait mise au défi de le prouver.

Le lendemain, Hayley avait contacté la société en question pour lui proposer de moderniser son site pour un prix ridiculement bas. Elle espérait ainsi qu'ils lui donneraient sa chance malgré son peu d'expérience et son manque de références. Elle leur avait expliqué qu'elle travaillait comme programmeuse informatique pour un grand groupe et leur avait montré quelques-unes de ses réalisations. Très impressionnés, ils avaient sauté sur son offre. Sa petite entreprise secrète était lancée.

Elle se souvenait de sa joie lorsqu'elle apposait cette petite icône de fantôme au bas de chaque page web pour signer son travail. Le petit fantôme était un clin d'œil, rappelant le sobriquet qui lui avait été donné à l'université. Sans doute aurait-elle dû enregistrer officiellement sa petite entreprise. Mais elle ne voulait pas que son employeur sache qu'elle effectuait des missions en free-lance. En tout cas, cette icône était sa signature, prouvant qu'elle avait conçu un site, un blog. Elle en était très fière.

Lorsque, par la suite, ce même client lui avait demandé de créer une série de pages exclusives et non consultables par le public, elle y avait vu un défi intellectuel particulièrement stimulant. Elle avait réfléchi à la meilleure manière de répondre à ses attentes Il s'agissait d'une petite boîte qui n'avait pas les moyens d'embaucher un programmeur informatique à temps plein. Elle avait cherché comment leur permettre de se connecter sur leurs pages secrètes et aussi, à leur demande, d'avoir la possibilité d'effectuer des recherches sur Internet sans y laisser de trace. Ils voulaient assurer la sécurité de leurs données. Elle avait donc conçu un système pour leur garantir qu'aucun moteur de recherche ne pourrait les repérer.

Elle leur avait proposé une série de pages web qui n'étaient liées à aucune autre page web, pas même au site d'origine. Pour y accéder, l'utilisateur devait saisir les adresses Internet exactes, ce qui était un peu fastidieux. Mais elle avait créé un algorithme pour les aider à mémoriser les différentes adresses.

Par la suite, son client lui avait demandé de configurer une interface à l'aide du navigateur TOR Browser. Il avait entendu dire que ce réseau, conçu à l'origine pour les militaires américains afin de préserver la cybersécurité et l'anonymat, masquait les adresses IP.

Il avait été ravi de son travail, et elle, enchantée de la prime qu'il lui avait octroyée. Par la suite, ce premier client l'avait recommandée à d'autres personnes ayant des besoins similaires, et l'entreprise de Hayley avait pris son envol.

Ses petites activités en free-lance marchaient si bien et lui rapportaient tant qu'elle s'était même demandé si elle n'avait pas intérêt à s'y consacrer exclusivement. Mais avant qu'elle ne puisse en décider, le pire s'était produit.

Bethany avait disparu.

Quelques jours plus tard, son corps sans vie avait été retrouvé sur la propriété de Dalton. L'enquête menée par Hayley avait eu un impact négatif à la fois sur son travail en entreprise et sur ses missions en free-lance. Et à présent, elle avait vraiment besoin d'effectuer quelques mises à jour pour se renflouer. Encore une bonne raison d'en finir au plus vite avec cet interrogatoire.

De nouveau, le haut-parleur crépita et une autre voix se fit entendre. Elle reconnut l'intonation grave de Dalton. Au lieu de lui parler avec la familiarité de leurs précédents échanges, il adopta un ton formel et poli. La présence de son patron expliquait-elle ce changement ? Plus surprenant encore, il commença l'entretien avec des questions basiques et générales sur elle, des questions qui semblaient sans intérêt, presque inutiles. À sa demande, elle lui parla donc de sa formation à l'université. Elle commençait à se détendre.

Ensuite, il l'interrogea sur son travail de programmeuse informatique à Pigeon Forge et sur les raisons qui l'avaient poussée à louer un chalet à Gatlinburg. En effet, jusqu'alors, elle vivait beaucoup plus près de l'entreprise qui l'employait. Comme il le savait déjà, elle n'éprouva aucune réticence à lui expliquer que la mort de son amie et le fait que l'enquête semble piétiner l'avaient contrainte à ce déménagement. Elle avait préféré être proche du poste de police pour pouvoir s'y rendre régulièrement et mettre la pression sur les inspecteurs. Et elle voulait aussi garder un œil sur Dalton.

En revanche, elle fut très surprise qu'il lui pose des questions sur ses missions en free-lance, effectuées à l'insu de son patron. Lorsqu'elle lui demanda comment il était au courant de ses activités secrètes, il fut incapable de lui dire où il en avait entendu parler. Un de ses clients avait dû lui en toucher un mot. Mais comment les aurait-il rencontrés ? Était-il en relation avec de petites entreprises de vente au détail ? C'était possible. Après tout, elle ne savait toujours pas quel métier il exerçait, quelles étaient ses activités.

Elle répondit du mieux possible, veillant toutefois à ne révéler aucun détail sur ses pages web secrètes. Ses clients tenaient à ce que ces sites restent anonymes, ne soient accessibles qu'à leurs seuls membres, et elle n'avait aucune raison de dire quoi que ce soit à ce sujet.

Tandis que Dalton l'interrogeait, elle se demanda où il voulait en venir. À part les questions concernant ses activités secrètes, tout ce qu'il demandait était de notoriété publique. Une simple recherche sur Internet lui aurait donné la plupart des réponses. Sa vie n'était pas vraiment un mystère. Elle ne faisait pas partie de ces gens qui s'inquiétaient de ce qui était diffusé sur eux via les réseaux sociaux, même si elle avait sans doute tort de faire preuve de tant de légèreté.

Dalton était doué pour faire parler les gens. Était-ce dû à son passé d'inspecteur de police ? Ou à une stratégie ?

Finalement, elle décida de l'interroger à son tour.

— Quel est votre métier ? Comment gagnez-vous votre vie ? Vous m'avez dit que vous n'étiez pas détective privé. Mais vous n'êtes plus inspecteur de police non plus. Alors pourquoi enquêtez-vous sur le meurtre de Bethany ?

Comme il restait silencieux, elle fronça les sourcils.

— Dalton ? Vous êtes toujours là ?

— Oui. Je suis un genre de détective privé. Mais mes fonctions sont plus étendues Je suis à la fois enquêteur, solutionneur de problèmes, garde du corps si nécessaire.

Garde du corps ? En tout cas, il avait le physique de l'emploi. Et elle comprenait mieux pourquoi son site web le gênait dans son travail. Pour protéger ses clients, il avait besoin de ne pas attirer l'attention sur lui et donc de rester anonyme. Un regain de culpabilité la saisit.

— Mais vous travaillez pour Mason.

— C'est mon employeur. Pour revenir à votre entreprise de sites web, vous…

— Est-il, lui aussi, garde du corps ?

Elle perçut des murmures et devina qu'ils avaient une conversation parallèle dans la pièce voisine. Mais elle ne parvenait pas à décrypter ce qu'ils se disaient.

Un instant plus tard, Mason prit la parole.

— Je dirige une société appelée Justice Seekers, les Justiciers.

Alors que Dalton s'exprimait depuis le début d'un ton patient et apaisant, celui de Mason était bourru et hostile.

— Mon équipe est formée d'hommes et de femmes dotés de toutes sortes de qualités et de talents. Nous mettons tout en œuvre pour permettre à nos clients d'obtenir justice. Nos missions varient en fonction de leurs besoins. Et j'ajouterai cinq minutes à la demi-heure prévue puisque vous posez des questions au lieu de vous contenter de répondre aux nôtres.

— Vous n'avez pas le droit ! protesta-t-elle.

— Avez-vous lu les petits caractères de l'accord que vous avez signé ? J'en ai le droit et je n'aurai aucun état d'âme à le faire, si nous avons besoin de davantage de temps.

Les sourcils froncés, elle croisa les bras devant le miroir.

— Laisse-moi deviner. Vous êtes avocat, non ? Ils sont vraiment doués pour les petits caractères.

— En fait, non, répliqua-t-il d'un ton joyeux qui contrastait avec son intonation précédente. Mais j'ai un avocat dans l'équipe. C'est lui qui a rédigé cette clause de confidentialité.

— Bien sûr. En tout cas, je n'ai jamais entendu parler de ces Justice Seekers. Pas même lorsque j'ai cherché le nom du propriétaire du grand chalet où Dalton va travailler tous les jours. J'ignore toujours à qui il appartient, d'ailleurs.

— J'aime la discrétion, et les activités de mon entreprise se développent mieux dans l'ombre. Voilà pourquoi je me suis arrangé pour qu'elle n'apparaisse pas sur les écrans radar. Nous préférons le bouche-à-oreille à une publicité traditionnelle. Beaucoup de gens connaissent notre travail. Mais nous avons nos raisons de vouloir rester discrets.

— Et quelles sont ces raisons ?

— Le fait, par exemple, que les membres de l'équipe ont appartenu à une époque de leur vie aux forces de l'ordre, ou ont travaillé en étroite collaboration avec elles. Leur point commun est d'avoir tous été accusés à tort ou trahis, ce qui a détruit leur carrière. Pour cette raison, la plupart des policiers avec qui nous travaillons pour le compte de nos clients se méfient de nous. Les rares à nous faire confiance acceptent de nous aider afin que nous les aidions en retour dans leurs enquêtes. Mais ils doivent le faire secrètement pour se protéger vis-à-vis de leur hiérarchie. Voilà la principale raison pour laquelle nous agissons dans l'ombre. Pour assurer la protection de ceux qui risquent tout pour collaborer avec nous.

— Cela me paraît admirable, vraiment, dit-elle. De donner une seconde chance à des personnes trahies ou injustement maltraitées... Jamais je ne chercherais à mettre en péril la carrière des policiers en parlant de vos activités. Comptez sur moi. Mais vous avez dit que c'était la *principale* raison pour laquelle vous teniez au secret. Quelle est l'autre raison ?

— C'est une extension de la première, mademoiselle Nash. Pour pouvoir agir en toute discrétion, mes employés doivent être aussi anonymes que possible. C'est indispensable pour travailler sous couverture, par exemple. Quand quelqu'un diffuse des renseignements à leur sujet, comme vous le faites avec votre blog, ils apparaissent en pleine lumière, ce qui rend une mission d'infiltration presque impossible.

Hayley se reprocha à nouveau de leur compliquer la vie.

— D'accord, vous avez besoin de secret. Mais qu'attendez-vous de moi, exactement ?

— Supprimer votre site web contre Dalton serait un bon début, répondit Mason d'une voix encore empreinte de colère.

Dalton intervint comme pour calmer le jeu.

— Saviez-vous qu'avant sa mort votre amie, journaliste d'investigation indépendante, Mlle Miller, avait embauché les Justice Seekers pour l'aider dans l'enquête sur laquelle elle travaillait ?

— Quoi ? Que me racontez-vous ?

— L'épais dossier que Mason a apporté dans la salle d'interrogatoire concerne Mlle Miller. Elle menait une enquête approfondie avec le projet de vendre son reportage à une des chaînes de télévision nationales. Elle avait découvert des agissements criminels, la situation était dangereuse et commençait à lui échapper. Elle craignait de ne plus arriver à la gérer. Elle nous avait raconté ce qu'elle savait, et nous commencions nos propres investigations quand elle a été tuée. Le fait que son corps ait été découvert sur ma propriété n'est pas anodin. Le tueur a voulu ainsi envoyer aux Justice Seekers et à moi, en particulier, un message. Si nous n'arrêtions pas de creuser, nous subirions le même sort.

En effet, Bethany avait écrit dans son journal qu'elle avait contacté un groupe pour l'aider à comprendre l'affaire et à obtenir des preuves plus solides avant de la transmettre aux médias. Mais elle n'avait pas précisé de qui il s'agissait. Et le nom de Justice Seekers n'apparaissait nulle part. Contrairement à celui de Dalton qu'elle avait écrit partout.

— Dalton, voulez-vous dire que vous travailliez avec elle ? Vous spécifiquement ? Plus que les autres Seekers ?

Elle serra ses mains sous la table, attendant sa réponse.

— Oui, c'est exact. J'ai travaillé sous couverture, rencontré des malfrats avec qui elle était en contact, essayant de les approcher dans l'espoir de découvrir qui tirait les ficelles, d'identifier le cerveau de la bande. Malheureusement, elle a été tuée avant que j'y sois parvenu.

— Avez-vous déjà été dans un bar avec elle ? Dans le cadre de ce travail ?

— La plupart de nos entrevues avaient lieu dans des bars. Je donne souvent rendez-vous à nos clients dans ce genre d'endroits. Prendre un café ou une bière et bavarder dans une salle remplie d'autres gens qui boivent et bavardent n'attire pas l'attention. Personne ne soupçonnait la teneur de nos échanges. Un bar est l'endroit idéal pour se voir en toute discrétion.

Elle se leva et se dirigea vers le miroir.

— Bethany parle beaucoup de vous dans son journal. Vous lui plaisiez. Elle a prétendu que vous sortiez ensemble.

Il se racla la gorge.

— Vraiment ? C'est une révélation pour moi. Je vous

assure que nos relations ont toujours été exclusivement professionnelles. Je n'ai jamais rien fait qui puisse lui donner l'impression qu'il en était autrement, du moins pas intentionnellement. Est-ce pour cette raison que vous pensez que je l'ai tuée ? À cause de certaines remarques à mon sujet lues dans son journal ?

Elle ferma les paupières un moment, puis poussa un soupir.

— Il faut se plonger dans son journal pour comprendre. Il est assez convaincant, surtout si vous combinez ses propos avec les photos et l'absence d'autres suspects éventuels. Et le fait qu'elle n'ait jamais mentionné que vous l'aidiez. En le lisant, je pensais que vous étiez un ex-flic corrompu, de mèche avec les bandits, et que vous la trahissiez. C'est ainsi que les choses sont présentées dans son journal. Voilà pourquoi j'aurais voulu que la police mène une enquête approfondie sur vous. Voilà pourquoi j'étais persuadée que vous l'aviez tuée. Maintenant, je ne sais plus quoi penser.

— Vous avez toujours ce journal ? Et ces photos ? demanda Dalton.

Elle hésita.

— Vous n'avez pas l'air en colère.

— Pourquoi serais-je en colère ? Rien de ce que j'entends n'est gratuitement agressif. Au contraire. Vous m'écoutez et vous faites tout ce que vous pouvez pour résoudre le meurtre de votre amie. Je ne suis pas en colère. Mais j'aimerais en savoir plus, en particulier sur les clichés dont vous parlez.

Elle songea à la pile de portraits dans son sac à main, sac actuellement enfermé avec ses autres effets personnels dans un casier de la prison. Oserait-elle mentionner qu'ils se trouvaient dans ce bâtiment ? Ces photos étaient sa carte secrète, son atout maître. Elle les emportait partout, au cas où elle trouverait un témoin qui pourrait reconnaître certaines des personnes que Bethany avait photographiées. Cela dit, jusqu'ici, ces portraits ne lui avaient servi à rien.

Quand elle était allée les trouver pour demander une enquête approfondie sur Dalton, les policiers ne s'étaient intéressés ni au journal intime de Bethany ni aux photos.

Son seul espoir à présent était de découvrir des preuves supplémentaires et de retourner les voir.

Peut-être était-ce le bon moment pour relancer l'enquête. Elle aurait au moins la possibilité de montrer les photos à l'inspecteur Olson. Il avait été gentil et serviable. Peut-être pourrait-il faire quelque chose, contrairement à l'inspectrice à qui elle en avait parlé. Si elle pouvait déléguer cette enquête à quelqu'un de confiance, elle aurait le loisir de reprendre le cours de sa vie. Si quelqu'un avait vraiment l'intention de découvrir qui avait tué son amie et de traduire le coupable en justice, elle serait plus qu'heureuse de supprimer son site web et de rentrer chez elle.

— Hayley ? dit Dalton. Vous avez toujours les photos ?

Elle s'éloigna du miroir.

— Elles sont ici dans mon sac, dans un casier, avec mes autres effets personnels. Tous les détenus en ont un.

— Y a-t-il des horodatages notés sur ces clichés ?

— Bethany était une professionnelle. Bien sûr, il y a des dates et des heures dessus. Cela dit, la police ne semblait pas beaucoup s'en soucier, grommela-t-elle.

— Que voulez-vous dire ? Les avez-vous déjà apportés à la police ?

Elle ne voyait pas l'utilité de mentir.

— L'inspectrice à qui j'en ai parlé n'y a pas prêté attention. Elle a dit que n'importe qui pouvait utiliser Photoshop et que, sans preuves plus marquantes, les clichés n'avaient aucune valeur. Je lui ai également montré des lettres et le journal de Bethany, mais elle n'était toujours pas intéressée. C'est pourquoi j'ai créé ce site pour obtenir des témoignages et vous pousser aux aveux.

— Cette inspectrice de police vous a-t-elle demandé des copies des photos ?

— Non. Elle leur a à peine jeté un coup d'œil.

De nouveau, un silence angoissant tomba. Elle les imagina couper le micro pour faire des messes basses à son sujet.

Elle se sentait à bout de nerfs. Après cette semaine en cellule, elle était épuisée, affamée. Elle avait hâte de partir.

— La demi-heure est-elle écoulée ?

— Encore quelques questions, dit Dalton. Vous souvenez-vous du nom de l'inspectrice à qui vous avez parlé ?

— Simpson ou Sampson, quelque chose comme ça. Elle m'a dit que rien ne prouvait que vous aviez commis des actes répréhensibles et que je devais laisser tomber.

— Vous avez dit que ces photos étaient dans votre sac, ici ?

— Oui. Mais je ne vous les donne pas. Je ne suis pas encore prête à les laisser. Je veux y réfléchir d'abord.

— Si je demande à l'inspecteur Olson de vous apporter votre sac, acceptez-vous au moins de tenir les photos devant le miroir sans tain pour nous permettre de les voir ? Et de nous accorder un peu plus de temps pour quelques questions supplémentaires si nécessaire ?

Elle haussa les épaules.

— D'accord, à condition que ce ne soit pas trop long.

Quelques instants plus tard, elle se tenait devant le miroir, leur présentant chaque photo une à une. Comme il y en avait plus de cinquante, cela prit un moment, d'autant plus qu'ils posaient des questions et lui demandaient souvent d'en tenir une plus longtemps que les autres.

Elle n'avait pas besoin de retourner les photos pour savoir ce qu'elles représentaient : des criminels notoires. Bethany apparaissait sur certaines avec Dalton, mais sur de nombreuses autres il y était sans elle. Les échanges d'argent contre ce qui semblait être des kilos de cocaïne ou d'autres drogues illégales étaient visibles. Mais s'il était vraiment infiltré et jouait un rôle, cela pourrait tout expliquer.

— Pouvez-vous remettre la dernière contre le miroir ?

La voix de Dalton était étrangement altérée.

— Celle-là ?

— Oui, merci. Comment avez-vous obtenu ces photos et le journal que vous avez mentionné, s'ils appartenaient à Mlle Miller ?

Hayley posa la pile sur la table à côté de son sac à main.

— Ils se trouvaient dans un garde-meubles à la périphérie de la ville. Bethany avait mentionné qu'elle en avait un, et après sa mort j'ai fait le tour de tous ceux du coin. J'ai fini par découvrir un box loué à son nom. Il avait été prépayé pour un an, mais je leur ai montré l'article de presse locale sur sa mort. Et la propriétaire m'a autorisée à prendre ses affaires. J'ai prétendu être sa sœur, ajouta-t-elle en rougissant. Et vouloir des souvenirs d'elle. Ce qui était vrai. Ce que Bethany avait rangé là s'est révélé un trésor d'informations.

Elle s'appuya contre la table, mais se redressa.

— Elle a beaucoup écrit sur vous dans son journal, Dalton. Elle y décrit votre camion, ainsi que cette énorme caisse à outils et tout ce que vous y gardez. Dans certains passages, elle précise même le numéro de plaque d'immatriculation. Manifestement, elle était très amoureuse de vous et réciproquement.

— Je suis désolé que vous ayez eu cette impression, Hayley. En tout cas, je vous assure que les photos que vous venez de nous montrer proviennent de l'époque où elle a fait appel aux Justice Seekers. Mason peut en attester en se fondant sur les horodatages. Je ne fais pas de trafic de drogue ni d'armes.

Elle sourit tristement.

— Je ne le crois pas non plus. Plus maintenant.

— Merci, dit-il d'un ton las.

— Je suis désolée, Dalton. J'ai encore besoin d'un peu de temps pour revenir sur toute l'affaire du meurtre. Je dois…

— Y réfléchir. Je sais. Merci pour votre honnêteté. Et votre temps. Je vais dire à Olson de venir vous chercher.

— Souvenez-vous de la clause de confidentialité que vous avez signée, intervint Mason dans le haut-parleur. Elle concerne tout élément matériel présenté par l'une des parties à l'autre au cours de la discussion. À l'origine, cet alinéa était destiné à vous permettre de consulter notre dossier – si vous aviez accepté de vous asseoir avec nous en face à face. Ce que vous n'avez pas fait. Mais cette clause s'étend également aux photos que vous avez. Si vous les montrez à Olson ou à toute autre personne, notre accord est nul et non avenu. Vous retournerez en prison. Et nous porterons plainte contre vous. Je vous assure que je n'aurai aucun scrupule à vous poursuivre en justice, même si je n'arrive pas à convaincre Dalton de faire de même. Pour harcèlement et intimidation via un site Internet. Je vous conseille de bien réfléchir avant de faire quoi que ce soit d'autre susceptible de nuire à Dalton ou à tout autre de mes employés.

— Mason, arrêtez, dit Dalton. Elle ne mérite pas d'être traitée…

— Oh si, continua Mason. Et franchement, mademoiselle Nash, je me moque que vous croyiez ou non en l'innocence de Dalton. Si vous vous permettez d'autres propos diffamatoires à son encontre, vous le paierez très cher. Et si vous doutez de mon intention de vous poursuivre en justice si nécessaire, je vous suggère de faire une recherche sur Internet sur mon nom suivi de Beauchamp, une petite ville du comté de Sabine en Louisiane. Cela vous montrera jusqu'où je suis capable d'aller quand quelqu'un cause du tort aux personnes qui me sont chères.

Elle regarda le miroir, le sang battant à ses oreilles.

— Me menacez-vous, monsieur Ford ?

Le silence fut la seule réponse qu'elle obtint.

— Êtes-vous… Êtes-vous toujours là ?

Un coup retentit à la porte, et elle se retourna, surprise. L'inspecteur Olson apparut avec une surveillante en uniforme.

Il sourit.

— Prête à passer aux formalités de sortie ?

C'était donc ça. Mason avait jeté ses menaces, et les Justice Seekers étaient partis. À présent, elle avait un choix à faire. Elle jeta un coup d'œil aux photos, considérant ses options. Le plus important, la seule chose qui lui permettrait de bien dormir la nuit et de se regarder dans le miroir était d'obtenir justice. Pour son amie. Mais aussi pour Dalton. Alors, quelle était la meilleure façon d'y parvenir ?

— Mademoiselle Nash ?

— J'arrive.

Sa décision prise, elle attrapa son sac, les photos, et le suivit.

# 12

Dalton pressa la main sur un lecteur biométrique sur le mur. Une fraction de seconde plus tard, une fois ses empreintes scannées et authentifiées, la porte blindée s'ouvrit sans bruit. Il traversa l'immense pièce que lui et les autres Justice Seekers appelaient affectueusement l'Atrium. La plupart des membres de l'équipe étaient déjà assis autour de la grande table ronde en pierre, une tablette informatique posée devant chacun d'eux.

Tandis qu'il prenait place, Mason lui lança d'un ton agacé :

— Merci de vous être finalement souvenu de cette réunion.

Comme Mason encourageait d'un signe de tête l'une des autres Justice Seekers à poursuivre son exposé, Dalton ne prit pas la peine d'expliquer la raison de son retard. Son patron la découvrirait bien assez tôt.

— Reprenez, Kira, dit Mason. Vous nous faisiez un topo sur les photographies.

Kira s'exécuta, s'appuyant sur des notes dans un calepin qu'elle préférait visiblement à sa tablette. Une habitude que Dalton partageait. Un calepin était bien pratique quand il se trouvait dans une salle de prison, par exemple, où il n'avait pas la possibilité d'utiliser l'électronique.

Pour sa part, Kira préférait le papier parce qu'elle avait longtemps occupé les fonctions de procureure. Elle devait alors prendre des notes en salle d'audience ou au tribunal sans imposer à l'assistance le cliquetis d'un clavier.

— Notre contact au poste de police de Gatlinburg a indiqué que Mlle Nash avait respecté la clause de confidentialité du contrat, poursuivit Kira. À notre connaissance, elle n'a pas montré les photos à Olson ni à quiconque.

— À notre connaissance, répéta Mason d'un air sombre.

Kira haussa les épaules.

— Exploiter leurs caméras de surveillance serait risqué. Je ne le recommande pas, d'autant qu'elle pourrait de toute façon divulguer ces photos ailleurs si elle le voulait vraiment. Il nous faudrait la garder sous surveillance vingt-quatre heures sur vingt-quatre, sept jours sur sept pour être certains qu'elle tiendra parole. Même dans ce cas, si elle en a fait des copies numériques, elle pourrait les envoyer par mail.

Mason hocha la tête.

— Compris. Dans l'immédiat, l'intérêt de visionner les vidéos de la police ne justifie pas le risque. Il ne paraît peut-être pas utile non plus d'impliquer davantage notre contact pour vérifier ces informations. Certes, la réputation de Dalton est déjà compromise mais, à mon avis, les photos n'y changeront pas grand-chose. Vous n'y êtes pour rien, Dalton.

— Merci de le préciser, répondit sèchement ce dernier.

Mason sourit. Son humeur s'était beaucoup améliorée maintenant qu'il était de retour dans l'immense chalet qui abritait les bureaux. De tous les Seekers, leur chef était celui qui nourrissait encore le plus de ressentiment vis-à-vis de son passé au sein des forces de l'ordre. Chaque fois qu'il devait faire face à la police, il devenait exécrable.

— Comment vous en sortez-vous avec la liste des meurtres, Bishop ? reprit Mason. Avez-vous trouvé une logique ? Pouvez-vous prévoir la suite ?

Dalton connaissait les réponses avant que Bishop n'ouvre la

bouche. À en croire son expression accablée, il ne pouvait se targuer d'aucune avancée réelle. Quand il conclut son propos, son regard sombre trahissait un profond découragement.

Mason s'adressa alors à Jaxon Diaz, un Américano-Cubain de troisième génération, récemment démis de ses fonctions de policier au sein des marines pour avoir refusé de suivre les ordres – des ordres qui auraient entraîné la mort de la moitié de son unité.

— Et vous, Diaz ? Avez-vous du nouveau sur l'affaire Miller ?

Dalton écouta Jaxon puis Brielle puis LeMarcus qui prirent la parole tour à tour pour présenter leurs rapports. Malheureusement, aucun d'eux n'avait beaucoup progressé.

Des bruits de pas les firent tous se tourner vers la porte pour voir entrer l'ancien profileur du FBI, Bryson Anton.

Bryson salua Dalton d'un léger signe de tête avant de prendre place à gauche de Mason.

Ce dernier remarqua ce discret échange, mais se garda d'en faire état, se contentant d'inviter un autre Seeker à présenter son travail sur l'affaire Miller.

En général, ils travaillaient chacun sur des dossiers différents ou, à la rigueur, faisaient équipe par deux ou trois si besoin. Pas cette fois. Ils se consacraient tous à la même enquête et continueraient jusqu'à son aboutissement. Parce qu'il ne s'agissait pas d'obtenir justice pour une victime lambda. Mais pour l'un des leurs, pour l'homme qui aurait dû être assis à la seule place vide autour de la table – Seth Knox, également connu dans leur équipe comme le Rancher.

Celui dont le visage figurait sur la dernière photo que Hayley avait pressée contre le miroir, plus tôt dans la journée.

— Êtes-vous prêt à faire votre rapport ? demanda Mason à Dalton.

Avec un hochement de tête, il tapota la tablette devant lui. Lorsque la photo qu'il avait prise à l'aide de son smartphone dans la salle de la prison apparut sur le grand écran et sur leurs écrans individuels, tous poussèrent un cri de surprise.

— Quand ce portrait a-t-il été pris ? s'enquit Kira.

— Et où ? lança un autre.

Mason leva la main.

— Laissez Dalton vous expliquer ce que vous voyez.

Dalton se tourna vers l'ancienne procureure.

— Kira vous a parlé des photographies de Mlle Nash. Vous savez tous que Mason et moi l'avons interrogée ce matin à Gatlinburg et qu'elle a signé un accord de confidentialité qui lui interdit de divulguer les photos qu'elle nous a montrées. Celle que vous voyez à l'écran est l'une d'elles. J'en ai pris un instantané à l'aide de mon smartphone.

Il pianota sur son clavier, zoomant pour faire apparaître la date et l'heure affichées en bas à droite du cliché.

— Il s'agit peut-être du dernier portrait de Seth.

Il effectua un zoom arrière et tapota le doigt contre l'écran, dessinant un cercle rouge autour d'une femme en arrière-plan.

— Voici Bethany Miller. Cette photo a été prise dans l'un des bars où elle rencontrait habituellement des contacts au cours de son enquête sur le trafic de drogue et d'armes. Elle espérait vendre son reportage à une chaîne télévisée pour une diffusion à une heure de grande écoute. Vous reconnaissez certainement la plupart des hommes à qui elle s'adresse. Beaucoup ont déjà été arrêtés, souvent grâce à nous. Et vous remarquerez que Seth les regarde. Il ne s'agit sûrement pas d'une coïncidence, étant donné le moment choisi et le fait que ce cliché se trouvait avec d'autres photographies prises par Miller.

Jaxon tapota son écran.

— Vous pensez que Seth avait découvert les activités de cette bande de criminels avant même que Miller ne vienne nous en parler ? Et qu'ils l'ont tué pour cette raison ?

— Peut-être. Nous n'avons jamais rien trouvé pour expliquer pourquoi il a disparu, même après avoir retrouvé son cadavre. Il a pu tomber sur quelque chose qu'il n'était pas censé voir ou entendre, et quoi que ce soit cela pourrait être lié à notre enquête. Je ne crois pas aux coïncidences. Les gars sur qui nous enquêtons figurent sur cette photo avec lui, et il a été tué peu après qu'elle a été prise. Nous devons passer la vitesse supérieure, analyser de nouveau sa routine quotidienne et déterminer où est situé ce bar. Et pourquoi Seth s'y trouvait-il cette nuit-là ? Nous devons remonter plusieurs semaines en arrière et construire une nouvelle chronologie, comprendre ce qui l'avait poussé à s'y rendre.

Mason resta un moment silencieux, puis s'adressa à l'homme assis à sa droite.

— Caleb, je pense que notre amie sait quelque chose sur la disparition de Seth, ou du moins sur ce qui l'a provoquée. Je veux des réponses. Allez l'interroger maintenant et prenez Kira avec vous. Son expérience en matière de poursuites judiciaires facilitera l'interrogatoire.

Kira se leva, visiblement pressée de commencer.

Dalton l'arrêta.

— Examinez la voiture, voyez si elle a été utilisée. La température du capot, la jauge à essence vous donneront des éléments. Le réservoir était plein la dernière fois que j'ai vérifié.

— Je ne suis pas une bleue, cow-boy.

Elle lui lança un clin d'œil et se dirigea vers la porte.

Mason fit signe à l'ancienne policière de Gatlinburg.

— Brielle, vous avez établi la chronologie d'origine concernant l'emploi du temps de Seth au cours des semaines précédant sa disparition. Vous avez parlé à ses amis, à sa famille. Pouvez-vous en établir une nouvelle, élargie, pour prendre en compte ces nouveaux éléments ?

— Absolument, assura-t-elle. J'aurais cependant besoin

d'aide. Il sera nécessaire de parcourir de nombreux kilomètres et, pour avancer, il nous faut dresser au plus vite l'emploi du temps de Seth. Je vais commencer par le bar où cette photo a été prise. Bryson, es-tu d'accord pour m'aider ?

Bryson jeta un coup d'œil à Dalton. Mais avant que l'un ou l'autre ne puisse répondre quoi que ce soit, Mason intervint. Alors qu'il parlait à Brielle, il regardait Dalton.

— Prenez Jaxon. Il est plus jeune et se fondra mieux dans un bar que notre profileur. De plus, je dois m'entretenir en privé avec Bryson et Dalton. Merci à tout le monde. Je vous reverrai ici demain matin. J'espère que nous aurons progressé d'ici là.

La brusquerie avec laquelle il termina la réunion les surprit, mais ils sortirent tous, laissant Mason, Dalton et Bryson seuls.

Mason tapota le clavier de son ordinateur, et toutes les tablettes s'éteignirent. Il se cala dans son fauteuil en cuir et croisa les doigts devant lui.

— Que se passe-t-il, messieurs ? Pourquoi étiez-vous tous les deux en retard à une réunion aussi importante ? Et que signifiaient ces regards furtifs échangés ? Expliquez-moi.

Dalton posa ses avant-bras sur la table.

— Mason, même si vous pensez que Hayley s'est acoquinée avec les criminels pour lesquels elle travaille et qu'elle pourrait même être *The Ghost*, le Fantôme, pour ma part, je reste très sceptique. Nous la surveillons depuis longtemps et savons qu'elle ne sort pas beaucoup, sauf pour me prendre en filature. Et rien dans son passé n'indique de quelconques relations avec des membres de la pègre.

— Elle a quand même créé des sites web pour de nombreux criminels mêlés à cette enquête et elle signe son travail d'une icône de fantôme, non ? lui rappela Mason. Cette icône n'est pas anecdotique puisque nous recherchons un assassin qui se fait appeler *The Ghost*.

Il leva la main pour empêcher Dalton de répondre.

— Mais je suis d'accord, elle ne correspond pas au profil de notre tueur en série. Notre propre profileur l'a dit.

Il fit signe à Bryson, qui approuva de la tête.

— Je suis donc ouvert à d'autres possibilités. Moins que vous, cela dit.

Dalton n'apprécia que modérément son ton ironique. Après leur entretien à la prison, Mason lui avait reproché d'être trop prévenant avec Hayley. Il le soupçonnait d'avoir des sentiments pour elle. Ses dénégations étaient tombées à plat, sans doute parce qu'il commençait à se demander si en effet il ne perdait pas un peu de son objectivité avec elle.

— Continuez, insista Mason. Vous alliez m'expliquer ce que vous et Bryson aviez envie de faire.

Dalton échangea un regard avec Bryson, puis continua.

— Manipuler Hayley pour qu'elle révèle ses petites affaires sur le Dark web ne nous conduira pas à *The Ghost*, je l'ai toujours dit. Mais s'il y a une chance pour que ce soit le cas, il faut la tenter, surtout s'il se confirme que la mort de Seth est liée à notre enquête. Nous devons accélérer et faire participer Hayley. *The Ghost* n'a jamais attendu aussi longtemps entre deux meurtres. Quelqu'un d'autre va bientôt mourir si nous ne découvrons pas très vite l'identité du tueur et si nous ne l'arrêtons pas. Les missions en free-lance de Hayley pourraient être la clé, même si elle n'en est pas consciente.

— D'accord, dit Mason. Je suppose que vous avez un plan, quelque chose que vous et Bryson avez concocté ensemble ?

Ils hochèrent tous les deux la tête.

— Mais vous n'allez pas apprécier ça, dit Dalton. Je le sais.

— Pourquoi donc ?

Bryson s'éclaircit la gorge.

— Parce que, d'une part, ce plan implique de partager beaucoup plus d'informations avec Mlle Nash que prévu.

Pas toute la vérité, bien sûr. Mais surtout, il nous faut à tout prix obtenir la complicité de notre principal contact au sein de la police de Gatlinburg ainsi que l'aide du FBI. Ce dernier vous doit un renvoi d'ascenseur, une chance. Mais...

Comme il hésitait, Mason l'encouragea à poursuivre :

— Mais quoi ? Continuez, terminez.

Bryson s'éclaircit la gorge.

— Mais vous serez peut-être contraint de ramper pour les convaincre de nous aider. Et honnêtement, je ne suis même pas sûr que cela suffira.

Mason grimaça à l'idée de ramper pour quoi que ce soit.

— Je suis déjà beaucoup plus conciliant avec nos partenaires dans cette enquête que je ne souhaitais l'être. Et j'ai toujours refusé de me comporter en toutou obéissant avec le FBI, même lorsque j'étais chef de la police en Louisiane. Ce que nous attendons d'eux est-il légal ?

Dalton hocha la tête.

— Techniquement, oui. Le plan implique de mentir à Hayley, encore plus que ce que nous faisons déjà. Mais les forces de l'ordre ont le droit de mentir pour induire en erreur des criminels, je ne vous l'apprends pas.

Mason se frotta le ventre, et Dalton se demanda s'il frisait l'ulcère à cause de ce qu'il lui infligeait.

— Le vrai danger est que Hayley contacte le FBI ou la police pour vérifier et qu'elle comprenne que nous lui avons menti. Cela risquerait de causer des ennuis à nos amis.

— Quel est le pire qui puisse leur arriver ? s'enquit Mason.

— Ils pourraient perdre leur emploi.

Mason hocha la tête, l'air sombre.

— Assurez-vous qu'ils connaissent les risques. Et faites-leur également savoir que, s'ils sont mis à pied, je veillerai à ce qu'ils soient généreusement dédommagés.

C'est ce que je peux offrir de mieux. Je n'engage plus de nouveaux Seekers. Pas encore, ajouta-t-il avec un coup d'œil à la place vide de Seth. Maintenant, dites-moi ce que vous voulez que je fasse.

# 13

Bien qu'elle ait allumé un feu dans la cheminée de son petit chalet de location et qu'elle se soit emmitouflée dans une épaisse couverture, Hayley claquait des dents, assise en tailleur sur le canapé. Elle ne parvenait pas à se débarrasser du froid qui l'avait saisie en prison. Avec un gros soupir, elle finit par enfiler des pantoufles pour aller jeter dans l'âtre une autre bûche.

Il n'en restait pas beaucoup. De quoi tenir deux ou trois jours, tout au plus. Ensuite, il lui faudrait racheter du bois. Heureusement, elle venait de terminer plusieurs mises à jour de ses sites web. Ses clients lui vireraient de l'argent sur son compte bancaire dès ce soir.

En frissonnant, elle resserra les pans de sa robe de chambre et loucha sur le thermostat d'ambiance accroché au mur. Sa main se tendit vers lui comme si elle avait la capacité de se mouvoir de façon autonome. *Non.* Elle s'interdit d'aller plus loin et replia le bras. La dernière fois qu'elle avait allumé le chauffage, elle s'est retrouvée avec une facture de gaz exorbitante. Le chalet était si mal isolé qu'il était miraculeux que l'eau ne gèle pas dans les canalisations. Une fois allumés, les radiateurs fonctionnaient à plein régime. Elle n'avait pas les moyens de chauffer cette maison glaciale.

Dans l'espoir de se réchauffer autrement, elle se rendit dans la cuisine pour se préparer un chocolat chaud. Tout en s'activant, elle repensait à l'horrible semaine qu'elle venait de vivre. Elle ne savait toujours pas ce qu'elle devait penser de Dalton. Et voilà pourquoi elle avait changé d'avis et renoncé à montrer ses photos à l'inspecteur Olson.

Lorsqu'elle était rentrée chez elle, elle avait effectué des recherches sur Internet. Comme Mason le lui avait conseillé, elle avait tapé :

Ford Mason, Beauchamp, Louisiane.

Et depuis qu'elle avait lu les articles de presse relatifs aux événements, elle éprouvait un certain respect pour lui. Et, curieusement, une bonne dose de sympathie aussi.

Quelques années plus tôt, il avait été confronté à un panier de crabes sans aucune éthique. Lorsqu'il avait découvert les combines dont des policiers se rendaient coupables au sein de son propre service et qu'il les avait dénoncés, son frère en avait payé le prix fort. Il avait été injustement accusé de meurtre et envoyé derrière les barreaux. Mason avait prévenu en secret le FBI pour obtenir de l'aide, mais leur intervention avait été trop tardive pour sauver son cadet. Le malheureux avait été assassiné par des codétenus. Par la suite, de nombreux adjoints et dirigeants de la ville avaient été lourdement condamnés. Le procès civil, qui avait suivi le procès pénal, les avait obligés à verser des millions de dollars d'indemnités à Mason. Avec cet argent, il avait quitté la Louisiane, s'était installé dans le Tennessee et avait fondé les Justice Seekers.

Bien sûr, elle n'avait rien trouvé sur eux.

Le micro-ondes sonna. Elle en sortit son chocolat chaud. Les délicieuses fragrances qui se dégageaient du bol l'aidèrent à oublier un peu la pire semaine de son existence.

Cela dit, tout n'avait pas été négatif.

Dalton, par exemple, faisait partie des points positifs. Elle avait envie de se replonger dans son enquête, non pour prouver sa culpabilité mais pour démontrer, du moins l'espérait-elle, son innocence. Connaître son alibi l'aurait aidée mais, comme il ne voulait pas le lui donner, elle devait continuer à creuser.

S'il était vraiment innocent, ce qu'elle lui faisait subir depuis des semaines était impardonnable. Mais en attendant d'avoir des certitudes, elle refusait de culpabiliser.

Tout en sirotant le breuvage brûlant, elle retourna s'asseoir sur le canapé pour continuer d'étudier les photos étalées sur la table basse, celles qui avaient tant intéressé Dalton et son patron.

Surtout la dernière qu'elle avait pressée contre le miroir.

Lorsque Dalton l'avait priée de la lui présenter de nouveau pour lui permettre de la revoir, sa voix avait semblé rauque, étrange. Elle examina le portrait, se demandant ce qu'il avait vu qui l'avait poussé ensuite à abréger l'interrogatoire.

Y avait-il quelque chose sur ce cliché qui l'avait surpris ? Contrarié ? Ou mis en colère ?

Elle se déplaça légèrement pour mieux capter le peu de lumière diffusé par l'ampoule au-dessus d'elle. Ce portrait faisait partie des dizaines pris par Bethany à l'aide d'une caméra cachée. Y figuraient des malfrats réunis dans un bar. Et Bethany. Elle leur parlait, leur souriait, s'efforçant d'infiltrer leur cercle et de les amener à se confier sur leurs activités criminelles.

Hayley avait consacré beaucoup de temps à identifier les hommes présents sur ces photos. La plupart avaient des casiers judiciaires et étaient déjà retournés en prison pour une raison ou pour une autre. Certains apparaissaient sur de nombreux clichés et même sur certaines vidéos de Bethany. Et pourtant, Hayley ne savait toujours pas qui ils étaient. En tout cas, cette photo ne semblait pas très différente des autres. Alors pourquoi Dalton s'était-il tant focalisé dessus ?

Elle entreprit de trier les photos en fonction de la date et de l'heure auxquelles elles avaient été prises. Comme cela ne donna rien, elle décida de les classer en fonction cette fois des personnes représentées. Elle empila d'un côté celles qu'elle avait identifiées. Elle mit les autres, sur lesquelles une personne au moins lui était inconnue, sur une autre pile. Petit à petit, elle réduisit les tas jusqu'à ce qu'elle se retrouve avec un seul cliché montrant un homme qui n'était sur aucun autre.

C'était celui qui avait le plus intéressé Dalton.

Traversée par un regain d'excitation, elle saisit le portrait. D'après les notes de Bethany, sa caméra cachée prenait des photos toutes les quinze secondes. Presque tous les clients de ce bar figuraient sur au moins trois ou quatre clichés. Sauf cet inconnu. Avait-il compris qu'il était tombé sur une bande de criminels et s'était-il rapidement éclipsé ? Était-ce la raison pour laquelle il n'apparaissait plus par la suite ? Ou quelqu'un d'autre avait-il pris conscience qu'il n'avait rien à faire là et l'avait-il fait disparaître ? Y avait-il une autre explication ?

— Qui êtes-vous ? murmura-t-elle en le regardant.

Elle l'examina avec attention. Brun, de taille moyenne, il était hâlé comme s'il passait beaucoup de temps à l'extérieur. Il avait les cheveux coupés très court comme un militaire, les yeux clairs, même si elle n'était pas très sûre de leur couleur. Il était rasé de près. Il était vêtu d'un jean, d'une chemise sombre et d'une veste. Rien dans son apparence ne le distinguait particulièrement.

Un petit coup donné à la porte d'entrée la fit soudain sursauter. Perplexe, elle regarda l'horloge numérique du lecteur DVD. Il était un peu plus de 21 h 30. Une drôle d'heure pour venir dans un chalet isolé dans la montagne. Les rares visites du propriétaire avaient toujours lieu en journée. Et il la prévenait avant.

Quelqu'un était-il déjà passé à l'improviste ?

Non, pas une seule fois. *Jamais.*

Un autre coup sur la porte la figea. La peur la saisit. Un rôdeur cherchait-il à savoir s'il y avait quelqu'un avant de s'introduire dans la maison pour la cambrioler ? Où avait-elle mis son arme ? Dans son sac à main qu'elle avait bêtement laissé sous le porche arrière.

*Idiote.*

— Mademoiselle Nash ? cria une voix de femme. Je suis l'inspectrice Sampson du poste de police de Gatlinburg. Nous nous sommes déjà rencontrées. Vous en souvenez-vous ? Pourriez-vous ouvrir la porte, je vous prie ?

Sampson ? C'était l'inspectrice qui avait refusé de s'intéresser à son histoire quand elle avait voulu lui parler du journal et des photos de Bethany. Pourquoi se présentait-elle à cette heure-ci ? Cette Sampson avait-elle l'intention de l'arrêter ? Mason ou Dalton avaient-ils décidé de maintenir leur plainte, finalement ? Hayley ne voulait pas retourner en prison. Impossible. Elle ne s'en relèverait pas.

Aussi, au lieu de lui ouvrir, se rendit-elle dans la cuisine sur la pointe des pieds. Elle la traversa, décidée à filer par l'arrière.

Avec un cri de surprise, elle découvrit sur le seuil un homme en costume sombre. Qui bloquait la sortie.

— Bonsoir, mademoiselle Nash. Excusez-moi, je ne voulais pas vous effrayer.

Elle resta interdite, pétrifiée sur place, incapable de faire autre chose que de le regarder comme un lapin face au renard sur le point de le dévorer.

Et dire qu'elle se considérait comme une dure à cuire…

— Bonsoir, mademoiselle Nash, répéta-t-il lentement comme pour ne pas l'effrayer davantage. Je suis l'agent spécial Jaylen Holland du FBI. La personne qui frappe à votre porte d'entrée est l'inspectrice de police de Gatlinburg, Erin Sampson. Si vous acceptiez de nous accorder un peu de votre temps, nous vous en serions infiniment reconnaissants.

Il lui montra des papiers qui attestaient de ses fonctions. Elle aurait dû être soulagée de ne pas avoir affaire à un cambrioleur ou à un tueur en série. Au lieu de quoi, elle resta bloquée sur les trois lettres qu'il venait de prononcer : FBI.

*Bon sang.* Que pensaient-ils qu'elle avait fait ?

— Mademoiselle Nash ? Puis-je entrer ?

Elle déglutit avec peine et rabattit les pans de sa robe de chambre d'une main tremblante.

— Ai-je le choix ? murmura-t-elle, la gorge serrée.

Il lui sourit avec sympathie.

— Pardonnez-nous de surgir ainsi à l'improviste. Mais, après ce que vous avez vécu ces derniers jours, l'inspectrice Sampson et moi craignions que vous refusiez de nous parler.

Hayley sentit le feu monter à ses joues. Il n'avait pas tort. Au lieu d'ouvrir sa porte à une inspectrice de police, elle avait failli filer par l'arrière.

Elle fronça les sourcils.

— Vous êtes donc au courant de mon arrestation ?

— Oui.

— Que savez-vous d'autre ?

— Que vous vous posez beaucoup de questions. Et que vous voulez des réponses.

Il brandit une mallette qu'elle n'avait pas remarquée auparavant.

— Et je suis ici pour vous les donner. Certaines d'entre elles, en tout cas.

— Vous êtes venus me parler du meurtre de mon amie ?

De nouveau, des coups retentirent sur la porte d'entrée.

Il fronça les sourcils.

— Cela vous ennuierait si nous poursuivions cet échange à l'intérieur ? Il fait froid ici.

Malgré son angoisse, elle ne put s'empêcher de sourire. S'il pensait que l'intérieur du chalet serait plus chaud que le porche, il risquait d'être déçu.

Elle recula pour le laisser entrer.

# 14

Réveillé en sursaut, Dalton bondit de son lit et saisit son pistolet. L'arme au poing, il inspecta les coins sombres de sa chambre, tout en écoutant le concert d'aboiements furieux dans la cour. La meute semblait déchaînée. Denali, qui dormait dans le placard, se leva lourdement et entreprit de faire le tour de la pièce pour comprendre ce qui avait alarmé Dalton.

Ce dernier se dirigea vers la fenêtre et poussa les volets de bois pour voir ce qui se passait. À cette heure tardive, ses chiens auraient dû dormir au chaud dans la grange. Au lieu de quoi, ils hurlaient à qui mieux mieux, les poils hérissés, les babines retroussées.

Fang, le mâle alpha, bondissait en grondant d'un air féroce. Le cri terrorisé d'un animal manifestement acculé fit jurer Dalton. Il attrapa son jean et sa chemise, s'habilla rapidement et fourra son pistolet dans sa poche au cas où il devrait achever une pauvre bête à moitié dévorée.

Il courut dans le couloir, dégringola l'escalier, décrocha son manteau. Tout en l'enfilant, il s'élança dehors et dévala les marches du porche.

— Fang, Sheba, du calme ! hurla-t-il en se précipitant vers la meute. Au pied.

Heureusement, les deux mâles dominants étaient bien dressés. Ils reculèrent. Ils continuèrent de japper et de grogner, mais s'éloignèrent de la créature terrifiée qu'ils avaient repérée. Les autres les imitèrent, et Dalton réussit à s'approcher et à découvrir l'objet de leur colère.

Assise sur la terre froide et dure, les bras enroulés autour de ses jambes repliées contre elle, se trouvait son ennemie jurée. Les yeux écarquillés d'épouvante, le visage blanc comme un linge, elle lui parut pitoyable.

Pour ne pas lui faire plus peur encore, il se pencha vers elle, se demandant si elle le reconnaissait.

— Hayley ? C'est Dalton. Ne vous inquiétez pas, vous ne risquez plus rien.

Elle le dévisagea d'un œil vide.

— Que vous est-il arrivé ? insista-t-il. Que faites-vous ici ? Et pourquoi n'avez-vous pas de manteau ? Il gèle.

Il retira son trench-coat et le posa sur ses épaules. Elle frissonnait si fort qu'elle claquait des dents, mais au moins ne se défendit-elle pas. Bien sûr, son esprit terrifié ne l'avait pas encore identifié.

Comme les chiens se remettaient à gronder, il ordonna :

— Fang, couché !

L'animal grogna mais battit en retraite. Ses congénères le suivirent au petit trot vers la grange.

Dalton examina rapidement Hayley, craignant que ses fidèles compagnons ne l'aient mordue. En général, ils n'attaquaient pas et c'est pourquoi il les laissait s'ébattre en liberté sur sa propriété. Mais elle semblait secouée. Comme il ne remarquait aucune marque de morsure sur elle, il fronça les sourcils. Que s'était-il passé ?

— Hayley, c'est Dalton, répéta-t-il. Êtes-vous blessée ?

Elle ne répondait toujours pas, se contentant de regarder les chiens s'éloigner.

Il jeta un coup d'œil par-dessus son épaule, vers l'allée et la route. Sa Chevrolet n'était nulle part en vue.

— Comment êtes-vous arrivée ici ?

Elle battit des paupières et le dévisagea d'un air hagard.

— D-Dalton ? murmura-t-elle avec étonnement.

Il se tourna vers les bois qui bordaient sa propriété.

— Est-ce que quelqu'un s'est introduit chez vous et vous a attaquée ? Vous avez couru ici pour obtenir de l'aide ?

À sa grande surprise, il vit des larmes rouler sur ses joues.

— J'ai eu tort à votre sujet, balbutia-t-elle. Je… suis venue vous présenter mes… excuses. Je suis sincèrement désolée, ajouta-t-elle entre deux claquements de dents.

Bouleversé, il la dévisagea fixement tandis que ses mots résonnaient dans son esprit.

— Vous avez couru à travers les bois en pleine nuit et par ce froid pour vous excuser, dit-il, perplexe.

Elle battit de nouveau des paupières, fronça les sourcils, puis secoua la tête.

— Je n'ai pas… couru dans les bois… Je suis venue en voiture. Mais elle est tombée en panne. En bas de la colline, ajouta-t-elle avec un geste vers la route.

Elle prit soudain la main de Dalton. La sienne était glacée.

— Je suis désolée, répéta-t-elle. Il faut me pardonner.

Sampson et Holland avaient dû venir la voir comme convenu, comprit-il. Mais il ne s'attendait pas à ce que cette visite ait autant d'impact sur elle. Qu'avait-il fait ? se demanda-t-il, en proie à une sourde culpabilité.

Il se redressa et l'aida à se mettre sur pied.

— Entrons chez moi avant que vous ne soyez gelée.

Elle tremblait si fort qu'elle faillit tomber. Il la rattrapa, et la souleva dans ses bras avant de l'entraîner vers la maison.

Une fois à l'intérieur, il l'allongea sur le canapé mais, quand il voulut se redresser, elle s'accrocha à lui, resserrant les bras autour de son cou. Il hésita, indécis. Tremblait-elle de froid ou de peur ? Il lui murmura des mots apaisants et s'efforça de nouveau de s'écarter. Mais elle se blottit contre lui, marmonnant des propos incohérents.

Le contact de ses lèvres froides sur son cou le décida. Il s'assit sur le canapé avec elle toujours recroquevillée contre lui, s'empara d'un plaid qui traînait sur les coussins et l'enroula autour d'eux.

Très vite, elle s'endormit au creux de son épaule. Avec un soupir, il s'installa plus confortablement pour attendre. En s'efforçant de ne pas penser à quel point il était incroyable de la tenir enfin dans ses bras.

Une petite demi-heure plus tard, elle laissa échapper un cri alarmé et se raidit soudain.

Il se tourna vers elle.

— Tout va bien, Hayley. Vous êtes… Ouf !

Un coude rageur le frappa à l'estomac. Elle lui envoya le plaid à la figure et s'écarta d'un bond.

Comme elle se mettait à l'insulter et à le menacer, il ne put s'empêcher de sourire. Elle jurait comme un charretier. Il faisait sombre et, comme elle ne dormait plus, il alluma la lampe sur la petite table à côté de lui.

À la vue du canon d'un pistolet pointé sur lui, un pistolet qu'elle tenait des deux mains, il se figea.

Mais pas longtemps.

À une vitesse fulgurante, il lui tordit le bras et lui arracha son arme. Elle fut tellement surprise qu'elle ne réussit qu'à le dévisager, bouche bée.

— Si vous vous sentez menacée au point de braquer une arme sur quelqu'un, cria-t-il en éjectant le chargeur, vous feriez mieux de vous arranger pour ne pas lui donner la possibilité de vous la prendre. Si j'étais vraiment une menace, vous seriez morte à présent.

Comme si elle ne mesurait pas vraiment ce qu'elle avait fait, elle posa une main sur sa gorge.

— Je suis vraiment désolée. Je n'ai pas…

— Cessez de vous excuser. Expliquez-moi plutôt pourquoi

vous êtes sur ma propriété à plus de minuit et sans manteau. Et épargnez-moi les mensonges que vous m'avez sortis tout à l'heure à propos de votre voiture soi-disant tombée en panne. Après vous avoir vue braquer votre arme sur moi, je ne crois pas un mot de cette histoire. Vous êtes-vous garée assez loin pour entrer sans vous faire remarquer ? En croyant que les chiens étaient enfermés ?

Elle secoua vigoureusement la tête en se levant.

— Non, non. Non. Ce n'est pas ça du tout.

Il croisa les bras.

— J'attends vos explications.

Elle poussa un gros soupir.

— Le pistolet… Je suis désolée…

— Dites-moi simplement ce que vous êtes venue faire ici. Vous savez que mes chiens auraient pu vous mordre ou, pire, vous dévorer ? Ils sont dressés pour me défendre et protéger mes biens. Vous avez eu de la chance que je sois descendu avant qu'ils ne vous réduisent en charpie.

Le sang se retira de son visage et, pâle comme la mort, elle balbutia en déglutissant avec peine :

— Je ne me rendais pas compte. Ma Chevrolet est vraiment tombée en panne. Je ne pouvais pas dormir, tant de choses me traversaient l'esprit. Et j'avais si froid que j'ai décidé de vous apporter quelque chose. Je pensais le déposer devant le grand chalet qui abrite votre bureau ou devant chez vous. Peu importe. Mais puisque je suis ici et que je vous ai déjà réveillé, autant vous le donner maintenant, sans attendre.

— Que me racontez-vous ? Et pourquoi fait-il si froid chez vous ? Le chauffage est cassé ?

— On s'en moque du chauffage. J'ai quelque chose pour vous dans ma voiture. Je suppose que vous allez refuser de m'y conduire, n'est-ce pas ?

# 15

Lorsque Dalton se gara à côté de sa Chevrolet, il bondit du camion et courut côté passager pour l'aider à en descendre. Même si elle ne cessait de répéter qu'elle n'avait besoin de personne, elle n'avait aucune chance d'y arriver sans tomber.

Elle le remercia, manifestement gênée de devoir accepter son aide.

Alors qu'elle ouvrait la portière de son SUV, il en profita pour jeter un œil à la voiture et comprendre l'origine de sa panne, au cas où le problème serait simple à régler. Il l'était. Le visage de Hayley devint rouge écarlate quand il lui fit remarquer qu'elle n'avait plus une goutte d'essence. Il ouvrit son propre coffre et en tira un bidon de carburant qu'il gardait en réserve. Il le vida dans son réservoir.

Un petit moment plus tard, il la suivit jusque chez elle. Il voulait attendre qu'elle soit en sécurité à l'intérieur pour repartir. Mais après s'être garée, au lieu d'entrer directement dans la maisonnette, elle se dirigea vers son camion avec une sacoche qu'elle avait récupérée dans sa Chevrolet.

Elle ouvrit la portière et lui sourit.

— J'ai besoin de vous parler du contenu de cette sacoche. Comme il fait plus chaud dans votre pick-up que dans mon chalet, le mieux est de nous y installer…

— Bien sûr.

Après l'avoir aidée à remonter dans l'habitacle, il demanda :

— Pourquoi fait-il froid chez vous ? Le chauffage est tombé en panne, lui aussi ? Avez-vous besoin de moi pour…

Elle posa la main sur la sienne, lui provoquant aussitôt une douce émotion. Cette réaction était tellement inattendue qu'il en oublia ce qu'il s'apprêtait à dire. Avait-il déjà remarqué qu'elle avait de beaux yeux bleus ? Et un charmant sourire ?

Il se racla la gorge, s'efforçant de reprendre ses esprits.

— Vous vouliez me dire quelque chose sur cette sacoche ?

— Oui.

Elle la ramassa et en caressa le cuir presque avec amour, comme pour dire au revoir à une vieille amie.

— Elle contient les photos que je vous ai montrées à la prison. Et d'autres. Ainsi que le journal de Bethany et les clés USB de mes investigations et des siennes. Il y a…

— Attendez. Pourquoi me dites-vous ça ?

— Parce que tout est à vous, maintenant. Je vous le donne. Tout ce qui concerne mon enquête sur la mort de Bethany, y compris ce qu'elle avait réuni de son côté sur les trafics de drogue et les trafics d'armes. Je veux que vous l'ayez.

Il la regarda avec stupéfaction.

— Vous me remettez tous les éléments que vous recueillez depuis des mois, plus ceux que votre amie avait compilés ?

— Et ce n'est pas tout. Si vous essayez de consulter mon site web – celui que j'avais créé pour obtenir des témoignages contre vous –, vous constaterez qu'il a été supprimé. Je ne vous harcèlerai plus. Je m'engage à ne plus vous causer de problèmes à l'avenir. Vous n'avez plus à vous inquiéter de rien. Je regrette le mal que je vous ai fait.

Au lieu de le rassurer, ses paroles alarmèrent Dalton. Apparemment, il obtenait enfin ce qu'il espérait depuis des semaines. Elle avait supprimé son site toxique. Mais il ne s'attendait pas à ce qu'elle lui donne ses notes ou les photos. Rien de tout cela n'avait de sens.

Se jouait-elle de lui ? Avait-elle compris qu'il n'avait pas été sincère et que son objectif était de lui tirer les vers du nez ?

— Pourquoi ? demanda-t-il, abasourdi.

Elle regarda son chalet à travers le pare-brise.

— Parce que j'ai reçu plus tôt dans la soirée la visite d'un agent du FBI et d'une inspectrice de police de Gatlinburg. Ils m'ont fait promettre de ne souffler mot à personne de ce qu'ils m'ont confié. Mais je pense être autorisée à vous en parler puisqu'il s'agit de vous et que vous travaillez avec eux.

Il resta silencieux pendant qu'elle lui racontait les révélations de l'inspectrice Sampson et de l'agent spécial Holland. Ils lui avaient fait jurer de garder le secret sur l'affaire avant de lui communiquer des éléments concernant l'enquête. Ils lui avaient expliqué en particulier qu'ils menaient ces investigations en collaboration avec un groupe de travail secret, celui dont Dalton faisait partie. Ils lui avaient montré des rapports, des photos et de nombreux documents. Tout cela prouvait que Dalton n'avait pas tué Bethany Miller. Dalton était sous couverture, à l'époque. Ils lui avaient également donné la liste de tous les policiers qui étaient cette nuit-là avec lui dans l'espoir de faire tomber des trafiquants de drogue et d'empêcher des armes de circuler dans les rues.

Elle essuya ses larmes et poursuivit d'une voix tremblante :

— J'ignorais que vous me disiez la vérité depuis le début. Vous avez vraiment travaillé avec Bethany, vous l'avez réellement aidée dans son enquête. Vous avez contacté le FBI pour coincer les criminels qu'elle essayait de son côté de démasquer. La plupart des truands photographiés dans ce bar ont déjà été arrêtés et emprisonnés grâce à vous. Et pendant tout ce temps, mon site web ne faisait que vous compliquer la vie. Ils m'ont raconté qu'il vous était devenu impossible de travailler sous couverture à cause de moi. Et que par ma faute vous étiez désormais cantonné à des tâches administratives. Je suis vraiment désolée, Dalton.

Il pressa les mains contre ses cuisses pour s'interdire de la prendre dans ses bras. Elle avait l'air si vulnérable, si secouée, si ridiculement contrite, qu'il mourait d'envie de l'embrasser et de lui assurer que tout allait bien.

Même s'il savait que ce n'était pas le cas.

— Je ne pourrai jamais réparer le mal que je vous ai causé, poursuivit-elle. J'aimerais pourtant faire quelque chose. Mais à part vous donner toutes mes notes et documents et supprimer mon site web, je ne vois pas comment je…

— Vous pouvez nous aider.

— Moi ? s'exclama-t-elle, stupéfaite. Comment cela ?

Il se força à prendre un air nonchalant, et réussit même à sourire avant de sauter le pas et de la tromper une fois de plus. Ils préparaient le terrain depuis des mois. Et maintenant que ce travail portait ses fruits, il aurait été fou de ne pas en profiter. Ils étaient si près du but, si près d'obtenir ce dont ils avaient vitalement besoin. Il devait y aller.

— J'apprécie que vous vous soyez rendu compte que je ne suis pas le méchant que vous aviez imaginé. Et l'équipe fera bon usage du contenu de cette sacoche, croyez-moi. Mais vous pourriez peut-être nous aider de façon plus importante encore. En mettant à notre service votre expertise sur les sites web.

Elle se redressa.

— Mon expertise ? Vous voulez que je vous aide dans votre enquête ?

— L'équipe fait appel aux talents des uns et des autres, mais toutes les bonnes volontés sont les bienvenues. Et, comme vous l'avez dit, je travaille davantage dans l'ombre actuellement, en coulisses, que sur la ligne de front. J'essaye en particulier de pénétrer les sites web de certains suspects, pour diverses raisons que je vous expliquerai plus tard. Mais pour le moment, je n'ai personne de vraiment performant pour m'épauler sur le plan informatique. Vous êtes programmeuse et vous avez une grande expérience dans ce domaine, vous avez fait un travail remarquable sur le web. Alors, si vous acceptiez de me donner un coup de main, de corriger mes erreurs pour me faire progresser, cela nous aiderait beaucoup. Cela nous permettrait sans doute d'avancer de façon déterminante, peut-être même d'aboutir.

Elle hocha lentement la tête.

— D'accord, je peux essayer. Et vous croyez vraiment que cela vous aidera à faire tomber ces criminels ?

— Oui.

Il en était certain. Mais peut-être Hayley se retrouverait-elle, elle aussi, derrière les barreaux. Parfois, il détestait son travail.

— Et à démasquer l'assassin de Bethany ?

Il hésita puis hocha la tête.

— Oui.

Encore un mensonge.

Elle sourit, ressemblant finalement davantage à la Hayley dont il voulait garder le souvenir. Était-ce une bonne chose ?

— Je serais heureuse de vous être utile, dit-elle. Voulez-vous que je vous retrouve sur votre lieu de travail ? Vers 9 heures ?

— 9 heures serait parfait.

Son sourire s'élargit.

— Merci, Dalton. Vous aider dans votre enquête et savoir que je ne fais de mal à personne soulage beaucoup ma conscience.

Celle de Dalton, en revanche, était torturée. Il se servait de la culpabilité de Hayley comme d'une arme contre elle. Il lui donnait la corde pour la pendre, et elle l'en remerciait. Son propre comportement le ravageait.

— Comme je l'ai dit, votre collaboration nous sera très précieuse.

Après avoir attendu qu'elle soit en sécurité à l'intérieur

du chalet, il repartit. Dès qu'il fut hors de vue, il s'arrêta sur le bas-côté. Il resta assis là un moment, se remémorant les rebondissements de la semaine écoulée et l'incroyable conversation qu'il venait d'avoir avec Hayley. Lorsqu'il se sentit capable de parler sans hurler, il tira son smartphone de sa poche et pressa le bouton du haut-parleur. Puis il posa l'appareil à côté de la sacoche.

Il fallut trois sonneries avant que Mason ne décroche.

— J'espère pour vous que c'est assez important pour me réveiller en plein cœur de la nuit, grommela-t-il.

— Le pseudo-groupe de travail ? Les photos ? Que signifie ce micmac, Mason ? Qu'avez-vous fait ?

— Elle y a cru ?

La voix de Mason était soudain joyeuse.

— Oui. Elle y a cru, dit Dalton. Elle nous retrouve au bureau ce matin pour m'aider dans la partie informatique de l'enquête.

— Excellent. Le plan a fonctionné à merveille.

— Non, le plan n'a pas fonctionné, répliqua Dalton. Le plan était de demander à certains de nos alliés de me fournir un alibi pour le meurtre de Bethany. Et de menacer Hayley de poursuites judiciaires si elle continuait de s'immiscer dans notre enquête. Le plan n'était pas d'inventer un groupe de travail soi-disant en cheville avec la police. Les Justice Seekers ne collaborent avec personne sur cette affaire, pas officiellement du moins. Que se passera-t-il si Hayley se pointe au FBI ou au poste de police de Gatlinburg pour poser des questions sur ce prétendu groupe de travail ? Ne seront-ils pas surpris puisqu'il n'existe pas ?

— J'ai peut-être fait preuve de créativité débordante, je vous l'accorde, mais je ne vois pas où est le problème. Après sa récente expérience de la prison, je ne l'imagine pas entrer au poste de police pour vérifier notre histoire.

Pourquoi vous mettre dans un état pareil ? Vous semblez bouleversé.

— Vous avez changé le plan sans me prévenir. Elle m'a désarçonné lorsqu'elle a fait allusion à ce groupe. Je ne sais pas comment j'ai réussi à garder un visage impassible pendant que je la laissais parler, alors que je ne savais même pas ce qu'on lui avait raconté. Comment voulez-vous que je joue mon rôle correctement si vous changez le script sans me prévenir ?

Comme Mason ne répondait pas, il poursuivit :

— Elle pense que je vais l'aider à enquêter sur le meurtre de son amie et qu'en échange elle va nous aider à pénétrer les sites web. Si elle croit que je fais partie d'un groupe qui travaille en étroite collaboration avec la police du coin, dans combien de temps à votre avis va-t-elle me demander de consulter le rapport du médecin légiste sur le décès de Bethany Miller ? Comment vais-je m'en sortir au milieu de toutes les questions qu'elle me posera fatalement tôt ou tard ?

Mason répondit finalement d'un ton hésitant :

— Je comprends que ça puisse être… gênant. Difficile.

— C'est un désastre programmé.

L'irritation teinta à nouveau le ton de Mason.

— Nous avons obtenu ce que nous voulions : son soutien et son accord pour nous aider. Nous devons à tout prix identifier *The Ghost*. Si elle est la criminelle que je suis persuadé qu'elle est, elle pourrait jouer un rôle majeur, comme vous l'avez convenu plus tôt. Sinon, je lui présenterai mes excuses. Mais nous n'en sommes pas là. Loin de là.

— Et si rien ne se passe comme prévu ? s'enquit Dalton. Et si elle se rend compte que nous lui avons menti ?

— Peut-être devra-t-elle disparaître, tout comme son amie.

Dalton secoua la tête.

— Vous voulez la faire disparaître, elle aussi ?

— Si nécessaire, oui.

Livide, Hayley laissa tomber ses écouteurs sur le sol et se recroquevilla sur le canapé. Elle ne savait pas ce qui l'avait poussée à glisser ce dispositif d'écoute dans la sacoche avant de la donner à Dalton. L'ombre d'un doute, peut-être ? Son inconscient lui avait sans doute soufflé que la visite nocturne de cette inspectrice de police et d'un agent spécial du FBI était louche. Quoi qu'il en soit, elle ne s'attendait pas à ce qu'elle venait d'entendre quand elle avait mis ses écouteurs.

Elle aurait dû.

Elle essuya les larmes qui ruisselaient sur ses joues. Dalton avait réussi à abattre ses défenses, à la convaincre qu'il faisait partie des gentils. Et même si quelque part elle savait qu'il valait mieux pour elle de connaître la vérité, son cœur brisé aurait préféré rester dans l'ignorance.

L'étendue de sa propre stupidité lui donnait le vertige.

Sans ce micro dissimulé dans la doublure de la sacoche, elle n'aurait jamais su que Dalton et Mason avaient comploté pour assassiner Bethany. Et qu'ils étaient prêts à lui faire subir le même sort « si nécessaire »…

Mason parlait d'elle comme si elle était une criminelle. Était-ce parce qu'elle était entrée par effraction chez Dalton pour y chercher des preuves de ses crimes ? Ou ses soupçons à son sujet avaient-ils une origine plus sinistre ? Il avait fait allusion à un fantôme, non ? Était-il furieux contre elle parce qu'il essayait de trouver quelqu'un qui s'appelait *The Ghost* et qu'elle utilisait une icône de fantôme pour signer son travail ? Pourquoi et surtout *de quoi* la soupçonnait-il ?

Il lui fallait réfléchir, vraiment. Et elle n'avait pas beaucoup de temps. Elle devait mettre au point un plan avant 9 heures.

Elle essuya ses larmes, repoussant pour de bon ses espoirs et rêves insensés à propos de Dalton. Il était son ennemi, elle en avait la preuve, à présent. Et elle ferait bien de s'en souvenir.

Le chalet était trop froid pour qu'elle puisse se concentrer, aussi finit-elle par allumer le chauffage. Tant pis pour la facture. Dans l'immédiat, elle avait besoin de remettre les rouages de son cerveau en mouvement. Elle se confectionna une autre tasse de chocolat chaud, et ajouta une bûche dans l'âtre pour faire une bonne flambée. Puis elle s'assit sur le canapé, considérant toutes les options.

Manifestement, elle ne pouvait pas plus faire confiance à la police qu'aux Justice Seekers. Après tout, une inspectrice de police et un agent du FBI avaient obéi aux ordres de Mason et lui avaient fourni de fausses informations pour l'amener à supprimer son site web. Elle envisagea un bref instant de le réactiver, mais cela ne ferait que provoquer des interrogations chez Mason et Dalton. Pour le moment, elle préférait ne pas leur faire savoir qu'elle avait écouté leur conversation téléphonique.

À qui pouvait-elle faire confiance ? C'était la vraie question. Et elle se rendit compte qu'elle ne pouvait en réalité compter que sur elle-même. Elle devait reprendre l'offensive et obtenir des informations réelles pour comprendre ce qui se passait. Où trouverait-elle des renseignements ? Des preuves ? Après sa tentative pour pénétrer chez Dalton, il ne se risquerait certainement pas à garder quoi que ce soit là-bas. S'il avait eu des documents compromettants chez lui auparavant, il les avait déplacés. Mais pour les mettre où ?

*Au siège des Justice Seekers.*

C'était le seul endroit possible. Elle avait absolument besoin d'y entrer et d'y récupérer tout ce qu'ils y cachaient. La police, la vraie police – pas Sampson –, lui prêterait attention si elle leur apportait des preuves irréfutables. Et s'ils refusaient de l'entendre, elle irait trouver les médias. Si les journalistes les mettaient sous pression, les policiers devraient enfin mener une enquête digne de ce nom.

Mais comment s'introduire dans ce qui ressemblait à une forteresse ? Ses tentatives pour entrer par effraction chez Dalton avaient prouvé qu'elle n'était pas très douée dans ce domaine.

Elle se redressa soudain, traversée par une évidence. Bien sûr, elle allait y rentrer par la porte, avec Dalton. Il lui donnerait accès aux lieux. Il avait besoin de son aide pour les sites web. Elle se servirait de ce prétexte comme d'une ruse pour entrer dans leur repaire.

Mais comment réussirait-elle à obtenir les données dont elle avait besoin ? Elle doutait que la sécurité de leurs ordinateurs lui permette de sauvegarder quoi que ce soit sur une clé USB sans envoyer d'alerte à Mason et aux autres. Et elle ne pourrait certainement pas repartir avec des dossiers sous le bras si elle découvrait des fichiers papier. Elle devait trouver un autre moyen de sauvegarder et de stocker ces informations.

Elle avait une solution toute simple pour régler cette partie du problème. Elle n'avait pas fait de la surveillance depuis des mois sans apprendre quelques astuces.

Elle prit son arme – celle que Dalton lui avait rendue après qu'elle l'ait pointée sur lui –, la chargea et la posa sur la table à côté d'elle. Puis elle se dirigea vers sa chambre.

Après avoir attrapé un chemisier, une aiguille et du fil, et un bouton très spécial – et très cher –, elle s'assit sur le canapé pour le coudre. Il ressemblait beaucoup aux autres, mais il n'était pas comme les autres. Et il ferait tomber les Justice Seekers.

Dommage qu'il n'ait pas aussi le pouvoir de guérir son cœur brisé.

# 16

Garée au fond du parking, Hayley observait à travers le pare-brise de sa Chevrolet les autres véhicules alignés près de l'immense chalet où travaillait Dalton. De grands pins encadraient le bâtiment dressé au cœur des magnifiques Smoky Mountains. Tout semblait normal. Rien ne laissait deviner les activités criminelles qui se tramaient à l'intérieur. Le seul élément louche était sur elle. Il s'agissait du minuscule appareil-photo dissimulé dans un bouton de son chemisier.

Elle baissa les yeux pour s'assurer discrètement que le dispositif était bien en place. Contrairement aux puces espions utilisées par les criminels dans les séries télévisées, celle-ci était d'un modèle révolutionnaire et transmettait des enregistrements via Bluetooth au récepteur installé dans sa Chevrolet.

Le ronronnement familier d'un puissant moteur la fit se redresser. Le camion de Dalton s'engageait sur le parking. Dalton arrivait pile à l'heure. Son pick-up était le véhicule idéal pour un homme qui passait sa vie en bottes et coiffé d'un stetson. Il avait vécu des années dans le Montana où il possédait un ranch, d'où sans doute ce choix. Dalton était un vrai cow-boy.

Il sauta du camion avec aisance sans se donner la peine d'utiliser le marchepied, et se dirigea droit vers sa Chevrolet.

Visiblement, il l'avait repérée quand il était entré sur le parking.

Elle se hâta de dissimuler le bouton appareil-photo, puis prit une profonde inspiration avant d'ouvrir sa portière.

Il lui tendit la main pour l'aider à descendre. Elle voulut ignorer son geste mais, consciente qu'un tel comportement semblerait suspect, elle y renonça. Ils s'étaient quittés bons amis dans la nuit. Lorsqu'elle glissa sa main dans la sienne, elle sentit une douce chaleur lui remuer le ventre. Elle se maudit de désirer cet homme en sachant qu'il n'était pas pour elle, qu'il ne cessait de lui mentir et, pire, qu'il avait discuté avec son patron de sa future « disparition » ! Depuis qu'elle avait surpris cet échange entre les deux hommes, elle ne cessait de se le remémorer. Leurs mots l'avaient glacée. Cela dit, y repenser pendant des heures n'avait fait que la troubler. Dalton avait semblé la défendre et pourtant, à la fin, n'avait-il pas accepté la proposition de Mason ?

— Hayley ? Vous êtes très rouge. Tout va bien ?

— Oui, oui, répondit-elle en le lâchant. J'ai dû monter le chauffage trop fort dans ma voiture.

Un éclair de déception traversa le visage de Dalton, comme s'il regrettait qu'elle ait retiré sa main.

— J'avoue être surpris que vous soyez venue. Je pensais qu'après une bonne nuit de sommeil vous recommenceriez à me suspecter.

*S'il savait…*

Hayley agrippa la sangle de son sac en bandoulière.

— Bien sûr que non. Je suis heureuse d'être ici.

Devant son regard pénétrant, elle se demanda s'il avait deviné qu'elle lui jouait la comédie.

— Je ne veux pas que vous vous sentiez mal à l'aise.

Elle était si nerveuse qu'elle avait envie de s'enfuir en courant. Mais le pistolet dissimulé sous sa veste lui donna la force de rester.

— Vous auriez dû me demander de venir ici dès hier.

— Il me fallait l'accord de l'équipe. Nous n'autorisons pas n'importe qui à accéder à cet endroit. Même nos clients font l'objet d'enquêtes avant d'être autorisés à entrer. La plupart d'entre eux n'y pénètrent jamais.

Elle jeta un coup d'œil à la structure. Le chalet était vraiment magnifique. Aux deux extrémités de l'édifice, des pignons de pierre ombrageaient un porche surélevé. Celui-ci aurait paru plus attrayant s'il avait été meublé de balancelles. Mais visiblement, personne ne prenait la peine de s'y prélasser. Ce qui était dommage. La vue à elle seule l'aurait justifié.

— Je suis surprise qu'il n'y ait pas d'enseigne accrochée au-dessus de la porte pour signaler la présence des Justice Seekers. Cela va sans doute de pair avec le bouche-à-oreille préféré à la publicité traditionnelle pour vous faire une clientèle.

— Tout comme vous et votre entreprise de sites web en free-lance, non ?

Elle hésita, puis hocha la tête.

— Exactement.

Comme il l'entraînait vers le chalet, elle demanda :

— Combien de personnes compte votre équipe ?

Il serra brièvement les mâchoires. Si elle ne l'avait pas regardé à cet instant précis, elle ne l'aurait pas vu.

— Douze, normalement. Treize avec Mason. Mais nous avons perdu un homme. Nous en recruterons sans doute un autre… un jour.

— Vous avez perdu un homme ?

Il s'arrêta au bas des marches du porche et se tourna vers elle.

— L'un de nos Seekers, Seth Knox, est mort il y a quelques mois. Peu de temps après le meurtre de votre amie.

Elle devina son profond chagrin, et sans réfléchir elle mit la main sur son bras en signe de solidarité.

— Mes condoléances. Perdre un ami est toujours une épreuve. Que s'est-il passé ?

Le regard de Dalton se posa sur sa main avant de se planter dans le sien.

— Il a été assassiné. Poignardé.

— Oh ! mon Dieu ! Pourquoi ?

Il la dévisagea un long moment, puis secoua la tête.

— Comment en sommes-nous arrivés à un sujet aussi déprimant ? Allons à l'intérieur. Je vais vous faire visiter les lieux avant de vous présenter l'équipe.

Il l'entraîna vers la porte. Blindée, elle semblait capable d'arrêter un ours trop curieux ou même un groupe de criminels déterminés. Un lecteur biométrique valida l'empreinte de sa main, et avec un petit bourdonnement le lourd battant s'ouvrit.

Il recula pour la laisser passer.

— Bienvenue au siège des Justice Seekers.

Elle avait à peine franchi le seuil qu'elle s'arrêta, surprise. L'intérieur n'avait rien à voir avec l'extérieur. Il n'y avait plus rien d'une cabane en rondins. Les murs peints en gris pâle et les tables métalliques alignées par rangées de six, séparées par un réseau de cloisons en verre, semblaient tout droit sortis d'une tour de bureaux lambda d'une métropole quelconque. Le sol était recouvert d'une moquette à poils ras d'aspect professionnel. Tout était élégant, moderne, fonctionnel – l'exact opposé d'un chalet de montagne.

— Vous n'aimez pas, dit-il Laissez-moi deviner : trop moderne ? Le décor ne correspond pas à l'extérieur, n'est-ce pas ?

— J'avoue qu'il surprend. C'est dommage de cacher la beauté naturelle du bois.

— Mason a ses raisons. Suivez-moi, je vais vous montrer le reste.

Tout en lui emboîtant le pas, elle demanda :

— Où sont les autres ?

— Dans la salle de conférences. Nous nous y réunissons tous les matins pour faire le point et élaborer nos stratégies.

Comme il posait la main sur le bas de son dos, elle s'écarta, craignant qu'il ne remarque la présence de son arme.

— Que faites-vous ?

— Désolé. Je ne voulais pas vous offenser. Je tentais de vous guider loin des pièges semés un peu partout. Pour vous éviter une chute.

Elle baissa les yeux, surprise de découvrir des strates, des marches et des trappes sur le sol.

— Oups. En effet, je n'avais pas vu. Merci.

— Je vous recommande de faire attention où vous mettez les pieds ici. Des escaliers surgissent sans crier gare, les planchers s'inclinent sans prévenir. Les cloisons pivotent. Restez à côté de moi, et tout ira bien.

Sidérée, elle secoua la tête.

— Pourquoi le chalet est-il bâti de cette façon ? Cela semble dangereux.

— C'est exprès. Nous connaissons tous chaque centimètre carré du bâtiment, l'emplacement des pièges, des embûches, les portes dérobées et les pièces secrètes, sans parler des souterrains.

Il lui fit un clin d'œil, et elle se demanda s'il plaisantait ou pas.

— Si toutes les lumières s'éteignaient et que nous nous retrouvions dans le noir complet, nous pourrions nous déplacer sans problème. D'éventuels intrus auraient plus de mal à y parvenir. C'est une sécurité. Les vieux châteaux de l'époque médiévale étaient également remplis de bizarreries et de dispositifs qui semblent incongrus mais qui avaient une raison d'être. Ils donnent un avantage aux habitants et handicapent les indésirables. Ainsi, par exemple, en cas d'attaque, si les choses tournaient mal, des volets métalliques descendraient automatiquement sur la partie attaquée pour l'isoler du reste de la structure. Ces précautions n'ont pas été nécessaires à l'arrière. En effet, le chalet est suspendu à la falaise. Il est inaccessible de ce côté-là.

Il pressa sa main sur un autre lecteur biométrique. Une cloison glissa de côté, révélant un long boyau.

Il ne plaisantait pas à propos des portes dérobées et des passages secrets.

Au fur et à mesure qu'ils avancèrent, tout changea. Les cloisons de verre et de métal laissèrent la place à un décor plus rustique. Ils parvinrent à une partie du chalet qui était exactement comme elle l'avait imaginée de l'extérieur. Des rondins de pin longeaient le couloir. Des planches de bois tapissaient le plafond. Et tout au bout, elle découvrit une mezzanine dont la balustrade, en bois sculpté, était une véritable œuvre d'art.

Hayley préféra pourtant rester à distance.

Il la regarda d'un air interrogateur.

— Vous ne voulez pas vous approcher ? Elle donne sur l'Atrium, deux étages plus bas. Et d'ici, la vue sur la vallée est superbe, vraiment. Unique.

— Non, non. Je suis bien là, dit-elle, se forçant à sourire. Je vois tout très bien. C'est magnifique.

— Vous êtes toute pâle.

— Vraiment ? dit-elle en reculant d'un pas. La visite est-elle terminée ?

— Vous souffrez du vertige. C'est ça, non ?

Se sentant idiote, elle se mit à rire.

— Cela semble stupide pour quelqu'un comme vous qui n'a peur de rien, j'en suis certaine. Mais quand j'étais petite, j'avais alors une dizaine d'années, je suis partie en randonnée avec d'autres enfants dans le cadre d'une colonie de vacances. Nous étions avec des accompagnateurs. Malheureusement, des pluies diluviennes au cours des jours précédents avaient endommagé le sentier que nous devions emprunter pour cheminer dans la montagne. Nous ne l'avons compris que lorsqu'il s'est effondré sous nos pieds.

À ce souvenir, elle pressa une main sur sa gorge.

— J'ai fait une chute de plusieurs mètres. Je ne dois mon salut qu'aux branches d'arbres qui m'ont freinée. Il a fallu plus de cinq heures à l'hélicoptère pour arriver sur place et aux secours pour descendre en rappel et venir me chercher.

Il prit sa main dans la sienne avant qu'elle ne comprenne ce qu'il allait faire. Mais au lieu d'avoir peur, elle se sentit… réconfortée. Elle mêla leurs doigts. Les images de la tragédie qui avait failli lui être fatale lui revenaient en mémoire, menaçant de la submerger.

— Je me suis cassé trois côtes, le bras gauche, les chevilles. Et j'ai passé des mois à l'hôpital. Et depuis lors, je souffre de vertige et j'ai la phobie des hôpitaux. Il faudrait vraiment que je sois à l'article de la mort pour accepter d'y entrer. Et encore !

— Je suis désolé. Vous avez dû vivre un enfer.

Il la prit dans ses bras et la serra fort contre lui. La partie rationnelle de Hayley lui criait de le repousser. Mais son cœur et son corps avaient envie de son contact, de sa chaleur. Une petite voix lui soufflait qu'elle avait peut-être mal compris cette conversation entre lui et son patron. Il devait y avoir une autre explication. Parce que Dalton n'avait jamais été autrement que gentil et doux avec elle.

Maudissant ses doutes, elle se blottit contre lui et enroula ses bras autour de sa taille. Elle était pathétique. Elle le savait. Mais elle aurait été incapable de s'écarter de lui.

Trop tôt, il recula d'un pas pour la regarder en face.

— Cela va mieux ? demanda-t-il en repoussant doucement ses cheveux de son visage.

Elle hocha la tête.

— Beaucoup mieux, merci.

Et c'était vrai. Être dans ses bras avait sur elle un effet magique. Cette étreinte avait chassé les horribles souvenirs du passé. Dommage qu'elle n'ait pas la faculté de la protéger de l'avenir.

Dalton n'était ni son ami ni son amant. Tant pis si elle l'avait voulu plus que tout. Elle devait se rappeler qu'il avait l'intention de la tuer. Il était temps pour elle de revenir à sa mission première : trouver des preuves.

— Si jamais vous voulez la visite complète, vous n'avez qu'un mot à dire.

— Il y a des trucs mystérieux de châteaux forts ? Des cachots, des chambres secrètes, des souterrains ?

— Vous vous y connaissez en châteaux ? demanda-t-il en souriant.

— J'ai lu *Les Trois Mousquetaires* et *Robin des Bois*. Cela compte-t-il ?

— Absolument pas. Je compléterai votre culture une autre fois. Pour l'instant, regagnons la salle de conférences. J'aimerais vous présenter l'équipe.

Il lui serra la main avant de la lâcher.

— Suivez-moi. Nous allons revenir à notre point de départ mais par un circuit différent. Faites toujours attention aux endroits où vous mettez les pieds.

— Très bien.

Elle le suivit vers un autre couloir. Contrairement à l'autre, il était orné de tableaux et de photos sur ses murs. Elle admirait l'une des peintures lorsqu'elle remarqua une photographie. Stupéfaite, elle s'arrêta et recula pour mieux l'examiner. Il s'agissait du portrait de l'un de ses clients, pour qui elle avait créé un site web dans le cadre de ses activités en free-lance. Mais le nom indiqué n'était pas le bon.

Dalton revint sur ses pas et s'arrêta à côté d'elle.

— Quelqu'un que vous connaissez ? Je ne me souviens pas de la raison exacte pour laquelle il a fait appel à nos services. Cela remonte à longtemps, dit-il en désignant la photo. Buster Thomas.

Elle fronça les sourcils et se pencha plus près.

— Le reconnaissez-vous ? insista-t-il.

Flairant un piège, elle retint son souffle. L'air sembla se charger d'électricité. Elle devinait que la question n'était pas anodine et que Dalton attendait sa réponse avec nervosité. Pourquoi la dévisageait-il si intensément ? Et pourquoi le nom de Buster Thomas aurait-il dû lui dire quelque chose ? Ce n'était pas le cas. L'homme représenté sur cette photo n'était pas Buster Thomas mais Todd Bartholomew. Elle travaillait pour lui depuis deux ans.

Quelque chose clochait. D'instinct, elle préféra secouer la tête.

— Je ne crois pas. Le devrais-je ?

Il la regarda un long moment, puis haussa les épaules.

— Pas nécessairement. Il me semblait que vous aviez réagi en le voyant.

Il la conduisit dans la galerie, lui montrant des tableaux, lui parlant des artistes locaux. Ce ne furent pas les peintures qui retinrent son attention. Mais les photographies, représentant soi-disant des clients des Seekers. La plupart étaient ses clients *à elle*. Et les noms écrits sous chacun d'eux étaient faux.

Que signifiait cette mise en scène ?

Dalton plaqua de nouveau la main sur un lecteur biométrique, et un panneau glissa vers l'arrière, révélant un autre couloir.

Il s'arrêta près d'une porte fermée.

— Nous voici devant la salle de conférences. Ils nous attendent.

Elle regarda nerveusement la porte.

— Comment le savez-vous ?

Avec un sourire, il posa la main sur une autre vitre pour l'ouvrir.

La salle de conférences était presque pleine ; des hommes et des femmes étaient assis de part et d'autre d'une longue table rectangulaire.

L'une d'elles, une jeune femme à la peau sombre avec de magnifiques cheveux noirs bouclés et un sourire éclatant, se leva et s'approcha de Hayley pour l'embrasser.

— Vous devez être Hayley Nash. Bienvenue. Je suis très heureuse de faire enfin votre connaissance. Je suis Brielle Walker. Il est temps pour vous de rencontrer l'équipe.

Avec l'impression de vivre un véritable cauchemar, Hayley s'avança dans la salle de conférences.

# 17

Quand Hayley entra dans la salle de conférences, un grand silence tomba. Elle compta en tout onze hommes et femmes, dont Brielle et Dalton.

Avant de se rasseoir, Brielle lui murmura à l'oreille :

— Tout va bien se passer.

Dalton tira une chaise pour elle.

— Aimeriez-vous que je vous présente l'équipe ?

— Je ne vois vraiment pas la nécessité de connaître les noms des uns et des autres. Je suis seulement venue vous donner un coup de main dans le domaine informatique et…

Elle s'interrompit, surprise de découvrir le portrait d'un autre de ses clients sur le mur derrière Brielle. Que signifiait la présence de ces clichés ?

Comme pour les autres, le nom écrit en dessous du cadre n'était pas le bon. S'agissait-il d'un test ? Ils formaient une équipe, après tout. Ils travaillaient ensemble. Les Seekers pensaient-ils tous qu'elle était une criminelle ? La coupable qu'ils devaient confondre ? Était-il possible que ses prétendus clients lui aient donné des pseudonymes au lieu de se présenter sous leur véritable identité ? Et quels étaient leurs vrais noms ? Ceux qui figuraient sous ces clichés ? Ou ceux qu'ils lui avaient donnés à elle ?

— Tout va bien ? demanda Dalton avec inquiétude.

Elle pointa du doigt le portrait encadré.

— Qui est l'homme sur cette photo derrière Brielle ?

Brielle jeta un coup d'œil derrière elle.

— Timothy Hawkins. Pourquoi ?

*Non, ce n'était pas Timothy Hawkins.* Elle serra ses ongles contre ses paumes, les enfonçant dans sa chair.

Une autre photo attira son attention, une photo de groupe. Mason Ford se tenait au centre. Comme d'habitude, il ne souriait pas. À sa droite se trouvaient six des personnes présentes dans cette salle, dont Brielle et Dalton. À sa gauche, il y en avait six autres, dont une femme qui lui disait vaguement quelque chose avec son tailleur et ses longs cheveux blonds tirés en queue-de-cheval. Ne s'agissait-il pas de cette procureure en disgrâce, obligée de démissionner, et dont les journaux avaient parlé, il y a quelques années ?

Pourtant, ce ne fut pas la vue de cette blonde qui noua le ventre de Hayley. Mais celle d'un homme, présent sur la photo et qui n'était pas, lui, autour de la table. Un homme qu'elle reconnut.

— Qui…

Elle s'éclaircit la gorge et le désigna du doigt.

— Sur ce cliché, le grand brun à droite, qui est-ce ?

— Le Seeker dont je vous ai parlé, répondit Dalton. Celui qui est mort. Seth Knox.

Elle lui lança d'un air accusateur :

— Il était aussi sur la photo que je vous ai montrée à la prison, dit-elle. Celle que vous m'avez demandé de coller contre le miroir avant de terminer l'interrogatoire.

Il hocha lentement la tête.

— En effet. L'aviez-vous déjà vu ?

Devinant un coup fourré, elle saisit son arme et recula, la tenant à deux mains devant elle.

— Que personne ne bouge. Je ne sais pas à quoi vous jouez, mais cela ne me plaît pas. Je vous déconseille de m'approcher.

Dalton s'avança.

Elle brandit le pistolet vers lui, visant sa poitrine.

— Un pas de plus, et je tire.

— Qu'est-ce qui ne va pas, Hayley ? Nous sommes entre amis. Pourquoi me menacez-vous d'une arme ?

Elle faillit s'étrangler. Elle comprenait tout, maintenant. Ils étaient tous amis, oui, et, quoi qu'ils lui reprochent, unis contre elle. C'était la seule explication.

— Entre amis ? Qui êtes-vous, en réalité ? Certainement pas mes amis. Ni des gens bien. L'un de vous, ce dénommé Seth, figure sur une des photos que je vous ai montrées, au milieu de trafiquants d'armes et de drogue. Et vous voulez me faire croire qu'il travaillait, lui aussi, sous couverture, c'est ça ? Vous faites mine de chercher à faire tomber des criminels alors qu'en réalité vous êtes de mèche avec eux. Excellent moyen de dissimuler vos crimes. Mais je ne marche pas.

Dalton écarquilla les yeux.

— C'est ce que vous pensez ?

D'un mouvement de la tête, elle désigna le portrait au sujet duquel elle avait interrogé Brielle.

— Cet homme, là, vous avez prétendu qu'il s'agissait de l'un de vos clients, n'est-ce pas ?

Il hocha lentement la tête.

— Et pourtant, j'ai créé un site web pour lui et son entreprise, l'année dernière. Son nom n'est pas celui que Brielle a donné. En réalité, il s'appelle Frank Johnson.

L'arme commençait à trembler, et elle dut se concentrer pour la stabiliser.

— Vous êtes tous complices d'un complot d'envergure.

— Que racontez-vous ? Quel complot ?

— Les portraits accrochés aux murs de la galerie et de cette pièce. S'il y en avait eu un ou deux, j'aurais pu croire à une coïncidence. Mais six ? Sept ? Sûrement pas. Vous êtes dans une sale combine dont je ne veux pas.

— Je ne comprends pas, insista Dalton. De quelles photos parlez-vous ?

Tout le monde la regardait fixement. Elle avait l'impression d'être une bête curieuse. Elle recula encore d'un pas.

— Les noms de tous ces hommes sont faux, dit-elle. Et ils ne peuvent pas être vos clients. Ils sont déjà les miens ! Rien n'a de sens. Vous jouez un jeu tordu avec moi.

— Calmez-vous, dit Dalton. Parlons-en. Posez votre arme et…

— Pour que vous puissiez me faire disparaître comme vous avez fait disparaître Bethany ? Avec Mason, vous avez convenu que ce serait peut-être nécessaire, allez-vous le nier aussi ? Hier soir, quand vous avez parlé de moi dans votre camion…

À nouveau Dalton écarquilla les yeux.

— La sacoche. Vous aviez mis un dispositif d'écoute à l'intérieur.

— Une chance ! Maintenant, je connais la vérité. J'avais raison depuis le début, à propos de Bethany. Et de vous.

Une larme roula sur sa joue, et elle se mordit la lèvre pour ne pas céder à son chagrin.

— J'avais confiance en vous, Dalton. Même après avoir entendu cette conversation, hier soir, j'espérais que d'une manière ou d'une autre j'avais mal compris.

— Faites confiance à votre cœur, dit-il. Je vais tout vous expliquer. Posez votre arme.

Elle secoua la tête. Elle sanglotait maintenant. Un bruit derrière elle la fit se retourner. Mason entrait dans la pièce. D'un geste vif, Dalton profita de son inattention pour lui arracher son pistolet des mains. Il le tendit à l'un des hommes assis à la table.

— Non ! cria-t-elle en se précipitant vers lui.

Toutes les personnes autour de la table sortirent une arme et la pointèrent sur elle.

Sauf Dalton.

Il se plaça devant elle, faisant face aux autres.

— Rangez ça, ordonna-t-il aux Seekers d'une voix forte. Elle n'est pas armée, et le pistolet qu'elle tenait n'était même pas chargé.

Après quelques hésitations, tous finirent par obtempérer.

Hayley le regarda avec confusion.

— Mon pistolet était chargé. Je l'ai vérifié ce matin.

— L'arme que vous aviez lorsque vous êtes entrée était chargée. J'ai retiré le chargeur. Pour votre sécurité et la nôtre.

Elle resta un instant bouche bée.

— Quand vous avez mis votre main sur mon dos, dans le couloir ? Vous en avez profité pour prendre le chargeur ?

— Oui.

— Comment saviez-vous que j'étais armée ?

— J'avais remarqué le renflement sous votre manteau quand je vous ai aidée à descendre de votre Chevrolet.

Elle jura.

— Qu'allez-vous faire maintenant ? Me tuer ?

Il soupira et se tourna vers Mason, qui n'avait toujours rien dit.

— Elle a dit la vérité, lança-t-il. Elle a reconnu qu'ils l'avaient tous embauchée pour créer des sites web et que leurs noms étaient différents de ceux que nous avions écrits sous les portraits. Elle a désigné Seth sur la photo de l'équipe. Si elle avait été complice de ces types, elle n'aurait jamais admis quoi que ce soit.

Dalton la défendait-il ? se demanda Hayley.

Son regard était rivé sur Mason, comme si son destin était entre ses mains et que tout se jouait maintenant.

Mason avait l'air aussi morose et froid que d'habitude,

mais il hocha la tête, comme s'il acceptait à contrecœur un pacte secret.

— D'accord. Faisons-le.

— Faire quoi ? demanda-t-elle. Quelqu'un peut-il m'expliquer ce qui se passe ?

Les yeux de Dalton étaient empreints de sympathie.

— Vous aurez bientôt toutes les réponses à vos questions. Et vous êtes en sécurité, je vous le promets. Vous n'avez aucune raison d'avoir peur.

— Je veux sortir d'ici, je veux m'en aller.

Elle s'avança vers la porte, mais Mason se mit en travers du chemin pour la bloquer.

Dalton serra les mâchoires.

— Tout le monde dehors.

Hayley s'appuya contre le mur, avec la sensation d'être dans une autre dimension alors que tout le monde quittait la pièce.

Dalton et elle restèrent seuls.

— Que voulez-vous de moi ? murmura-t-elle, incapable de s'exprimer normalement tant elle claquait des dents.

— La même chose que vous, dit-il. La vérité.

— Que racontez-vous ?

— Seth Knox. Je vous ai dit qu'il était mort. Il a été assassiné et mutilé. Son assassin l'a amputé des deux mains et a brûlé son cadavre. Il était méconnaissable. Seul son ADN nous a permis de l'identifier. Nous cherchons toujours à démasquer son meurtrier. Le premier vrai indice à notre disposition était cette photo, prise dans le bar, que vous nous avez montrée. Ce cliché nous a appris que sa mort était probablement liée à l'affaire de trafic de drogue et d'armes à feu sur laquelle nous enquêtons.

Il semblait sincère. Mais comment lui faire de nouveau confiance ?

— Comment puis-je vous croire ? Hier, après avoir quitté

mon chalet, quand vous avez appelé Mason, vous parliez de moi comme si j'étais une criminelle.

— Cette partie est compliquée. L'organisation que nous essayons de faire tomber est dirigée par quelqu'un qui tue des gens et s'en vante. Il signe ses meurtres. Il nous faut à tout prix l'identifier et l'arrêter avant que quelqu'un d'autre ne soit assassiné. L'une des pistes que nous essayons de suivre concerne les sites web secrets. Comme ceux que vous réalisez pour vos clients.

Elle regarda les portraits accrochés sur le mur avant de reporter son attention sur lui.

— Mes clients… sont-ils liés à ce tueur ?

— Nous le pensons, oui. Nous avons réussi à faire tomber plusieurs membres de cette bande de criminels, mais nous cherchons toujours à démasquer le cerveau, leur chef. Tous ces types avaient un point commun. Leurs sites web ont été conçus par une seule et même personne. Cette personne, c'est vous, Hayley. Voilà pourquoi Mason et les autres se méfient de vous. Certains d'entre nous sont persuadés que vous tirez les ficelles, que vous êtes profondément impliquée dans ce réseau criminel et que vous l'êtes volontairement.

Elle secoua la tête avec énergie.

— Non. Non, je ne ferais jamais ça.

— Je vous crois.

— Quoi ?

— Je vous crois. Mais je dois prouver votre innocence pour que le reste de l'équipe vous accepte.

Un rire hystérique se bloqua dans la gorge de Hayley.

— C'est fou. Je vous ai pris en filature pendant des mois, j'essaye par tous les moyens de prouver que vous êtes un assassin. Et maintenant, vous prétendez que tous les Seekers me croient coupable de crimes abjects et que, vous, vous essayez de leur prouver que je ne le suis pas ? Est-ce ce que vous êtes en train de dire ?

— Oui. Depuis le début, nous vous espionnons autant que vous m'espionnez. Nous avons cherché à découvrir ce que vous saviez et dans quelle mesure vous étiez impliquée dans le réseau criminel.

— Ces portraits sur le mur, c'était quoi, une sorte de test ?

— Cela peut paraître puéril. Mais il y a beaucoup en jeu. Mason ne voulait pas prendre le risque de vous autoriser à entrer dans notre système informatique tant que l'équipe n'aurait pas décidé de vous faire confiance. Suivez-moi. Vous aurez bientôt les réponses à toutes vos questions. Et personne ne vous fera de mal, je vous le promets, répéta-t-il.

Il lui tendit la main mais, refusant de la prendre, elle recula.

— Mason parlait de me faire disparaître.

— Je vais vous expliquer ce qu'il voulait dire. Je ne pouvais pas le faire auparavant. Mais je suis fatigué de tous ces mensonges et nous manquons de temps. Nous devons travailler ensemble, pas les uns contre les autres.

Il se dirigea vers l'autre bout de la pièce.

Elle ne fut même pas étonnée de le voir appuyer la main sur la cloison. Lorsque celle-ci s'ouvrit, plutôt que de le suivre, elle courut jusqu'à la porte de la salle de conférences par où elle était entrée. Elle était verrouillée. Aucun clavier ou lecteur biométrique n'était visible. N'était-ce pas bizarre ? Avaient-ils l'habitude d'enfermer les clients récalcitrants ici ?

Peut-être pourrait-elle la bourrer de coups de pied. Elle n'était pas blindée, elle céderait sans doute facilement.

Un coup d'œil par-dessus son épaule lui fit comprendre que ses efforts seraient inutiles. Dalton l'arrêterait. Vaincue, elle baissa les épaules et le suivit dans ce qui ressemblait à un souterrain.

Elle se reprochait en silence d'avoir fait preuve d'une telle stupidité, d'être venue ici en s'imaginant capable de se défendre. Allait-elle à présent subir le même sort que

Bethany ? Quelqu'un découvrirait-il demain son cadavre criblé de balles dans un fossé ?

Elle le suivit dans la pièce voisine. Sur le seuil, elle se figea. Apparemment, Dalton n'était pas le seul à aimer les châteaux. Cette salle n'était pas comme la pièce principale ultramoderne, tout en verre et en métal. Ni comme la partie rustique du chalet. Hayley avait l'impression d'être au cœur d'un château médiéval. Le sol, les murs, les voûtes, tout était en pierre, et des appliques aux flammes vacillantes éclairaient les lieux.

Mais le plus surprenant se trouvait au centre de la salle. Une immense table ronde, également en pierre, y trônait. Un demi-cercle d'écrans d'ordinateur le long du mur du fond faisait face à la table. Et les personnes assises qui la regardaient étaient les mêmes que celles qu'elle avait vues dans la salle de conférences, y compris Mason.

L'équipe des Justice Seekers.

Chacun d'eux avait un triangle sculpté devant lui, délimitant sa section de la table, avec ce qui semblait être un nom. Leurs noms ?

Dalton la laissa debout et prit l'un des sièges, n'en laissant qu'un seul vacant. Pour elle ?

Elle avait envie de s'enfuir, mais elle était curieuse.

Se forçant à avancer sur ses jambes tremblantes, elle s'approcha assez près pour lire ce qui était gravé sur le dessus de la table devant la chaise vide.

SETH KNOX

Sous son nom était écrit : le Rancher.

Elle fit lentement le tour de la table. Personne n'esquissa le moindre geste pour l'arrêter. Elle lut chaque nom, chaque phrase gravée en dessous.

DALTON LYNCH, LE COW-BOY.

BRIELLE WALKER, LA POLICIÈRE.

BRYSON ANTON, LE PROFILEUR.

HAN LI, L'AGENT SPÉCIAL.

Ces noms – ou surnoms – décrivaient, quoi, leur fonction principale en tant que Seekers ? Ou leur parcours professionnel avant de rejoindre l'équipe ?

LE PISTEUR.

L'INSPECTEUR.

LA PROCUREURE.

LE MARINE.

L'AVOCAT.

LE GARDE DU CORPS.

LE JUGE.

Une énorme table ronde. Douze emplacements, treize en comptant leur chef.

Devant Mason, le nom gravé était « le Chef ». Mais ce fut le deuxième titre en dessous du premier qui la convainquit qu'elle était tombée dans un terrier de lapin.

Le Roi Arthur.

Elle se retourna vers Dalton et posa la question, même si elle craignait de connaître déjà la réponse.

— Où sommes-nous ?

— Hayley Nash, bienvenue à Camelot, dit-il en souriant.

Elle se précipita vers la porte et s'enfuit en courant.

# 18

Avec un profond soupir, Dalton regarda Hayley disparaître dans la galerie.

— Elle court vite, dit Brielle en riant.

— Je ne vois pas ce qu'il y a de drôle, grogna-t-il en tapotant la table devant lui pour faire surgir sa tablette.

Il pianota quelques touches, et les images des caméras situées à l'intérieur du bâtiment remplirent son écran.

— Où est-elle ? s'enquit Bryson en se penchant vers Dalton.

— En train d'essayer de défoncer la porte de la salle de conférences.

Mason considéra la tablette devant lui.

— Sampson est-elle prête avec sa vidéo ?

— Oui.

— Alors laissons Mlle Nash s'en aller. Nous avons du travail.

Bryson échangea un sourire déçu avec Dalton avant de reprendre sa place.

Via son écran, Dalton regarda Hayley traverser en courant la salle de conférences pour gagner la porte d'entrée. Elle tenta en vain de l'ouvrir jusqu'au moment où il la débloqua à distance.

Sa surprise était visible, tout comme ses soupçons lorsqu'elle regarda vers le plafond comme si elle y cherchait des caméras. Mais sans perdre de temps, elle s'élança à l'extérieur, dévala les marches du porche et fonça jusqu'au parking. Elle bondit dans sa Chevrolet, démarra et quitta le parking sur les chapeaux de roues.

Dans l'ensemble, le plan de Mason pour l'amener ici s'était déroulé à merveille. Sauf sur la fin. Ils n'avaient pas anticipé sa terreur et sa fuite. Avec le recul, Dalton regrettait de ne pas avoir pris le temps de lui expliquer les choses dans la salle de conférences avant de la conduire dans l'Atrium. Après ses commentaires à propos des châteaux, il avait cru que son ravissement en découvrant la pièce moyenâgeuse et la table ronde en pierre suffirait à la retenir. Il lui aurait alors raconté tout le reste. Au lieu de quoi, il l'avait désarçonnée et effrayée.

Il jeta un coup d'œil à la porte du souterrain et se demanda s'il devait la poursuivre.

— Faites-nous le point sur la situation, Dalton, lança Mason.

Avec un soupir, il reporta son attention sur son écran.

— Comme nous l'avions craint, Hayley vient de passer devant chez elle sans s'arrêter et prend la direction de la ville.

Il présenta le plan sur lequel clignotait le signal du traqueur que Bryson avait placé sous la Chevrolet de Hayley dès qu'elle était entrée dans le bâtiment.

— Visiblement, elle va tout droit au poste de police de Gatlinburg. J'ai prévenu Sampson par texto. Elle est prête.

— Vous ferez le point avec elle plus tard. Jaxon, à vous l'honneur. Nous écoutons votre rapport.

Ce n'est qu'en fin d'après-midi que Dalton parvint à terminer ses dossiers en cours, à faire le point avec l'inspectrice Sampson du poste de police de Gatlinburg et à se rendre chez Hayley. Alors qu'il s'arrêtait devant son petit chalet de location, il considéra la façade délabrée avec inquiétude. L'endroit était isolé dans la montagne. Il n'aimait pas la savoir ici toute seule, vulnérable.

Il sauta du camion et se dirigea vers la porte d'entrée. Elle s'ouvrit avant qu'il ne l'atteigne, ce qui ne le surprit pas. Le moteur de son pick-up n'était pas particulièrement silencieux. Voilà d'ailleurs pourquoi il ne l'utilisait jamais quand il travaillait sous couverture. Comme il lui avait confisqué son arme, il s'attendait à ce que Hayley l'accueille en brandissant un couteau ou un tisonnier. Il fut donc étonné de la voir, affalée contre l'encadrement de la porte, une bouteille de whisky dans une main, un verre dans l'autre. Son expression hagarde lui apprit qu'elle était déjà soûle.

Elle lui lança en titubant :

— Et toi, lequel de la bande es-tu ? Lancelot, le chevalier blanc ? Ou Sir Galahad le Preux ? C'était le but du jeu, non ? Se faire passer pour les chevaliers de la table ronde à Camelot. Attends, je parie que tu es le tristement célèbre chevalier noir, Mordred, le méchant, le mauvais garçon.

Elle ricana et vida son verre d'un trait avant d'essuyer ses lèvres d'un revers de manche. Elle était complètement ivre et ne s'était manifestement pas rendu compte qu'elle le tutoyait.

— Comment as-tu réussi ce tour de force, monsieur le chevalier ? poursuivit-elle. Comment as-tu effacé mes enregistrements de l'intérieur de ce bâtiment ?

Il posa une main au-dessus de la porte, prêt à la rattraper si elle tombait. Elle semblait sur le point de s'écrouler.

— Alors ? demanda-t-elle. Allez, Dalton. Tu peux me le dire. Et au bon vieux Jack Daniels aussi, ajouta-t-elle en brandissant la bouteille. C'est un ami. Comment as-tu fait ?

Sans lui donner la possibilité de répondre, elle continua :

— Imagine ma surprise quand, après avoir fait un esclandre au poste de police pour leur reprocher de ne pas m'avoir prise au sérieux, j'ai sorti les images enregistrées par ma caméra cachée pour leur prouver la véracité de mes dires. Elles étaient grises, elles ne montraient rien ! Éclaire ma lanterne, monsieur le chevalier. Comment as-tu effectué ce tour de passe-passe ?

Il grimaça alors qu'elle se versait un autre verre de whisky.

— La partie bureau de notre chalet est une cage de Faraday.

Elle vacilla sur ses pieds.

— Une cage de quoi ?

— Une cage de Faraday. Les téléphones portables, les petites caméras espions comme la tienne, ne fonctionnent pas à Camelot. Même les tablettes informatiques que nous utilisons dans la grande salle ne marcheraient pas sans câbles. Tu ne les as pas remarqués parce qu'ils sont très fins, mais ils permettent la connexion au système informatique principal. Ne préférerais-tu pas t'asseoir à l'intérieur pour poursuivre cette conversation ? ajouta-t-il avec un geste.

— Les cloisons, dit-elle, ignorant sa suggestion. Voilà pourquoi l'étage semblait tout droit sorti d'un gratte-ciel de bureaux. Vous avez dissimulé sous cette peinture grise les couches d'aluminium qui bloquent les signaux. Vous êtes tous de sombres fripouilles. Et ma petite caméra cachée ? Comment savais-tu que j'en avais une ?

— Il y a des scanners électroniques à la porte d'entrée. Brielle me l'a aussitôt signalé.

— Et dire que je la trouvais gentille. Comme quoi, il ne faut jamais se fier au sourire de quelqu'un, n'est-ce pas ?

Elle secoua la tête et faillit tomber, emportée par le mouvement.

Il l'attrapa par la taille pour la stabiliser. Elle lui tapa la main, et il la lâcha après s'être assuré qu'elle n'allait pas s'étaler de tout son long.

— Brielle prendrait sans doute le mot « gentille » pour une insulte. Elle tient beaucoup à sa réputation de méchante. Mais elle se soucie des gens. Sinon elle ne travaillerait pas avec nous. Elle faisait seulement son travail, nous protégeant tous.

Hayley leva les yeux au ciel.

— En tout cas, à cause de cette cage dans la montagne, je n'ai rien pu prouver. Je comprends pourquoi personne n'a tenté de m'empêcher de partir. Vous saviez tous que, si j'allais trouver la police, je n'aurais rien à leur montrer. Qu'ils me prendraient pour une folle. C'était l'idée, n'est-ce pas ? Vous vouliez me discréditer.

Il fit un signe vers le salon derrière elle.

— On devrait aller…

— Quant à l'inspectrice Sampson, dit-elle en portant la bouteille de whisky à ses lèvres, c'était la cerise sur le gâteau. La garantie que je n'aurais aucune chance d'être entendue par les autorités. Ton patron et toi l'avez envoyée l'autre soir chez moi pour me baratiner au sujet du soi-disant groupe de travail et de ton alibi. Mais là, aujourd'hui, c'était le pompon. Elle m'a entendue alors que j'essayais de convaincre ses collègues de t'arrêter pour enlèvement et pour le reste. D'abord, elle a nié m'avoir rencontrée auparavant, me traitant ouvertement de menteuse quand j'ai affirmé qu'elle était venue chez moi. Un comble. Puis elle a prétendu que je n'aurais pas pu être avec toi dans ce chalet parce que soi-disant tu avais quitté son bureau cinq minutes plus tôt. Elle avait même une vidéo pour le prouver. Tu avais tout manigancé, hein ?

Il recula pour éviter le whisky qu'elle renversait par mégarde sur le porche.

— C'était mon idée, oui. Mais c'est Jaxon qui l'a orchestrée. Il est ex-marine et a travaillé dans la sécurité. Il a un talent pour tout ce qui concerne la vidéo.

— Bien sûr, vous avez un expert en vidéo et un flic corrompu dans la manche.

— Sampson n'est pas corrompue. C'est l'une de nos alliées

au sein du service de police, et elle nous aide lorsque les formalités administratives et les politiciens nous empêchent de faire ce qui est juste. Et nous ne la payons pas. Elle refuse de prendre de l'argent, même pour couvrir les frais qu'elle engage pour nous aider. Elle ne veut pas que nous ayons l'impression d'acheter des faveurs.

— Cesse d'ergoter, cela me fera des vacances. Vous êtes tous des truands, répéta-t-elle.

Il haussa les épaules.

— Quand tu dis « vous », tu parles des chevaliers de la table ronde, non ?

Il remarqua qu'elle pâlissait et poursuivit :

— Tu sais, tout ce truc à propos de Camelot, c'est pour le folklore. Nous ne prenons pas cela au sérieux, à part les astuces de château installées pour sécuriser l'endroit.

— Tu ne le prends pas au sérieux ? Tu plaisantes, j'espère !

Il ne se fatigua pas à lui expliquer qu'il avait acheté la maison de Mason parce qu'il aimait le terrain sur lequel elle était bâtie. Son patron nourrissait une fascination pour les châteaux. C'était lui qui avait construit les tourelles et couvert l'extérieur de pierre.

— Un décor moyenâgeux, une table ronde en pierre, c'est une blague. Et douze chaises, sans compter le Roi Arthur, bien sûr.

— C'est une blague que nous lui avons faite. En réalité, il n'aime pas se faire appeler Arthur. Pouvons-nous entrer maintenant ? Il fait froid. Tes lèvres deviennent bleues.

— Qui était complice ? Qui a manigancé avec lui pour me perdre ? Qui était sur le coup ? Tous les chevaliers de Camelot ?

Il appuya un bras sur le cadre de la porte, espérant qu'elle n'allait pas vomir. Il craignait surtout qu'elle ne trébuche et il préférait être là pour la rattraper.

— Mason, l'inspectrice Sampson, quelques autres.

Bon, je suis désolé pour tout ça, Hayley. Vraiment. Mais comme de nombreux indices laissaient penser que tu étais mouillée dans cette histoire, nous avons dû nous couvrir et te discréditer si tu finissais par t'adresser aux autorités – ce que tu as fait.

Elle tenta de se resservir du whisky, mais la majeure partie tomba sur son chemisier et son jean. Elle passa l'avant-bras sur son front et prit plusieurs inspirations profondes.

— Je ne me sens pas très bien.

— Cela n'a rien d'étonnant.

Elle leva son verre.

— Tu sais quoi, Dalton ? Tu es le tueur en série le plus séduisant que j'ai jamais rencontré.

— Je ne le prends pas pour un compliment. Donne-moi cette bouteille.

Mais quand il essaya de s'en saisir, elle le repoussa. Déséquilibrée, elle vacilla, mais parvint à rester debout.

— Ne touche pas à Jack. Lui et moi sommes copains. Rentrons à l'intérieur, joli garçon. Il fait froid. Non pas qu'il fasse très chaud dedans, ajouta-t-elle en riant.

Dalton resta dans l'embrasure de la porte alors qu'elle titubait vers le couloir qui menait sans doute aux chambres et à la salle de bains. Il hésitait. Prenait-il un risque en la laissant seule ? En tout cas, la suivre à l'intérieur alors qu'elle était ivre morte ne semblait pas une bonne idée.

— Dépêche-toi et ferme la porte, cria-t-elle sans se retourner.

Au lieu d'entrer, Dalton saisit la poignée de la porte, s'apprêtant à la refermer. Il reviendrait quand elle serait sobre et il essayerait alors de lui parler.

Mais de là où il était, il l'entendit gémir.

— Pourquoi le sol bouge-t-il ?

Un bruit sourd retentit, suivi de celui incomparable de la bouteille se brisant sur le sol.

— Jack ! Oh non. Jack, que t'est-il arrivé ? Attends, d'où vient tout ce sang ?

Avec un juron, Dalton courut à l'intérieur.

# 19

Assis sur le canapé, Dalton posa les jambes de Hayley sur ses genoux. Elle ne cessait de gigoter, ce qui ne lui facilitait pas la tâche. En tombant sur les éclats de verre de la bouteille cassée, elle s'était tailladé la cuisse à travers son jean. Pour soigner sa blessure, il avait dû couper son pantalon. Il avait trouvé une trousse de premiers secours dans la salle de bains. Mais elle bougeait tellement qu'il avait le plus grand mal à poser un pansement sur sa plaie et à le maintenir en place.

Il saisit le rouleau de sparadrap sur le coussin à côté de lui. Une fois de plus, elle l'envoya balader en gloussant.

— Tu es un médecin génial, monsieur le Chevalier. Tellement doux.

Elle tenta de se redresser. Aussitôt, elle changea de couleur.

— Oh ! là, là ! Que se passe-t-il ? La pièce tangue à nouveau.

Avec un juron, il lui prit le coude et la tira en arrière pour l'empêcher de s'écrouler sur la table basse.

— Allonge-toi et reste immobile un instant, que je puisse finir de mettre ce pansement.

Elle croisa les bras et le considéra d'un air boudeur.

— Tu n'es pas drôle.

— J'ai tendance à faire preuve de sérieux quand je vois quelqu'un se vider de son sang.

Ses yeux s'écarquillèrent.

— Quelqu'un se vide de son sang ?

Elle se redressa brusquement avant de s'effondrer contre lui, sa poitrine écrasée contre son torse.

Il serra les mâchoires et la repoussa avec plus de fermeté, cette fois.

— Pas bouger.

— Hey ! Je ne suis pas un chien ! protesta-t-elle.

— En effet. Mes chiens se comportent mieux, ce n'est pas difficile.

Comme elle était couchée, il se dépêcha de fixer le bandage.

Son indignation oubliée, elle se remit à pouffer. Mais soudain, ses yeux se remplirent de larmes.

— Oh non !

— Qu'y a-t-il cette fois ? Tu viens de te souvenir que tu n'avais plus de whisky ?

Elle fronça les sourcils.

— Quoi ? Tu as tout bu ?

Il leva les yeux au ciel.

— Tu as lâché la bouteille, elle s'est cassée et tu es tombée sur les éclats de verre.

Il colla un autre morceau de sparadrap sur la gaze. Le sang la tachait déjà. Il attrapa la serviette sur le coussin à côté de lui et la pressa contre le pansement.

— Tu dois rester tranquille, Hayley, sinon la plaie n'arrêtera pas de saigner, dit-il en secouant la tête. Tu as besoin de points de suture. Je vais te conduire à l'hôpital et…

Elle attrapa son bras.

— Je te l'ai dit, pas d'hôpital.

— Je comprends ta peur mais…

Elle le fusilla du regard et lança avec indignation :

— Je n'ai peur de rien. Et d'abord, pourquoi es-tu ici ? Et où est Jack ? Pourquoi mes jambes sont-elles sur tes genoux ?

Sa colère aurait été drôle s'ils n'avaient pas déjà eu cette conversation. Deux fois. Hayley oubliait ses paroles un instant après les avoir prononcées.

Une fois de plus, il lui expliqua sa chute dans le couloir et ses propres efforts pour la soigner. Mais elle continuait de se tortiller.

— Hayley. Si tu ne restes pas tranquille et que tu ne me laisses pas panser cette plaie, je vais devoir appeler une ambulance, que tu le veuilles ou non.

Elle se recroquevilla contre le canapé avant d'asséner :

— Tu ne joues pas franc-jeu.

— Je ne joue pas. Si ce saignement ne s'arrête pas, nous allons aux urgences. Un point c'est tout.

Elle s'immobilisa, les yeux brillants de larmes.

— Je n'étais pas la seule à cheminer dans la montagne, ce jour-là, quand j'étais petite. Certains de mes amis sont également tombés au fond du ravin.

Elle se mit à trembler et lui serra le bras.

— Mais je suis la seule à avoir survécu. Ne m'envoie pas à l'hôpital, Dalton. S'il te plaît. Je ne veux pas mourir.

— Oh ! Hayley. Pourquoi ne m'as-tu pas parlé de tes amis ? Ne t'inquiète pas. Je ne t'emmènerai pas à l'hôpital. Mais il faut rester tranquille. Et arrête de parler de mort. Personne ne meurt avec moi.

— Ton patron a dit qu'il faudrait me faire disparaître, Dalton. Et tu étais d'accord, non ? Je ne veux pas disparaître.

Il grimaça et baissa la tête, regrettant pour la énième fois cette conversation téléphonique dans son camion.

— Dalton ? Tu ne m'as pas répondu.

— Je ne te ferai pas disparaître, chérie. Mason non plus.

— Promis ?

— Promis.

— Dalton ? M'as-tu appelée chérie ?

— Tu es ivre, Hayley. Tu as mal compris. Reste tranquille. J'ai bientôt fini.

Quelques instants plus tard, il constata que le nouveau pansement était sec. La plaie avait enfin cessé de saigner.

Il s'apprêtait à le dire à Hayley et à la rassurer – ils n'auraient pas à se rendre à l'hôpital. Mais ce ne fut pas nécessaire. Elle dormait profondément.

Et ressemblait à un ange.

Ses épais cheveux bruns encadraient un visage parfaitement dessiné. Détendus dans le sommeil, ses traits semblaient délicats, presque fragiles. Ses lèvres roses et charnues s'entrouvraient à chaque inspiration. Il mourait d'envie de vérifier si elles étaient aussi délicieuses qu'elles en avaient l'air. Quand elle était en colère et lui lançait des accusations, il détournait le regard avec agacement et ne la voyait pas. Pas vraiment. Mais lorsqu'elle dormait, les jambes sur ses genoux, il avait le loisir de promener les yeux sur elle. Elle était si belle, si féminine, que le simple fait de la regarder était une torture.

Il la désirait. Il la désirait comme un fou.

Mais quand il essaya d'imaginer un scénario où elle le désirait, elle aussi, où ils pourraient devenir amants ou même simplement amis, il n'y parvint pas. Cela semblait impossible, trop compliqué. Il y avait trop de questions sans réponse entre eux. Trop de soupçons. Et tant qu'aucun d'eux ne saurait avec certitude dans quel camp se trouvait l'autre, aucun avenir n'était envisageable.

La chaleur de sa peau douce sous ses doigts lui fit prendre conscience qu'il lui caressait le mollet. Avec un juron, il replia les bras et se cala contre les coussins pour essayer de dormir quelques heures.

# 20

Les rayons du soleil réveillèrent Dalton au petit matin. Il tenta de lever la main pour se protéger les yeux, mais il ne parvint pas à bouger le bras. Quelque chose de chaud et de doux le bloquait.

Il battit des paupières.

Seigneur. Il était allongé sur le canapé avec Hayley blottie contre lui. À un moment pendant la nuit, il avait étendu son trench-coat sur eux comme une couverture. Pourtant, et alors que le corps chaud de Hayley était plaqué contre lui, il frissonnait. Il faisait un froid de loup dans ce chalet.

Le radiateur était-il cassé, la chaudière en panne ? La veille au soir, il avait vaguement remarqué qu'il ne faisait pas très chaud, mais il avait été trop occupé à l'empêcher de se vider de son sang pour s'y intéresser.

Hayley marmonna des mots incohérents dans son cou. Le contact de ses lèvres douces sur sa peau le fit de nouveau frissonner, mais pas de froid, cette fois. Malgré la fraîcheur ambiante, il commençait à avoir chaud. Et quand elle déplaça sa jambe contre lui, il eut une érection.

Avec un juron, il serra un des coussins du canapé pour s'interdire de promener les mains sur elle. C'était bien sa chance que, pour la première fois – peut-être la seule – qu'il avait Hayley dans les bras, c'était par accident. Et elle dormait.

L'étreindre sans glisser les doigts dans ses cheveux, sans

goûter chaque parcelle de sa peau comme il en mourait d'envie, était une délicieuse forme de torture. Et il était assez égoïste pour rester là quelques instants de plus, s'imprégnant de chaque courbe de son corps de femme. Il se demanda ce que ça lui ferait de l'avoir pressée contre lui, les seins aplatis contre son torse. Ce serait le paradis. Mais un paradis interdit. Et s'il ne la réveillait pas très vite, il finirait sûrement en enfer.

Elle frissonna et se blottit plus étroitement contre lui. Avec un soupir, il desserra doucement ses bras autour d'elle, et s'assit. Il lui fallait pousser le chauffage. Et surtout, il ne voulait pas qu'elle se réveille, se retrouve au-dessus de lui et se sente gênée. C'était un cadeau qu'elle lui avait fait sans s'en rendre compte. Et il n'avait pas envie qu'elle le regrette.

Lorsqu'il réussit à se dégager et à se lever du canapé, il laissa échapper un soupir de soulagement. Il partit à la recherche d'une couverture. Il en trouva une dans le placard du couloir et l'étendit sur elle. Puis il se frotta les dents avec un doigt et du dentifrice. Surpris de voir que la chaudière était éteinte, il la démarra. Ensuite, pour réchauffer l'atmosphère le plus vite possible, il mit les dernières bûches restantes dans la cheminée et alluma une belle flambée. Tout à l'heure, il lui apporterait du bois de chauffage. Et tâcherait de comprendre pourquoi sa chaudière s'arrêtait toute seule.

— Dalton ? C'est toi ?

Sa voix endormie le fit se retourner. Sa chevelure était un tourbillon de boucles qui tombaient presque jusqu'à sa taille. Ses yeux étaient encore embués de sommeil. Il ne pensait pas avoir jamais vu plus belle créature.

— Bonjour, la marmotte.

Elle repoussa ses cheveux en bâillant.

— Pourquoi es-tu venu si tôt chez moi ? Je n'ai pas l'habitude de me lever aux aurores, ajouta-t-elle avec une grimace. Ma bouche a un goût de coton.

Il se leva et essuya les mains sur son jean.

— Le Jack Daniels que tu as ingurgité hier soir en est sans doute la cause.

Elle rougit.

— Oh non ! Ai-je vraiment beaucoup bu ? Je pensais avoir rêvé ce moment d'égarement.

— Tu ne rêvais pas. Euh, de quoi te souviens-tu ?

Elle repoussa le manteau de Dalton, et le plia avec soin sur le canapé avant de rejoindre ce dernier devant la cheminée.

— C'est un peu flou… Pourquoi mon jean est-il devenu un short ? Et pourquoi y a-t-il un bandage sur ma jambe ?

Il soupira et la tourna vers la salle de bains.

— Ton jean était tailladé, et j'ai dû le couper pour soigner la plaie causée par un éclat de verre. Je vais tout t'expliquer, mais d'abord… que dirais-tu d'un bon café ?

Elle lui désigna la cuisine, à l'autre côté du chalet, mais soudain elle changea de couleur et se précipita vers la salle de bains.

Après avoir appelé Bryson pour lui demander de sortir Denali et de nourrir ses chiens, Dalton prépara du café. Il venait de le verser dans des tasses quand Hayley apparut sur le pas de la porte, vêtue d'un jean propre et d'un chemisier bleu. Elle s'était douchée, et les boucles de ses cheveux cascadaient sur ses épaules. Il rêvait d'y enfouir les doigts. Mais la gravité de son regard lui noua le ventre.

— Tu te souviens de tout maintenant, n'est-ce pas ? Y compris ce qui s'est passé à Camelot et au poste de police ?

Elle hocha la tête, puis grimaça.

— J'ai besoin d'aspirine. Et j'aimerais récupérer mon arme.

— Je t'appellerai pour te dire où je l'ai cachée après mon départ. Je préfère ne pas me faire tirer dessus si tôt le matin. En cherchant des bols dans les placards, j'ai vu une boîte d'antalgiques. Tu prends ton café avec du lait ? Du sucre ?

— Noir.

Elle avala deux cachets avec un verre d'eau, puis prit le bol qu'il lui tendait. Elle y colla ses mains pour les réchauffer.

— Tu as raison de te méfier. J'ai souvent des envies de meurtre quand je suis avec toi.

Il but une gorgée du breuvage et s'adossa contre le mur.

— Tu as vécu beaucoup de choses difficiles, hier, en grande partie à cause de moi. J'en suis désolé. Mais cette sombre histoire nous dépasse, et parfois elle blesse ceux qui y sont mêlés.

— J'y suis donc mêlée ? demanda-t-elle. Et pourtant, je n'ai pas mon mot à dire sur les événements, c'est bien ça ?

Il s'avança vers elle, lentement, pour ne pas lui faire peur. Il prit comme un signe d'encouragement le fait qu'elle le laisse l'approcher, sans s'enfuir ni tenter de le frapper.

— Je suis venu ici hier soir pour tout t'expliquer. Je suis aussi fatigué que toi de ces mensonges et de ces secrets. Et j'en ai assez vu pour être convaincu que Mason a tort de te croire coupable. Tu es innocente. Et digne de confiance, j'en suis sûr.

— Il me croit coupable à cause de mes compétences en informatique et des sites que j'ai créés. Les sites dont lui et toi parliez dans ton camion, hier ?

Il hocha la tête.

— Pose-moi toutes les questions que tu veux. Je promets de ne pas mentir. Tu mérites la vérité.

Elle mit sa tasse sur le comptoir et croisa les bras.

— Bethany a-t-elle vraiment fait appel aux services des Justice Seekers pour l'aider dans son enquête ?

— Oui.

— L'as-tu tuée ?

Il lui releva le menton pour planter les yeux dans les siens. Il voulait lui répondre en la regardant en face.

— Non. Je ne l'ai pas tuée.

Elle frissonna, puis posa la main sur son poignet, le caressant au lieu de le repousser. Elle se sentait la proie d'émotions contradictoires. De la confusion, de la colère, des doutes. Mais du désir aussi.

— Dois-je avoir peur de toi ? murmura-t-elle.

Il se pencha vers elle jusqu'à ce qu'il puisse voir les minuscules stries argentées autour du bleu de ses yeux.

— Non. N'aie pas peur de moi. Je ne te ferai jamais de mal.

Il voulait l'embrasser, rêvait de sentir ses lèvres sous les siennes. Mais la lueur d'incertitude dans son regard le lui interdit. Avec un soupir, il recula d'un pas pour leur donner un peu d'espace à tous les deux.

— Pourquoi ne m'as-tu pas embrassée ? chuchota-t-elle.

— Parce que tu ne me fais toujours pas confiance. Pas totalement. Je te veux dans mes bras, dans mon lit, Hayley. Mais à condition que tu en aies envie autant que moi. Et par-dessus tout, je ne veux pas que tu aies peur ou que tu doutes.

Elle détourna la tête.

— J'ai tellement de questions.

— Je sais. Pose-les-moi.

Elle fronça les sourcils, comme si elle réfléchissait très fort.

— D'accord. Commençons par la plus délicate. Pourquoi portes-tu un stetson ? L'avais-tu déjà quand tu vivais dans le Montana ? Est-ce un accessoire de là-bas ?

— C'est la question difficile, hein ?

Il sourit et se frotta les cheveux, se rendant compte alors qu'il avait laissé son chapeau sur la table dans l'autre pièce.

— Les hommes du Montana qui portent un chapeau de cow-boy se comptent sur les doigts de la main. Sauf s'ils travaillent pour les touristes. J'ai grandi dans un ranch à la périphérie de Bozeman. L'été, nous faisions office de maison d'hôtes et accueillions des vacanciers. Ils s'attendaient à ce que des cow-boys portent des chapeaux de cow-boy, pas des casquettes. Alors, pour ne pas les décevoir, nous en mettions. Quand j'étais enfant, j'ai vu un stetson dans une boutique et il m'a plu. J'en porte un depuis.

Elle sourit.

— Je t'imagine petit garçon, tout fier de ton grand chapeau.

— Était-ce la seule question délicate que tu voulais me poser ?

— Non. J'en ai une autre. Mais elle va t'énerver.

— Même si elle m'énerve, je ne crierai pas et je ne ferai rien pour te blesser. Vas-y.

Elle planta de nouveau les yeux dans les siens.

— Que s'est-il passé dans le Montana ? Pourquoi as-tu divorcé et quitté la police ? Les deux événements sont-ils liés ?

Il prit son café et grimaça.

— Pouvons-nous nous asseoir pour celle-là ?

Ils retournèrent dans le salon. Il ressentit un petit pincement au cœur en la voyant s'installer sur la chaise au lieu du canapé. Mais le fait qu'elle lui parle sans brandir une arme, sans chercher à le frapper ou à s'enfuir, était un progrès.

Elle s'empara de son stetson et l'examina.

— Il te va bien.

Lorsqu'elle le mit sur sa tête, il tomba sur son nez. Elle rit.

— Je suppose que tu n'auras pas à t'inquiéter que je te l'emprunte, dit-elle en l'enlevant.

— Quand toute cette histoire sera finie, je t'en offrirai un à ta taille.

Leurs regards se croisèrent.

— On verra, dit-elle en s'humectant les lèvres. Ta famille possédait un ranch dans le Montana, je l'ai découvert sur Internet. Il était grand comment ?

— Près de vingt mille hectares.

— Est-ce beaucoup ?

— La plupart des ranchs là-bas ont plutôt deux mille acres.

— Il était vraiment immense, alors ! Vous éleviez du bétail ?

— Des angus et des hereford, deux mille têtes environ. Nous avions des chevaux aussi.

— Sympa.

— La vie au ranch me plaisait. Mais je n'avais pas envie de l'exploiter comme le faisaient mon père ou mon grand-père. Voilà pourquoi je suis devenu inspecteur de police. Peu de temps après, mes parents ont pris leur retraite et sont partis s'installer en Floride. Ils m'ont laissé le ranch. Mon père espérait ainsi me forcer à abandonner mon travail de policier et à revenir à l'essentiel. Mais j'ai préféré embaucher un contremaître afin de poursuivre ma carrière au sein de la police. Cela a bien marché. Jusqu'au jour où tout a capoté.

— Je suis désolée de ce qui s'est passé. Je ne connais pas les détails, bien sûr, mais j'ai fait des recherches. Je sais que tu as eu des problèmes avec ta femme et qu'elle a obtenu le ranch lors du divorce. Tu prétends que la vie de cow-boy ne te passionnait pas, mais le ton de ta voix dit le contraire. Tu as l'air triste quand tu en parles.

— C'est triste. Cindy et moi sommes tombés amoureux au lycée, mais nous n'aurions jamais dû nous marier. Nous étions trop différents. Notre attirance mutuelle était surtout physique, et nous étions trop jeunes pour comprendre que cela ne durerait pas. Ses sentiments pour moi se sont vite envolés. Deux ans après le mariage, elle s'est aperçue qu'elle préférait mon contremaître.

— Comment est-ce possible ?

Gênée, elle rougit délicieusement.

— Je veux dire : je suis désolée qu'elle t'ait fait ça.

Il sourit. Elle était si mignonne quand elle rougissait.

— Ne le sois pas. Nous sommes plus heureux séparés.

— Qu'est-il arrivé pour que tu renonces à poursuivre ta carrière dans la police et devienne un Seeker, un justicier ?

— Cindy ne voulait plus de moi, mais elle voulait le ranch. Comme il était dans ma famille depuis des générations, elle n'avait aucune chance qu'il lui revienne lors du divorce. Elle a donc eu l'idée d'un stratagème. Elle s'est fait frapper par mon contremaître, puis elle est allée voir mon chef au poste de police en affirmant que c'était moi qui l'avais maltraitée.

Hayley écarquilla les yeux.

— Quelle horrible femme.

Il sourit.

— Oui et non. Elle était manipulée par son amant. Par la suite, elle a regretté de m'avoir joué un coup pareil et m'a présenté des excuses. J'avais embauché un détective privé qui a réussi à lui tirer les vers du nez, à la faire parler d'elle et de mon contremaître. Il l'enregistrait sans qu'elle le sache. Sans méfiance mais avec une certaine fierté, elle lui a raconté qu'elle comptait utiliser les fausses allégations de violence conjugale pour me faire virer de la police et obtenir le ranch.

— Mais tu n'as pas été viré. Tu as démissionné. Et tu as quitté la ville.

— En effet. Après avoir prouvé mon innocence, je n'avais plus aucune envie de travailler avec des gens qui s'étaient retournés contre moi et me croyaient capable du pire. Et même si j'avais gagné la partie et que le ranch m'avait été finalement attribué au moment du divorce, j'ai compris que je n'avais plus envie de continuer. J'étais dégoûté du Montana. Il y a six mois, j'ai vendu les terres à mon ex-femme et je suis venu m'installer ici.

— Tu as dû perdre une fortune avec cette histoire.

— Loin de là, ne t'inquiète pas. Je lui ai cédé mes terres en échange d'un bon paquet d'argent. Et puis, je ne voulais pas m'embêter à chercher un autre acheteur. Peu de gens sont prêts à investir leurs économies dans un ranch. Et à travailler autant. Exploiter des terres, s'occuper d'un tel troupeau, demande énormément de temps et d'énergie.

— Et tes parents, étaient-ils d'accord pour que tu vendes ?

— Étonnamment, oui. Certes, mon père a été déçu, au début. Mais après avoir découvert ce qui s'était passé, il était content que je prenne un nouveau départ ailleurs. Il était encore plus heureux quand je me suis installé ici et que j'ai acheté quelques centaines d'hectares pour créer mon propre ranch. Finalement, je vais y élever des chevaux. Je n'ai pas encore eu le temps de concrétiser ce projet, mais il me tient à cœur.

— Ton père sait que tu es membre des Justice Seekers ?

— Il sait que j'aide les gens sans vraiment connaître les détails de nos activités. Cela vaut mieux. Je préfère le laisser dans le flou. Obtenir justice pour des gens trahis ou lésés n'est pas simple. Nous ne suivons pas toujours les règles au pied de la lettre. Cette liberté de manœuvre nous donne un avantage sur les forces de l'ordre. Mais tout le monde n'accepte pas ce genre de choses. Il vaut mieux que mes parents ne soient pas au courant, n'aient pas à prendre parti ni à s'en inquiéter.

Le visage entre les mains, Hayley remarqua d'un air pensif :

— Il m'est difficile de comprendre comment un ancien policier semble maintenant prêt à enfreindre les lois.

— Ce n'est pas un objectif en soi. Et la plupart du temps, nous les respectons. Mais ayant été inspecteur de police, je suis bien placé pour savoir qu'il est difficile de les faire appliquer et d'assurer la sécurité des gens. Les policiers prennent des risques énormes et mettent parfois leur propre vie en danger pour défendre les citoyens. Mais ils ont les mains et les pieds liés. Parfois, par exemple, ils doivent se résigner à annuler une procédure à l'encontre d'un dangereux suspect pour des raisons administratives absurdes. Il n'est pas normal qu'un assassin parvienne ainsi à sortir de prison et à se remettre à tuer. Un Justice Seeker se permet de faire ce qui est moralement juste, même si cela n'est pas légalement autorisé. C'est un risque, car j'aurais des ennuis si je me faisais arrêter. Mais c'est un risque que je suis prêt à prendre.

— C'est très beau ce que tu viens de dire.

— Eh bien, tu as sans doute touché une corde sensible.

Elle le surprit en mêlant ses doigts aux siens.

— Je ne comprends toujours pas bien ce que tu fais. Mais je comprends que tu aides les gens, sans te soucier de ce que cela pourrait te coûter. Et je trouve cela merveilleux.

Elle attira leurs mains jointes sur ses lèvres et déposa un doux baiser sur celle de Dalton.

Ce contact innocent envoya une décharge électrique dans tout le corps de Dalton. Il avait tellement envie de l'embrasser qu'il dut faire appel à toute sa volonté pour se l'interdire. Il se souvenait du doute qui assombrissait ses beaux yeux et il ne voulait pas lui mettre la moindre pression.

— À mon tour de poser des questions, dit-il.

— Qui a dit que tu avais droit à un tour ?

Il haussa les épaules.

— Je l'espérais.

— D'accord. Tu peux demander. Mais rien ne m'oblige à répondre.

— Intraitable comme toujours, dit-il en riant. J'adore ce trait de caractère chez toi.

Elle écarquilla les yeux.

— Vraiment ? C'est généralement celui que les hommes aiment le moins.

— Les idiots.

Elle rit.

— Que veux-tu me demander ?

— Comment as-tu rencontré Bethany ?

— J'ai l'impression que je l'ai toujours connue, mais en

réalité nous nous sommes rencontrées au lycée. Elle avait perdu ses parents dans un accident de voiture et s'était retrouvée en famille d'accueil. À l'époque, j'étais un peu sa bouée de sauvetage, et par la suite elle est devenue la mienne par intermittence quand des drames se sont produits dans la mienne. Nous sommes allées ensemble tenter notre chance dans le Tennessee, nous étions inscrites dans la même université. Mais j'étais plus studieuse qu'elle. J'adorais mes études, elle préférait faire la fête. Bien sûr, notre amitié a connu des hauts et des bas. D'ailleurs, nous avons cessé de nous voir pendant un certain temps. Et si par la suite nous nous sommes réconciliées, nos relations n'ont plus jamais été les mêmes. L'épisode Chandler n'a pas contribué à arranger les choses. En fait, il les a compliquées.

— Chandler ?

— Chandler Harding. À la fac, Bethany a longtemps traîné avec une petite bande composée de trois garçons et d'une fille. Chandler était l'un d'entre eux. Ils m'ont invitée à quelques-unes de leurs soirées, et j'ai fini par sortir avec lui pendant un petit moment. Mais il était trop sérieux, il voulait s'engager. J'avais envie de me concentrer sur mes études, pas sur une relation. Alors j'ai rompu. Plus tard, il a commencé à sortir avec Bethany. Tout est alors devenu gênant entre Bethany et moi, surtout lorsqu'ils se sont fiancés. Mes relations avec elle n'ont plus été les mêmes ensuite.

— Chandler Harding ? Le nom me dit quelque chose.

— Je ne vois pas pourquoi. Il est mort il y a plusieurs années, avant que tu ne t'installes à Gatlinburg. Sa mort a été une tragédie pour Bethany. D'après ce que j'ai compris, il était mêlé à des histoires de drogue et il a été arrêté par la police. Mais un jour, alors qu'il se rendait au palais de justice pour voir le procureur, il a été victime d'un chauffard qui l'a tué et a pris la fuite. Bethany l'a très mal vécu comme tu l'imagines, d'autant plus qu'elle avait perdu ses parents de la même manière. Mais elle a toujours été du genre à préférer pleurer toute seule. Là-dessus, j'ai atterri à Pigeon Forge pour commencer ma carrière de programmeuse informatique. De son côté, elle a emménagé à Gatlinburg. La photographie était son domaine, sa passion. Elle proposait à des entreprises de mettre leurs produits en valeur en les présentant autrement. Cela ne payait pas bien, aussi faisait-elle des piges pour mener des enquêtes journalistiques, certaine que combiner photos et articles serait plus attractif. Et en effet, ça a marché. Elle a vendu des reportages à toutes sortes de médias.

— Tu disais que vous vous étiez séparées, à une époque. Vous n'étiez plus amies ?

— Nous étions toujours proches. J'ai toujours su que je pouvais l'appeler si j'avais des problèmes. Et inversement. Mais nos relations étaient plus compliquées qu'auparavant. Nous nous étions éloignées l'une de l'autre. Cela faisait des mois que nous ne nous étions pas adressé la parole quand elle m'a téléphoné un jour à l'improviste pour m'inviter à dîner. Un mois plus tard, elle était morte. Tu connais la suite.

— Si je comprends bien, tu cherches son assassin parce que tu te sens coupable, non ? Tu estimes que tu l'as laissée tomber, parce que vous n'étiez pas aussi proches qu'autrefois ?

— Je n'y avais jamais pensé de cette façon. Mais la culpabilité n'est pas étrangère à ma démarche, oui. Bethany n'avait personne d'autre que moi dans la vie. J'aurais dû faire quelque chose pour empêcher sa mort.

— Tu n'aurais rien pu faire. Crois-moi.

— Pourquoi dis-tu cela ?

— Quoi qu'il lui soit arrivé, ce n'est pas ta faute.

— Je te remercie. C'est gentil à toi de le dire.

Elle croisa les mains sur ses genoux, une expression pensive sur son visage.

— Oh ! oh, dit-il. Je connais ce regard. Plus de questions ?

— Encore une.

Elle s'arrêta comme si elle rassemblait son courage, et serra les mains, si fort que ses jointures en blanchirent.

— Si tu ne l'as pas tuée, pourquoi penses-tu que ce serait une catastrophe si je demandais à voir le rapport du médecin légiste ?

— Qu'est-ce que tu racontes ?

— Tu oublies le dispositif d'écoute que j'avais mis dans la sacoche. Mason et toi en avez discuté, l'autre soir.

— Je ne me souvenais pas que lui et moi avions parlé du rapport du légiste.

Il se frotta le visage. Il ne s'attendait pas à cette question. Et il ne savait pas comment répondre. Mason ne voulait pas qu'il dise quoi que ce soit à ce sujet. Mais il avait dit à Hayley qu'il lui faisait confiance et qu'il répondrait à toutes ses interrogations. Depuis cette promesse, il ne jouait plus selon les règles de Mason. Il suivait sa propre conscience.

— Dalton ?

Il baissa ses mains.

— C'est compliqué.

— Je suis sûre que tu peux l'expliquer afin que je comprenne.

— Ce n'est pas ce que je veux dire. C'est compliqué pour moi d'en parler parce que c'est lié à l'enquête en cours.

Il prit une profonde inspiration, prêt à lui raconter toute l'histoire.

— Après que Bethany nous a embauchés pour l'aider à démanteler le réseau de trafiquants, nous avons…

La sonnerie de son smartphone l'interrompit.

— Désolé. Laisse-moi regarder qui appelle. C'est Mason, et il a ajouté le code 911, ce qui signifie que c'est urgent. Je dois répondre. Donne-moi un instant.

Elle lui sourit alors qu'il se dirigeait vers la cuisine.

— Hello, Mason, dit-il à voix basse. Que se passe-t-il ?

Lorsque son patron eut fini de le mettre au courant, un profond malaise envahit Dalton. Il consulta sa montre.

— Compris. Vous pensez que Sampson nous autorisera à examiner la scène aussi rapidement ? Alors qu'elle n'a appris le drame qu'il y a deux heures ? D'accord. Je vous retrouve là-bas.

Il mit fin à l'appel et glissa le téléphone dans sa poche.

— Cela semblait terrible, dit-elle. Que se passe-t-il ?

Elle se tenait dans l'embrasure de la porte, aucunement gênée d'avoir écouté.

— Je ne peux pas t'expliquer. Je dois y aller. Comment ça va, ce matin ? Ta jambe ne saigne plus, n'est-ce pas ?

— J'ai eu un bon médecin, hier soir.

Il sourit et la serra contre lui.

— Je te laisse.

— Tu as promis d'être honnête avec moi, lui rappela-t-elle.

Il s'arrêta à la porte et se retourna.

— Je suis honnête. Je dois vraiment partir.

— Que se passe-t-il ?

— Un rebondissement dans l'enquête.

— L'enquête concernant le meurtre de Bethany ?

Il hésita.

— Dalton. Dis-moi. S'il te plaît.

Elle prit son stetson sur la table de bout, et le lui tendit. Il l'enfonça sur sa tête.

— Il y a eu un meurtre, et l'inspectrice Sampson va nous laisser jeter un œil sur la scène de crime dès que le médecin légiste aura fini.

— Un meurtre ? Tu penses que l'assassin est le gars qui a tué Bethany ?

— Non.

— Alors pourquoi te rends-tu sur les lieux ? lança-t-elle, les mains sur ses hanches. Tu crois que c'est encore ce « Fantôme » qui est derrière cet assassinat ? Celui qui a tué d'autres personnes ?

— Je ne le crois pas. Je le sais.

— Comment ?

— C'est compliqué. Et je dois vraiment y aller, Hayley.

— Emmène-moi. Je resterai dans ton camion, promis. Ensuite, tu pourras me conduire à Camelot, et je ferai tout ce que tu voudras au niveau informatique. Ma vie va mal en ce moment. La tienne aussi. Nous devons à tout prix résoudre cette affaire.

— Tu as raison, dit-il.

— Si le fait d'avoir fui hier le chalet des Justice Seekers est la raison pour laquelle quelqu'un d'autre est mort, si j'avais pu empêcher ce meurtre…

Il prit ses mains dans les siennes.

— Le… L'homme qui a été assassiné l'a été depuis un certain temps. Tu n'aurais pas pu empêcher le drame.

Elle entrelaça leurs doigts.

— Et le suivant ? Ou celui qui lui succédera ? Laisse-moi t'aider. Je ferai tout ce qu'il faut, promis. Je veux autant que toi démasquer ce tueur et éviter d'autres morts. Et si, dans le même temps, je parviens à prouver mon innocence, tant mieux.

Il aurait aimé avoir plus de temps pour répondre à ses questions. Elle aurait alors mieux compris ce à quoi elle était confrontée. Ce à quoi ils étaient tous confrontés.

Il soupira.

— Combien de temps te faut-il pour être prête à partir ?

# 21

Comparé au magnifique parc national des Great Smoky Mountains, situé à proximité et qui attirait des millions de touristes avec ses chutes d'eau, sa faune et sa flore, celui de Gatlinburg n'avait rien d'extraordinaire. Il était d'ailleurs peu visité.

Voilà sans doute pourquoi il avait fallu un certain temps pour y découvrir le cadavre, pensa Hayley.

Comme promis, elle resta sagement assise dans le camion de Dalton pendant qu'il passait sous le ruban jaune et noir des scènes de crime pour rejoindre Mason qui était accompagné d'une poignée de Seekers et de policiers en uniforme. Un peu plus loin derrière eux, deux hommes de la police scientifique en combinaison posaient des balises numérotées sous les arbres, le long du sentier de randonnée, tandis qu'un troisième prenait des photos. Agenouillés sous un érable, le médecin légiste et ses assistants examinaient la victime.

Une berline grise arriva et se gara à côté du pick-up. Quand la conductrice en descendit, Hayley reconnut Sampson et se raidit. Sans la saluer ni lui adresser le moindre signe, l'inspectrice de police se hâta vers les autres. Ce comportement intrigua Hayley. Après tout, c'est elle qui serait en droit de la snober. Sampson lui avait honteusement menti. Pas l'inverse.

Sampson serra les mains des Seekers et échangea quelques mots avec les policiers en tenue. Sans doute faisait-elle avec eux un point sur l'enquête parce que les autres l'écoutaient tous avec intérêt. À un moment, Dalton glissa un œil vers Hayley et hocha la tête. Ne sachant pas si ce signe était pour elle ou pour Sampson, elle n'y répondit pas.

Quelques instants plus tard, ils reportèrent tous leur attention sur le sentier de randonnée. Le légiste et son équipe installèrent sur une civière le sac mortuaire dans lequel se devinait un corps, et l'emportèrent vers le parking. À leur passage, les hommes de la police scientifique interrompirent leur travail pour saluer respectueusement le défunt. Les deux policiers se découvrirent et, la casquette d'uniforme posée contre leur cœur, baissèrent la tête. Hayley jeta un coup d'œil à Dalton. Lui aussi avait enlevé son chapeau. Comme tous les autres, il arborait un air sombre.

Sampson était visiblement la plus affectée. Blême, elle semblait trembler de tous ses membres. Dalton se rapprocha d'elle, comme pour lui offrir son soutien.

Alors que la fourgonnette du légiste quittait le parking, Dalton prit l'inspectrice dans ses bras. Les autres se tapotaient le dos pour se réconforter mutuellement. Hayley comprit que la victime avait sans doute fait partie des forces de police.

Lorsque le groupe se sépara, Dalton embrassa Sampson sur la joue et l'escorta jusqu'à sa voiture. Il la regarda partir.

Hayley baissa les yeux. Elle avait un peu l'impression de s'immiscer dans un moment privé. Lorsqu'il grimpa dans son camion et s'installa au volant, elle sursauta, surprise.

Il la regarda avec inquiétude.

— Je t'ai fait peur ? demanda-t-il d'une voix douce.

Comment avait-elle pu un jour l'imaginer sous les traits d'un assassin ?

Il ferma sa portière, mais ne démarra pas tout de suite.

— Je suis désolée pour ton ami, dit-elle. Pour le policier tué.

— Qu'est-ce qui te fait croire qu'il était policier ?

— Je l'ai pensé… parce que les autres policiers étaient au garde-à-vous et que l'inspectrice Sampson paraissait bouleversée.

Il sembla chercher un instant une réponse, mais ne la regarda pas. Il avait les yeux perdus dans le bois.

— Il n'était pas policier. S'il l'avait été, le parc pullulerait déjà de flics. C'était un avocat, un avocat de la défense qui travaillait souvent avec Sampson. Et comme Gatlinburg est une petite ville, beaucoup de policiers le connaissaient bien.

— Toi aussi ?

— Non. Mais les autres Seekers, oui. Sa mort les affecte profondément.

— S'agit-il d'une autre victime du Fantôme ?

— Oui. Nous sommes certains que le tueur est lié aux réseaux de trafic de drogue et d'armes sur lesquels nous enquêtons depuis des mois. Mais nous ne savons pas encore s'il fait partie de la bande et tue ceux qui dérangent ses activités. Ou s'il supprime ces personnes pour une autre raison et laisse des éléments de manière à orienter les soupçons vers les réseaux criminels. Une façon habile de compliquer le travail des enquêteurs et de les empêcher de se concentrer exclusivement sur ses meurtres. Nous cherchons toujours à établir le lien entre les victimes, mis à part le fait qu'elles font toutes partie des forces de l'ordre ou travaillent en étroite collaboration avec elles.

— Un peu comme les Justice Seekers, non ?

— Nous y avons évidemment pensé. Seth était un Seeker, et nous commençons à croire qu'il a été l'une des victimes du *Ghost*. Mais son nom ne figure pas sur la liste des meurtres.

— Sur la liste des meurtres ? Une telle liste existe donc ?

— Oui. Dis-moi quelque chose… Pourquoi as-tu choisi un fantôme comme icône pour signer tes sites web ?

Sa question la désarçonna.

— Pourquoi ? Ce… C'était mon surnom à la fac et…

— Ton surnom ?

— Eh bien, oui. Les autres étudiants trouvaient injuste que je réussisse avec brio mes examens, que je n'aie aucune difficulté à passer dans les niveaux supérieurs, alors que je venais très rarement en cours. Ils me surnommaient le Fantôme, parce qu'ils ne me voyaient jamais. Au début, ce sobriquet m'avait vexée. Mais après quelque temps, j'ai compris que je devais en être fière. Réussir en travaillant toute seule prouvait un certain talent naturel, non ? J'ai commencé alors à dessiner un petit fantôme stylisé dans un coin de mes copies pour signer mes devoirs. Pourquoi m'interroges-tu là-dessus ? ajouta-t-elle soudain. J'espère que tu ne me prends pas pour une meurtrière sous prétexte qu'un tueur en série se fait appeler *The Ghost* ?

Elle sourit, s'attendant à ce qu'il lui rende son sourire.

Il ne le fit pas.

— Et sur tes sites web ? Pourquoi y mettre l'icône d'un fantôme ? C'est assez inhabituel.

— C'est ma signature. Ma façon d'estampiller chaque site web que je crée. Je sais que ce n'est pas courant, en particulier dans le monde des affaires. Mais je n'ai aucun autre moyen d'authentifier mon travail puisque l'existence de mon entreprise doit rester secrète. Or je suis fière de mes réalisations. Ce petit fantôme est mignon, assez drôle. Et aucun de mes clients n'y a jamais trouvé à redire.

— Pourquoi n'as-tu pas déposé cette marque ? Nous avons vérifié, et cette icône n'a pas été enregistrée. Tu es l'auteure de ces sites web, mais tu t'es arrangée pour que ça reste un secret.

— Bien sûr. Officiellement, je suis programmeuse, salariée d'une grande société informatique. Effectuer des missions en free-lance me placerait en conflit d'intérêts. Mais je n'ai tué personne. Cette icône de fantôme est une coïncidence.

— Et si la plupart de tes clients sont des criminels, s'agit-il aussi d'une coïncidence ?

— Oui ! répondit-elle en serrant les poings. Jusqu'à hier, j'ignorais qu'ils étaient des criminels. Pourquoi es-tu…

— Et la liste des meurtres ? Le tueur laisse un papier sur chaque victime. Au début, nous n'en comprenions pas le sens parce que seul le nom barré de cette première victime y figurait. Mais lorsque la deuxième victime a été retrouvée, son nom et celui du premier mort étaient écrits sur le feuillet. La liste s'allonge avec chaque nouvelle victime. Mais nous sommes toujours incapables de prévoir qui sera la prochaine et donc d'empêcher le meurtre.

Quand il les planta sur elle, ses yeux avaient l'intensité d'un laser.

— Nous appelons le tueur *The Ghost* parce qu'il signe ainsi sa liste de meurtres. Mais cette fois, c'était différent. Cette fois, il avait orné sa liste d'un petit croquis dessiné à la main.

Il tira son smartphone de sa poche et lui montra la photo d'un feuillet sur lequel figuraient cinq noms. Le premier était Bethany Miller. Il était barré d'un trait rouge, peut-être de l'encre ou du sang. Chacun des autres noms était rayé de la même manière. Et en bas de la feuille se trouvait le petit dessin d'un fantôme.

Elle pressa la main sur sa gorge.

— Cette image, c'est… c'est…

— La réplique exacte de l'icône que tu utilises pour signer tes sites web. Oui, exactement.

Sur ces mots, il démarra et quitta le parking.

# 22

Hayley prit place dans la salle de conférences de Camelot. Mais cette fois, elle y était seule avec Dalton. Comme pour bien lui faire comprendre qu'elle n'était pas prisonnière, il avait laissé la porte ouverte.

Mais la façon dont il la bombardait de questions lui donnait la nausée. Visiblement, il ne restait rien des liens qu'ils avaient commencé à tisser. Avait-il changé d'avis à son sujet et croyait-il maintenant qu'elle était coupable de... Quoi, d'ailleurs ? Au mieux, d'avoir aidé des criminels, d'avoir été leur complice ? Au pire, d'avoir assassiné des gens, d'être une tueuse en série ? En tout cas, l'ambiance entre eux avait changé du tout au tout. Elle se sentait tellement humiliée et exaspérée qu'elle n'allait plus tarder à fondre en larmes ou à s'emparer de son arme pour lui tirer dessus.

Elle reporta son attention sur le site web qui apparaissait sur l'écran de l'ordinateur.

— Oui, comme je te l'ai déjà dit, c'est moi qui ai conçu et réalisé ce site. Et je t'ai donné la liste de mes clients. Comment aurais-je pu deviner ce qu'ils étaient en réalité ?

— Tu ne te renseignes pas sur les gens avant de faire affaire avec eux ?

— Oh ! je t'en prie ! Je ne suis ni flic ni détective privée. Avant d'enquêter sur le meurtre de Bethany, je me contentais d'effectuer des recherches en ligne. Et encore maintenant, je ne suis pas très douée en matière d'investigations. Et surtout, si tu lances une recherche sur mes clients, tu ne trouveras rien de louche concernant leurs entreprises. Et rien de ce que j'ai appris en travaillant pour eux ne m'a paru sujet à caution. Je n'avais aucune raison de m'inquiéter. Il est évident que, si j'avais su qu'il s'agissait de criminels, je n'aurais pas signé avec eux. Mais cette éventualité ne m'a jamais effleurée.

— Qu'en est-il des pages secrètes que tu as créées pour eux ? Tu ne les connectais même pas aux principaux sites web. Et tu as configuré le réseau TOR Browser pour permettre à tes clients de ne pas laisser de trace sur le web. Pourquoi ?

— Parce qu'ils me l'ont demandé. Ce réseau leur garantissait la confidentialité et la sécurité de leurs données. Les adresses IP n'y apparaissent pas, et les moteurs de recherche ne les détectent pas. Voilà pourquoi je les ai configurés avec TOR Browser. Si par la suite ils se sont servis de leur site pour des activités qui n'ont rien de commercial, je n'y peux rien.

— Tu n'as jamais pensé qu'ils avaient recours à TOR Browser pour quelque chose d'illégal ?

— Pourquoi une telle hypothèse m'aurait-elle traversée ? Des tonnes d'activités parfaitement légales transitent par TOR. Ce réseau facilite les échanges entre entreprises internationales et leur permet de les régler en bitcoins. Les grandes banques sont elles aussi sur ce réseau. Je comprends que tu t'interroges. La présence du dessin de fantôme, si semblable à ma signature, sur la liste des meurtres établie par le tueur est troublante, je te l'accorde. Et je suis catastrophée d'apprendre que mes clients utilisent mes sites à des fins criminelles. Mais lorsque je me suis lancée dans ces activités en free-lance, j'étais à des années-lumière de l'imaginer. Je cherchais seulement un moyen de gagner de l'argent pour rembourser mes prêts étudiants. Ces pages secrètes étaient un défi intellectuel pour la programmeuse informatique que je suis. Voilà tout.

Il pianota le clavier, puis tourna l'écran vers elle.

— Que vois-tu ?

— Mon icône de fantôme sur l'un de mes sites web. Et avant que tu ne poses la question, je n'ai aucune idée de la façon dont ce dessin s'est retrouvé sur cette liste de meurtres. Pourquoi me traites-tu ainsi, Dalton ? Si tu crois vraiment que je suis une meurtrière, dénonce-moi, fais-moi jeter en prison et finissons-en. Tu me fais mal, je ne le mérite pas.

Il lui jeta un coup d'œil, et elle crut y voir briller une lueur de regret. Mais il lui désigna l'ordinateur.

— Montre-moi ces pages web secrètes.

Chacun de ses ordres, chacune de ses insinuations malveillantes, lui ravageait le cœur. Et nourrissait sa colère. Elle était décidée à lui donner toutes les informations en sa possession, au cas où elles pourraient contribuer à sauver une vie. Mais rien d'autre.

Elle tapa quelques touches, et tourna l'écran vers lui.

— Voilà. Tu vois le titre ? Et les indications sur le côté ? Il s'agit visiblement de données internes ou d'éléments juridiques de l'entreprise. Ils n'ont aucun intérêt commercial. C'est pourquoi mes clients ne voulaient pas les voir apparaître.

— Tu es sur la page principale masquée de ce client particulier. Il y en a beaucoup d'autres. Affiche-les.

Elle battit des paupières.

— Pourquoi ? Elles sont privées. Je ne suis pas autorisée à communiquer leur contenu à des tiers.

— Tu as dit que tu ferais tout pour m'aider.

— Révéler les données confidentielles de mes clients est contraire aux règles de déontologie qui régissent la profession.

Les mâchoires serrées, il pianota le clavier.

— Contraire aux règles déontologiques ? Tu parles de morale ! Il se trouve que j'ai découvert l'algorithme que tu utilises pour identifier les pages cachées de ce client particulier. J'ai ainsi pu accéder à beaucoup de ses pages secrètes. Je vais tout de suite t'en présenter une.

Il tourna l'écran vers elle.

— Dis-moi, Hayley, que vois-tu de moral sur cette page ?

Elle regarda l'écran, blêmit et prit une profonde inspiration.

— De quoi s'agit-il ? balbutia-t-elle, la gorge serrée.

— Cela me semble clair. D'une de tes pages web secrètes, remplie de photos du meurtre de ce matin. Tu remarqueras que ton icône de fantôme y figure. Comme tu le disais, ce petit fantôme authentifie ton travail, non ? Et là, ajouta-t-il en pointant du doigt un carré à gauche de l'écran, c'est la liste des meurtres. Fais-tu ce genre de travail pour *tous* tes clients ?

Elle le dévisagea avec horreur.

— Tu crois que j'ai… posté ça ? Ce n'est pas moi, Dalton. Je le jure.

— Qui d'autre aurait pu le faire ? Tu as dit toi-même que tes clients n'avaient pas leurs propres programmeurs.

— Je n'en sais rien. Mais ce n'est pas moi. Comment l'aurais-je pu, d'ailleurs ? Ces derniers jours, j'étais presque tout le temps avec toi. Même si j'avais voulu me connecter sur ce site pour poster ces horribles photos, je n'en aurais pas eu la possibilité.

— Ces photos ne datent pas d'hier mais de l'époque où le meurtre a été commis.

Elle repoussa sa chaise

— J'en ai assez, je m'en vais.

Il saisit l'ordinateur portable et tapa d'autres touches avant de tourner l'écran vers elle.

— Et qu'as-tu à dire sur celle-là ?

Parvenue devant la porte ouverte, elle hésita. Dans un bureau extérieur à la salle, Brielle l'observait d'un air accusateur. Non loin d'elle, Bryson, l'ancien profileur du FBI, la dévisageait du même œil méfiant, résolument hostile.

— Nous n'avons pas terminé, Hayley, lança Dalton. Je n'ai pas trouvé les algorithmes pour afficher les adresses des pages de tes autres clients. Vas-tu me les montrer ? Ou as-tu peur de regarder en face ce que tu as fait pour les criminels pour lesquels tu travailles ?

Elle se retourna lentement. La colère qui teintait la voix de Dalton l'anéantissait. Il ressemblait à l'homme qu'elle se représentait lorsqu'elle le prenait en filature. Mais après avoir vu à quel point il était gentil, très loin du monstre qu'elle avait imaginé, elle pensait qu'il se souciait vraiment d'elle. Et Dieu sait qu'elle se souciait de lui, même maintenant, même s'il lui arrachait le cœur.

— Je t'ai dit que j'ignorais qu'ils étaient des criminels.

— Difficile à croire lorsqu'on découvre qu'ils le sont *tous*. Sans *aucune* exception.

Elle prit une profonde inspiration.

— Après avoir créé ce premier site web, mon client a parlé de mon travail à d'autres personnes et m'a recommandée. Comme malheureusement mon premier client était un criminel, il était logique que ceux auprès de qui il m'a recommandée le soient aussi.

— Tu t'attends à ce que je le croie ? Tu es *The Ghost* !

Hayley baissa la tête. Des larmes brûlaient ses paupières. Elle détestait Dalton d'être aussi injuste, aussi cruel. Elle s'efforça de ne pas exploser en sanglots et se dirigea vers l'ordinateur portable. Elle saisit l'adresse d'une des pages web cachées de son autre client, déterminée à prouver qu'il s'agissait simplement de données juridiques sans intérêt.

Mais ce qui s'afficha la glaça.

Elle regarda avec horreur les photos d'une autre victime de meurtre avec sur elle une liste de meurtres ornée de l'icône de fantôme. De *son* icône de fantôme.

D'une main tremblante, elle tira une chaise et s'y laissa tomber.

— Je n'ai pas fait ça. Je le jure.

Dalton resta silencieux, se contentant de la dévisager avec la même hostilité que les autres Seekers.

Se rapprochant de l'ordinateur, elle fit apparaître toutes les pages cachées qu'elle avait un jour créées. Des photographies de divers meurtres apparurent sur plusieurs d'entre elles. Livide, elle referma l'appareil.

— Je ne consulte jamais ces pages. Je n'ai aucune raison de le faire. Et même si j'avais eu l'idée d'y retourner, pourquoi aurais-je posté ces photos ignobles ? Pourquoi mes clients les postent-ils ? Cela n'a aucun sens.

— Pour prouver que tu as fait le boulot. Tu postes les clichés sur des pages spécifiques afin que chaque client sache que le travail est terminé. S'ensuit sans doute un virement correspondant à tes honoraires sur un compte secret que tu détiens dans un paradis fiscal *offshore*. Je me trompe ?

— Tu plaisantes, j'espère ? Me prends-tu pour une sorte de tueur à gages ?

— En es-tu un ?

Elle battit des paupières, refusant de laisser jaillir les larmes. En aucun cas, elle ne s'abaisserait à pleurer devant lui.

— Quand Bethany a été tuée, j'étais à Pigeon Forge dans mon entreprise. La police a vérifié mon alibi.

Dalton haussa les épaules.

— Le légiste a pu se tromper sur l'heure du décès.

Elle serra les dents.

— Quand la deuxième victime a-t-elle été assassinée ?

Il le lui dit, et elle consulta son agenda sur son smartphone. Heureusement, elle avait également un alibi vérifiable pour cette date à cette heure précise. Ils continuèrent jusqu'au moment où elle put lui prouver qu'en aucun cas elle n'aurait eu la possibilité de tuer ces personnes.

Elle repoussa sa chaise et frappa la table de ses paumes.

— Je ne sais pas pourquoi quelqu'un a piraté les sites web de mes clients pour y mettre ces horribles photos. Ni si mes clients ont vraiment embauché un tueur et qu'il a ensuite posté ces photos. Ni pourquoi il utilise mon icône de fantôme pour signer sa liste de meurtres. Peut-être quelqu'un m'a-t-il piégée, peut-être cherche-t-on à me faire porter le chapeau. Je ne sais pas. Je laisse à tes collègues et à toi le soin de comprendre. J'espère que ce petit interrogatoire t'a plu. Parce que c'était la dernière fois que nous nous parlions. C'est terminé.

Dalton la regarda et s'éclaircit la voix.

— Elle a un alibi pour chaque meurtre, lança-t-il. Est-ce suffisant pour te convaincre qu'elle est innocente ?

Hayley se retourna. L'inspectrice Sampson se tenait dans l'embrasure de la porte, une paire de menottes à la main. Derrière elle se trouvaient quatre policiers en uniforme.

Sampson raccrocha ses menottes à sa ceinture et fit un signe de tête à Dalton.

— Je pense en tout cas pouvoir lui accorder le bénéfice du doute. Je vais annuler le mandat d'arrêt et en informer le chef. Tiens-moi au courant de toute nouvelle avancée, Dalton.

— Bien sûr.

Sampson sourit d'un air crispé à Hayley.

— Si ce que vous avez dit est vrai, j'espère que vous pourrez me pardonner, ainsi qu'à Dalton. J'étais prête à vous arrêter au parc. J'avais un mandat d'arrêt dans mon sac. La liste des meurtres ornée de l'icône du fantôme qui figure aussi sur vos sites web m'avait convaincue de votre culpabilité. Mais Dalton m'a suppliée d'attendre. Il voulait prouver que vous étiez innocente.

Elle s'éloigna avec les policiers.

Hayley se retourna lentement.

— Elle était ici avec un mandat pour m'arrêter ?

— Oui. Je suis désolé d'avoir été si dur avec toi, de t'avoir fait subir cet interrogatoire. Mais je ne voulais pas que tu retournes en prison. J'avais assuré à Sampson que tu n'avais rien à voir avec ces meurtres. Que quelqu'un tentait de te faire porter le chapeau pour ses crimes, comme tu viens de le dire. Mais elle ne le croyait pas.

— Alors… Tu as fait ça… Tu m'as montré ces horribles photos, tu m'as accusée du pire pendant qu'elle nous regardait ?

Encore une fois, il hocha la tête.

— Elle est arrivée tout de suite après nous. Mason l'avait installée dans son bureau.

Il montra la caméra dans le coin du plafond.

— Elle a suivi notre échange de bout en bout. Heureusement, tu es suffisamment organisée pour savoir ce que tu faisais lors de chaque meurtre. Je suis sûr qu'elle effectuait des recherches sur Internet et passait des appels en même temps pour vérifier tes dires. Sinon elle ne serait pas partie sans toi, les menottes aux mains.

Hayley commençait à trembler.

— J'ai failli être arrêtée pour meurtre, murmura-t-elle.

Sa voix se brisa, et elle plongea le visage dans ses mains, ne pouvant plus retenir ses larmes de colère, de peur et de frustration.

Avec un juron, Dalton la prit dans ses bras.

Un coup retentit à la porte ouverte derrière eux, mais, le nez enfoui au creux de l'épaule de Dalton, Hayley ne se retourna pas. Elle n'en pouvait plus.

— Dalton, dit Sampson qui était revenue sur ses pas. Tu m'as demandé au parc de vérifier si Chandler Harding avait un casier parce que son nom te disait quelque chose. J'ai prié l'un de mes adjoints de s'en charger. Il me l'a envoyé par mail, et Brielle vient de l'imprimer.

Elle jeta une enveloppe en papier kraft sur le bureau.

— Il a un casier judiciaire long comme le bras. Mais

il est mort il y a des années. Qu'a-t-il à voir avec notre problème actuel ?

— Probablement rien. Je ne sais pas. C'est peut-être un autre fil à tirer.

— Eh bien, tire. Je n'ai pas le temps de m'intéresser à de l'histoire ancienne. Je dois mettre le chef au courant des derniers événements. Et m'organiser pour me rendre à un autre enterrement, ajouta-t-elle avant de s'en aller.

Hayley s'essuya les yeux. Mais elle ne parvenait pas à regarder Dalton. Elle était trop meurtrie, même s'il lui avait expliqué la raison de sa brutalité.

Soudain, elle se retrouva dans ses bras et explosa en sanglots. Il l'attira à lui, lui caressa le dos tout en lui murmurant des paroles apaisantes à l'oreille.

Elle n'aurait pas dû aimer cette étreinte, pas après ce qui venait de se passer. Cela dit, elle aussi l'avait terriblement maltraité durant des mois. Et pourtant, il avait organisé cet interrogatoire pour lui donner la possibilité de s'innocenter. En dépit de tout, il croyait en elle. Il l'avait défendue alors que tous les autres voulaient la perdre. Il était de son côté, il la protégeait. Personne n'avait jamais rien fait d'aussi fort pour elle. Personne, jamais.

Quand elle cessa de pleurer, elle le regarda.

— J'ai trempé ta chemise.

Il sourit et repoussa doucement ses cheveux en arrière.

— Tu peux tremper ma chemise autant que tu veux si cela te fait du bien.

— Pourquoi as-tu défendu ma cause auprès de Sampson ? Et pourquoi m'as-tu prise dans tes bras ?

— Tu ne comprends pas, Hayley ? Je suis tombé amoureux de toi. J'adore ton intelligence, ton impertinence, ton esprit rebelle et ton amour de la justice. C'est rare. Et voilà pourquoi j'étais certain de ton innocence avant même que tu ne me fournisses tes alibis. J'avais dit à Mason que j'engagerais un avocat pour te défendre si tu ne pouvais prouver seule que tu n'étais pas coupable. Je suis dans ton camp, maintenant. Nous surmonterons ces épreuves parce que nous les traverserons ensemble. Et ensuite, peut-être sortirons-nous comme les autres couples pour aller dîner quelque part ou au cinéma. Sans risquer la mort, l'hôpital ou l'arrivée de la police.

— Et sans Jack Daniels ? le taquina-t-elle.

— Hayley ivre est adorable. Je ne suis pas pressé de la voir disparaître.

Elle se mit à rire, mais Dalton redevint grave pour ajouter :

— Il y a autre chose que je dois te dire… à propos du rapport du médecin légiste et de la mort de ton amie.

— Non, non, Dalton. J'ai eu ma dose de révélations pour la journée. La seule chose que j'aimerais maintenant, c'est que tu m'embrasses. Peux-tu le faire ? S'il te plaît ?

En réponse, il prit son visage entre ses mains et l'attira contre lui, puis il pressa ses lèvres contre les siennes.

Elle avait déjà été embrassée, mais pas comme ça. Le baiser de Dalton fut magique, parfait. Il toucha son cœur, la réchauffa, l'envahit de merveilleuses sensations, et la consuma d'un désir impérieux. Dans ses bras, elle se sentait en sécurité, chérie, aimée. Il fit fondre ses peurs, apaisa ses blessures.

Quand leur baiser prit fin, ils étaient tous les deux à bout de souffle. Ils se regardèrent avec émerveillement.

— Hayley, dit Dalton d'une voix rauque de désir. C'était… Je ne trouve même pas les mots. C'était… Waouh !

Elle rit et le serra dans ses bras, se sentant plus heureuse à ce moment-là qu'elle ne l'avait jamais été.

Il la serra plus fort contre lui.

— Je suis vraiment désolé pour ce que je t'ai fait subir.

Elle se recula et posa un doigt sur ses lèvres.

— Non, n'en parlons plus. Ne gâchons pas la magie.

Il l'embrassa doucement.

— La journée a été longue et difficile, et l'heure du déjeuner est passée. Malheureusement, j'ai encore beaucoup de travail si nous voulons démasquer ce tueur. Et si je te reconduisais chez toi ? Ensuite, quand j'en aurai fini ici, je t'emmènerai dîner quelque part dans un endroit décent.

Elle soupira et s'écarta à contrecœur.

— Dîner avec toi me paraît bien. Merci.

Il se leva et sortit ses clés de sa poche. Puis il se dirigea vers la porte et attrapa au passage sur la table l'enveloppe kraft.

— Allons-y.

Comme ils sortaient de la salle de conférences, Brielle se leva et, à la grande surprise de Hayley, la prit dans ses bras pour l'embrasser.

— Pardonnez mon erreur, mademoiselle Nash. Après avoir vu cette icône sur la liste des meurtres aujourd'hui, j'étais tout aussi convaincue qu'Erin – l'inspectrice Sampson – que vous étiez *The Ghost*. Je suis désolée que vous ayez dû traverser cette épreuve, même si elle était indispensable pour découvrir la vérité.

— Merci de le dire. J'apprécie.

Les autres membres du bureau s'excusèrent à leur tour et lui assurèrent qu'ils trouveraient qui était derrière tout ça.

Hayley en fut touchée et le dit à Dalton quand ils prirent place dans son camion. Pendant tout le trajet, elle se sentit sur un petit nuage.

Comme ils arrivaient à son chalet, Dalton s'arrêta devant sa porte. Elle lui sourit, prête à le remercier et à descendre du pick-up. Mais Dalton ne lui rendit pas son sourire.

Les mâchoires serrées, il attrapa son arme et bondit à terre.

# 23

Perplexe, Hayley se figea et regarda la porte d'entrée derrière laquelle Dalton venait de disparaître. En partant tout à l'heure, elle l'avait verrouillée. Elle en était sûre. Il avait attendu qu'elle donne un tour de clé avant de l'aider à monter dans le pick-up. Puis ils étaient partis ensemble, à bord de son camion, pour se rendre au parc.

Alors pourquoi cette porte était-elle ouverte à présent ?

Son esprit épuisé avait du mal à comprendre ce qui se passait. Mais soudain l'évidence s'imposa à elle. Quelqu'un était entré par effraction chez elle. Et Dalton fouillait les lieux.

Et si l'intrus était toujours là ? se demanda-t-elle. Et si Dalton était blessé et avait besoin d'aide ? Et pourquoi ne revenait-il pas ? Il ne fallait pas une heure pour faire le tour de la petite maison en rondins. Dalton ne lui avait pas rendu son arme, et maintenant elle regrettait de ne pas avoir insisté pour la récupérer. En tout cas, elle devait appeler les secours, se dit-elle en sortant son smartphone de son sac.

— Non !

Dalton lui arracha le téléphone des mains et le laissa tomber sur le sol. Horrifiée, elle le vit piétiner l'appareil, le frapper à coups de talon avant d'en envoyer valser les morceaux.

Elle le dévisagea et demanda d'une voix blanche :

— Pourquoi as-tu fait ça ? Que se passe-t-il ?

— Nous ne pouvons pas risquer que quelqu'un trace ton smartphone.

Elle remarqua alors qu'il portait une taie d'oreiller remplie d'objets sur l'une de ses épaules. Elle n'avait aucune idée de ce dont il s'agissait. Et il évitait son regard. Il scrutait la route, examinait les alentours, à gauche et à droite, comme s'il cherchait quelque chose.

Ou quelqu'un.

Un frisson glacé la parcourut.

— Dalton ?

— Nous partons. Tout de suite.

— Quelqu'un est dans la maison ?

— Quelqu'un y est entré mais en est ressorti avant notre arrivée, dit-il en la prenant par le bras pour l'entraîner vers le camion.

— S'il n'y a plus personne, pourquoi partir ? Si le chalet a été cambriolé, ne devrions-nous pas prévenir la police ?

— Il n'a pas été cambriolé.

Après lui avoir ouvert sa portière, il la jeta presque dans l'habitacle avant de balancer la taie d'oreiller à l'arrière. À peine eut-elle bouclé sa ceinture de sécurité qu'il fonçait déjà sur la route.

Le bruit d'une sirène le poussa à regarder son rétroviseur. Mais il ne parut pas surpris. Au contraire, il semblait s'y attendre.

Hayley se retourna et aperçut les gyrophares de plusieurs véhicules qui gravissaient la montagne.

— La police arrive, dit-elle. C'est toi qui les as appelés ?

— Non.

Elle attendit, mais il ne lui donna aucune explication.

— Accroche-toi, ordonna-t-il soudain.

Elle s'agrippa à la poignée au-dessus de la portière. Il quitta brusquement la route goudronnée pour s'engager sur un chemin forestier dissimulé par d'épais buissons. Cette voie était envahie par la végétation, et voilà sans doute pourquoi elle ne l'avait jamais remarquée. Elle était si étroite que le camion y passait à peine.

Elle s'efforça de tenir bon pour ne pas valser contre la portière à chaque fois que Dalton faisait un écart ou passait sur une ornière. Il était près de midi et pourtant il faisait très sombre. L'épaisse canopée des arbres masquait le soleil.

Le son des sirènes s'estompa, puis disparut. Bientôt, ils retrouvèrent une route praticable et Dalton accéléra.

— Aurais-tu l'amabilité de m'expliquer ce qui se passe ? demanda-t-elle. Qu'as-tu vu chez moi ? Où allons-nous ?

Sans répondre, il freina brusquement avant de s'engager sur une autre route. Avec un soupir, elle renonça à l'interroger. Il roula comme un fou pendant une bonne demi-heure, puis se décida enfin à ralentir. Quelques virages plus loin, ils parvinrent à une cabane en rondins encore plus petite que le chalet de Hayley.

Il la contourna pour se garer derrière.

— Où…

Il sortit du pick-up et claqua sa portière.

Avec un cri de frustration, elle défit sa ceinture de sécurité.

Une fois de plus, il l'aida à descendre. D'un rapide coup d'œil, il s'assura qu'ils étaient seuls dans cet endroit perdu. Il attrapa la taie d'oreiller, l'enveloppe en papier kraft et entraîna Hayley vers le porche.

Une fois à l'intérieur, il alluma les lumières et le chauffage, puis posa son chargement sur la table de la cuisine.

Tout en se frottant les bras pour se réchauffer, elle le suivit.

— Où sommes-nous ?

— Dans une planque que très peu de gens connaissent.

Il accrocha ses clés à un clou près de la fenêtre.

— S'il m'arrivait quelque chose, prends ces clés et file en vitesse. Rends-toi à Camelot et compose 911 sur le téléphone du véhicule. L'un des Seekers t'aidera.

— Pourquoi me dis-tu ça ?

— C'est le plan B. Je tiens à garantir ta sécurité. Je ne veux pas que tu risques ta vie en essayant de m'aider. Je suis sérieux.

— Je serais incapable de t'abandonner si tu étais blessé ou si tu avais besoin de moi.

Il sourit et déposa un petit baiser sur ses lèvres.

— Espérons que nous n'en viendrons pas à cette extrémité.

Il se détourna pour défaire le nœud de la taie d'oreiller.

— Pourquoi as-tu l'air si inquiet tout d'un coup ? Pourquoi avons-nous dû quitter mon chalet en catastrophe ?

Elle se frotta les tempes, puis grimaça quand ses doigts passèrent sur une bosse. Depuis quelques heures, elle avait l'impression de traverser un champ de bataille. Et visiblement, la guerre n'était pas finie.

— Tout ce truc d'espionnage à la James Bond me rend folle, ajouta-t-elle. Je ne suis qu'une personne ordinaire qui est vraiment fatiguée et j'aimerais comprendre pourquoi tu...

— Voilà pourquoi, dit-il en renversant le contenu de la taie d'oreiller sur la table.

Elle découvrit avec horreur et stupéfaction une batte de base-ball pleine de sang avec des mèches de cheveux collées au bois. Un pistolet qu'elle n'avait encore jamais vu auparavant. Un flacon rempli de cachets qui roula sur la table. Il y avait aussi des vêtements couverts de sang. Des vêtements qui lui appartenaient. Elle les reconnut mais, bien sûr, ils n'étaient pas tachés la dernière fois qu'elle les avait vus.

Dalton jeta la taie d'oreiller encore à moitié pleine sur le sol.

— J'ai trouvé tous ces objets chez toi. Ils n'avaient pas été laissés en évidence. Mais en cherchant un éventuel intrus, j'ai découvert cette batte ensanglantée derrière une porte. J'ai alors inspecté tous les endroits où les gens cachent en général les preuves de leurs crimes.

Il fit un signe vers le pistolet.

— Il était sous ton matelas. Il correspond à l'arme utilisée pour tuer les deux premières cibles du Fantôme. Quant à ces pilules, et même s'il n'y a pas d'étiquette sur le flacon, il s'agit sans doute d'un poison mortel, qui a été fatal à une autre de ses victimes, tuée il y a plusieurs semaines. Elles étaient dans le placard de ta cuisine. Enfin, ces vêtements étaient au fond de ton panier à linge. J'imagine que le sang est celui de l'une des personnes assassinées. Il y a d'autres pièces à conviction dans la taie d'oreiller, des preuves t'incriminant pour tous les meurtres.

Livide, Hayley secoua frénétiquement la tête.

— Je te le jure, Dalton, rien n'est à moi. Je veux dire, les vêtements sont à moi mais pas le sang. J'ignore l'origine de ces cachets. Je n'ai jamais possédé de batte de base-ball. Je n'ai rien à voir avec les meurtres. Tu dois me croire.

Il fronça les sourcils.

— Hayley, je n'ai pas…

Elle s'appuya contre le mur, écarta les mains devant elle.

— Il faut me croire, répéta-t-elle. Je suis innocente.

Il secoua la tête.

— Si j'en avais le moindre doute, je t'aurais laissée dans ton chalet avant d'appeler la police.

Elle baissa lentement les bras, et il s'arrêta juste devant elle.

— Alors… Si tu as pris tous ces trucs et que tu nous as conduits ici, c'est parce que… ?

— Parce que, ayant un jour été victime d'un coup monté, je sais les reconnaître quand j'en vois un. Soit tu as un ennemi puissant qui cherche à t'envoyer en prison, soit quelqu'un veut te faire porter le chapeau pour ses crimes afin d'être innocenté. Quelle qu'en soit la raison, tu es dans le collimateur de quelqu'un qui tient à te détruire. Les policiers de Gatlinburg sont chez toi en ce moment et passent le chalet au peigne fin. J'espère avoir récupéré tous les éléments laissés par ton ennemi pour te perdre. Mais je crains que non. Je me suis douté que l'intrus avait déjà appelé la police, et il n'était pas question de se faire surprendre chez toi par les flics.

— Attends. Tu es en train de me dire que quelqu'un est entré par effraction dans mon chalet et a laissé tout ça pour donner l'impression que je suis l'assassin ?

— Pire. Ce quelqu'un n'est sûrement pas n'importe qui. Il s'agit du *Ghost*, le fantôme que nous essayons de traquer depuis des mois. Il a piraté tes pages web et posté des photos des scènes de meurtre. Il a tué quatre personnes à ce jour : un policier, un avocat, un ancien procureur, un inspecteur à la retraite.

— Cinq. Tu oublies Bethany. Elle compte aussi, non ?

— Exact. Cinq. Si Seth a également été assassiné, cela porte à six le nombre des victimes. Le tueur a laissé du sang, des cheveux, de l'ADN partout dans ta maison pour te faire accuser. Nous devons identifier qui veut te perdre et pourquoi.

— Je n'arrive pas à y croire.

— Crois-le. Il nous faut découvrir qui est le vrai *Ghost* et rapidement. Il s'attendait à ce que tu te retrouves en prison ce soir. Puisque tu ne l'es pas, il va devoir changer de stratégie.

# 24

Dalton serra Hayley dans ses bras pour la réconforter. Cette fois, elle ne pleurait pas. Mais elle tremblait si fort qu'il avait envie de frapper celui qui lui faisait subir cette épreuve supplémentaire. Cette femme était un petit feu d'artifice. De plus, elle était intelligente et sensible. Et belle comme le jour, ce qui ne gâtait rien. Et elle avait renoncé à tout pour obtenir justice pour son amie. Il l'admirait, même si elle lui compliquait souvent la tâche.

La serrer contre lui était un baume pour son âme blessée. La sentir blottie contre lui apaisait sa colère et ses tensions. Il aurait aimé rester éternellement ainsi.

Lorsque son smartphone sonna, il soupira.

Elle s'écarta. Ses yeux reflétaient un tel sentiment de terreur qu'il regretta presque d'avoir apporté son téléphone. Il voulait la rassurer. Mais que pouvait-il dire ? Il ferait tout pour la protéger. Pourtant, il était difficile de défendre quelqu'un sans savoir d'où viendrait la prochaine attaque.

Il s'adossa au mur pour prendre l'appel.

— Que se passe-t-il ? demanda Mason dès qu'il répondit. Sampson m'a appris que la police avait envahi le chalet de Mlle Nash. On a trouvé des éléments prouvant qu'elle était *The Ghost*, mais elle a disparu. J'ai envoyé Bryson vous chercher, mais vous n'êtes pas chez vous. Où êtes-vous ?

— Hayley n'est pas le Fantôme, Mason. Vous l'avez entendue comme moi fournir un alibi pour chaque meurtre.

— Sampson va réduire ces alibis en miettes. Elle a découvert dans le chalet de Nash des éléments que seul le vrai tueur pouvait avoir en sa possession. Nous attendons les résultats des analyses ADN, mais le doute n'est plus permis.

— Détrompez-vous. J'ai découvert dans un placard de sa cuisine des cachets qui, je crois, contiennent le poison qui a tué une des victimes. Ce flacon n'était pas là ce matin lorsque j'ai sorti une boîte d'aspirine de ce même placard. Et aucun des vêtements ensanglantés n'était dans le panier à linge quand j'y ai mis ceux de Hayley après avoir soigné ses plaies causées par des éclats de verre. Depuis, je ne l'ai pas quittée. Pas un instant. Quelqu'un lui a tendu un piège. Vous êtes bien placé pour savoir ce qu'est un coup monté. Elle mérite notre soutien et notre protection. Pas nos doutes. Si cela vous pose un problème, virez-moi. J'en ai assez de ces manœuvres d'intimidation.

Un profond soupir résonna dans le téléphone.

— Êtes-vous sûr que ce flacon et ces vêtements n'étaient pas là plus tôt ?

— Sûr et certain.

— D'accord. Quelqu'un essaye donc de lui faire porter le chapeau pour des crimes qu'elle n'a pas commis. Mais vous auriez dû m'appeler et me dire ce qui se passait avant que Sampson ne se mette en action. Maintenant, elle est convaincue que Mlle Nash est impliquée. Et comme vous n'êtes pas chez vous, elle veut savoir où vous la cachez.

— Qu'est-ce qui vous fait penser qu'elle est avec moi ?

Hayley leva la tête après avoir fait mine d'admirer les motifs, apparemment fascinants, du bois de la table.

Il sourit pour la rassurer.

— Je ne suis pas stupide, Dalton, répondit Mason. Vous venez de dire que vous ne l'aviez pas quittée d'une semelle.

De plus, tout le monde à Camelot a remarqué que vous portiez les mêmes vêtements que la veille…

— D'accord. Voici le topo. Lorsque nous avons quitté son chalet pour nous rendre au parc, la porte d'entrée était verrouillée. J'en suis sûr et certain. Quand je l'ai reconduite chez elle, cette porte était entrouverte. Je suis donc entré pour jeter un œil, m'attendant à tomber sur un cambrioleur. Au lieu de quoi, j'ai découvert une batte de base-ball, des vêtements ensanglantés et d'autres objets qui n'étaient pas là quand nous étions partis. Comme elle était avec moi tout le temps, il est clair que quelqu'un est entré chez elle en son absence pour la piéger. J'ai ramassé ce que j'ai pu et tout embarqué. Mais je savais, vu cette mise en scène, que l'intrus avait déjà prévenu les flics. Il n'était pas question de traîner. Et nous avons entendu les sirènes en nous éloignant. Il s'agit d'un coup monté, Mason. Dites-le à Sampson. Quelqu'un a laissé ces objets dans son chalet pour la piéger.

— Le Fantôme.

— Exactement. Bryson est sans doute le mieux placé pour parler à Sampson, pour lui faire entendre raison. Ils sont amis depuis longtemps. Ensuite, demandez à Sampson d'étudier les images des caméras de surveillance le long des principaux axes menant dans la montagne pour voir si un véhicule pourrait être celui de l'intrus. Cette route n'est pas très fréquentée. Cela n'est pas si difficile. Il y a de fortes chances pour que notre tueur ait été filmé.

— Je vais mettre quelqu'un là-dessus. Où êtes-vous actuellement ?

— Dans mon chalet, là où je vivais avant d'acheter la maison.

— Vous l'avez gardé ? Je pensais que vous l'aviez vendu.

— Comme il est très isolé, j'ai pensé qu'il ferait une excellente cachette en cas de nécessité.

— Bien anticipé.

Dalton soupira profondément et poursuivit :

— Hayley a besoin de vêtements, d'articles de toilette...

— Et vous ? l'interrompit Mason, qui faisait toujours passer ses Seekers en premier. De quoi avez-vous besoin ?

— J'aimerais que Bryson prenne soin de mes chiens, en particulier de Denali. Il s'en charge chaque fois que je dois m'absenter, et ils le connaissent. J'ai des vêtements de rechange ici. Ça ira. Mais Hayley a besoin de tout. Son chalet est une scène de crime. Et connaissant Sampson, je suis sûr qu'elle fait surveiller la maison de Hayley à Pigeon Forge, donc impossible de nous y rendre. Peut-être Brielle pourrait-elle faire des courses pour elle et les monter ? Je lui enverrai une liste en raccrochant.

Il discuta ensuite stratégies avec Mason, de ce qu'il convenait de faire, maintenant.

— Quand Brielle viendra avec des affaires pour Hayley, pouvez-vous lui demander d'apporter de quoi dîner ? Il n'y a rien à manger ici.

Il raccrocha et dressa avec Hayley la liste de ce dont elle avait besoin. Ils l'envoyèrent à Brielle.

— Il ne s'agit pas d'un cauchemar, n'est-ce pas ? demanda soudain Hayley. Ce qui se passe est la réalité.

Il s'approcha d'elle et lui tendit la main.

— Nous avons fait tout ce que nous pouvions pour le moment. Les autres Justice Seekers se chargent du reste. Laisse-moi, à présent, te faire les honneurs de mon refuge. Ce sera rapide. Il y a deux chambres et deux salles de bains. Ensuite, nous pourrons regarder un DVD. Il n'y a ni câble ni Internet. C'est ce que je peux offrir de mieux.

Elle prit sa main.

— Cela me semble parfait pour un premier rendez-vous en amoureux.

Il sourit.

— Un premier rendez-vous, hein ? Combien de cases dois-je cocher pour un premier rendez-vous ?

— À toi de le découvrir, cow-boy.

— Alors terminons cette visite au plus vite et passons à la partie découverte.

Et avec un clin d'œil, il l'entraîna dans le couloir.

# 25

Le tour du chalet fut encore plus bref que prévu. Lorsque Dalton lui montra la chambre principale, Hayley lui fit comprendre, d'un regard appuyé, par de petits sourires entendus et de subtils frôlements, qu'elle n'avait pas envie d'une visite.

Mais de lui.

Les tensions, les peurs et les rebondissements de l'affaire les avaient réunis. Ils se jetèrent dans les bras l'un de l'autre comme deux âmes affamées. Ils se désiraient et avaient besoin l'un de l'autre, s'avouant enfin ce qu'ils avaient nié trop longtemps.

Enlacés, ils roulèrent sur le lit, échangeant baisers passionnés et caresses frénétiques comme un couple d'adolescents. Très vite, il commença à déboutonner son corsage tandis qu'elle mettait le même enthousiasme à défaire son ceinturon. Ils avaient hâte de se toucher, de se découvrir enfin.

*Brielle*, songea-t-il brusquement Il aurait dû lui dire de prendre son temps pour monter au chalet. Mais au moment où cette pensée le traversait, un bruit de moteur le prévint qu'il était trop tard.

Avec un gémissement de frustration, il se redressa et remit un peu d'ordre dans ses vêtements.

La vue des lèvres gonflées et des yeux brillants de passion de Hayley le fit sourire de satisfaction.

— Tu es belle comme le péché, tu le sais ?

Elle esquissa un sourire sexy.

— Et tu n'as pas encore tout vu…

Elle caressa du bout des doigts ses seins qu'elle avait du mal à dissimuler sous le tissu tant ils étaient généreux.

Il poussa un nouveau gémissement.

— Tu me tues.

Le sourire de Hayley s'élargit.

Trois coups rapides à la porte la firent soupirer.

— Dépêche-toi, cow-boy. Je commence à avoir chaud…

Il lui donna un autre baiser en vitesse, puis se leva, grimaçant devant le renflement de son pantalon.

— Malheureusement, je vais devoir laisser Brielle entrer. Si je refuse, elle me criblera de balles.

Hayley changea de couleur et entreprit de se peigner les cheveux à l'aide de ses doigts.

Il rit de ses efforts pour être présentable, et se dirigea vers la porte. Lorsqu'il l'ouvrit, Brielle lui fourra un gros sac en papier dans les bras.

— Rends-toi utile pour changer.

Il recula pour la laisser entrer.

— Ravi de te voir, moi aussi.

— Excuse-moi, Dalton, mais j'ai mieux à faire que les courses. Mon travail consiste à poursuivre des tueurs. Pas à courir les magasins.

Elle s'interrompit en voyant apparaître Hayley, et sourit.

— Ne le prenez pas pour vous, surtout. Entre filles, il faut s'entraider. C'est à lui que je n'aime pas rendre service, ajouta-t-elle en regardant Dalton.

Il leva les yeux au ciel et posa le sac sur la table.

— Ça sent bon. Que nous as-tu acheté ?

— Des côtelettes d'agneau.

Elle tendit l'autre sac à Hayley.

— J'ai pris tout ce dont une femme peut avoir besoin,

y compris une trousse de maquillage. Pendant que nous en sommes aux confidences féminines, j'aimerais vous demander un truc… Est-il exact que le sexe d'un homme aussi grand que Dalton est lui-même plus grand que la moyenne ? Je me suis toujours posé la question…

Hayley rougit comme une pivoine.

— Brielle, laisse-la tranquille, intervint Dalton avec un regard d'excuse pour Hayley. Ne fais pas attention à elle, Hayley.

— Voilà comment tu me remercies de vous avoir apporté de quoi survivre ! s'exclama Brielle. Quelle ingratitude. Je crois vous avoir pris l'indispensable et le superflu. Avez-vous besoin d'autre chose ?

Hayley semblait noyée sous la force de la personnalité de Brielle. Elle jeta un regard incertain à Dalton.

Il lui sourit d'un air rassurant, et elle inspecta le sac.

— Vous avez pensé à tout, balbutia Hayley. Merci infiniment. Je vous rembourserai dès que possible.

Brielle secoua la tête.

— C'est offert par la maison. Les Justice Seekers sont comme ça.

— Eh bien, merci encore. Et ces côtelettes me donnent faim. Mais je préfère prendre une douche avant de les déguster, si cela ne vous ennuie pas. Les événements de la journée, les battes de base-ball ensanglantées en particulier, me font me sentir sale. J'aimerais pouvoir laver toutes ces choses horribles de mon esprit.

— Tout ira bien, je te le promets, lui dit Dalton. Tu trouveras des serviettes-éponges dans les placards de chaque salle de bains. N'hésite pas à utiliser celle de ma chambre. La cabine de douche y est beaucoup plus grande.

Le bruit d'une autre voiture qui arrivait le fit s'approcher de la fenêtre.

— Mason est là.

— Il nous fait signe de sortir, ajouta Brielle. Kira lui a envoyé des images de caméras de surveillance d'une station-service au pied de la montagne. Il les visionne sur son ordinateur de voiture.

Elle se dirigea vers la porte.

Dalton se tourna vers Hayley.

— Je reviens vite.

— Prends ton temps. Tout va bien.

Elle saisit le sac plein de vêtements et d'affaires de toilette.

Il sourit et ouvrit la porte.

La Mercedes de Mason se gara à côté du SUV de Brielle. Il avait fait équiper la voiture de gadgets coûteux que toutes les forces de l'ordre lui enviaient, y compris un ordinateur à la pointe de la technologie et très puissant. Il demanda par gestes à Brielle et à Dalton de venir le rejoindre.

Brielle prit place sur le siège passager à l'avant pendant que Dalton s'accroupissait à l'arrière pour regarder le flux d'images vidéo diffusé sur l'écran.

Mason tapota l'appareil.

— D'après Kira, sept véhicules ont gravi la montagne entre le moment où Mlle Nash et vous, Dalton, en êtes descendus pour vous rendre au parc et le moment où vous avez quitté Camelot pour la reconduire à son chalet. Kira n'a reconnu aucun d'entre eux. Et la qualité des images est trop mauvaise pour distinguer leurs occupants. Mais elle en envoie une copie à Jaxon qui essayera de l'améliorer.

Il frappa quelques touches, et la vidéo s'accéléra avant de s'arrêter.

— Voilà le premier. Elle m'a envoyé les horodatages pour que je puisse avancer rapidement à l'endroit où chaque véhicule entre dans le champ de la caméra. L'un de vous voit-il quelque chose d'intéressant sur ce pick-up ?

— Pas moi, dit Brielle. Il s'agit d'un camion de livraison

ordinaire. Il y a des cageots de légumes à l'arrière. Il se dirige probablement vers le marché de Crawford.

— Je suis d'accord, dit Dalton. Je suis presque sûr de l'avoir déjà vu à Crawford. Et il semble que deux enfants soient assis sur la banquette arrière.

Brielle se pencha vers l'écran.

— Vous avez raison. Ce n'est probablement pas notre gars.

— Le prochain ?

Mason frappa d'autres touches et leur montra successivement une Cadillac blanche, une Toyota bleue, un camion si rouillé qu'il semblait incroyable qu'il roule encore. Lorsqu'il s'arrêta sur le cinquième véhicule, Brielle poussa un cri de surprise.

Dalton se raidit et serra les mâchoires.

— La traîtresse.

Mason les dévisagea tour à tour.

— Traîtresse ? Pourquoi ? Reconnaissez-vous cette voiture ?

— Très bien, oui, dit Dalton. C'est celle que j'ai laissée à notre invitée, au cas où un incendie de forêt ou un autre événement inattendu se produirait. Pour lui permettre de fuir en urgence si besoin.

— Attendez, dit Mason. Je pensais que nous avions un garde du corps là-bas vingt-quatre heures sur vingt-quatre. Comment a-t-elle réussi à partir sans qu'il s'en aperçoive ?

Brielle secouait déjà la tête.

— Le garde du corps était censé la protéger. Pas la surveiller. Bien entendu, il devait nous prévenir s'il se passait quelque chose d'étrange.

— Pour moi, il se passe quelque chose d'étrange, remarqua Mason d'un air sombre. Il faut le contacter au plus vite.

— Je viens de lui envoyer un texto, dit Brielle. Il ne répond pas.

Dalton poussa un juron.

Mason referma l'ordinateur.

— Dalton, vous feriez mieux d'appeler Sampson pour lui en parler. Expliquez-lui que nous connaissons l'identité de notre fantôme et demandez-lui de lancer un avis de recherche sur ce véhicule. Dites aux Seekers de se mettre également à sa recherche. Brielle, vous avez une formation aux premiers secours. Accompagnez-moi à la maison sécurisée. J'ai peur qu'il soit trop tard pour sauver notre garde du corps, mais il faut essayer.

— Compris.

Dalton se redressa.

— Que voulez-vous que je fasse, Mason ?

— Une fois que vous aurez mis Sampson au courant, restez ici avec Mlle Nash. À part les Seekers, personne ne sait qu'elle est là. Si *The Ghost* comprend que nous connaissons son identité, alors elle s'attaquera à…

— À Hayley.

Mason hocha la tête.

— Veillez sur elle. Je vous communiquerai la suite des événements.

Brielle s'éloignait déjà sur des chapeaux de roues. Mason démarra et la suivit.

Resté seul devant le chalet, Dalton sortit son téléphone et composa le numéro de Sampson.

# 26

Après le chagrin, l'angoisse et les tensions des dernières semaines, Hayley commençait à entrevoir quelque chose au bout du tunnel, quelque chose qu'elle avait presque fini par oublier. L'espoir.

Elle refoulait ses émotions depuis si longtemps qu'elle se sentait au bord de l'explosion. Mais quand elle traversa le chalet de Dalton, en sachant qu'il la croyait enfin et qu'ils allaient affronter cet enfer ensemble, elle avait envie de chanter. Tout le désir dont elle brûlait pour cet homme merveilleux devenait incontrôlable. Elle ne parvenait plus à y résister. Et à sa grande surprise et à son immense joie, il partageait la même passion.

L'embrasser, l'étreindre, avait été magique, une magie à laquelle elle aurait voulu ne jamais mettre fin. Mais le monde cruel avait resurgi trop tôt. Maintenant, il lui fallait se dépêcher de se préparer pour affronter la suite. Mais au moins, cette fois, elle savait que Dalton serait à ses côtés.

Après sa douche, elle s'habilla rapidement, puis essuya ses cheveux du mieux qu'elle put. Malheureusement, elle ne trouva pas de sèche-cheveux. Elle n'avait pas demandé à Brielle d'en acheter un, certaine qu'il y en avait un ici. Ses cheveux longs et épais resteraient probablement humides toute la journée. Elle essayerait de ne pas sortir dans le froid.

Elle les tressa en une grosse natte qui tomba au milieu de

son dos. Après un dernier regard dans le miroir pour vérifier son maquillage, elle se dirigea vers la chambre. Elle était presque à la porte quand un petit coup retentit.

À la fenêtre.

Elle se retourna et blêmit. Le visage qu'elle découvrit de l'autre côté de la vitre ne pouvait pas être réel. C'était impossible. Elle se mit à trembler si fort que ses dents s'entrechoquèrent. Convaincue qu'elle voyait un fantôme, elle ferma les yeux.

Le coup retentit à nouveau.

— Hayley, c'est moi. Ouvre.

Elle battit des paupières. Il ne s'agissait pas d'un fantôme. Bethany était vraiment là. Vivante.

Elle courut à la fenêtre et l'ouvrit.

— Bethany ? Est-ce toi ? Mais… mais… je te croyais…

— Morte ? répondit Bethany en riant. Eh bien, non, je ne suis pas morte. Je suis bien en vie, mais je me gèle. Peux-tu m'ouvrir la porte arrière ? Il faut qu'on parle.

Hayley la dévorait des yeux. Elle avait envie de se pincer.

— C'est vraiment toi. Je n'arrive pas à y croire… Je ne comprends pas. J'ai lu le journal, l'article qui relatait la découverte de ton cadavre par la police. J'ai même pris un congé sans solde pour enquêter et démasquer ton tueur. Explique-moi. Comment se fait-il que tu sois ici et en vie ?

Bethany promena les yeux autour d'elle avant de répondre.

— Brielle, tu l'as rencontrée, non ? L'une des Seekers ?

Hayley hocha la tête. Son esprit avait du mal à accepter la réalité. Lorsqu'elle avait posé des questions sur le rapport du médecin légiste, Dalton avait rechigné à lui répondre. Ne savait-il pas comment lui dire la vérité ? Que Bethany n'était pas morte ? Qu'ils avaient fait croire à son assassinat ? Pourquoi ? Pourquoi avaient-ils joué cette comédie ? Dalton avait promis de répondre à toutes ses questions, mais ils avaient dû fuir son chalet avant qu'il n'en ait eu le temps. Et depuis leur arrivée ici, elle n'avait pas pensé à l'interroger à ce sujet. Maintenant, elle le regrettait.

Elle s'aperçut que Bethany tentait de lui dire quelque chose et elle se rapprocha de la fenêtre.

— Excuse-moi, je n'écoutais pas, dit-elle. Je suis… sous le choc. Je m'attendais si peu à… Tu parlais de Brielle ?

— Pour te résumer les événements, répondit son amie avec un gros soupir, les Seekers ont fait croire à ma mort pour me protéger. En effet, les criminels sur qui j'enquêtais voulaient me tuer après avoir compris que j'allais publier un reportage sur eux. Les Seekers m'ont cachée dans une maison sécurisée pendant qu'ils essayaient de démasquer et d'arrêter les bandits. Mais le tueur principal n'a pas cessé d'assassiner des gens. Il a publié une liste de meurtres très inquiétante. Les Seekers sont sur les dents et, pour économiser des ressources, ils vont désormais m'installer dans ce chalet – et protéger deux personnes à la fois. Toi et moi. Faire d'une pierre deux coups, en somme. Voilà pourquoi Brielle m'a conduite ici.

Le brouillard dans l'esprit de Hayley commençait à se dissiper. Mais sa joie de revoir son amie vivante s'estompait derrière une montagne de questions. Et de doutes.

— Brielle n'a rien dit à ton sujet quand elle est venue m'apporter des affaires.

— Non ? Elle a dû demander à parler à Dalton en privé, non ? Elle est en train de le mettre au courant. Mais moi, j'en avais assez d'attendre dans le froid, alors je suis sortie discrètement de sa voiture et me voici. Je suis si heureuse de te retrouver, tu m'as tellement manqué, Hayley. Peux-tu m'ouvrir la porte arrière ? Je vais répondre à toutes tes questions, tout t'expliquer. Je te le promets. Mais je serai mieux au chaud. Dépêche-toi !

Hayley la dévisagea tandis que divers souvenirs, des bribes de conversations et de recherches, lui revenaient en mémoire.

Elle comprenait mieux pourquoi les policiers avaient refusé de considérer Dalton comme un suspect potentiel dans la mort de Bethany. En réalité, ils savaient que son amie n'était pas morte. Avaient-ils collaboré avec les Seekers pour faire croire au meurtre de Bethany pendant qu'ils s'attaquaient au réseau criminel ? Dalton lui avait dit que les Seekers ne travaillaient pas officiellement avec la police. Sampson s'était-elle débrouillée pour les aider ? Peut-être avait-elle dit à ses chefs que la fausse mort de Bethany faisait partie de l'enquête dont elle était chargée. Pour que personne ne s'interroge sur l'absence de cadavre à la morgue. L'inquiétude de Dalton quand Hayley avait voulu voir le rapport du médecin légiste s'expliquait.

Il lui avait juré qu'il avait un alibi en béton, mais qu'il ne pouvait pas le lui donner sans compromettre l'affaire. Parce qu'il ne pouvait pas lui dire que Bethany était vivante. Elle était toujours leur cliente. Hayley comprenait tout, à présent.

D'autres pièces du puzzle prenaient sens. Dalton s'intéressant aux circonstances de sa rencontre avec Bethany, par exemple. Elle lui avait parlé de Chandler Harding avec qui elle était sortie et avec qui Bethany s'était fiancée par la suite. Son nom disait quelque chose à Dalton. C'est pourquoi il avait prié Sampson d'enquêter. Et découvert que Chandler avait un casier judiciaire, un passé criminel. Quand Sampson lui avait demandé pourquoi il voulait ces renseignements, s'ils avaient un rapport avec « l'affaire », il avait dit que ce n'était probablement pas le cas mais que c'était un autre fil à tirer…

Bethany venait de lui raconter que Brielle l'avait conduite au chalet et l'avait laissée dans la voiture en arrivant. Mais cela n'avait aucun sens, comprit-elle, en proie à un doute soudain. Pourquoi Brielle ne lui aurait-elle proposé de la suivre à l'intérieur où il faisait chaud ?

Quelque chose tracassait Hayley depuis que Dalton l'avait interrogée sur son surnom, *The Ghost*. L'assassin signait de ce même pseudonyme. S'agissait-il vraiment d'une coïncidence ? Sans doute pas puisque le tueur avait également piraté ses sites web pour lui faire porter le chapeau pour les meurtres. Hayley avait expliqué à Dalton que ses amis à l'université l'affublaient de ce surnom. Mais avec le recul, elle se souvenait qu'une seule personne la désignait ainsi, en réalité. *Bethany*.

Mais le plus inquiétant était ailleurs. Puisque Brielle, Dalton et Mason voulaient discuter en privé devant le chalet, pourquoi Bethany ne leur avait-elle pas simplement dit qu'elle allait à l'intérieur ? Pour se mettre au chaud et pour revoir son amie ? Cela aurait été logique. Et pourquoi n'était-elle pas entrée par la porte principale ?

*Pour ne pas se faire voir par les Seekers.*

Et une seule raison pouvait expliquer pourquoi Bethany ne voulait pas qu'ils sachent qu'elle était là.

Bethany était le Fantôme.

Hayley frémit. Elle devait prévenir Dalton.

— Désolée, dit-elle. Bien sûr, je ne vais pas te laisser dans le froid. Je vais t'ouvrir la porte de derrière, ajouta-t-elle en se forçant à sourire.

— Attends, regarde-moi.

Hayley se raidit et se retourna lentement.

Bethany avait le canon d'un pistolet pointé sur elle.

— Tu n'as jamais été très douée pour cacher tes émotions. Tu n'as pas cru à mon histoire, je le vois bien. Et on dirait bien que nous allons devoir la jouer autrement.

Livide, Hayley retint son souffle.

Bethany sourit.

— Je n'ai pas l'intention de te tuer. Pas tout de suite, en tout cas. Maintenant, ouvre cette porte. Si tu cries, si tu alertes Dalton, je te fais sauter la cervelle. Et quand il accourra ici pour te sauver, il subira le même sort. Compris ?

Hayley hocha la tête.

Bethany ordonna :

— Ouvre-moi, maintenant. Tout de suite.

# 27

Assis sur les marches du porche, Dalton tenait son smartphone à bout de bras, assez loin de son oreille pour que les hurlements de Sampson ne lui crèvent pas les tympans. Tandis qu'elle le maudissait, lui reprochant de ne pas l'avoir mise au courant plus tôt et d'avoir pollué sa scène de crime dans le chalet de Hayley, il s'entraînait à souffler des petits ronds de fumée dans l'air glacial.

Ses doigts de pied commençaient à geler dans ses bottes. Mais il ne voulait pas rentrer se réchauffer dans le chalet tant que cette conversation n'était pas terminée. Hayley avait déjà traversé beaucoup d'épreuves. Il n'avait pas envie de lui révéler que son amie était *The Ghost* avant que toute l'affaire ne soit terminée et qu'il n'y ait plus de danger pour elle ni pour personne. Après tant d'angoisse et de stress, elle n'avait pas volé un peu de répit. Il tenait à la laisser profiter de cette petite pause le plus longtemps possible.

Quelque chose dans le flot de paroles de Sampson attira soudain son attention. Il recolla son smartphone contre son oreille.

— Attends, que viens-tu de dire à propos de la voiture qui apparaît sur les images de vidéosurveillance de la station-service ?

— Tu m'écoutes ou pas ? gronda-t-elle.

— Partiellement. Que disais-tu sur cette bagnole ?

Elle soupira bruyamment.

— Je disais que tes gars n'ont plus besoin de la chercher. Nous l'avons retrouvée dans les bois derrière le chalet de Mlle Nash. Et tu as de la chance. Il y a des empreintes de pas reliant ce véhicule, prêté à Bethany Miller par les Seekers, à la porte arrière de sa cabane en rondins. Et des marques de pied-de-biche sur celle-ci. Ce qui conforte ta théorie selon laquelle un intrus a déposé des preuves chez elle pour la faire accuser.

— Ce n'est pas une théorie. C'est un fait. Je t'ai dit…

— Que Hayley était innocente, oui, oui. Pour ma part, je préfère me fonder sur des preuves concrètes pour tirer mes conclusions. Mais ces éléments jouent en sa faveur, c'est indéniable, d'autant qu'elle était avec toi au parc, puis à Camelot et n'a donc pas eu la possibilité de cacher elle-même ces objets chez elle. Alors, d'accord, elle n'est probablement pas la tueuse en série que nous recherchons. Mais cela ne veut pas dire que je ne souhaite pas lui parler. Il reste de nombreuses zones d'ombre.

— Un détail me chiffonne… Si Bethany est arrivée au volant de cette voiture et l'a garée dans les bois avant de s'introduire dans le chalet, pourquoi est-elle toujours là-bas ?

— Bonne question, Sherlock. Une question que nous nous posons également. Voilà pourquoi j'ai envoyé l'équipe de la police scientifique sur place fouiller tout le secteur. Sans doute avait-elle un complice. Il est probable que quelqu'un soit passé la prendre après sa visite au chalet. Mais jusqu'ici, ils n'ont pas vu d'empreintes de pneus autres que les tiens. Rien n'indique que d'autres véhicules soient montés au chalet de Hayley, à l'exception de ton pick-up. Je suppose que tu n'as pas pris Bethany en stop lorsque tu as filé avec Mlle Nash, n'est-ce pas ? ajouta-t-elle en gloussant.

Dalton ne rit pas. Il regardait fixement son camion. Et la

caisse à outils installée à l'arrière. Elle était assez grande pour que quelqu'un s'y cache.

— Je te rappelle.

Il s'empara de son arme. Quelques instants plus tard, il découvrit dans la caisse à outils plusieurs couvertures qu'il n'y avait pas mises. Des couvertures qui auraient pu garder quelqu'un au chaud pendant le long trajet jusqu'au chalet… en attendant l'occasion de sortir et de rentrer à l'intérieur. Quand personne ne faisait attention.

*Bon sang !*

Il s'élança vers sa cabane. Il avait lu les rapports d'autopsie des victimes du Fantôme, vu les photos. Il savait à quel point Bethany aimait faire souffrir ses proies avant de les tuer – un détail qu'il n'avait pas révélé à Hayley. Il n'avait donc pas l'intention d'attendre l'arrivée des renforts pour entrer dans le chalet. Il s'y rua et parcourut les pièces en courant. Avant même d'en faire le tour, le silence mortel qui y régnait le glaça.

Lorsqu'il atteignit enfin sa chambre, il se figea. De l'air froid s'engouffrait par la fenêtre ouverte.

Le bruit d'un moteur qui démarre le fit se retourner. Il fonça vers la porte d'entrée, sauta du porche et courut derrière les feux arrière de son pick-up. Hayley était au volant, et Bethany, assise à ses côtés, pointait une arme sur elle.

Il s'agenouilla pour viser le pneu arrière gauche. Mais le camion fit un écart au moment où il pressait la détente. Il tira deux autres coups de feu sur les pneus avant que le véhicule ne disparaisse dans un virage.

Avec un cri de rage, il saisit son smartphone pour appeler Mason.

Quand son patron répondit, Dalton grogna :

— *The Ghost* détient Hayley. Allumez votre ordinateur pour mettre l'équipe et la police sur le coup. Ils doivent rechercher mon pick-up. Hayley le conduit, et Bethany la menace d'une arme. Prévenez-les. Qu'elle ne soit pas blessée.

— J'envoie un message à tout le monde. Quel est votre numéro de plaque d'immatriculation ?

Dalton lui donna le renseignement.

— D'accord, message envoyé. Je me dirige maintenant vers le chalet. Dites-moi exactement ce qui s'est passé.

— Oui, mais dépêchez-vous. Sans voiture, je ne peux rien faire. Je suis coincé.

En proie à une indicible rage, Dalton était incapable de rester en place. Il se mit à arpenter la pelouse. Il parla à Mason de la voiture que Sampson avait retrouvée, de la caisse à outils, des couvertures.

— Bethany devait être dans la voiture garée à l'abri des regards dans les bois pendant que j'étais chez Hayley. Elle comptait y déposer les preuves pour la faire accuser dès qu'elle aurait la possibilité d'entrer dans le chalet de location. Mais comme j'ai emmené Hayley avec moi au parc, sur la scène du meurtre, Bethany a compris que son plan ne fonctionnerait pas. Elle se doutait que j'allais témoigner, expliquer que Hayley n'aurait pas pu laisser tous ces objets chez elle puisqu'elle était avec moi tout le temps. Bethany a donc changé de plan. Elle a trouvé des couvertures et attendu que je reconduise Hayley chez elle. Elle était probablement dissimulée dans les buissons près du garage. Elle a laissé la porte d'entrée entrouverte pour me permettre d'entrer dans la maison. C'est à ce moment-là qu'elle est montée discrètement à l'arrière de mon camion et s'y est cachée.

Il arrêta de faire les cent pas et se frotta le visage.

— Vous savez ce que cela signifie, n'est-ce pas ? Depuis le départ, elle utilise Hayley comme bouc émissaire et l'a piégée pour lui faire porter le chapeau pour ses propres crimes. Elle nous a manipulés, nous aussi. Elle a très probablement fait appel à nos services pour éloigner d'elle les soupçons.

La police commençait à se rapprocher des trafiquants de drogue et d'armes. Bethany avait besoin de justifier sa présence au sein de la bande de criminels. Elle s'est servie de son travail de journaliste comme couverture. Il fallait que tout le monde croie qu'elle écrivait un reportage et que les bandits l'avaient découvert. Elle a donc prétendu avoir besoin de protection. Nous avons été manipulés en beauté, Mason, répéta-t-il. Elle s'est bien moquée de nous. Mais maintenant que tout se retourne contre elle, elle change de plan. Elle ne se soucie plus que nous sachions qui elle est. Quelle est sa prochaine étape, Mason ? Son nouveau plan ? Dites-moi pourquoi elle a enlevé Hayley ? Nous ne pensons plus que Hayley est *The Ghost*. Dans ces conditions, quel était l'intérêt de l'embarquer avec elle ?

— J'arrive. Nous allons le découvrir ensemble. Nous la retrouverons. Ne vous inquiétez pas.

— Dépêchez-vous.

Il raccrocha et courut vers le chalet. Ce n'est qu'alors qu'il vit ce qui l'y attendait. Un morceau de papier cloué à la porte d'entrée avec un couteau. D'une manière ou d'une autre, Bethany avait laissé cette note pendant qu'il parlait à Sampson. Il s'empara du papier. Il s'agissait d'une autre liste de meurtres, apparemment comme les autres. Mais le Fantôme avait ajouté le nom de Seth en haut, comme pour se vanter de l'identité de sa première victime. Et il y avait un autre nom sur la liste, en bas.

*Hayley Nash*

Il tomba à genoux et hurla.

# 28

— Tourne à gauche, ordonna Bethany dès qu'elles atteignirent la route principale.

Hayley hésita. Faire ce qu'elle lui ordonnait les conduirait devant chez Dalton puis à Camelot, qui était probablement désert, tout le monde étant à la recherche du Fantôme. Alors que prendre à droite les ferait passer devant chez elle. La police y était-elle toujours ? Peut-être arriverait-elle à klaxonner pour attirer leur attention et les inciter à les prendre en chasse.

Le canon froid du pistolet se pressa contre sa joue.

— À gauche. Et si je tombe, tu tombes. Ne l'oublie pas.

Hayley tourna.

Elles arrivaient devant la propriété de Dalton lorsqu'une petite berline en sortit, se mettant en travers de la route.

Violemment percuté, le camion se déporta sur le côté.

— Le fossé ! cria Bethany. Nous allons tomber dans le fossé !

Hayley tenta frénétiquement de reprendre le contrôle du pick-up, mais il dérapa, grimpa le talus et dévala de l'autre côté. Comme il finissait sa course dans une mare, une vague de boue recouvrit aussitôt le pare-brise.

Furieuse, Bethany frappa Hayley de son arme. Celle-ci riposta alors en lui envoyant son poing dans la figure, la faisant valser contre la portière. Alors qu'elle s'apprêtait à cogner de nouveau, elle interrompit son geste à la vue du pistolet que Bethany pointait sur elle.

— Sors, dit-elle. Dépêche-toi. Ou je te tue.

Hayley poussa la portière et se pencha avec précaution, essayant d'atteindre le marchepied sans glisser. Une forte poussée la fit tomber à terre. Comme elle butait contre les roues, elle insulta son ex-amie.

Bethany se contenta de ricaner.

— Tu es pathétique, ma pauvre Hayley. Je me demande vraiment ce que Chandler te trouvait. Debout.

L'adrénaline et la colère donnèrent à Hayley la force de se relever. Son jean était déchiré, son genou saignait.

Elle regarda Bethany.

— Quelle façon de traiter une amie.

— Les affaires sont les affaires.

— De quoi parles-tu ?

— Je t'expliquerai plus tard. Sois gentille et va voir dans quel état se trouve l'autre victime de l'accident. Et dépêche-toi.

L'œil froid, elle brandit son pistolet pour faire comprendre à Hayley qu'elle n'hésiterait pas à tirer.

La petite voiture s'était retrouvée sur le bas-côté comme si elle s'y était garée normalement. Mais les débris de verre sur la route prouvaient qu'il n'en était rien. Les deux vitres latérales avaient explosé, ainsi que le pare-brise. Le conducteur était affalé sur le volant, la tête en sang. Il avait dû être projeté contre le pare-brise. Il n'y avait pas d'airbag, probablement parce qu'il s'agissait d'une voiture de collection.

Au grand soulagement de Hayley, il poussa un gémissement quand elle atteignit la portière. Il était vivant. Elle le reconnut alors. Il s'agissait de l'un des Seekers, l'ancien profileur du FBI. Bryson.

— Fais-le sortir, ordonna Bethany. Nous avons besoin de sa bagnole.

— Il est blessé, protesta Hayley. Nous devons l'aider.

Bethany tira deux fois dans la portière.

— Plus maintenant.

Hayley poussa un cri horrifié. Bryson était tombé sur le côté de la banquette. Ses yeux étaient fermés. Le sang poissait ses cheveux, coulait sur son visage et inondait sa veste.

— Fais ce que je t'ai dit, hurla Bethany. Et grouille-toi.

Ne voulant pas donner à Bethany un autre prétexte pour faire feu sur le malheureux, Hayley ouvrit la portière et déboucla la ceinture de sécurité de Bryson.

— Mais qu'est-ce que tu fais ? Reviens. Pousse-le à l'arrière.

Hayley refusait de laisser Bryson se vider de son sang à l'arrière de la voiture. Il aurait plus de chance d'être sauvé si quelqu'un passait par là. Elle le saisit par les épaules pour le tirer le plus doucement possible hors de l'habitacle, et l'allongea sur l'herbe.

— Cesse de jouer avec le mort ! Prends le volant. On bouge.

— Je viens ! lança-t-elle.

Elle faillit crier de surprise quand Bryson ouvrit les yeux.

— Chut, dit-elle, un doigt contre ses lèvres. Faites le mort.

Elle lui retira sa cravate et la plaqua contre sa blessure.

— Tenez-la bien pour arrêter l'hémorragie en attendant que quelqu'un s'arrête et vous vienne en aide. Accrochez-vous.

— Mon pistolet, balbutia-t-il. Prenez mon pistolet.

— Tu lui donnes l'extrême-onction ou quoi ? cria Bethany.

Hayley palpa la veste de Bryson en vitesse, cherchant son arme.

Avant de la trouver, elle entendit Bethany revenir.

— Fermez les paupières, répéta-t-elle. Je vous en prie.

Une bulle de sang rouge sur les lèvres, il ferma les yeux.

Elle murmura une prière, espérant qu'il ne venait pas de rendre l'âme. Comme elle se redressait, Bethany surgit.

Elle brandissait un autre pistolet.

— C'est ça que tu cherchais sur le mort ? Heureusement pour moi, je l'ai vu tomber lorsque tu l'as sorti de la voiture.

En riant, elle s'assit sur le siège avant, pointant son arme sur Hayley. Elle jeta celle de Bryson sur la banquette arrière.

Hayley prit le volant, consternée de voir le sang de Bryson sur ses mains. Elle adressa une prière muette pour qu'il s'en sorte.

— Mets le cap sur Camelot, maintenant, ordonna Bethany.

# 29

Alors que Dalton fonçait au volant de la Mercedes sur la route étroite qui serpentait dans la montagne, Mason s'entretint par téléphone avec les Seekers, puis avec l'inspectrice Sampson pour faire le point sur la situation. Quand il raccrocha, son visage était sombre.

— Dites-moi, grogna Dalton. Ont-ils retrouvé Hayley ?

— Pas encore. Ne perdez pas espoir.

— Vous avez vu ce que cette garce a fait aux autres…

— Bethany a certainement une bonne raison pour n'avoir pas encore tué Hayley. La prendre en otage était très risqué. Cette raison, quelle qu'elle soit, la maintient en vie. Ayez confiance.

— J'essaye, croyez-moi. Où en sont les recherches ?

— Brielle et Kira sont en lien permanent avec Sampson. La plupart des autres sillonnent le secteur à la recherche de votre camion. Nous deux, nous allons installer le poste de commandement à Camelot et coordonner les recherches de là-bas. Des barrages routiers sont en place. Elle ne peut pas descendre cette montagne sans être arrêtée, Dalton. Nous fouillerons ensuite chaque chalet et chaque grange. Cette montagne n'est pas très peuplée. Et nous avons de la main-d'œuvre.

— Vous avez dit « la plupart des autres ». Tout le monde ne vous a donc pas appelé pour recevoir un ordre de mission ?

— Tout le monde sauf Bryson. La dernière fois que je l'ai eu au téléphone, il partait s'occuper de vos chiens. Il ne devrait plus tarder à me contacter.

Dalton freina brusquement avant de négocier un virage. Projeté en avant, Mason jura, alors que ses papiers volaient.

— Désolé, dit Dalton. Les freins de mon pick-up sont moins sensibles que les vôtres.

Comme Mason ramassait ses dossiers, Dalton l'arrêta.

— Attendez. Il s'agit du casier judiciaire de Chandler Harding, n'est-ce pas ? dit-il. Ouvrez-le, s'il vous plaît.

— Chandler qui ?

— Harding. C'était le petit ami de Hayley à l'université. Après leur rupture, il est sorti avec Bethany et tous deux se sont même fiancés. Il a été tué quelques mois plus tard.

— Un triangle amoureux, en quelque sorte. Peut-être que Bethany en veut à Hayley à cause de lui, dit Mason en ouvrant une chemise cartonnée.

— Et elle lui en voudrait assez pour la faire passer pour une tueuse en série ?

Mason haussa les épaules.

— J'ai déjà entendu des histoires pires que ça, vous savez.

— Dites-moi ce qu'il y a là-dedans.

Mason parcourut les documents des yeux.

— Ce gars était un criminel de la pire espèce. Hayley a bien fait de rompre. Il était à la tête d'un trafic de drogue et d'armes, à l'époque. Quand les Feds l'ont finalement coincé, ils avaient un dossier très solide contre lui. Mais votre Harding a fini par se faire écraser par un chauffard qui a pris la fuite alors qu'il se rendait au bureau du procureur. Sa mort a réduit leurs efforts à néant. La plupart des personnes impliquées dans ces trafics ont dû être relâchées, faute de preuves. Je parie que Bethany a assuré la relève après sa mort. Ce n'est pas une tueuse occasionnelle. Manifestement, c'est elle le chef du réseau criminel.

— Tous les éléments en notre possession tendent vers cette explication.

Il se pencha, essayant de lire certaines des pages que Mason feuilletait.

— Hé, gardez les yeux sur la route ! protesta ce dernier.

Dalton jura. Lorsqu'ils parvinrent sur une ligne droite, il fit un signe vers le dossier.

— J'ai vu une liste de noms. C'était quoi ?

Mason la chercha et laissa échapper un faible sifflement.

— Une liste de meurtres. Ce sont les gens que notre Fantôme a exécutés – la moitié est déjà morte. Et ils sont encore plus nombreux que nous ne le pensions. Elle a dû commencer à piéger Hayley après la seconde série de meurtres. Elle ne voulait pas attirer notre attention sur les premiers puisqu'elle ne pouvait pas lui faire porter le chapeau pour ceux-là. Les victimes étaient toutes impliquées dans l'enquête contre Chandler. Cette liste recense tous les témoins convoqués au tribunal. Sampson ne l'avait-elle pas remarqué ?

— Elle ne l'a pas vue. Elle m'a dit qu'elle n'avait pas eu le temps de lire le casier judiciaire de Chandler.

Mason secoua la tête.

— Bethany tue toutes les personnes associées de près ou de loin à l'enquête qui visait son fiancé. Pourquoi Hayley est-elle sur cette liste ? ajouta-t-il en fronçant les sourcils.

Dalton haussa les épaules.

— Nous avons déjà établi que Bethany utilise Hayley comme bouc émissaire depuis que ses crimes apparaissent sur les écrans radar de la police. Elle s'est servie des talents en informatique de Hayley pour l'attirer dans son réseau sans qu'elle le sache. Hayley était une cible facile, quelqu'un qui lui faisait confiance. Et qui nous dit que le plan de Bethany n'était pas de tuer des personnes associées à son fiancé et de lier Hayley aux crimes, en raison de leur histoire amoureuse passée ? Il s'agit toujours du même scénario.

Bethany se débarrasse de tous ceux qui sont susceptibles de témoigner contre elle tout en essayant de s'en tirer de toutes les manières possibles. Et au passage, elle s'arrange pour orienter les soupçons vers Hayley. Il est possible que son fiancé n'ait jamais oublié Hayley. Alors Bethany ne perd jamais une occasion de lui nuire. Lui faire porter le chapeau pour ses crimes lui permet de joindre l'utile – échapper à la justice – à l'agréable – se venger d'une rivale.

— Oui, oui, dit Mason en feuilletant un peu plus le dossier. Apparemment, Chandler s'apprêtait à passer un accord avec le procureur, à lui donner des noms en échange d'une réduction de peine. Combien voulez-vous parier que notre Fantôme était déjà à la tête de l'entreprise criminelle avec Chandler et craignait qu'il ne livre son nom au procureur ? Je ne serais pas surpris qu'elle soit le chauffard qui a tué Chandler.

— Elle aurait assassiné son propre fiancé.

— Je suis prêt à miser gros sur cette hypothèse.

— Ses parents sont également morts dans un accident de voiture.

— Peut-être la police devrait-elle rouvrir cette enquête.

— Peut-être, dit Dalton alors qu'il s'engageait sur la route principale, vers Camelot. Cela explique pourquoi *The Ghost* a agi ainsi. Mais cela ne nous donne aucune idée de l'endroit où elle a emmené Hayley. Ni même pourquoi.

Un instant plus tard, il écrasa de nouveau les freins, et la Mercedes dérapa sur le bord de la route.

— Que vous arrive-t-il, Dalton ? Vous avez vraiment besoin d'apprendre à conduire !

— Regardez ! Mon camion est dans le fossé. Et Bryson est étendu là-bas, au bord de la route.

Il attrapa son arme et bondit hors de la voiture.

Derrière lui, il entendit Mason appeler les secours.

Dalton s'accroupit et pressa ses doigts contre le cou de Bryson, cherchant son pouls.

— J'inspecte votre pick-up, cria Mason en passant devant lui, l'arme au poing.

Dalton se pencha sur son ami, allongé sur le dos, les yeux clos. Son pouls était très faible. Dalton leva ses paupières, regarda ses pupilles. Puis il pressa une main contre sa poitrine pour s'assurer qu'il respirait.

Bryson était en vie mais en sale état.

Dalton fit la grimace en voyant l'entaille sur la tête de son ami. Il chercha d'autres blessures.

Mason revenait vers eux. Il se laissa tomber dans l'herbe à côté de Dalton.

— Il n'y a personne dans le camion. Mais il y a des marques de dérapage sur la route et des traces de pneus le long de l'accotement. Deux véhicules ont été impliqués dans l'accident. Bryson a sans doute essayé de heurter votre pick-up pour l'arrêter. Il a dû se cogner la tête, être assommé ou quelque chose comme ça. Elles l'ont sorti de l'habitacle et ont filé à bord de sa voiture.

Dalton souleva la veste de Bryson.

— Il a été blessé par balle.

Mason jura tandis que Dalton continuait de palper Bryson.

— Il a réussi à enlever sa cravate et à l'enfoncer dans la plaie pour arrêter l'hémorragie. Ça lui a probablement sauvé la vie.

— Hayley, chuchota Bryson.

Mason et Dalton se regardèrent avec surprise.

Dalton se pencha vers Bryson.

— N'essaye pas de parler. Une ambulance sera bientôt là.

Comme pour le prouver, une sirène retentit en bas de la montagne.

— Tenez bon, mon vieux, dit Mason.

Bryson murmura à nouveau quelque chose, s'efforçant

visiblement d'articuler des mots. Dalton mit son oreille près de ses lèvres. Quand Bryson s'arrêta de parler, il se tourna vers son patron.

— Hayley l'a sorti de la voiture, puis a utilisé sa cravate pour arrêter l'hémorragie. Elle lui a dit de faire le mort.

— Elle lui a sauvé la vie.

— Ne prenez pas cet air surpris. Je vous ai toujours dit que c'était quelqu'un de bien, Mason.

— Je commence enfin à le croire.

La sirène se rapprochait. Les lèvres de Bryson bougèrent à nouveau. Il semblait agité, il serrait les poings.

Cette fois, ce fut Mason qui se pencha pour écouter. Il leva les yeux.

— Camelot. Il a dit « Camelot ». Est-ce là que Bethany emmenait Hayley ? demanda-t-il en prenant la main de Bryson. Serrez mes doigts si c'est ce que vous vouliez dire.

Il leva de nouveau les yeux.

— Affirmatif, dit-il

L'ambulance se gara derrière la Mercedes.

— Allez, insista Mason. Je resterai avec Bryson. Allez sauver Hayley.

Le regard de Dalton passa de l'ambulance à son ami. Il était déchiré à l'idée de le quitter alors qu'il était gravement blessé.

— Vous ne l'abandonnez pas, dit Mason. Je m'occupe de lui. Et vous n'êtes pas seul. N'oubliez pas que nous sommes une équipe. J'enverrai les autres Seekers pour vous aider. Allez-y.

Bryson ouvrit les yeux et regarda Dalton.

— Va.

Dalton serra l'épaule de Bryson, puis courut vers la voiture.

# 30

Agrippée à la rampe, Hayley s'efforça de gravir les marches du porche de Camelot. Elle claquait des dents. Son genou la faisait terriblement souffrir. Il ne s'agissait pas d'une simple entorse. Elle avait dû se casser quelque chose quand Bethany l'avait fait tomber du camion.

— Pauvre bébé, se moqua Bethany. Tu as froid, tu n'aurais pas dû oublier ton manteau dans le chalet. Ne t'inquiète pas. Nous serons bientôt au chaud.

Elle garda son pistolet braqué sur Hayley jusqu'à ce qu'elles atteignent le haut du porche. Elle lui désigna alors la porte d'un mouvement de menton.

— Dépêche-toi. Je veux être à l'intérieur avant que l'un de ces Justice Seekers n'y revienne. C'était gentil de leur part de se lancer tous à ta recherche et de nous laisser la place, tu ne trouves pas ?

Elle consulta sa montre, comme elle l'avait fait plusieurs fois depuis qu'elles avaient laissé Bryson au bord de la route.

— Nous ne pourrons pas entrer, dit Hayley en s'appuyant contre le mur en rondins pour se frotter le genou. Un lecteur biométrique gère l'accès au bâtiment. Et je ne pense pas que qui que ce soit va te donner un code pour le contourner.

— Tu m'as toujours sous-estimée, pauvre fantôme. C'est vrai, tu étais meilleure que moi à l'école, surtout à la fac. Tu ne venais que rarement en cours et pourtant tu cartonnais aux examens pendant que, nous, nous ramions. Je t'en ai longtemps voulu de tes facilités scolaires. Mais moi, j'ai un talent que tu n'as pas. Pour contourner les règles et manipuler les autres, j'excelle. Tu vas voir.

— C'est donc à cause de mes bonnes notes que tu m'as fait toutes ces crasses ? demanda Hayley, incrédule.

— Tes résultats universitaires ne sont qu'un des nombreux motifs de ma haine à ton égard.

— Ta haine à mon égard ? Je pensais être ton amie depuis des années, mais notre amitié a-t-elle eu un jour une réalité ?

Bethany parut y réfléchir mais, avant qu'elle ne réponde, des vrombissements de moteurs se firent entendre derrière elles. Hayley se retourna. Trois quads jaillirent de la forêt et traversèrent le parking pour s'arrêter devant les marches. Six hommes en descendirent. Leurs gilets pare-balles comme leurs armes de guerre les désignaient comme des mercenaires.

— Ils sont pile à l'heure, remarqua Bethany avec satisfaction.

Elle tendit la main vers l'un d'eux.

— Le gant. Vite.

Un homme gravit les marches avant les autres et lui tendit un gant. Alors qu'elle l'enfilait à la main droite, elle se tourna vers Hayley.

— Un lecteur biométrique, tu disais ? Il est programmé pour lire les empreintes des Justice Seekers. Combien y en a-t-il ? Laisse-moi faire le compte – les douze chevaliers de la table ronde, plus leur chef intrépide, le roi Arthur. Ou Mason, si tu préfères. Ça fait treize. Oh ! attends, n'oublions pas Seth Knox. Je me demande s'ils ont déjà supprimé ses données biométriques du système. Qu'en penses-tu ? Essayons voir.

Elle sourit en pressant le gant contre le panneau de verre.

La porte bourdonna et s'ouvrit.

Hayley en eut le souffle coupé.

Bethany eut un petit rire.

— J'étais certaine que leur côté sentimental les empêcherait d'effacer ses empreintes du système. C'est la raison pour laquelle je l'ai tué, tu sais. C'était l'un de leurs experts informatiques, et j'avais besoin de quelqu'un de chez eux pour m'introduire dans leur système. Un soir, je l'ai attiré dans un bar pour le soûler et obtenir les informations dont j'avais besoin. Disons qu'il ne s'était pas montré coopératif. Mais bon gré mal gré, il m'aura pourtant permis d'entrer à Camelot, ajouta-t-elle en glissant les doigts dans l'autre gant. As-tu compris ce que j'ai fait ? Allez, pour t'aider, je te donne un indice : ces gants ne sont pas en cuir.

Hayley se retourna et vomit.

Bethany éclata de rire avant d'entrer. Deux des hommes saisirent Hayley par les bras et l'entraînèrent vers la pièce principale. Les autres refermèrent la porte.

Bethany désigna la salle de conférences.

— Entrez là-dedans, dit-elle en jetant le gant à l'un des hommes. Débrouillez-vous comme vous voulez, mais trouvez-moi ces numéros de compte. Et prévenez-moi dès que l'argent aura été transféré.

Les mercenaires disparurent dans la salle de conférences. Hayley se souvenait qu'elle menait à l'Atrium. Était-ce leur destination ? Avaient-ils prévu d'utiliser les ordinateurs installés là-bas ?

— Par ici.

Bethany lui fit signe d'avancer, et Hayley la suivit en boitillant, veillant à regarder où elle mettait les pieds pour éviter les pièges semés un peu partout dans les entrailles de Camelot. Elle espérait que Bethany trébucherait dessus et tomberait dans un cachot. Mais sans doute connaissait-elle bien les lieux parce qu'elle y circulait sans difficulté apparente. Elle menaçait Hayley de son arme chaque fois qu'elle la trouvait trop lente. Finalement, elles parvinrent devant la balustrade qui surplombait l'Atrium, deux étages plus bas.

Prise de vertige, Hayley recula. La vue du vide lui donnait des sueurs froides.

— Oh ! c'est vrai, se moqua Bethany, tu as le vertige. En fait, soyons honnêtes, je n'ai pas oublié cette histoire déchirante que tu m'as racontée, la petite mésaventure que tu as vécue quand tu étais enfant. Je comptais dessus. Longe la mezzanine jusqu'au couloir là-bas et ouvre la première porte à gauche.

Hayley s'arrêta devant.

— Celle-ci ?

— Voilà. Entre. Je t'ai réservé une chambre avec vue. Je suis sûre qu'elle te plaira. Elle donne à pic sur la vallée. Tu vas adorer ! Mais cette fois, il n'y aura pas d'arbres pour amortir ta chute, ajouta-t-elle en la rejoignant.

Hayley frissonna.

Bethany éclata de rire et la poussa en avant.

Une fois à l'intérieur, Hayley se mit de côté, tournant ostensiblement le dos aux baies vitrées. Bethany l'avait suivie et pointait son pistolet sur elle. Quoi que son ex-amie ait prévu, Hayley devina que la fin était proche. Si elle ne faisait rien, elle allait mourir.

— Je ne comprends pas, dit-elle.

Elle se frotta le visage comme elle avait vu Dalton le faire. Le geste était un prétexte pour cacher ses yeux tandis qu'elle les promenait partout à la recherche de quelque chose, n'importe quoi, qui pourrait lui servir d'arme. Mais il n'y avait qu'un lit, une chaise et un bureau. Pourrait-elle frapper Bethany avec la chaise ? Peut-être. Mais réussirait-elle à s'en saisir et à la brandir avant d'être abattue ? Sans doute pas.

— Comprendre quoi ?

Hayley fit le tour de la chambre.

— Le sens de toute cette histoire. Les meurtres. Tes

tentatives pour me piéger et me faire porter le chapeau. Pourquoi ? Que t'ont fait ces gens pour que tu les condamnes ainsi à mort ? Et moi, que t'ai-je fait ?

Bethany haussa les épaules.

— D'abord, tu es plus exaspérante que tu ne l'imagines. Talentueuse, toujours de bonne humeur, incroyablement jolie, parfaite. Nous, simples mortels, luttons pour obtenir ce que nous avons, alors que tout est facile pour toi… Et puis, tu étais facile à piéger. Du moins jusqu'à ce que tu découvres mon garde-meubles. Là, tu as failli tout gâcher. Tu t'es crue obligée de déployer les grands moyens. Avec ton site web, tu as vraiment semé une belle pagaille. Les Justice Seekers craignaient que des gens viennent à Camelot harceler Dalton et m'y découvrent. Oh ! c'est vrai, tu ignorais qu'ils m'avaient logée ici, pour me protéger. C'est ainsi que j'ai appris l'existence de ces souterrains qui partent dans tous les sens et de ces stupides escaliers qui sortent de nulle part.

Elle agita les mains.

— Nous sommes dans la chambre qu'ils avaient mise à ma disposition. La vue est unique, non ? Tu as tort de ne pas t'approcher pour l'admirer. Mais à cause des fous furieux que tu avais bêtement provoqués sur Internet, ils m'ont déplacée pour m'installer dans une cabane en rondins au milieu des bois. Quoi qu'il en soit, ne vois rien de personnel dans mes actes. Laisse-moi t'expliquer : la situation devenait dangereuse pour moi. La police avait découvert mon organisation, mon réseau de trafiquants de drogue et d'armes. J'avais besoin de détourner ses soupçons. Comme je suis journaliste, j'ai prétendu enquêter sur ces trafics pour un reportage. Et j'ai fait appel aux services des Seekers comme couverture, pour faire croire à la police que j'étais en danger.

Elle serra les poings.

— Tout a fonctionné à merveille, et j'étais sur le point d'empocher l'argent et de m'enfuir avec. Mais j'ai alors découvert qu'ils avaient gelé la plupart de mes avoirs. Il s'agit de *mon* argent, Hayley. Et il y en a pour des millions de dollars. Les millions de Chandler que j'ai récupérés quand j'ai repris la direction des affaires, plus les millions que j'ai gagnés grâce à mes seuls talents. Tout a été gelé. Une escroquerie pure et simple ! Voilà pourquoi j'ai mis au point cette histoire. Pour remettre la main sur mon pactole. Malheureusement, rien n'a marché comme prévu. J'ai donc dû élaborer un plan B. Ce qui nous amène à aujourd'hui. Je suis venue à Camelot accompagnée du meilleur hacker du pays. Il est dans l'Atrium en ce moment, en train de transférer mon argent sur un compte *offshore* intraçable. Après quoi, je disparaîtrai.

Une voix se fit entendre par un Interphone que Hayley n'avait pas remarqué plus tôt.

— Mademoiselle Miller, l'un des Seekers vient d'arriver.

Bethany fronça les sourcils et serra plus fort son pistolet.

— Ils sont plus réactifs que ce à quoi je m'attendais. Montrez-le-moi, ordonna-t-elle.

Elle tapota sur un clavier, et un panneau bascula, révélant un écran vidéo. Il affichait des images du porche et du parking. Un homme très grand, coiffé d'un stetson noir et vêtu d'un trench-coat, gravissait les marches vers la porte.

— Ce n'est pas n'importe lequel des Seekers, dis-moi ! s'écria Bethany. Ton prince charmant est venu en personne pour sauver sa princesse. Si ce n'est pas mignon ! Sa présence ne faisait pas partie du plan initial, mais je ne vais pas laisser passer une occasion pareille de te faire souffrir. Chandler n'a jamais réussi à t'oublier, tu sais. Il se languissait toujours de toi, et j'en avais assez. Voilà pourquoi j'ai dû le tuer. Je te connais assez pour savoir que tu es tombée amoureuse de ton beau chevalier. Le voir mourir te brisera le cœur, j'en suis sûre. N'est-ce pas follement romantique ?

Elle appuya sur une touche sous l'écran.

— Laissez-le entrer. Puis enfermez-le.

Ensuite, tout se passa très vite. Quand Dalton s'élança à l'intérieur, l'arme au poing, des volets métalliques tombèrent du plafond sans bruit devant et derrière lui. Il lui avait parlé de ces volets. Il était pris au piège, coincé dans une partie du château désormais inaccessible, et personne n'avait la possibilité de l'aider à en sortir.

— Continuez à pirater cet ordinateur, ordonna Bethany par le haut-parleur. Les autres, tuez notre intrus.

— Non !

Hayley attrapa la chaise en bois et frappa Bethany avec violence. Celle-ci protégea sa tête avec son bras. Dans le mouvement, le pistolet lui échappa des mains. Il fusa à travers la pièce et finit sa course sous la fenêtre.

Dans un même élan, elles se jetèrent dessus toutes les deux pour tenter de le récupérer. Bethany l'atteignit la première, mais Hayley sauta sur elle et la mordit au poignet.

— Aïe ! cria Bethany, laissant de nouveau tomber l'arme.

Mais alors que Hayley s'apprêtait à s'en saisir, Bethany lui envoya un coup de botte dans son genou blessé. Hayley hurla de douleur. Un autre coup de pied la frappa au ventre, lui coupant le souffle. Des larmes de colère jaillirent de ses yeux.

L'arme au poing, Bethany courut hors de la pièce et claqua la porte derrière elle.

Hayley se rendit compte très vite que la porte était verrouillée. Pire, il ne s'agissait pas d'une vulgaire porte en bois. Elle était blindée. Taper dessus n'aurait aucun effet.

Accablée, elle se recroquevilla dans un coin de la chambre en position fœtale. Elle avait envie d'abandonner la partie, de renoncer. Elle voulait rester allongée là, à pleurer et ou frapper le sol jusqu'à ce que sa colère, sa peur et sa douleur s'épuisent. Mais elle prit vite conscience du fait qu'elle n'avait pas le droit de se comporter en gamine égoïste, alors que l'homme qu'elle aimait était sur le point d'être tué. Il ne se doutait pas que six mercenaires, armés jusqu'aux dents, s'apprêtaient à le massacrer.

D'une façon ou d'une autre, elle devait l'aider.

L'écran à côté de la porte était toujours allumé. Il montrait la pièce principale, sous un autre angle. Dalton pressait sa main contre le lecteur biométrique qui aurait dû ouvrir une cloison vers le couloir qui menait là où elle était. Mais le mur ne bougeait pas. Il traversa alors la salle pour tenter une manœuvre similaire ailleurs. Qui échoua de la même façon. Quoi qu'il fasse, les volets ne se relevaient pas. Il était coincé. Et tôt ou tard, fatalement, il parviendrait à ouvrir la porte de la salle de conférences. Elle le mènerait à l'Atrium où des hommes l'attendaient pour le tuer.

Lorsqu'elle le vit ouvrir cette porte et s'élancer vers la mort, elle faillit exploser en sanglots.

Elle reporta son attention sur l'écran vidéo où d'autres images émanant d'autres caméras apparurent, comme si quelqu'un d'autre les parcourait, à la recherche de menaces éventuelles. La vue du parking lui prouva qu'elle n'était plus seule. Les renforts arrivaient. Cela dit, les Seekers ne pourraient pas débloquer les volets en acier qui scellaient l'endroit. Ils gagnèrent le porche et tentèrent plusieurs manœuvres pour actionner l'ouverture des portes. Mais aucune ne fonctionna.

Les larmes aux yeux, elle observa leurs efforts. Elle devait à tout prix les faire entrer pour leur permettre d'aider Dalton. Mais comment ?

Elle se retourna vers les baies vitrées. Peut-être la falaise sous la fenêtre n'était-elle pas aussi à pic que l'avait prétendu Bethany ?

Elle traversa la chambre pour regarder à travers la vitre. Aussitôt, le sang rugit à ses oreilles, son pouls s'accéléra, des haut-le-cœur soulevèrent son estomac, et son front se couvrit de sueurs froides. Blême, elle agrippa le rebord de la fenêtre, et ouvrit la croisée pour tenter de voir s'il y avait moyen de sortir par là.

Au bord du malaise, elle prit plusieurs inspirations, puis passa la tête par la fenêtre. L'édifice était planté sur un flanc de montagne qui semblait tomber presque tout droit vers la vallée, en contrebas.

Livide, Hayley se pencha pourtant, s'efforçant d'examiner le mur extérieur. Y avait-il des espaces entre les blocs de pierre sur lesquels accrocher ses doigts ou ses pieds ?

Des mouches dansaient devant ses yeux alors qu'elle s'imaginait enfourcher le rebord de la fenêtre pour atteindre la corniche et se déplacer vers la fenêtre voisine. Mais comment parviendrait-elle à l'ouvrir ? De toute façon, elle tomberait avant de l'atteindre, happée par le vide, elle le savait. Sortir par là était impossible. Alors que faire ? Il devait y avoir un autre moyen d'aider Dalton.

Elle se retourna. D'autres vues apparaissaient sur l'écran, montrant différents couloirs, pièces et souterrains. Pourquoi ? Bethany faisait-elle défiler ces images pour y chercher Dalton ? Cela signifiait-il qu'il n'était pas tombé dans son piège et avait réussi à emprunter un passage secret ? Cela dit, tôt ou tard, il se retrouverait fatalement face aux tueurs. Il n'avait aucune chance de leur échapper. Ils étaient six contre un. Cinq puisque l'un d'eux était en train de pirater les ordinateurs.

*De pirater les ordinateurs.*

Elle boitilla vers l'écran. Il était relié à un ordinateur lui-même connecté au système informatique de Camelot. Si elle arrivait à activer la fonction de clavier virtuel, elle accéderait peut-être aux commandes des volets métalliques qui empêchaient les Seekers d'entrer et d'aider Dalton.

Elle se mit au travail.

# 31

Alors qu'il se frayait un chemin dans le souterrain plongé dans l'obscurité, Dalton s'efforçait de se remémorer l'emplacement des pièges semés le long du boyau afin de ne pas en être victime. Les mercenaires du Fantôme n'en connaissaient pas l'existence. Celui qui poursuivait Dalton déclencha sans le vouloir un mécanisme. Une trappe s'ouvrit et, emporté par son élan, il s'y précipita. Ses cris de terreur se terminèrent par un bruit sourd lorsqu'il s'écrasa dans un cachot deux étages plus bas.

— Un de moins. Accroche-toi, Hayley, mon amour. J'arrive.

Il fourra son pistolet dans son holster, et passa délicatement sa main le long de la paroi sur sa gauche. Il appuya sur une pierre.

Aussitôt des lumières s'allumèrent dans le couloir sombre.

Les yeux rivés au sol, il contourna avec précaution les chausse-trappes. Parvenu au bout, il pianota sur le mur. Un panneau de bois s'écarta sans bruit, faisant apparaître un écran avec un clavier intégré. Il souffla dessus pour en retirer la poussière, puis tapa une commande. Rien ne se produisit. Il fronça les sourcils et recommença. Toujours rien. Visiblement, la personne employée par Bethany qui avait déclenché la fermeture des volets métalliques avait également la main sur l'ensemble du système. Dalton, qui avait espéré rouvrir les volets et rétablir la communication avec le reste de l'équipe, s'aperçut que rien ne fonctionnait.

Il lui fallait débloquer manuellement le dispositif. Et le seul endroit d'où il en avait la possibilité était une petite salle, située à l'extrémité opposée du château. En principe, pour l'atteindre, il devait passer par l'Atrium. Mais Bethany y était avec au moins trois sbires armés.

Il pianota sur le clavier et poussa un soupir de soulagement lorsque le mur pivota, dévoilant un autre souterrain éclairé par de petites lampes au plafond. Il s'y élança. Aucun piège caché ne s'y trouvait, il le savait.

Mais un peu plus loin, un tueur se tenait dans l'ombre et le prit pour cible. Dalton riposta avant de courir vers une porte dérobée. Il l'ouvrit, s'engouffra à l'intérieur, et la claqua. Le souffle court, il tendit l'oreille. Il entendit son poursuivant s'écrouler avec fracas sur le sol dallé.

Avec précaution, Dalton revint alors sur ses pas. L'une de ses balles avait tué le mercenaire. Il le fouilla, lui prit son arme et trois chargeurs.

Bientôt, des pas précipités le poussèrent à filer vers l'extrémité du couloir. Il se glissa dans une alcôve et retint son souffle, attendant que l'homme passe devant lui.

Dès qu'il disparut dans le boyau, Dalton se remit en marche. Un peu plus loin, un autre bruit le fit se retourner, mais il était trop tard. Un poignard brilla au-dessus de lui. Il leva le bras pour bloquer le geste de son agresseur, mais la lame s'enfonçait déjà dans son bras. Une vive douleur le traversa.

Avant de s'effondrer en se maudissant pour avoir relâché un instant la garde, il eut le temps de tirer. Son assaillant tomba. Dalton profita de ce répit pour appliquer un mouchoir sur sa plaie afin de stopper l'hémorragie.

C'était l'examen le plus important de sa vie, celui qu'elle ne devait pas rater. Lorsqu'elle eut terminé sa tâche, Hayley appuya sur la touche « Entrée » et retint son souffle.

Comme l'écran ne montrait que du gris, de la neige électronique, son cœur se serra. Ce n'était pas possible. Quelle erreur avait-elle commise ? Avec un cri de frustration, elle frappa le mur. L'écran s'éteignit puis se ralluma. Elle attendit, le cœur battant. En découvrant les images qui apparaissaient enfin, elle faillit hurler de joie. Elles montraient la grande salle à l'avant du bâtiment. La lumière du soleil se déversait de nouveau par les baies vitrées. Elle avait réussi. Les volets étaient relevés.

La porte d'entrée s'ouvrit alors, et les Seekers s'élancèrent à l'intérieur, les armes à la main.

Les doigts de Hayley volaient sur le clavier alors qu'elle déclenchait la deuxième phase de son plan. Les moniteurs de la pièce principale se mirent à clignoter. L'un des Seekers, Jaxon, courut vers l'un d'eux et lut ce qui s'y inscrivait avant de prévenir les autres. Ils levèrent tous le pouce vers la caméra pour la remercier.

Elle sourit. Ils avaient reçu son message. Ils savaient à quoi s'attendre ; ils savaient surtout que Dalton avait besoin d'aide. Ils se ruèrent dans la salle de conférences et disparurent.

Elle s'effondra sur le sol, un sourire aux lèvres.

— Prends ça dans le nez, Bethany. Pour réduire à néant les attaques des criminels dans ton genre, je suis très douée.

Elle riait comme une enfant. Hayley Nash avait triomphé du mal. Bientôt, les Seekers mettraient en déroute tous les bandits et délivreraient Dalton. Ce n'était plus qu'une question de temps. Son chevalier viendrait alors la sauver. Elle avait indiqué son emplacement aux Seekers. Ils savaient qu'elle était là. Elle n'avait plus qu'à attendre.

Elle ferma les paupières et massa son genou meurtri. Il saignait. Un tendon coupé peut-être ? Une blessure aussi grave nécessiterait peut-être une visite à l'hôpital. Elle serra les poings. Si Dalton était à ses côtés, elle y arriverait peut-être. Oui, avec Dalton, elle pouvait tout supporter.

La gorge irritée, elle se mit soudain à tousser. Elle rouvrit les yeux.

La pièce était pleine de fumée.

# 32

Dalton appuya son bras indemne contre le mur, soulagé de voir sur l'écran de son ordinateur ses collègues sortir de l'Atrium. Les bandits étaient vaincus. Ils avaient même réussi à rattraper le mercenaire qui l'avait poignardé dans le souterrain. En voyant ses complices neutralisés, il avait compris que la partie était perdue et s'était rendu sans résistance.

Dalton pressa un bouton, activant l'émetteur pour parler à Mason qui se trouvait dans la pièce principale.

— Vous disiez que Hayley avait piraté le système pour parvenir à ouvrir les volets ?

Mason lui avait déjà appris que Bryson était à l'hôpital et allait s'en tirer. Et que Hayley les avait aidés à arrêter les criminels.

— Absolument. Dès que nous sommes entrés, elle a fait clignoter les moniteurs pour nous alerter des dangers qui nous attendaient à l'intérieur. Et elle a envoyé des messages afin de nous avertir du nombre d'intrus dont nous devions nous inquiéter et de leur position dans le bâtiment. Et elle nous a pressés de venir vous aider.

Il sourit.

— Je reconnais bien là son talent et son courage. Où est-elle, à présent ? L'avez-vous déjà sortie ?

— D'après ce qu'elle nous a dit, elle se trouve dans l'une

des chambres du fond, près de la mezzanine. Maintenant que nous avons sécurisé les lieux, je vais envoyer Bishop et LeMarcus vous libérer tous les deux. Une ambulance est déjà en route.

— Parfait. Je me dirige vers la mezzanine. J'atteindrai sans doute Hayley avant eux. Je ne suis qu'à quelques galeries souterraines d'elle. En revanche, je n'ai vu personne faire sortir Bethany. Je suppose qu'elle s'est battue jusqu'à la fin et qu'elle n'a pas capitulé ?

Mason fronça les sourcils.

— Comme je m'occupais de Bryson, je viens d'arriver et je ne sais rien à son sujet. Je me renseigne.

Il se détourna pour parler à quelqu'un hors champ. Quand il réapparut devant la caméra, il avait l'air sombre.

— Nous n'avons pas encore mis la main sur elle. Brielle et quelques autres l'ont poursuivie dans les souterrains. Malheureusement, un panneau s'est soudain dressé entre eux. Ils s'efforcent de débloquer sa fermeture. Ce ne sera pas long.

Dalton jura.

— Ramenez toute l'équipe par ici. Bethany risque de s'attaquer à Hayley.

Il ouvrit la porte la plus proche et partit en courant. Il dévala une galerie, puis une autre, se dirigeant vers l'arrière du bâtiment. Mais très vite, il tomba sur un mur de fumée noire qui le fit tousser. Il se laissa tomber au sol pour tenter de trouver de l'air. Au bout du couloir, il voyait des flammes qui se rapprochaient, dévorant tout sur leur passage. Paniqué, il se précipita en avant, ignorant les protestations de son bras blessé. Il ouvrit toutes les portes au fur et à mesure qu'il les atteignait, pour s'assurer qu'il n'y avait personne derrière. Le feu se propageait dangereusement alors qu'il parvenait à la dernière. Malheureusement, elle était fermée à clé.

Il tambourina avec force contre le battant.

— Hayley ! cria-t-il. Hayley, c'est Dalton. Il faut sortir d'ici.

Il entendit sa voix étouffée derrière le battant.

— Dalton ! Aide-moi !

— La porte est verrouillée, mon amour. Je vais la défoncer.

Comme il prenait son élan pour se jeter dessus, des coups de feu résonnèrent soudain derrière lui. Des balles fusèrent, le manquant de peu. Il s'empara de son pistolet et riposta. Il vit soudain Bethany se ruer sur lui à travers les flammes. Ses hurlements le firent frissonner.

— Seigneur, murmura-t-il.

Ses cheveux étaient en feu, formant une sorte d'auréole autour de sa tête. Ses vêtements aussi brûlaient. Visiblement, l'incendie qu'elle avait allumé l'avait rattrapée.

— Laissez-vous tomber à terre et roulez sur vous-même, cria-t-il.

Au lieu de suivre son conseil, elle courut vers lui. Une horrible odeur de chair calcinée chatouilla les narines de Dalton. Avec un cri de haine, elle brandit son arme vers lui.

Dalton pressa la détente encore et encore jusqu'à ce que Bethany s'écroule. Avec un juron, il retira son trench-coat dont il se servit pour étouffer les flammes. Mais en réalité, cela n'avait plus d'importance. Elle était morte.

— Dalton ! hurlait Hayley. Au secours, à l'aide !

— J'arrive !

Il se précipita vers sa porte.

Mais avant qu'il ne puisse l'atteindre, les flammes qui dévoraient la moquette reprirent de la vigueur. En quelques instants, un mur de feu se dressa devant Dalton, lui interdisant d'avancer.

— Hayley !

Il ne savait pas si elle l'entendait. Le brasier était trop fort, trop chaud, l'obligeant à reculer. Il se retourna. D'autres flammes léchaient avidement le plancher de bois à l'extrémité opposée du couloir. Il se retrouvait coincé entre deux feux sans nulle part où aller. Bethany lui avait tendu un piège imparable. Il comprit qu'il ne pouvait pas compter sur l'aide des autres Seekers. Ils étaient trop loin. Il leur faudrait du temps pour arriver jusqu'à lui.

Et surtout, comment allait-il rejoindre Hayley ?

Il fit défiler dans son cerveau le plan des souterrains que Mason lui avait fait mémoriser quand il avait commencé à travailler ici. Il s'efforça de reconstituer la configuration de cette aile de l'édifice. Après avoir passé rapidement en revue les différentes possibilités, il comprit qu'il ne lui en restait qu'une seule, en réalité. Et il n'était même pas sûr qu'elle fonctionnerait. Mais il devait essayer.

Il bondit sur ses pieds et courut dans le couloir, vers le deuxième mur de flammes, loin de la porte de Hayley. Avant d'atteindre le feu, il frappa la cloison. Une trappe d'évacuation s'ouvrit. Il y plongea.

Les larmes ruisselaient sur le visage de Hayley. La fumée lui brûlait les yeux. Mais elle pleurait aussi de chagrin. Un chagrin si profond qu'il en était insupportable. Tout à l'heure, elle avait reconnu Dalton qui l'appelait derrière la porte. Mais alors qu'elle reprenait espoir, elle avait entendu une autre voix, celle de Bethany. Quelques instants plus tard, des coups de feu avaient retenti. Et maintenant, Hayley n'entendait plus rien, à part le ronflement des flammes derrière sa porte.

Elle était piégée, comprit-elle. Elle ne savait pas si Dalton avait survécu à l'attaque de Bethany. Elle craignait qu'il soit mort, que Bethany ait obtenu sa vengeance ultime.

Alors qu'elle sanglotait comme une perdue, elle perçut soudain une voix :

— Hayley ! Hayley, ouvre la fenêtre !

Dalton ? Elle rampa jusqu'à la croisée, toussant comme

une folle. Elle essaya de regarder à travers la vitre, mais la fumée l'en empêchait.

— Hayley, c'est Dalton. Je t'en prie, ouvre la fenêtre, mon amour. Vite !

D'une main tremblante, elle actionna la poignée. Au même moment, un craquement résonna derrière elle. Elle regarda par-dessus son épaule. Les flammes affamées d'air frais s'attaquaient à la porte.

Hayley recula et passa la tête par l'embrasure de la fenêtre, respirant à pleins poumons. Elle s'essuya les yeux.

— Dalton ?

Il se tenait plusieurs mètres en dessous d'elle, les bras grands ouverts.

— Le feu va avoir raison de cette porte d'un instant à l'autre, cria-t-il. Tu dois sauter, Hayley. Dans mes bras. Tu n'as rien à craindre. Je te rattraperai.

Derrière elle, le battant métallique commençait à se fissurer. Elle entendait des cris, au loin, ceux des autres Seekers peut-être ? Et des sirènes. Mais elles étaient loin, très loin. Les secours arriveraient trop tard. Et de toute façon, personne ne réussirait à atteindre l'arrière de ce château. La falaise tombait à pic. Il n'y avait aucun arbre à proximité pour l'aider à descendre ou pour amortir sa chute. Cette fois, elle ne s'en tirerait pas.

Elle secoua violemment la tête.

— Je n'y arriverai pas, Dalton. Tant pis. Sauve-toi tant que tu le peux encore.

— Si tu ne sautes pas, je brûlerai avec toi. Je te le jure, Hayley. Je ne quitterai pas ce château sans ma princesse. Ne réfléchis pas. Sors par la fenêtre, ferme les yeux. Et saute.

Un sanglot jaillit de ses lèvres. Elle revit des visages d'enfants rieurs qui l'entouraient. Ils se poursuivaient sur le sentier. Et leurs cris horribles alors que le sol s'effondrait soudain sous leurs pieds. Elle se remémora ses propres hurlements alors qu'elle tombait, se fracassant les os contre les branches des arbres. Et ensuite, les heures d'agonie, à attendre dans le froid d'être secourue. Elle était incapable de sauter. Elle n'y arriverait pas. Posant la tête sur le rebord de la fenêtre, elle ferma les paupières.

— Je ne peux pas.

— Hayley, je comprends tes peurs, cria-t-il d'en bas d'une voix douce, apaisante. Tout va bien se passer. Sache seulement que je t'aime. Tu le sais, n'est-ce pas ? Je t'aime, Hayley Nash. Je veux te faire l'amour, faire des bébés avec toi, regarder tes cheveux devenir gris. Je veux rire avec toi, pleurer, vivre des milliers d'aventures avec toi. Mais si nous n'avons que ces dernières minutes à partager ensemble, tant pis. En tout cas, nous serons ensemble jusqu'à la fin. Je ne veux pas vivre sans toi. Nous mourrons ensemble. Je suis là, tu es là, le reste importe peu.

Elle releva la tête. Il était prêt à mourir pour elle ? Pas question. Elle voulait qu'il vive.

La porte céda derrière elle avec un bruit sourd. Des flammes tournoyèrent au-dessus de sa tête, aspirées par l'ouverture de la fenêtre.

Elle enfourcha la croisée, se mordant la lèvre pour ne pas crier de douleur lorsqu'elle se cogna le genou au passage.

— Oui, Hayley, cria-t-il. Vas-y, mon cœur. Je suis là.

Elle se plaqua contre la paroi, s'interdisant de regarder en bas. Tout son corps se mit à trembler.

— Je t'aime, Hayley. Fais-moi confiance, mon amour. Lâche-toi, je suis là pour te rattraper.

— Je t'aime, Dalton !

Elle sauta.

# 33

La main en visière pour protéger ses yeux du soleil, Hayley regardait les ouvriers installer des escaliers de secours en métal noir à l'arrière du nouveau château. Dalton était près d'elle, un bras passé autour de sa taille. Les Justice Seekers sirotaient un verre dans l'immense patio. Tout le monde était là, y compris Bryson, en fauteuil roulant, qui se remettait lentement de ses blessures. Il avait tenu à assister à cette petite fête donnée par Mason pour célébrer l'achèvement du nouveau Camelot. Un Camelot beaucoup plus sûr que le précédent.

Mason avait été bouleversé de prendre conscience que Dalton et Hayley avaient failli périr au milieu des flammes. Il avait donc fait raser son ancien château pour en bâtir un autre dans un endroit différent. Lui aussi était perché au cœur des magnifiques Smoky Mountains et jouissait d'une vue extraordinaire. Mais l'édifice se trouvait sur un terrain plat. Creuser la roche pour construire cette terrasse aussi haut dans la montagne avait demandé un travail titanesque. Toujours pour des raisons de sécurité, Mason avait veillé à entourer le bâtiment d'arbres, en plus des escaliers extérieurs, au cas où quelqu'un aurait besoin de sauter d'un des étages.

— Ce château a dû coûter une fortune à Mason, dit Hayley.

— Pas vraiment, répliqua Dalton. Bethany lui a, disons, légué l'argent en guise de dédommagement pour ce qu'elle a fait.

— Je croyais qu'elle avait réussi à transférer les millions détournés aux Bahamas. Et que cet argent était perdu à jamais.

— L'argent n'est peut-être pas perdu pour tout le monde…

— J'imagine que cela fait partie des sujets sur lesquels il ne faut pas poser de questions.

— En tout cas, je suis content que Mason ait utilisé une partie de cette somme pour ta sécurité,

Touchée par sa remarque, elle posa la main sur sa veste, admirant une fois de plus au passage sa bague de fiançailles. Le diamant brillait de mille feux sous le soleil.

— Je t'aime plus que tu ne le sauras jamais, Dalton. Tu m'as sauvée, de toutes les manières possibles.

— Non, Hayley, mon amour, dit-il d'un air émerveillé. C'est toi qui m'as sauvé, ma princesse.

Elle lui sourit et se hissa sur la pointe des pieds pour embrasser son preux chevalier.

Vous avez aimé *Protégée par son ennemi* ?
Découvrez la suite de votre série « Les justiciers »
dès le mois prochain, dans votre collection Black Rose.

ELIZABETH HEITER

# La traque de l'impossible

*Traduction française de*
HÉLÈNE COLOMBEAU

BLACK ROSE

HARLEQUIN

*Titre original :*
ALASKA MOUNTAIN RESCUE

# 1

À peine avait-elle posé le pied en ville que les messes basses commencèrent :

— C'est *elle* ! La fille qui a déclenché tout ce bazar il y a cinq ans. Tu sais, celle qui avait été kidnappée…

— … et dont la vraie sœur a failli être tuée par sa faute ?

Alanna rentra la tête dans les épaules et accéléra le pas, en s'efforçant d'ignorer les deux femmes qui l'observaient depuis la porte de l'épicerie. Elle sentait leurs regards accusateurs rivés sur son dos.

Son cœur se mit à battre plus vite, tandis qu'une chaleur désagréable se répandait dans son corps. Voilà ce que vous gagniez à envoyer en prison les gens qui vous avaient arrachée à vos parents et élevée pendant quatorze ans : un retour dans une famille qui n'était plus vraiment la vôtre, des commérages à foison, et la curiosité inépuisable des journalistes avides de détails sur votre enlèvement.

Elle s'éloigna bien vite du petit magasin, qui comptait parmi les rares commerces du centre-ville de Desparre, en Alaska. C'était si minuscule, ici, comparé à la banlieue de Chicago où Alanna était retournée vivre depuis cinq ans ! Et pourtant, elle avait encore l'impression d'être chez elle dans ce coin de montagne retiré du monde.

De nouveau seule dans la rue, elle s'arrêta pour inspirer une bouffée d'air pur et glacial, puis ferma les paupières, laissant les odeurs et les bruits familiers apaiser ses angoisses. Chance, son saint-bernard, s'assit sagement à ses pieds.

Quelques instants plus tard, ses grognements lui firent rouvrir les yeux.

Son chien était un gentil géant, plus disposé à réclamer des gratouillis sur le ventre à de parfaits inconnus qu'à les attaquer. Mais sa taille imposante et ses grondements menaçants ne manquaient jamais de faire reculer quiconque se montrait un tant soit peu agressif.

Par le passé, il avait surtout utilisé cette méthode dissuasive contre des reporters particulièrement zélés qui pistaient Alanna pour la prendre en photo contre son gré ou tenter de lui arracher des confidences. Mais aujourd'hui, c'était à un policier qu'il adressait son avertissement.

L'homme avait un visage anguleux d'où ressortaient des yeux incroyablement bleus, qu'il posa brièvement sur le saint-bernard avant de les relever vers Alanna.

— Ça va, mademoi…

Il s'interrompit soudain. Puis il demanda, d'un ton nettement moins amical :

— Alanna Altier ?

— Morgan, le corrigea-t-elle.

Au bout de cinq ans, le nom de sa famille biologique commençait enfin à lui paraître un peu moins étranger lorsqu'elle le prononçait.

Le policier jeta un coup d'œil derrière elle, comme si la femme qui les avait kidnappés, elle et quatre autres enfants, et qui avait échappé à ses gardiens quelques jours plus tôt, allait subitement apparaître.

Alanna sentit l'anxiété l'assaillir de nouveau. Aussitôt, Chance se colla à sa jambe et pressa sa grosse tête contre sa main. Tout en caressant distraitement son épaisse fourrure, elle étudia les traits du jeune homme qui lui faisait face. Elle ne pensait pas l'avoir déjà vu. Rien d'étonnant à cela : les

Altier avaient pris soin de maintenir leur « progéniture » à l'écart des regards inquisiteurs, et en particulier de ceux de la police. En dehors de rares virées en ville, Alanna avait passé le plus clair de son temps dans la maison qu'ils avaient construite de leurs mains, ou sur les quelques hectares tout autour. Cela avait été son havre de paix. Et parfois, aussi, sa prison.

— Je croyais que vous habitiez Chicago, avec votre vraie famille, fit remarquer l'homme en la fixant de sa manière si singulière.

« Votre vraie famille. » Alanna eut un sourire gêné. Elle aimait les Morgan, évidemment – ses parents, qui avaient conservé toutes ses affaires durant ces longues années et l'avaient serrée dans leurs bras à l'en étouffer en la retrouvant ; son grand frère, qui l'avait dévisagée avec de grands yeux emplis de larmes avant de murmurer : « Je n'arrive pas à y croire. Tu es enfin de retour à la maison ! » ; et sa sœur aînée, qui avait traversé tout le pays pour la sauver et failli mourir par la même occasion.

— Oui, je vis à Chicago, répondit-elle. Mais…

— Mais Darcy Altier a recommencé ses frasques, et vous pensez… Quoi ? Qu'elle va revenir ici ?

Darcy Altier. La femme qu'elle avait appelée « maman » pendant quatorze ans.

Alanna se souvenait avec précision de l'instant où Julian Altier l'avait kidnappée dans son jardin, dans l'Illinois. Mais Darcy et Julian ne lui avaient jamais fait de mal. Ils l'avaient traitée comme leur propre fille, l'avaient consolée dans les moments difficiles, avaient ri avec elle dans les moments de joie. Ils l'avaient aimée, en somme. Elle n'avait pas le moindre doute là-dessus.

Et, au fil des ans, elle s'était mise à les aimer elle aussi, ainsi que ses frères et sœurs d'adoption. Tous lui manquaient douloureusement. Mais comment expliquer un tel sentiment à des personnes qui n'avaient rien vécu de tout cela, et encore plus à sa famille qui l'avait cherchée et attendue pendant si longtemps ?

— Alors ? la pressa le policier, en tournant vers elle son côté droit – celui où il portait son arme.

Alanna retint son souffle, paniquée. Cette fois-ci, Chance se plaça devant elle pour la protéger, comme il le faisait depuis le jour où elle l'avait ramené chez elle. À l'époque, il n'était qu'un chiot tout maigre qui avait réussi on ne sait comment à survivre à la cruauté de ses maîtres. Aujourd'hui, bien que petit pour un chien de sa race, il pesait dix kilos de plus qu'elle.

Elle posa une main sur son dos, lui intimant l'ordre de ne pas bouger.

— Je ne sais pas, répondit-elle enfin en coulant un regard vers le poste de police, derrière son interlocuteur.

Bien sûr qu'elle était venue pour Darcy. Dès l'instant où elle avait appris aux informations l'évasion de sa « mère », elle avait su que celle-ci se rendrait en Alaska. Nulle part ailleurs ils ne s'étaient sentis aussi bien, tous les sept. Mais elle n'allait certainement pas avouer cela à un policier qui la considérait avec une suspicion à peine voilée depuis qu'il l'avait reconnue.

Comme s'il avait perçu son malaise, il recula d'un pas, tout en restant bizarrement tourné sur le côté.

— Excusez-moi, je ne me suis même pas présenté, marmonna-t-il. Peter Robak.

*Robak...* Le nom lui disait vaguement quelque chose, mais, avant qu'elle n'ait eu le temps de fouiller dans sa mémoire, il poursuivit :

— Que faites-vous à Desparre, Alanna ?

C'était une bonne question – et elle n'était pas loin de se la poser elle-même, tant elle avait conscience de la folie de sa décision. Ses proches à Chicago auraient tout fait pour la dissuader de partir si elle leur en avait parlé en personne au lieu de leur laisser un simple mot. Quant à son chef, il n'avait pas caché son agacement lorsqu'elle lui avait annoncé par téléphone, en pleine semaine, qu'elle partait pour une durée indéterminée.

Seulement, qui connaissait Darcy Altier aussi bien qu'elle ? La place de cette femme avait beau être en prison, Alanna n'en souffrait pas moins de l'imaginer derrière les barreaux. Si Darcy s'était contentée de s'échapper, elle n'aurait pas quitté Chicago. Mais un enfant venait d'être kidnappé…

— En fait, je m'apprêtais à aller voir la police, expliqua-t-elle à Peter Robak.

Il la toisa un moment, avant de s'écarter pour la laisser passer. Puis il lui emboîta le pas jusqu'au petit bâtiment qui abritait le poste de police. Alanna y pénétra avec Chance. Après tout, ce dernier avait le statut de chien d'assistance.

La chaleur qui régnait à l'intérieur lui rappela à quel point il faisait froid dehors. Durant son enfance ici, elle s'était habituée à cette météo peu clémente, et c'est en connaissance de cause qu'elle avait préparé sa valise. Tout en retirant son bonnet et son écharpe, elle jeta un coup d'œil autour d'elle.

L'agent de l'accueil releva la tête, avisa son collègue et se replongea dans ses papiers.

— La chef est là ? s'enquit Peter Robak. Alanna Alt… Morgan souhaiterait lui parler.

— Une seconde, répondit l'autre, soudain plus intéressé.

Il disparut derrière une porte sur laquelle une pancarte indiquait :

INTERDIT À TOUTE PERSONNE ÉTRANGÈRE AU SERVICE

Quelques instants plus tard, il revint accompagné de la chef. Bien que jeune pour son rang, celle-ci dégageait une assurance qu'Alanna lui enviait. Avec ses cheveux bruns coiffés en chignon et son expression à la fois sérieuse et amène, nul doute qu'elle rassurait les victimes tout autant qu'elle effrayait les criminels.

Après un bref signe de tête à Peter Robak, elle tendit la main à Alanna.

— Que puis-je faire pour vous, mademoiselle ?

L'agent retourna s'asseoir derrière le guichet et se laissa aller en arrière dans son fauteuil pour regarder la scène à son aise. Un autre policier observait Alanna depuis l'*open space* dont la chef avait laissé la porte ouverte. La jeune femme tenta de les ignorer et se concentra sur la raison qui l'avait amenée ici, dans cette petite ville où elle ne pensait pas remettre les pieds un jour.

Elle s'éclaircit la gorge.

— J'imagine que vous êtes au courant que Darcy Altier s'est échappée pendant l'enterrement de mon p… de Julian Altier, pour lequel on lui avait accordé une permission de sortie. Et qu'elle est soupçonnée d'avoir enlevé un petit garçon à quelques kilomètres de là.

Alanna ne l'aurait jamais crue capable d'un acte aussi risqué. En même temps, elle ne s'était pas attendue non plus à ce que Darcy s'empare d'un fusil et qu'elle tire sur Kensie, sa sœur, le jour où celle-ci était venue la chercher…

Chassant ce mauvais souvenir, Alanna reprit :

— Je pense qu'elle pourrait revenir à Desparre. J'aimerais vous aider à la retrouver.

*Et à la ramener en prison saine et sauve*, ajouta-t-elle en son for intérieur.

— Merci, Alanna, mais je crois que nous pouvons nous débrouiller seuls, répondit la chef avec un mélange de pitié et d'amusement dans le regard.

Elle lui pressa gentiment le bras, comme si Alanna était encore la jeune fille apeurée d'il y a cinq ans. À l'époque, des policiers d'une ville voisine l'avaient arrachée à la famille qui avait été la sienne pendant plus d'une décennie et l'avait conduite à l'hôpital, où l'attendait sa sœur biologique.

Aujourd'hui, Alanna avait vingt-quatre ans, elle était sur le point d'obtenir un master et profitait de toutes les choses qui lui avaient manqué sans qu'elle en ait conscience durant ses années de séquestration en Alaska. À cet instant, néanmoins, elle avait l'impression d'avoir de nouveau dix-neuf ans.

La policière était en train de lui adresser ses condoléances pour le décès de Julian Altier, cet homme qui, certes, l'avait kidnappée, mais qui avait tout de même été un père pour elle. Ses funérailles avaient eu lieu cinq jours plus tôt, mais Alanna avait renoncé à y assister. Sa « vraie » famille ne l'aurait pas compris.

Elle entendit à peine ces paroles de sympathie. Le petit ricanement du policier de l'accueil, en revanche, lui parvint très distinctement.

Humiliée, Alanna fit volte-face pour repartir, manquant bousculer au passage l'agent qui l'avait accompagnée au poste – Peter Robak, dont elle se rappela soudain qu'elle l'avait vu à la télévision quelques années auparavant : il était alors reporter de guerre et avait failli être tué pendant qu'il assurait la couverture d'une libération d'otage. À présent, il était donc policier… L'homme devait aimer le danger.

Une fois dehors, Alanna se hâta vers le pick-up qu'elle avait loué après avoir atterri à l'aéroport le plus proche, à plusieurs heures de route de Desparre. Lorsqu'elle s'arrêta sur le trottoir désert, son saint-bernard l'imita et leva vers elle ses grands yeux doux. Puis il tourna la tête en entendant un faucon crier au-dessus d'eux. Il n'était pas habitué à l'immensité du ciel de l'Alaska.

Seule une mince pellicule blanche recouvrait les rues, mais cela pouvait changer du jour au lendemain. Dans cette partie du monde, l'hiver arrivait vite et fort, et il tombait parfois tellement de neige qu'il n'était plus possible de quitter la ville avant le printemps.

Chance reporta son attention sur elle, l'air de s'interroger sur leur présence ici.

À vrai dire, après son passage raté au poste de police, la jeune femme ne pouvait s'empêcher de penser qu'elle avait fait une erreur en revenant à Desparre. Pourtant, Darcy se cachait non loin de là avec un petit garçon, elle en était convaincue. Et comme certains des enfants avec qui Alanna avait grandi, il était assez jeune pour oublier sa famille si on ne le retrouvait pas à temps.

Pendant quatorze ans, Alanna avait eu peur de chercher de l'aide. Au début, elle ne savait pas comment ses ravisseurs réagiraient. Lui feraient-ils du mal ? La tueraient-ils ? Plus tard, s'étant malgré elle attachée à sa famille de substitution, elle avait été effrayée de ce qui leur arriverait à tous si elle révélait la vérité.

Ces cinq dernières années, elle s'en était voulu d'avoir tant tardé en voyant combien elle avait fait souffrir ses parents, son frère Flynn et sa sœur Kensie. En outre, si elle avait parlé plus tôt, aurait-elle pu empêcher le kidnapping de ses plus jeunes compagnons d'infortune ?

Elle ne pouvait pas changer le passé. Mais le futur, oui. Cette fois-ci, elle ne se tairait pas. Que la police le veuille ou non, elle participerait à l'enquête.

— On va les retrouver, assura-t-elle à son chien.

— Elle a du culot de se pointer ici, marmonna Peter dans sa barbe.

— Moi, cette fille me fait de la peine, répondit son coéquipier, Tate Emory, à qui rien n'échappait. Imagine ce qu'elle a traversé… Ça n'a pas dû être facile d'écrire ce mot, de trahir la seule famille qu'elle avait connue depuis ses cinq ans.

Peter lança un regard noir à son collègue qui l'avait rejoint sans faire de bruit. Ou peut-être ne l'avait-il tout simplement pas entendu approcher, puisque Tate se tenait sur sa gauche. Le côté où Peter était quasiment sourd…

Sa reconversion dans la police n'avait pas été facile. La plupart des agents continuaient de le considérer comme un bleu, et Peter savait pertinemment qu'ils s'étaient presque tous opposés à son affectation à cause de son handicap. Quelques-uns essayaient même encore de le pousser vers la sortie.

Tate, lui, l'avait toujours soutenu. Voilà cinq ans qu'il était en poste à Desparre ; quand Alanna avait été sauvée, il venait tout juste d'arriver.

Tout avait commencé par un simple mot glissé parmi des billets au comptoir d'une épicerie, en périphérie de la ville. Un mot assez déroutant, car à l'époque rien ne prouvait qu'Alanna était toujours vivante ni que ses ravisseurs avaient enlevé d'autres enfants :

*Je suis Alanna Morgan, de Chicago. Je suis encore en vie. Je ne suis pas la seule.*

Après une rapide enquête, le FBI avait conclu à un canular. Mais Kensie Morgan y avait cru. Elle avait parcouru plus de cinq mille kilomètres pour aller chercher sa sœur, qu'elle n'avait pourtant connue que pendant cinq courtes années. L'extraordinaire sauvetage avait fait la une des journaux nationaux et placé la petite ville de Desparre sous le feu des projecteurs, bien contre son gré. Et cela risquait fort de recommencer.

Au moment des faits, Peter se trouvait à l'étranger dans le cadre de son métier, qu'il pensait alors exercer jusqu'à la retraite. Cette histoire d'enlèvement n'avait attiré son attention que parce qu'il avait grandi à Luna, près de Desparre, là où Alanna et sa grande sœur avaient été réunies.

Il contempla la porte par laquelle la jeune femme venait de repartir, tentant d'oublier l'émotion qu'il avait perçue dans ses yeux. Bien sûr, il la plaignait. Mais cinq ans avaient passé. C'était suffisant pour se construire une nouvelle vie avec sa vraie famille, ces pauvres gens qui avaient dû traverser l'enfer pendant tout ce temps où ils avaient cru l'avoir perdue à jamais. C'était auprès d'eux qu'elle aurait dû être à cet instant, songeait Peter, et non sur la piste d'une kidnappeuse. Quoi qu'elle en dise, il doutait qu'elle soit venue ici pour aider la police à renvoyer Darcy Altier derrière les barreaux.

Alanna Morgan n'était plus une victime à présent : elle était libre de choisir sa propre voie. Et tout dans son comportement semblait indiquer qu'elle choisissait la mauvaise. Oui, elle était bien ici pour Darcy Altier, mais pas pour la faire arrêter : pour l'aider à se cacher.

— Pourquoi pense-t-elle que Darcy va revenir à Desparre, à ton avis ? demanda Tate.

Peter haussa les épaules. La détenue avait échappé à la surveillance de ses gardiens dans l'Oregon, lors de l'enterrement de son mari, tué en prison. Une personne sensée ne serait jamais retournée sur les lieux de ses crimes. Qu'est-ce qui faisait croire à Alanna que Darcy prendrait un tel risque ? Que faisait la jeune femme ici, exactement ?

— Elles sont en contact, affirma Peter. C'est la seule explication logique.

— Tu plaisantes ? Je te rappelle qu'Alanna a dénoncé Darcy Altier. Tu crois vraiment que cette dernière se tournerait vers elle après une telle trahison ?

Peter observa son collègue. Avec son mètre quatre-vingts, Tate était un peu plus grand que lui. Il avait le teint légèrement plus mat, les cheveux plus bruns. Dès leur première rencontre,

Peter s'était senti étrangement proche de lui. Il avait deviné que Tate avait traversé comme lui des épreuves dont il ne parlait pas, et qu'il était tout aussi déterminé à les laisser derrière lui.

— Alanna Morgan a passé la majeure partie de son enfance avec cette femme, insista-t-il. Elle avait sans doute pratiquement oublié sa vraie famille. Tu as beaucoup de souvenirs d'avant tes cinq ans, toi ?

— Suffisamment, répliqua Tate. Et elle devait bien en avoir aussi, puisqu'elle a écrit ce mot pour qu'on la retrouve.

— Pourtant, après ça, elle a continué de se cacher avec les gens qui l'avaient kidnappée.

— Tu es dur. Elle avait dix-neuf ans ! Tu crois qu'ils lui laissaient beaucoup de liberté ? S'il y en a un qui devrait comprendre, c'est bien toi…

Peter eut un rire amer.

— Comprendre quoi ? Que les gens sont prêts à tout pour protéger ceux qui leur font du mal ?

Ça, oui, il l'avait bien compris. Il avait vu de près l'attachement contre nature qu'un otage pouvait développer à l'égard de son ravisseur. Sa carrière avait été anéantie précisément à cause de cela, et ses capacités auditives réduites de moitié par la même occasion. Aucune chirurgie, aucun appareil, ne lui rendrait jamais l'ouïe du côté gauche.

Or Peter était persuadé qu'Alanna éprouvait le même attachement malsain pour Darcy Altier, et qu'elle se berçait d'illusions à son propos. Cela faisait d'elle quelqu'un de peu fiable, voire de dangereux.

— Tu as raison, je suis bien placé pour comprendre, dit-il à Tate. Au bout du compte, peu importe qu'Alanna ait parlé à Darcy ou qu'elle la connaisse juste assez bien pour prédire ses mouvements. C'est sur elle qu'il faut se concentrer.

L'adrénaline affluant dans ses veines, il attrapa son manteau et se dirigea vers la porte. La jeune femme allait lui permettre non seulement de localiser une fugitive et de sauver un enfant, mais aussi d'assurer son avenir au poste de police de Desparre.

— Oh ! oh ! murmura Tate. Je connais ce regard.

— Alanna Morgan va nous mener jusqu'à Darcy Altier et au gamin kidnappé, affirma Peter en faisant signe à son collègue de le suivre. Il ne faut pas la lâcher d'une semelle.

## 2

À travers un épais bosquet, Alanna observait le chalet dans lequel elle avait grandi. Toute la famille avait participé à sa construction au sommet d'une montagne, depuis l'assemblage de la charpente jusqu'à l'isolation des murs. Des mois de travail acharné, à le regarder prendre forme petit à petit… Quand tout avait été terminé, Alanna avait éprouvé une grande fierté.

À présent, il était en ruines, abandonné. Personne n'avait pris soin de déneiger l'allée. Mais qui voudrait d'une maison bâtie par des criminels pour s'y cacher avec cinq enfants kidnappés ?

Jadis, Alanna avait aimé cet endroit. Elle s'y était sentie en sécurité… Jusqu'à ce que sa « mère » et son « grand frère » pointent leurs fusils sur Kensie et n'hésitent pas à tirer.

La gorge nouée, elle descendit du pick-up qu'elle avait garé au bout de l'allée. Chance bondit du siège passager avec une agilité étonnante pour un chien de sa taille. Il s'amusa aussitôt à attraper dans sa gueule les gros flocons de neige, tout en suivant fidèlement Alanna.

Elle était venue directement du poste de police, sans même passer par l'hôtel. Peut-être aurait-elle dû prendre le temps de se reposer, de se préparer mentalement à son retour ici…

Des éclats de bois jonchaient le sol. Le panneau portant l'inscription « Famille Altier – Défense d'entrée » gisait par terre, réduit en morceaux. Alanna ramassa le plus gros, passant sa main gantée sur les lettres gravées. Elle se souvenait parfaitement du jour où Darcy l'avait fabriqué. Une envie irrépressible la prit de le glisser dans sa poche, mais que diraient ses proches à Chicago s'ils le découvraient ? Ils se sentiraient blessés, lui poseraient mille questions auxquelles elle était toujours incapable de répondre malgré les études de psychologie qu'elle avait suivies. Elle reposa donc le bout de bois dans la neige et s'avança vers la maison, son chien sur les talons.

Julian et Darcy avaient passé des années à fuir d'un État à l'autre, sans jamais rester très longtemps au même endroit de peur d'attirer l'attention. Dans ce coin sauvage d'Alaska, ils avaient enfin trouvé la paix. À l'époque, ils avaient été certains que les enfants ne les dénonceraient plus. De toute façon, ceux-ci se souvenaient à peine, voire pas du tout, de leur première famille.

Tandis qu'Alanna faisait le tour de la maison pour regarder par chacune des fenêtres, ses pieds s'enfoncèrent dans la neige, et bientôt son pantalon fut trempé au-dessus de ses bottes. Comme elle s'y attendait, il n'y avait personne à l'intérieur, aucun signe d'un passage récent.

Les meubles avaient été déplacés – les chaises renversées, les tiroirs vidés de leur contenu. Toutes les affaires qu'ils avaient laissées derrière eux sans pouvoir les récupérer, éparpillées par terre… Machinalement, elle se frotta le doigt, là où elle arborait jadis une bague sertie d'un rubis, seul héritage des Altier qu'elle avait emporté à Chicago. Lorsqu'elle s'était rendu compte que ses parents, son frère et sa sœur ne cessaient de jeter des regards curieux sur le bijou, elle avait arrêté de le porter. Jamais ils ne lui avaient demandé ce qu'il signifiait pour elle.

Alanna se pencha pour observer de plus près la pièce du rez-de-chaussée. Aucune nouvelle trace de pas n'était visible dans la couche de saleté qui recouvrait le plancher. Celle-ci devait dater du jour où une flopée de policiers avaient débarqué ici, à la recherche des Altier et de leurs « enfants ». Mais ils s'étaient déjà enfuis. Néanmoins, ils n'avaient pas réussi à aller bien loin ; les agents les avaient vite rattrapés.

Alanna ferma les paupières en repensant à ces hommes armés qui avaient encerclé le couple qu'elle considérait alors comme ses parents, en leur hurlant de se mettre à genoux. Darcy et Julian jetés à plat ventre tandis qu'on les menottait… Les plus petits pleurant et s'accrochant à elle, terrorisés… Le plus grand la fusillant du regard, prêt à commettre une bêtise…

Chance vint s'appuyer contre sa cuisse, suffisamment fort pour la déséquilibrer. Alanna laissa échapper un petit rire malgré le chagrin qui lui serrait le cœur.

— Je sais, mon grand. Tu dois te demander ce qu'on fait devant cette drôle de maison.

Elle poussa un soupir et lui caressa la tête, le regard perdu vers l'arrière du chalet. La forêt y était encore plus dense et plongeait abruptement dans un ravin – une protection naturelle contre des dangers extérieurs dont Alanna n'avait pas eu tout à fait conscience étant enfant.

— J'ai été heureuse, ici, murmura-t-elle.

Soudain, Chance dressa les oreilles en entendant le grondement d'un moteur. Alanna se retourna, plissant les yeux pour scruter l'allée. Cette partie du village n'était répertoriée sur presque aucune carte. Plusieurs kilomètres séparaient les maisons, construites loin de la route et quasiment impossibles à trouver à moins de savoir exactement où les chercher. Si haut dans la montagne, la neige tombait encore plus fort et les avalanches étaient fréquentes. Même les gens du coin ne s'y aventuraient pas sans raison.

Le cœur battant, Alanna attendit un signe de vie de l'autre

côté des arbres. S'agissait-il de Darcy ? Si oui, comment réagirait-elle à sa présence ici ?

Cinq ans plus tôt, son « frère » aîné, Johnny, avait commencé à parler de se marier. Alanna avait pris conscience tout à coup qu'à moins d'agir elle ne partagerait jamais de moments importants avec la famille dont elle avait essayé de se souvenir pendant quatorze ans.

Par conséquent, elle avait décidé de passer à l'action.

Un jour où Julian l'avait emmenée faire des courses dans un magasin en périphérie de Desparre, Alanna avait glissé un mot entre deux billets au moment de payer. Elle avait eu si peur que Julian s'en aperçoive ! Non pas parce qu'elle craignait qu'il lui fasse du mal – cette peur-là s'était estompée depuis bien longtemps –, mais parce qu'elle savait qu'elle était en train de le trahir.

Aussi criminel qu'ait été leur geste, Darcy et Julian l'avaient aimée. Ils avaient assuré son éducation dans toutes les matières, et y avaient si bien réussi qu'en revenant à Chicago Alanna avait obtenu haut la main son diplôme de fin de lycée. Elle n'avait rencontré aucune difficulté non plus à l'université. Mais ils ne s'étaient pas contentés de lui faire l'école à la maison. Ils lui avaient aussi appris à se débrouiller dans la nature et en milieu hostile, en lui inculquant des techniques qui forçaient aujourd'hui l'admiration de Kensie et de Flynn.

Malgré tout, l'envie de revoir sa famille de Chicago avait été plus forte. En appelant à l'aide, elle n'avait pas voulu penser aux conséquences que sa décision aurait pour les gens qui l'avaient élevée et pour les enfants qu'elle appelait ses frères et sœurs, lesquels lui manquaient cruellement. Si elle y avait réfléchi, elle ne serait jamais allée au bout de sa démarche.

À nouveau, elle entendit un bruit de moteur ; cette fois-ci, le véhicule avançait lentement, ses pneus crissant dans la neige fraîche. Alanna se précipita dans l'allée, suivie de Chance qui bondissait joyeusement comme s'il s'agissait d'un jeu. Mais la jeune femme n'était pas d'humeur à jouer. Darcy avait-elle repéré le pick-up ? S'arrêterait-elle si elle découvrait Alanna ? Ou bien repartirait-elle aussitôt ?

Lorsqu'elle atteignit la route, un SUV de couleur sombre avec deux hommes à son bord fit rapidement marche arrière. Elle n'eut pas le temps de distinguer leurs traits, mais une chose était certaine : ce n'était pas Darcy au volant, ni un petit garçon du côté passager.

Alanna eut soudain la chair de poule. Les Altier avaient construit leur chalet dans l'endroit le plus reculé qu'ils avaient pu trouver. Malheureusement, cet isolement n'avait pas que des avantages : si elle devait crier, personne ne l'entendrait.

À Chicago, la jeune femme était considérée comme une héroïne grâce à qui cinq enfants avaient pu retrouver leur famille. À Desparre, les gens ne la voyaient pas du même œil. Alanna était celle qui avait attiré l'attention de tout le pays sur leur petite ville. Elle était celle qui était restée cachée dans les bois pendant des années sans jamais appeler à l'aide. Or les habitants du coin avaient beau avoir pour principe de ne pas mettre leur nez dans les affaires des autres, ils n'étaient pas pour autant insensibles à la détresse des gens – qui plus est d'une enfant. Alanna ne s'était pas tournée vers eux, et certains lui en voulaient beaucoup pour cela.

— Viens, Chance.

Tout en tapant deux fois sur sa cuisse, elle courut jusqu'au pick-up. Quelques instants plus tard, ils s'éloignaient en trombe du véhicule suspect et du centre du village, pour s'enfoncer encore un peu plus dans la montagne.

— On l'a fait fuir, constata Tate tandis que le pick-up s'éloignait à une vitesse qui dépassait largement la limite autorisée.

Peter se maudit intérieurement de s'être trop approché du chalet. Il avait été curieux de découvrir le décor de cette histoire sordide qui avait défrayé la chronique cinq ans plus tôt. Beaucoup de gens s'installaient à Desparre pour se faire oublier. La plupart avaient des raisons tout à fait légitimes – ils fuyaient une tragédie, venaient recharger leurs batteries en faisant le plein de nature sauvage, ou tentaient d'échapper à quelqu'un qui leur voulait du mal... Mais parfois l'Alaska attirait aussi des personnes dont les intentions étaient nettement moins louables. Des personnes comme les Altier, par exemple.

La petite habitation nichée dans la forêt l'avait agréablement surpris. C'était une cabane en rondins plutôt jolie – ou qui avait dû l'être, en tout cas. Les alentours n'avaient rien de très engageant, en revanche, avec ce dangereux ravin à l'arrière de la propriété et ces bois épais où des fous pouvaient se cacher avec des fusils. C'était exactement ce qui s'était produit quand Kensie Morgan, à la recherche de sa sœur, s'était présentée ici. Elle avait failli y laisser la vie.

Après l'arrestation des Altier, les agents du FBI avaient retrouvé dans le chalet abandonné une pile de documents falsifiés et des albums remplis de photos de famille. Selon les policiers qui avaient assisté aux fouilles, les premiers clichés montraient des enfants tristes et perturbés, qui au fil des pages semblaient de plus en plus heureux. Le plus étrange, c'était qu'ils avaient vraiment l'air d'appartenir à la même famille ; les Altier avaient pris soin de kidnapper des filles et des garçons qui leur ressemblaient physiquement. Si Alanna n'avait pas écrit ce mot, personne n'aurait jamais deviné la vérité.

Peter ne comprenait pas comment la jeune femme – qui

était la seule à avoir résisté au lavage de cerveau de ses ravisseurs, puisqu'elle les avait dénoncés – pouvait continuer malgré tout de leur être si attachée... Il trouvait cela effrayant.

— Suivons-la, murmura-t-il.

D'ordinaire, il était plutôt doué pour les filatures. C'était un art qu'il avait appris à l'époque où, journaliste, il suivait des militaires en mission. Mais les Altier avaient dû apprendre à Alanna à se méfier de tout le monde et à s'enfuir à la moindre menace.

N'était-ce pas ironique ? songea Peter. Après avoir été enlevée dans son jardin par un inconnu étant enfant, la jeune femme aurait dû développer une tout autre forme d'hyper vigilance. Elle aurait dû se sentir plus en sécurité parmi la foule, entourée de témoins potentiels. Au lieu de ça, elle continuait de suivre les leçons que ses kidnappeurs lui avaient inculquées.

Aux yeux de Peter, cela prouvait qu'elle leur était demeurée fidèle. Entre aider la police à arrêter Darcy – l'argument qu'elle leur avait servi – et faciliter la fuite de cette dernière, elle choisirait la seconde option. Et elle le ferait sans se soucier des répercussions que cela pourrait avoir sur les personnes autour d'elle.

Peter se retint de se toucher l'oreille.

— Il faut rester objectif, affirma Tate comme s'il avait deviné ses pensées.

Peter ne s'était jamais confié à son coéquipier au sujet de ses reportages à l'étranger. Néanmoins, tout le monde ou presque dans sa région natale avait entendu parler de sa dernière mission dans un pays en guerre. Elle avait fait la une des journaux nationaux, avec en prime une photo de lui entouré d'un nuage de poussière, la tête ensanglantée et l'air hagard. Le photographe avait pris ce cliché quelques secondes après le drame.

— Ce qu'il faut surtout, c'est ne pas la perdre de vue, répliqua-t-il en suivant les traces de pneus dans la neige.

À cette distance de la ville, les routes étaient très peu fréquentées. Les habitants du secteur possédaient tous des motoneiges pour les jours d'hiver où le réseau devenait impraticable en voiture.

— Je n'ai pas eu l'impression que quelqu'un était venu récemment au chalet des Altier, observa Tate, indifférent à la mauvaise humeur de Peter. Tu ne crois pas que, si Darcy et Alanna avaient été en contact, cette dernière aurait su exactement où aller ? Elle a l'air de tâtonner autant que nous.

— Peut-être qu'elle sait juste que Darcy doit revenir à Desparre.

— Dans ce cas, pourquoi Alanna nous a-t-elle proposé son aide ? Avant son passage au poste, personne ne cherchait Darcy dans les parages.

Peter ne trouva que répondre. Tate avait raison : toutes les chaînes de télévision parlaient de l'évasion de Darcy Altier et de l'enlèvement du petit garçon, mais les recherches se concentraient sur l'État de l'Oregon. Aucun représentant des forces de l'ordre ne semblait penser que la fugitive reviendrait en Alaska.

Les sourcils froncés, Peter accéléra, en espérant suivre les bonnes traces. Alanna connaissait mieux ces routes que lui.

— Où est-ce qu'elle peut bien aller ? s'interrogea Tate à voix haute.

— Aucune idée. À un autre point de rendez-vous, peut-être ?

Son collègue secoua la tête.

— Je sais que Desparre n'est pas un haut lieu du crime et qu'il y a peu de risques qu'un citoyen ait besoin de nous à cet instant, mais j'ai bien peur que nous perdions notre temps, Peter. Je doute sérieusement qu'Alanna soit allée se jeter dans les bras de Darcy juste après nous avoir informés de sa possible présence ici.

— Tu as sûrement raison, concéda Peter. Mais elle la cherche, cela paraît évident. Et personne à Desparre ne la connaît mieux qu'elle.

— Je te l'accorde. Si Darcy est assez folle pour se pointer ici, Alanna est mieux placée que nous pour savoir où elle se cache.

— Content de te l'entendre dire, lâcha Peter avec un grand sourire, tout en montant le chauffage.

La température extérieure ne cessait de baisser à mesure qu'ils s'enfonçaient dans la montagne.

— Alanna pourrait avoir besoin de notre aide si elle réussit à la retrouver, ajouta Tate.

— Pourquoi ?

— C'est à cause d'elle que Darcy Altier a passé ces cinq dernières années en prison. Et que Julian Altier a été tué par un codétenu.

— On ne peut pas tout lui mettre sur le dos.

Peter avait beau questionner les motivations actuelles de la jeune femme, il ne la considérait tout de même pas comme responsable des actes de Julian et de Darcy Altier. Elle avait fait preuve d'un courage inouï en les dénonçant. Il lui reconnaissait au moins cela.

— Je parle du point de vue de Darcy, Peter. Alanna croit peut-être que la femme qui l'a élevée sera heureuse de la voir et qu'elle lui remettra l'enfant sans hésiter, mais honnêtement… Cette folle pourrait aussi bien l'accueillir avec un fusil, comme elle l'a fait avec Kensie Morgan.

L'idée que la jeune femme puisse se retrouver face à une arme à feu poussa Peter à accélérer encore. Mais au détour d'un énième virage, la route s'arrêta brusquement. Il enfonça la pédale de frein, et le SUV dérapa dans la neige, avant de s'immobiliser devant un gros panneau de bois qui indiquait :

VOIE SANS ISSUE

Peter observa les alentours, à la recherche d'un chemin qu'il n'aurait pas repéré. Mais il n'en vit aucun.

— Où est-elle passée, bon sang ?

Tate réprima un sourire.

— Je crois que cette fille est plus futée qu'on ne le pense. Elle nous a semés.

# 3

— Dites-moi, chef, est-ce que vous avez parlé à Colter Hayes récemment ? s'enquit Peter lorsqu'il arriva avec Tate au poste de police, le lendemain matin.

Sa supérieure se contenta de lui renvoyer son regard en fronçant les sourcils.

Peter ignorait presque tout de Keara Hernandez, plutôt discrète sur sa vie privée. Tout ce qu'il savait, c'était qu'elle avait été inspectrice dans un des quarante-huit États « continentaux » des États-Unis avant d'être affectée à Desparre. Du point de vue hiérarchique, elle avait obtenu une promotion, mais on ne pouvait pas dire que l'activité du poste de police était trépidante… Elle aussi devait fuir quelque chose ou quelqu'un. Toujours est-il qu'elle se montrait juste avec ses subordonnés, même si elle avait tendance à rejeter catégoriquement les idées qui ne lui plaisaient pas.

Pressentant que c'était justement ce qu'elle s'apprêtait à faire, Peter la devança avec une autre question :

— Quand Colter est-il venu à Desparre avec la sœur d'Alanna pour la dernière fois ?

Colter Hayes était un ancien soldat qui, après avoir vu mourir tous les membres de son unité, avait décidé de passer le restant de sa vie dans la solitude de l'Alaska. Jusqu'au jour où il avait rencontré Kensie Morgan, qu'il avait fini par suivre à Chicago. Avant cela, il l'avait aidée à retrouver sa sœur et à dévoiler les graves méfaits des Altier.

La chef croisa les bras sur sa poitrine.

— La dernière visite de Colter doit remonter à un an, répondit-elle. Sa femme est enceinte. En fait… elle a même dû accoucher, depuis le temps. J'imagine qu'ils sont bien occupés.

— Si je vous demande ça, c'est parce que…

— Non, Peter.

Keara Hernandez n'avait que six ans de plus que lui et elle venait d'employer le même ton que sa mère quand elle le grondait étant petit… Peter serra les mâchoires. Certes, il avait davantage d'expérience dans le journalisme que dans la police, mais il savait suivre une piste. Et Alanna Morgan en était une.

— Alanna est une ancienne victime, ajouta la chef. C'est triste qu'elle n'arrive pas à tourner la page, mais ce n'est pas notre problème. J'ai discuté avec les agents fédéraux qui mènent l'enquête dans l'Oregon. Il n'y a aucune raison de penser que Darcy Altier est partie en direction de l'Alaska.

— Y a-t-il une raison de penser qu'elle est partie ailleurs ?

Hernandez lança un regard exaspéré vers Tate, avant de reporter son attention sur Peter.

— C'est quoi, cette fixation que vous faites sur les Altier ? Je ne vous ai pas demandé de vous intéresser à cette affaire, Peter. Alanna se sent sûrement coupable de ce qui s'est passé, même si rien n'est sa faute. Elle a envie d'aider, mais elle ne s'appuie sur aucune preuve. Laissez-la tranquille.

— Et si elle avait raison ?

— Je vous ai déjà dit…

— Alanna n'a pas fait tout ce chemin pour rien. Oui, elle se sent peut-être coupable, mais, si elle pensait que Darcy était encore dans l'Oregon, ne serait-elle pas allée là-bas ?

— Elle ne fait pas partie de la police. Elle n'en sait pas plus que nous.

— Mais elle connaît très bien Darcy Altier, intervint Tate.

Peter tourna la tête vers son collègue, qui se tenait nonchalamment appuyé contre le mur comme si cette vive discussion ne le perturbait pas le moins du monde. D'un signe discret, il le remercia de son soutien.

— J'ai consulté le dossier, expliqua-t-il à leur chef. Desparre est le seul endroit où le couple est resté plus d'un an. Darcy se sentait bien, ici. Elle se sentait chez elle.

Hernandez plissa les yeux, semblant soupeser l'argument. Puis elle secoua la tête.

— D'après ce que les enfants ont pu dire, les Altier les aimaient. Ils les ont élevés comme s'ils les avaient mis au monde. Ils ont donc réussi à se créer une famille et à passer sous les radars pendant dix-huit ans, depuis le jour où ils ont kidnappé le premier garçon jusqu'à celui où ils ont été pris. Darcy n'est pas stupide. Elle sait que sa maison a été fouillée et saisie. Elle ne remettra pas les pieds ici, Peter. Et je refuse que vous perdiez votre temps – et celui de Tate – à suivre Alanna Morgan.

Peter repensa au moment où la jeune femme s'était précipitée, pleine d'espoir, dans l'allée du chalet en entendant le SUV approcher. Elle semblait convaincue que Darcy reviendrait à Desparre. Par conséquent, il l'était lui aussi.

— Cette image de famille heureuse n'était qu'une illusion, rappela-t-il. Je conçois que les Altier aient pu aimer – à leur façon tordue – ces pauvres gamins, mais cela n'enlève rien au fait qu'ils les avaient kidnappés et qu'ils se planquaient à Desparre. Au bout du compte, c'est aussi ici que leur vie a été détruite. Darcy a vu tous ses « enfants » lui être arrachés. Elle a passé cinq ans en prison. Son mari y est mort. Vous croyez vraiment qu'elle referait les mêmes erreurs aujourd'hui ?

— Justement, ne serait-ce pas une erreur de revenir ici ?

Une lueur d'intérêt s'était mise à briller dans le regard de Hernandez.

— Sans aucun doute, concéda Peter. Mais ses actes sont-ils bien réfléchis ? Il se peut qu'elle agisse sous le coup de l'émotion. Qu'elle veuille retrouver ce qu'elle avait avant, là où elle l'avait. Ou bien qu'elle vise autre chose – quelque chose de plus fort. Peut-être que son but cette fois-ci n'est pas de se créer une famille.

— Je te rappelle qu'elle a déjà commencé en kidnappant ce petit garçon dans l'Oregon, fit remarquer Tate, qui s'était décollé du mur pour participer à la conversation.

— Où sont les membres de sa famille, aujourd'hui ? répliqua Peter. Julian est décédé, les enfants sont repartis vivre avec leurs vrais parents. Et si elle voulait nous prouver quelque chose ?

— Comme quoi ? s'enquit la chef avec un peu moins d'hostilité qu'auparavant.

— Qu'elle est plus maligne que nous, par exemple. Alanna a peut-être en partie raison : Darcy pourrait bien être de retour ici, mais pour se venger de cette ville qui l'a trahie.

Hernandez hocha lentement la tête.

— Sauf que ce n'est pas Desparre qui l'a trahie, murmura-t-elle. C'est Alanna.

— Exactement. Ce qui veut dire que celle-ci pourrait être en danger, si tant est qu'elle et Darcy ne sont pas complices.

— Tu penses donc que nous devrions la suivre pour la protéger, conclut Tate.

— Oui, entre autres.

— Comment ça, entre autres ? demanda la chef en plissant les yeux comme si elle connaissait déjà la réponse.

— Alanna Morgan peut nous servir d'appât pour attraper Darcy.

— Alanna ? fit une voix haut perchée. Alanna Morgan ?

Elle se retourna à contrecœur. Sur le parking de l'épicerie Chez Jasper – le magasin où elle avait laissé son message fatidique cinq ans plus tôt –, une femme aux longs cheveux blonds et au maquillage parfait venait de la saisir par le bras.

— J'étais sûre que c'était vous ! s'exclama-t-elle, les yeux brillants.

L'ambition qui se lisait sur son visage ne laissait que peu de place au doute : c'était une journaliste, quand bien même elle n'avait pas de micro ni de cameraman à côté d'elle. Alanna était arrivée à Desparre depuis à peine vingt-quatre heures, et déjà on l'avait repérée…

Chance dut sentir son malaise, car il se mit à grogner. L'inconnue recula bien vite d'un pas, sans se départir de son sourire hypocrite. Alanna eut l'impression d'être brusquement ramenée cinq ans en arrière.

Le voyage en avion jusqu'à Chicago lui avait paru durer une éternité. Ce mode de transport était nouveau pour elle, et elle avait passé une bonne partie du vol agrippée à la main de Kensie, l'estomac noué à l'idée de revoir ses parents et son frère.

À l'aéroport, elles avaient pris un taxi jusqu'à une banlieue de Chicago qu'Alanna ne connaissait pas – la famille avait déménagé depuis longtemps, ne supportant plus de vivre dans le quartier où la fillette avait été kidnappée. Si elle avait presque tout oublié de ce trajet en voiture, les quelques minutes qui avaient suivi leur arrivée resteraient à jamais gravées dans sa mémoire.

Alanna ne s'attendait pas à être accueillie par une horde de journalistes. Les camionnettes des chaînes de télévision avaient été si nombreuses que le taxi n'avait même pas pu s'approcher de la maison. Aveuglée par les flashs, la jeune fille s'était rapidement sentie encerclée. « Alanna ! Qu'est-ce que ça vous fait de rentrer chez vous après tout ce temps ?

Vous souvenez-vous de votre vraie famille ? Alanna, les Altier vous ont-ils fait du mal ? Pourquoi avez-vous laissé ce mot à l'épicerie ? Pourquoi n'avez-vous pas appelé à l'aide plus tôt ? »

Repoussant ces mauvais souvenirs, elle planta son regard dans celui de l'importune.

— Je ne ferai aucun commentaire, déclara-t-elle d'une voix qu'elle espérait assurée.

Cinq ans auparavant, Kensie avait lancé peu ou prou les mêmes mots aux journalistes, avant de passer un bras autour des épaules d'Alanna pour l'entraîner vers le calme relatif de la maison. À l'intérieur, ses parents l'avaient aussitôt serrée contre leur cœur, tandis que son grand frère la dévisageait avec des yeux rougis.

Alanna se doutait bien qu'ils auraient changé, en quatorze ans. Elle-même n'avait plus grand-chose à voir avec la petite fille de cinq ans qui leur avait été enlevée. Malgré tout, elle avait eu un choc en découvrant les reflets argentés dans la chevelure brune de sa mère et les rides d'inquiétude qui creusaient le front de son père. En résumé, ses parents faisaient plus vieux que leur âge, et elle s'était sentie coupable en comprenant que sa disparition et les années de recherches infructueuses qui en avaient découlé n'y étaient sans doute pas pour rien.

Et que dire de Flynn… Immobile, les lèvres tremblantes, le visage ruisselant de larmes… Alanna avait eu du mal à se dire que ce jeune homme de vingt-trois ans était la même personne que le grand frère de neuf ans dont elle se souvenait. Il était si maigre ! Plus tard, elle avait compris qu'il s'était battu pendant des années contre les addictions dans lesquelles il était tombé adolescent. Entièrement absorbés par l'enlèvement de leur benjamine, les Morgan avaient peut-être un peu négligé leurs deux autres enfants.

Tout renvoyait donc à elle, à ces petites chances qu'elle

aurait pu saisir au fil du temps et qu'elle avait laissées passer. Certes, elles n'avaient pas été nombreuses, mais elles avaient existé quand même.

Durant ses premières années avec les Altier, Alanna avait souvent fermé les yeux très fort pour tenter d'imprimer les visages de ses proches dans sa mémoire. Elle avait eu tellement peur de les oublier ! Et en effet, en grandissant, les images s'étaient peu à peu estompées, pour ne laisser que l'impression d'avoir été aimée jadis par d'autres personnes. Quatorze ans plus tard, les retrouvailles avaient été étranges. À vrai dire, l'idée de devoir tout reconstruire lui avait paru presque insurmontable.

— Vous êtes sûre que vous ne voulez pas me parler ?

La voix de la journaliste la tira brusquement de ses pensées. Alanna s'aperçut qu'elle était restée figée sur le parking et que la femme blonde l'observait avec curiosité.

— Personne n'a jamais vraiment raconté votre version de l'histoire, ajouta-t-elle. Ce que vous avez ressenti en quittant quatre autres enfants que vous considériez comme vos frères et sœurs, et en retrouvant des gens que vous n'aviez pas vus depuis vos cinq ans. Je peux le faire pour vous.

Alanna ne put s'empêcher de frémir devant la perspicacité de cette parfaite étrangère, mais elle secoua la tête et se hâta d'entrer dans l'épicerie. Ce ne fut qu'une fois à l'intérieur qu'elle s'autorisa à respirer.

Ici, au moins, rien n'avait changé. Elle n'était venue dans cet endroit que quelques fois à l'époque où elle vivait à Desparre : les Altier avaient craint qu'on la reconnaisse, même des années après son enlèvement et à des milliers de kilomètres de Chicago.

Tout en faisant courir ses doigts sur les étagères rouillées remplies d'articles de première nécessité, Alanna s'avança lentement vers le comptoir derrière lequel un vieil homme était assis. C'était le propriétaire, Jasper. Celui à qui Julian lui avait demandé de donner l'argent et qui avait sans le savoir récupéré son message.

Lorsqu'il se leva de sa chaise, Alanna comprit qu'il l'avait reconnue. Il jeta un coup d'œil à Chance, sagement assis à ses pieds, puis reporta son attention sur elle.

— Bonjour, Alanna.

— Bonjour, monsieur.

Elle enfonça ses mains gantées dans les poches de son manteau.

— Je me demandais… Vous avez connu mon père – enfin, Julian Altier. Avez-vous déjà vu Darcy ?

Jasper passait pour un être revêche et d'abord difficile, mais, quand il fit le tour du comptoir pour la rejoindre, c'est avec un mélange de tristesse et de compassion qu'il lui répondit :

— Vous savez, je n'ai vu Julian qu'une poignée de fois pendant toutes ces années. Je suis désolé de n'avoir jamais rien remarqué. Même quand vous m'avez donné ce mot, je ne m'en suis pas rendu compte tout de suite.

Alanna pressa gentiment la main qu'il lui tendait.

— Vous n'avez rien à vous reprocher. Sur le moment, c'est moi qui ai fait comme si tout était normal.

Et tout l'était, d'une certaine façon…

— Vous ne seriez donc pas capable de reconnaître Darcy si elle venait ici ? demanda-t-elle.

— Aujourd'hui, si, répondit-il en fronçant ses sourcils broussailleux. On a vu sa tête partout, à la télé et dans les journaux. Mais à l'époque ? Je ne crois pas. Elle est peut-être passée une ou deux fois avec Julian.

— Et récemment ? insista-t-elle, pleine d'espoir.

— Ah ça, je peux vous assurer qu'elle n'est pas venue ! On la connaît tous, maintenant, et on la dénoncerait tout de suite si on la voyait.

Il avait l'air de penser que c'était exactement ce qu'elle

avait envie d'entendre… Les épaules d'Alanna s'affaissèrent. Peut-être les policiers avaient-ils raison, finalement. Les gens de Desparre s'étaient sentis trahis par les Altier. Ils leur en voulaient d'avoir fait une mauvaise publicité à leur petite ville. Darcy n'avait aucune chance de passer inaperçue dans les parages.

— Merci, murmura-t-elle, la gorge serrée.

— Bonne chance, mademoiselle.

Lorsqu'elle tourna les talons, son saint-bernard la suivit d'un pas hésitant, comme s'il se demandait ce qu'ils faisaient là. *C'est une bonne question*, songea-t-elle avec amertume. Quelle idiote elle avait été de croire qu'elle pourrait changer les choses ! Que Darcy reviendrait là où elle avait été heureuse, plutôt que de continuer à faire ce qu'elle avait fait toute sa vie – fuir ! En se lançant à la poursuite de son ancienne kidnappeuse, elle n'avait réussi qu'à mettre en péril les liens qu'elle avait passé cinq ans à retisser avec sa famille…

Gagnée par la honte et la colère, Alanna poussa la porte du magasin avec un peu trop de véhémence et faillit percuter un homme qui s'apprêtait à entrer. Ses excuses s'éteignirent sur ses lèvres lorsqu'elle reconnut le regard très bleu et le visage renfrogné de Peter Robak – le policier qui l'imaginait de mèche avec Darcy.

La veille, après avoir réussi à semer le SUV en empruntant au dernier moment un chemin peu visible depuis la route, elle avait compris qui la suivait. Ce n'étaient pas deux inconnus pourchassant une femme seule dans un lieu isolé, mais des membres des forces de l'ordre lancés sur la piste d'une suspecte.

— Maintenant, vous pouvez arrêter de me suivre ! éclata-t-elle en faisant un pas vers Robak.

Elle savait qu'il n'était pas conseillé d'envahir l'espace personnel d'un policier, mais la peur qu'elle avait ressentie la veille se muait soudain en fureur.

— Je vais m'en aller, d'accord ? ajouta-t-elle. Alors laissez-moi tranquille.

Du coin de l'œil, elle aperçut le collègue de Peter Robak qui la considérait d'un air surpris. Dans un premier temps, il avait porté la main à son pistolet, avant de se raviser dès l'instant où il l'avait reconnue. Pour lui, elle n'était sans doute qu'une pauvre fille courant après son passé.

— Vous partez ? lui demanda-t-il.

Avant qu'elle ait pu répondre, Peter prononça une phrase qui la pétrifia :

— Vous aviez raison.

— Que voulez-vous dire ?

Darcy était-elle revenue, finalement ? Quelqu'un l'avait-il repérée ? Dans cette région reculée, les habitants étaient nombreux à posséder des armes. La police pouvait mettre longtemps à arriver, et il fallait bien se protéger… Alanna craignait le pire.

— Que s'est-il passé ? insista-t-elle.

Peter la dévisagea un moment, comme s'il cherchait à percer ses secrets.

— Darcy n'est pas à Desparre, finit-il par répondre. Pas encore, du moins. Mais je crois qu'elle est en route.

— Qu'est-ce qui vous fait dire ça ?

— On sait qu'elle est partie dans cette direction en quittant l'Oregon.

— Et comment le savez-vous ? le pressa Alanna.

L'angoisse devenait insupportable, elle lui oppressait la poitrine. Chance la poussa doucement du bout de la truffe ; elle lui caressa la tête pour lui assurer que tout allait bien, même si rien n'était moins vrai.

— Darcy Altier a été aperçue au Canada aujourd'hui, expliqua enfin Peter Robak. La police n'a pas réussi à l'appréhender, mais elle fait à présent l'objet d'une enquête internationale. Elle a kidnappé un autre enfant.

# 4

— À quoi joue-t-elle, Alanna ? demanda Robak d'un ton soudain furieux, en collant son visage au sien.

Surprise, elle recula d'un pas tandis que Chance venait se placer entre elle et le policier. Tout en retenant le chien par son collier, Alanna tenta de comprendre.

Darcy se trouvait donc quelque part au Canada, entre l'endroit où elle avait échappé à ses gardiens et la ville de Desparre. Et désormais, elle retenait deux enfants en otage au lieu d'un.

— Ça n'a aucun sens, murmura-t-elle.

— Pardon ? Combien de gamins cette femme doit-elle kidnapper avant que vous ne la considériez comme une criminelle ?

Alanna se sentit rougir de colère.

— Mollo, Peter, intervint calmement l'autre policier.

Il tendit la main à la jeune femme.

— Je suis Tate Emory. J'étais là hier quand vous êtes venue au poste nous proposer votre aide. Nous l'acceptons volontiers.

Alanna se rappelait en effet l'avoir aperçu dans l'*open space* pendant qu'elle s'entretenait avec la chef de la police.

— Pourquoi cela vous intéresse, tout à coup ? demanda-t-elle en regardant les deux agents tour à tour. Parce que maintenant vous savez que je suis capable de vous semer ?

Tate réprima un sourire, mais son collègue s'avança de nouveau vers elle, l'air accusateur.

— Vous seriez prête à refuser d'aider la police ?

Alanna ignorait comment Darcy réagirait en la voyant ; ce qui lui semblait évident, en revanche, c'était qu'elle serait plus disposée à la laisser approcher seule qu'accompagnée de deux policiers – qui plus est si elle-même ne leur faisait pas confiance.

Comment savoir en effet s'ils prendraient la bonne décision le moment venu ? S'ils la laisseraient parler à Darcy pour la convaincre de se rendre, au lieu de faire directement usage de la force ?

— Je crois que vous devriez laisser cette jeune femme tranquille, fit une voix bourrue derrière elle.

En se retournant, Alanna vit Jasper qui s'était approché, les bras croisés sur le torse. Elle le remercia d'un sourire.

— Écoutez, nous aurions dû être francs avec vous, reprit Tate Emory, tout en lançant un regard appuyé à son coéquipier. Avant, nous n'avions aucune raison de penser que Darcy Altier reviendrait ici. Aujourd'hui, la situation a changé. Or vous connaissez les endroits où elle est susceptible de se rendre, à Desparre et aux alentours. Mieux, vous la connaissez, elle. Vous pouvez nous aider à ramener ces enfants à leurs familles.

Alanna étudia le visage du policier, son expression candide, sympathique. Et elle y décela autre chose. Non pas la méfiance que Peter Robak manifestait chaque fois qu'il lui adressait la parole, mais une pitié sincère.

Elle détourna les yeux, gênée. Elle n'avait que trop l'habitude de cette sensation. L'impression que tout le monde l'observait, l'évaluait, la jugeait. Pas seulement les journalistes, mais aussi les milliers de gens qui lisaient leurs articles ou regardaient leurs reportages. Aujourd'hui encore, elle continuait de recevoir des lettres d'encouragement tout autant que des courriers débordants de curiosité morbide ou d'agressivité gratuite.

Elle en avait assez.

— Je me suis trompée, déclara-t-elle. Je ne pense pas pouvoir vous aider. Mais si je découvre quoi que ce soit, je vous tiendrai informés.

— Alanna…

Peter Robak fit un pas de plus vers elle, malgré le chien qui lui barrait la route. Chance eut beau émettre un grognement sourd, l'homme lui accorda à peine un regard, comme s'il avait deviné que le saint-bernard n'attaquerait qu'en cas de menace avérée.

— Ça ne ressemble pas à Darcy, avoua Alanna malgré elle.

En effet, les Altier avaient chaque fois attendu plusieurs années avant de kidnapper un autre enfant. En enlever deux en l'espace de quelques jours, alors qu'elle était déjà recherchée par la police, semblait particulièrement imprudent.

Essayait-elle de se reconstituer une famille ? De recréer ce qu'elle avait connu jadis avec Alanna et ses « frères » et « sœurs » ? Ou bien la mort de son mari, les années de prison et la perte des enfants qu'elle avait élevés l'avaient-elles fait basculer dans la folie ?

C'était tout à fait possible. Et pourtant, quelque chose ne collait pas…

— Est-on vraiment certains qu'elle a kidnappé ces enfants ? demanda-t-elle aux deux policiers, en sondant leurs regards pour tenter d'y lire la vérité.

La pitié se fit encore plus palpable du côté de Tate. Peter, lui, parut seulement plus exaspéré.

— Qu'est-ce que vous croyez ? répliqua-t-il. Que quelqu'un la suit et s'amuse à imiter ce qu'elle a fait pendant dix-huit ans ?

— Non, murmura-t-elle.

Darcy était coupable, cela paraissait évident. Mais si elle

avait à ce point changé, Alanna parviendrait-elle à lui faire entendre raison ? Ou avait-elle vraiment perdu son temps en venant jusqu'ici ?

D'un coup d'épaule, elle poussa la porte du chalet, qui s'ouvrit en grinçant. Les enquêteurs n'avaient même pas pris la peine de la fermer à clé. Alanna passa sous le ruban jaune de la police, décoloré par cinq ans de pluie, de soleil et de neige.

Son cœur se mit à cogner tandis qu'un flot de souvenirs l'assaillaient. Julian et Darcy lovés l'un contre l'autre sur le canapé bleu que cette dernière avait remis à neuf… Johnny penché sur la table d'échecs dans un coin de la pièce, réfléchissant à son prochain coup dans une partie au long cours qu'il disputait avec son père… Sydney et Drew assis en tailleur par terre, en train d'apprendre à la plus jeune, Valerie, à fabriquer une paire de raquettes…

Le jour où leurs « parents » avaient été arrêtés, Johnny avait posé sur Alanna un regard à la fois confus et incrédule. Depuis, il refusait de lui parler, et lui renvoyait toutes ses lettres sans les avoir ouvertes. Elle s'obstinait malgré tout à lui écrire au moins une fois par an.

Alanna avait réussi à garder le contact avec Sydney, la « sœur » dont elle s'était toujours sentie la plus proche, de trois ans sa cadette. Au début, elles se téléphonaient tous les soirs, mais au fil du temps ces appels s'étaient espacés ; à présent, elles se donnaient des nouvelles toutes les trois ou quatre semaines.

Tandis que son chien se faufilait à l'intérieur du chalet, arrachant au passage le ruban de la police, Alanna tapa des pieds sur le paillasson pour faire tomber la neige de ses bottes. Elle entra à son tour et referma bien vite la porte contre le vent glacial qui soufflait dehors.

Chance se secoua énergiquement, projetant des gouttelettes de neige fondue tout autour de lui. Puis il traversa la pièce principale comme s'il connaissait les lieux par cœur, et alla s'allonger devant la cheminée où plus aucun feu ne brûlait depuis longtemps. Il semblait avoir deviné que sa maîtresse avait été chez elle ici, et il donnait l'impression de s'y sentir naturellement bien.

Alanna le suivit plus lentement, avec la sensation étrange de remonter le temps à chaque pas. En effleurant la vieille couverture posée sur un coin du canapé, elle revit Drew et Valerie pelotonnés dessous, leur tête dépassant à chaque bout. Elle avait tenté de maintenir un lien avec eux, mais leurs parents s'y étaient opposés, désireux d'effacer au plus vite cette sombre parenthèse. Drew allait sur ses dix-huit ans, ce qui signifiait qu'Alanna pourrait de nouveau essayer de le contacter. Valerie, en revanche, n'avait que onze ans. Lorsqu'elle atteindrait la majorité, se souviendrait-elle seulement de ses anciens compagnons de captivité ?

Aujourd'hui, les enfants avec qui Alanna avait grandi étaient dispersés aux quatre coins du pays. En dehors des quelques appels vidéo partagés avec Sydney, elle n'avait revu aucun d'eux depuis le jour où les policiers avaient embarqué Darcy et Julian sous leurs yeux.

Elle refoula les larmes qui lui brouillaient la vue. Elle n'était pas venue ici pour se complaire dans ses regrets ou se demander si elle avait fait le bon choix cinq ans plus tôt. Elle était venue pour trouver des indices.

Après son face-à-face tendu avec Peter Robak et Tate Emory, Alanna avait failli rentrer à Chicago. Elle avait même fait sa valise et rappelé sa sœur Kensie – qui lui avait laissé une dizaine de messages –, en lui promettant d'être de retour samedi, c'est-à-dire aujourd'hui. Mais ce matin, au dernier moment, elle lui avait envoyé un SMS pour la prévenir qu'elle prolongeait finalement son séjour. Peut-être n'arriverait-elle pas à convaincre Darcy comme elle l'espérait au départ, mais elle pouvait au moins aider à la retrouver. Elle était la mieux placée pour cela.

Deux jours s'étaient écoulés depuis que sa « mère » avait été aperçue dans le nord du Canada, où on la soupçonnait d'avoir enlevé un autre enfant – une fillette de deux ans, cette fois-ci. Si c'était vrai, alors les années que Darcy avait passées en prison l'avaient complètement transformée.

Pendant toute son enfance, Alanna l'avait connue comme une grande rêveuse, toujours perdue dans ses pensées et incapable de mener à bien le moindre projet. Des milliers d'idées lui traversaient la tête, mais c'était Julian qui leur donnait vie.

Le chalet illustrait parfaitement leur complémentarité. La cheminée, par exemple, avec sa bordure joliment carrelée : Darcy l'avait dessinée, cherchant à reproduire une aurore boréale, puis Julian avait trouvé les carreaux de la bonne couleur qu'il avait fixés au manteau avec l'aide des plus grands. De la même façon, c'était Darcy qui avait imaginé d'agrandir la maison pour pouvoir faire l'école aux enfants ; Julian avait aussitôt construit une nouvelle pièce à l'arrière, avant de dénicher des livres scolaires.

Et, bien sûr, il y avait eu les enlèvements…

Alanna serra ses bras autour d'elle. Le chauffage ne fonctionnait plus depuis cinq ans, et son souffle formait de petits nuages blancs devant sa bouche.

Elle se souvenait précisément de l'instant où Julian l'avait attrapée dans son jardin, à Chicago, et jetée dans la voiture. Elle en faisait encore des cauchemars la nuit. Darcy avait redémarré sur les chapeaux de roues alors qu'Alanna hurlait de terreur et se tortillait pour regarder à travers la lunette arrière. Elle avait vu Kensie courir derrière le véhicule en criant à l'aide, puis disparaître petit à petit.

À l'époque, Johnny vivait avec les Altier depuis déjà quatre ans. Bien habitué à ses nouveaux parents, il avait presque oublié sa vraie famille. Tous trois avaient enveloppé Alanna de leur amour et de leurs attentions, au point d'étouffer peu à peu sa haine et sa méfiance initiales. À son corps défendant, elle avait fini par s'attacher à eux.

Quand Julian et Darcy avaient ramené Sydney, Alanna se souvenait encore des Morgan, mais elle s'était faite à l'idée qu'elle avait une nouvelle famille. C'est à cette occasion qu'elle avait appris l'origine des kidnappings. Les Altier avaient toujours rêvé d'avoir beaucoup d'enfants. Malheureusement, Darcy était stérile. Or, quand elle croisait un petit ou une petite qui lui ressemblait, il lui arrivait d'éprouver un puissant sentiment maternel, l'impression que cet enfant était le sien. Julian en faisait une réalité.

Qu'elle se charge elle-même d'un enlèvement – sans parler de deux sur une si courte durée – paraissait tellement contraire à son caractère ! Cela voulait dire qu'elle assumait son rôle et celui de Julian en même temps. Oui, elle avait bien changé…

Alanna avait toujours réussi à obtenir ce qu'elle voulait de Darcy. Une autre histoire avant de s'endormir. Une paire de bottes plus chaudes pour jouer dans la neige. Retarder l'heure du coucher pour pouvoir lire plus longtemps ou faire des jeux de société avec ses frères et sœurs… Après tout ce qui s'était passé, parviendrait-elle encore à l'attendrir, à déjouer ses plans ?

Elle inspira profondément et promena son regard autour d'elle. Sans qu'elle s'en aperçoive, Chance s'était levé, et il la fixait de ses beaux yeux bruns, un filet de bave suspendu aux babines. Elle ne put s'empêcher de sourire.

— Mettons-nous au travail, dit-elle en le tapotant affectueusement.

Le chien lui répondit d'un « wouf » qui semblait signifier : *Qu'est-ce qu'on doit faire, au juste ?*

— On cherche un endroit où Darcy pourrait se cacher, expliqua-t-elle.

Alors il pencha la tête, et le filet de bave finit de tomber au sol, arrachant un éclat de rire à Alanna. C'était exactement l'impulsion dont elle avait besoin.

Cinq ans plus tôt, lorsque Kensie s'était présentée au chalet, Darcy et Julian s'étaient empressés de faire monter les enfants dans la voiture. Alanna pensait qu'ils voulaient fuir le plus loin possible et reprendre leur vie d'avant, à l'époque où ils déménageaient plusieurs fois par an. Elle avait été surprise d'apprendre que Julian avait une cachette précise en tête, et qu'elle se trouvait dans les environs. Cependant, ils ne l'avaient jamais atteinte : les policiers les avaient arrêtés avant.

Si Darcy avait réellement décidé de revenir dans la région, elle ne ferait certainement pas l'erreur de se réfugier au chalet. C'était bien trop prévisible, et bien trop dangereux. Mais dans un lieu dont ni la police ni le FBI n'avaient connaissance ? Un lieu que Julian aurait repéré comme un endroit sûr ? Cela paraissait beaucoup plus probable.

Alanna était certaine que le couple avait laissé des indices dans cette maison. Elle fouilla donc soigneusement toutes les pièces, feuilleta les vieux livres, ouvrit les placards jonchés de crottes de souris…

Deux heures plus tard, elle tenait à la main une feuille de papier qu'elle avait trouvée scotchée à l'intérieur d'un ancien cahier à dessins de Darcy. Les enquêteurs n'avaient pas dû y prêter attention, car on n'y voyait qu'une suite de symboles incompréhensibles. Sauf qu'ils ne l'étaient pas pour Alanna : il s'agissait d'un code idiot qu'elle avait inventé avec ses frères et sœurs par un hiver particulièrement rude où ils avaient dû rester enfermés pendant deux semaines.

Darcy les avait encouragés, riant de leurs mines sérieuses. Ils s'étaient tellement pris au jeu ! De vrais petits détectives.

Non sans une certaine nostalgie, Alanna étudia la liste de signes. Étonnamment, elle se souvenait en partie du code, et elle réussit sans trop de difficulté à déchiffrer les cinq lignes. Celles-ci correspondaient à des latitudes et des longitudes. Des coordonnées géographiques, en somme – celles de cinq « cachettes », Alanna en était certaine.

— Allons voir la première, décida-t-elle tout haut.

Chance dut percevoir son excitation, car il se précipita vers la porte avant elle. Mais la jeune femme se figea sur le seuil.

La neige avait redoublé. Trente bons centimètres recouvraient déjà le sol. Alanna plissa les yeux pour observer le ciel tout gris, puis le pick-up qu'elle avait loué. Il avait beau être conçu pour les terrains accidentés de l'Alaska, il n'était pas assez robuste pour résister aux caprices les plus violents de la météo locale.

En novembre, les conditions climatiques pouvaient se dégrader très vite. Alanna vérifia les prévisions sur l'application qu'elle avait pris soin de télécharger : la neige était censée s'arrêter avant la fin de l'heure. Et comme par magie, lorsqu'elle releva la tête, il lui sembla en effet que les flocons s'espaçaient.

— Je pense qu'on peut y arriver, dit-elle à Chance.

D'après son GPS, la première adresse codée se trouvait à moins d'une demi-heure de route. Alanna avait vécu des années à Desparre, ce n'était pas un peu de neige qui allait lui faire peur…

Le chien s'élança dehors et joua quelques instants dans la poudre blanche, avant de se poster devant la portière arrière du pick-up. Il tourna la tête vers sa maîtresse, l'air de dire : *Alors, qu'est-ce qu'on attend ?*

Alanna se dépêcha de le rejoindre pour lui ouvrir. En le voyant sauter sur la banquette arrière avec ses pattes sales et mouillées, elle regretta de n'avoir pas emporté plus de serviettes… Elle s'installa au volant, démarra le moteur et monta le chauffage au maximum. Après avoir glissé la feuille de papier dans la poche intérieure de son manteau, elle recula dans l'allée, soulagée de constater que l'averse avait fini par cesser.

Cependant, les routes autour du chalet n'étaient pas goudronnées et les services municipaux ne se donnaient pas la peine de les dégager, les habitants possédant tous des motoneiges. Elle conduisit donc prudemment, en suivant quand c'était possible les traces laissées par d'autres véhicules.

Ce chemin qui descendait en serpentant entre les arbres était celui qu'ils avaient pris cinq ans plus tôt, avant que la police ne les rattrape. À sa gauche, le flanc de la montagne ; à sa droite, le vide.

Alanna agrippa le volant. Après plusieurs années passées à Chicago, où les hivers étaient moins rigoureux, les chasse-neige efficaces et les antennes-relais nombreuses, elle se sentait subitement moins sûre d'elle. Par moments, de gros blocs de neige se détachaient des branches au-dessus d'elle et s'écrasaient sur le pare-brise, la faisant sursauter. En jetant un coup d'œil dans le rétroviseur, elle croisa le regard confiant de son chien. Pourvu qu'elle n'ait pas fait une erreur en prenant la route dans ces conditions, se dit-elle…

Lorsqu'elle consulta son GPS, elle s'aperçut qu'ils roulaient déjà depuis une bonne vingtaine de minutes. Ils n'étaient plus très loin, à présent. Son pouls s'accéléra à l'idée de découvrir la cachette où Darcy se trouvait peut-être à cet instant.

Soudain, à la sortie d'un virage, elle se retrouva face à un énorme amas de neige qui lui bloquait le passage. Elle freina brusquement ; le pick-up dérapa, puis s'arrêta en travers de la route.

Il y avait eu une avalanche.

— Bon. Je crois qu'on va devoir passer directement à la deuxième adresse, marmonna-t-elle.

Mais elle se ravisa aussitôt. Une avalanche pouvait en cacher une autre. Mieux valait s'éloigner au plus vite de la montagne et attendre une météo plus propice.

Comme il lui était impossible de faire demi-tour, elle commença à reculer, lentement, pour prendre le virage en marche arrière. Alors que les pneus glissaient sur la neige tassée, elle eut le mauvais réflexe de donner un coup de volant – le précipice à sa droite l'inquiétait davantage que le risque d'égratigner le pare-chocs contre les rochers… Le pick-up mordit le bas-côté et se coinça dans une ornière. Quand Alanna voulut accélérer, les roues tournèrent dans le vide.

*De mieux en mieux,* songea-t-elle en soupirant.

Résignée, elle mit sa capuche et descendit du véhicule pour aller chercher une pelle à l'arrière. Le vent violent la fit aussitôt frissonner. À peine avait-elle ouvert la portière que Chance sauta de la banquette.

— Non ! cria-t-elle en l'attrapant par le collier.

Un bruit lui fit lever la tête. Comme un grondement de tonnerre, en beaucoup plus proche.

Une deuxième avalanche…

Les yeux écarquillés, elle regarda le haut de la montagne, où une coulée de neige commençait à dévaler la pente. Si elle reculait assez vite, elle serait peut-être épargnée. Mais ce ne serait pas le cas du camion. Ni de Chance…

Elle se jeta sur son chien au moment où le mur de neige allait l'emporter. Serrant ses bras autour de lui, elle tenta de le tirer sur le côté, mais une masse puissante les percuta de plein fouet et les poussa vers le précipice.

— Bon. [illegible] directement à la [illegible]

Mais elle se retrouva [illegible]

[illegible]

Comme [illegible] elle [illegible]

[illegible] Alors [illegible]

[illegible]

[illegible]

[illegible]

[illegible]

# 5

Alanna Morgan savait quelque chose, Peter en était convaincu.

Il la filait depuis des heures – seul, cette fois-ci, et dans son propre véhicule, le samedi étant son jour de congé. Il regrettait le SUV de la police, équipé pour les situations les plus extrêmes. Car la jeune femme avait décidé d'emprunter des chemins de traverse qu'elle semblait connaître par cœur… Peter serrait le volant tellement fort que ses jointures étaient blanches.

Il avait grandi à Luna, sur l'autre versant de la montagne. Bien que soumise aux mêmes conditions météorologiques, la ville – où ses parents, ses frères et sa sœur vivaient encore – était située à plus basse altitude, et les routes y étaient beaucoup moins tortueuses.

Depuis qu'il avait intégré la police de Desparre un an plus tôt, Peter avait eu plusieurs fois l'occasion de se rendre dans les parages, essentiellement pour visiter des personnes âgées isolées. S'il avait pratiqué ces chemins par tous temps, il n'avait jamais tenté d'y suivre quelqu'un qui avait déjà fait preuve d'une aptitude étonnante à semer ses poursuivants.

Pour l'instant, Alanna Morgan n'avait pas l'air de l'avoir repéré. À en juger par l'excitation qu'il avait observée sur son visage lorsqu'elle était ressortie du chalet des Altier, elle y avait sans doute fait une découverte intéressante ; peut-être était-elle un peu moins sur ses gardes. Quand il l'entendit freiner brusquement dans la neige, il préféra donc s'arrêter sur le bas-côté et attendre.

Une portière claqua. Intrigué, Peter descendit discrètement de sa voiture. L'avait-elle vu, finalement ? Allait-elle débarquer comme une furie en exigeant de savoir ce qu'il faisait encore à ses trousses ? Mais elle se contenta de crier « Non ! » et, aussitôt après, un grondement sinistre ébranla la montagne.

L'espace d'une seconde, Peter resta pétrifié. Puis, sans réfléchir, il s'élança dans le virage pour rejoindre la jeune femme. Il n'eut que le temps de voir une furieuse cascade de neige s'abattre sur la route et emporter le pick-up dans le ravin.

L'effroi, la colère et le chagrin l'assaillirent avec une force inattendue. Cependant, il n'eut pas le loisir de s'attarder sur ces sentiments, car il aperçut soudain le manteau rouge d'Alanna, entraîné par la coulée de neige.

En se précipitant dans cette direction, il manqua se faire emporter à son tour. Un bref coup d'œil vers le haut de la montagne lui permit de constater que la fin de l'avalanche approchait. Alanna n'en restait pas moins à une distance dangereuse du précipice…

Malgré la peur qui lui serrait les tripes, Peter s'avança prudemment vers un arbre massif qui avait résisté à l'assaut du monstre blanc. Il enroula sa jambe et son bras droit autour du tronc et tendit l'autre main vers l'endroit où la tache rouge avait disparu.

Sans trop savoir comment, il parvint à saisir le vêtement et l'agrippa de toutes ses forces, en maudissant ses gants qui le handicapaient. Toutefois, la masse de neige continuait de se déplacer, tirant la jeune femme vers le bas. Peter grogna en sentant son épaule sur le point de se déboîter.

Alors que la douleur devenait insupportable et qu'il était

prêt à lâcher, la coulée dévia brusquement vers la gauche, sans doute ralentie par les arbres. Et soudain, Alanna émergea – d'abord son manteau, puis ses longs cheveux bruns, et enfin son visage rougi par le froid. Elle aspira une grande bouffée d'air.

— Tendez-moi la main ! cria-t-il, en espérant qu'elle l'entendrait par-dessus le vacarme de l'avalanche.

Il ne sut si elle lui avait répondu – elle se trouvait du côté de son oreille sourde –, mais elle se tourna difficilement vers lui, et c'est alors qu'il vit le saint-bernard dans ses bras. Le chien battait frénétiquement des pattes, cherchant un appui pour s'extraire de cette prison glacée. Il y était presque parvenu quand un nouvel amas de neige les engloutit tous les trois.

Elle allait étouffer.

Le monde avait enfin fini de tourner autour d'elle, mais où avait-elle atterri ? Au bas du ravin, coincée entre deux arbres ? Ou juste au bord, prête à basculer au moindre mouvement ?

Alors qu'elle remuait les doigts, elle sentit Chance se tortiller dans ses bras. Une vague de soulagement l'envahit. Il était donc vivant !

Sans lâcher son chien, elle bougea prudemment la tête d'un côté et de l'autre, créant un espace suffisant pour respirer un peu d'air. L'obscurité était totale, le froid extrême. Elle poussa une main vers le haut, espérant percer la couche de neige qui les recouvrait. En vain. À quelle profondeur avaient-ils été enterrés ? Était-elle seulement tournée dans le bon sens ?

*Ne panique pas*, s'ordonna-t-elle tandis que son pouls s'emballait. Sous son dos, la neige lui semblait plus dure, plus compacte. Le salut se trouvait donc au-dessus d'elle.

Mais en essayant de se dégager, ne risquait-elle pas de finir écrasée ?

Et dire qu'il y avait une pelle dans le coffre du pick-up... Quand elle avait entendu le « woumpf » significatif du manteau neigeux qui se détache de la montagne, il avait déjà été trop tard. Quelle idiote... Elle savait pourtant qu'il ne fallait pas prendre la route par ce temps. Et maintenant, Chance, qui avait tellement souffert étant bébé, Chance, son compagnon fidèle depuis deux ans, allait mourir avec elle.

*Arrête ça tout de suite.* Elle allait trouver une solution pour le sortir de là. Pour *se* sortir de là. Et Peter Robak ?

Avait-elle rêvé en l'apercevant au bord de la coulée de neige, juste avant que celle-ci ne l'engloutisse à nouveau ? L'avait-il vraiment attrapée et tirée en arrière alors que l'avalanche voulait l'emporter dans le précipice ? En tâtonnant derrière sa tête, elle sentit une main gantée agrippée à son manteau.

Il avait essayé de la sauver, songea-t-elle, le souffle coupé. Il la détestait, et pourtant il s'était porté à son secours. Cela lui avait-il coûté la vie ?

Une chose était certaine : il ne bougeait pas. Lentement, elle se rapprocha de lui, terrifiée à l'idée de déclencher un nouveau glissement ou de tomber dans le vide. Elle voulut entraîner Chance avec elle, mais il se dégagea de son étreinte, et en essayant de le retenir elle ne réussit qu'à refermer l'espace qui les séparait.

— Chance ! souffla-t-elle.

La neige lui entra dans la bouche et le nez, et la panique l'étreignit. Elle tourna la tête pour cracher, chercha une autre poche d'air... Elle commençait à manquer d'oxygène. Tout en se forçant à respirer calmement, elle tira sur la main de Peter derrière elle. Elle eut l'impression qu'il bougeait. Était-il vivant, ou était-ce un effet de la gravité ?

Pour sa part, elle avait cessé de frissonner. Soit elle

s'habituait au froid, soit – et c'était plus probable – elle commençait à souffrir d'hypothermie.

— Chance ! cria-t-elle encore.

Elle entendait son chien s'éloigner. Et s'il tombait dans le ravin ?

Tout en retenant un sanglot – pour Chance, pour elle-même, pour Peter –, Alanna se hissa de nouveau vers le policier. Son saint-bernard parviendrait peut-être à s'extraire de ce piège. Il fallait qu'elle se concentre sur sa propre survie et sur celle de l'homme qui avait été enseveli par sa faute. Alors qu'elle forçait contre la neige pour tenter de le rejoindre, elle sentit qu'il la saisissait par le bras. Elle faillit pleurer de soulagement.

— On doit se sortir de là, Peter.

À peine avait-elle fini sa phrase que la neige s'effondrait sur son visage et son corps. Cette fois, c'était sûr, elle allait étouffer sous la masse glacée. Mais soudain, quelque chose lui gratta la jambe, s'arrêta, puis recommença de plus belle. C'était Chance ! Il avait donc réussi à se libérer… Si elle avait pu, elle aurait ri de bonheur.

Tandis qu'elle remuait les jambes pour l'aider, il la saisit par la cheville et tira de toutes ses forces. Puis il la relâcha, et elle l'entendit gratter autour de sa tête. Bientôt, la lumière du jour réapparut, et avec elle l'air glacial, mais si précieux… Alanna inspira goulûment, les poumons en feu.

Déjà, Chance s'était éloigné et creusait frénétiquement autour de Peter. Dès que le haut de son corps fut dégagé, celui-ci parvint à se relever et aida le chien à finir de délivrer Alanna.

À genoux, la jeune femme jeta ses bras tremblants autour du cou de l'animal, regardant avec horreur l'énorme amas de neige qui les avait engloutis. En son centre, il faisait la taille d'une maison… Ils avaient eu la chance d'être happés par un côté de l'avalanche moins haut et moins rapide. À quelques mètres près, ils auraient été tout simplement broyés. Quant au pick-up, il avait disparu, sans doute emporté dans le ravin.

Mais ils étaient vivants tous les trois, c'était tout ce qui comptait.

Tant bien que mal, Alanna se mit debout. Comme le vent se faufilait à travers ses vêtements trempés, elle commença à claquer violemment des dents.

— Venez, lui dit Peter en la prenant par la main. Je suis garé de l'autre côté du virage. Il faut qu'on se mette au chaud.

Tandis qu'elle le suivait en trébuchant, elle comprit soudain qu'il aurait pu être épargné s'il l'avait voulu. Il s'était volontairement jeté dans l'avalanche pour lui sauver la vie, alors même qu'il la suspectait d'être de mèche avec une kidnappeuse.

Il ne lui faisait pas confiance, et pourtant il venait de risquer sa peau pour elle. C'était donc quelqu'un de bien. Même s'ils n'étaient pas d'accord sur la façon de s'y prendre, ils partageaient le même objectif : sauver les enfants que Darcy avait enlevés.

Parvenu à son pick-up, Peter ouvrit la portière et attendit qu'elle et Chance montent à bord.

— Allez, lui enjoignit-il. Dépêchez-vous.

— Je veux qu'on fasse équipe, lâcha-t-elle de but en blanc.

— Pardon ?

Ce qu'ils pensaient l'un de l'autre n'avait aucune importance. Peter disposait de ressources qu'elle n'avait pas, comme l'accès aux informations des différents services de police du pays. Et lui aussi avait besoin d'elle, car elle connaissait Darcy mieux que personne.

À eux deux, ils seraient plus forts.

— Travaillons ensemble pour sauver ces enfants, insista-t-elle.

Il la dévisagea quelques instants, l'air pensif. Puis il acquiesça.

— D'accord. Maintenant, montez dans le pick-up.

# 6

S'il restait une minute de plus à la merci de ce vent polaire, Peter était certain qu'il se transformerait en glaçon.

Comme le pick-up était garé contre le flanc de la montagne, il renonça à passer du côté conducteur, et monta à la suite d'Alanna et de Chance. Les membres tout engourdis par le froid, il referma la portière et poussa maladroitement le chien, qui s'installa sur la banquette. Alanna s'empressa de se glisser derrière le volant, sans doute aussi gênée que lui par leur soudaine proximité physique.

Peter avait laissé le moteur tourner, si bien qu'il régnait dans l'habitacle une chaleur bienvenue. Il monta malgré tout le chauffage au maximum, puis se débarrassa de ses gants détrempés. Lorsqu'il voulut retirer son bonnet, il s'aperçut qu'il l'avait perdu ; ses cheveux étaient hérissés de minuscules stalactites de glace qui commençaient déjà à fondre. Alors qu'il tendait les mains vers la grille d'aération, il coula un regard vers la jeune femme qui, affaissée sur son siège, avait fermé les yeux. Il réprima un juron.

— Ne vous endormez pas, lui dit-il en essayant de lui ouvrir son manteau. Il faut vous déshabiller.

Il avait du mal à se servir de ses doigts, qui lui semblaient avoir doublé de volume. Au moins, il les sentait encore…

Alanna entrouvrit les paupières.

— Qu'est-ce que vous faites ? protesta-t-elle mollement.

— Si on garde nos affaires mouillées, on n'arrivera jamais à se réchauffer.

Il passa la langue sur ses lèvres craquelées.

— S'il vous plaît, Alanna.

Chance se décida à lui venir en aide. Calant sa grosse tête entre les deux sièges, il attrapa la manche de sa maîtresse et tira dessus jusqu'à ce qu'elle rouvre les yeux.

— Ça va, mon grand ? demanda-t-elle d'une voix endormie.

Peter tapota la tête de l'animal.

— C'est grâce à lui qu'on est encore en vie. Il doit savoir que les saint-bernard sont des chiens de sauvetage.

Comme pour approuver, Chance aboya brièvement, ce qui fit rire Peter et réveilla Alanna pour de bon.

— Qu'est-ce qu'il fait froid ! s'exclama-t-elle en tentant de refermer son manteau.

— Non, non, non.

Peter lui retint le bras. Engoncé dans ses propres vêtements mouillés, il se rapprocha d'elle pour lui ôter ses gants, qu'il jeta à l'arrière du véhicule. Il s'attaqua ensuite à son manteau, puis se contorsionna en grognant pour lui délacer ses chaussures et les lui retirer. Les chaussettes suivirent. Inquiet de la couleur de ses orteils, il les frotta un moment entre ses paumes, avant de lui placer les pieds devant l'arrivée du chauffage. Quand il se redressa, elle frissonnait. C'était bon signe.

— Enlevez le reste, lui ordonna-t-il, tout en quittant à son tour son blouson.

Il le lança derrière lui sans penser à Chance, qui poussa un petit gémissement surpris.

— Pardon, bonhomme, je t'avais oublié…

Peter attrapa la pile de couvertures qu'il gardait toujours dans son véhicule en cas d'urgence – dans une région comme celle-ci, il ne s'agissait pas de se retrouver bloqué dehors sans un équipement de survie minimum. Il les posa entre Alanna et lui, et déplia la première pour frotter le dos du chien.

Lorsqu'il se retourna, la jeune femme n'avait pas bougé. Elle l'observait sans rien dire. Alors il retira son pull et son T-shirt devant elle dans l'espoir de la faire réagir. L'effet fut immédiat : elle baissa les yeux en rougissant jusqu'aux oreilles.

Elle n'avait que cinq ans de moins que lui, mais Peter se sentit tout à coup beaucoup plus vieux. Il avait passé des années dans des pays en guerre, en était revenu à moitié sourd, et avait subi en conséquence de profonds bouleversements dans sa vie personnelle et professionnelle. Qu'en était-il d'Alanna Morgan ?

À en croire les médias, après son kidnapping, elle avait connu une existence assez protégée avec les Altier. À quoi ressemblait sa vie depuis son retour à Chicago ? Sa vraie famille l'avait-elle couvée elle aussi, de peur qu'elle leur échappe à nouveau ? S'était-elle déjà aventurée seule hors de sa ville natale avant sa présente escapade ?

Alors qu'elle se tortillait sous une couverture pour enlever son jean, il se rendit compte qu'il la regardait toujours. Gêné d'avoir pu passer pour un voyeur, il s'employa à ôter ses chaussures et à finir de se déshabiller, avant de s'enrouler tant bien que mal dans sa propre couverture. Puis il ferma les yeux et savoura la sensation de chaleur qui l'enveloppait.

Alanna était à sa gauche, mais il ne l'entendait que trop bien remuer à côté de lui. Elle devait être en train de quitter ses derniers vêtements, elle aussi. Et soudain, il se surprit à imaginer la pâleur de sa peau, la longueur de ses jambes, la rondeur de… Bref, toutes sortes de choses auxquelles il n'avait pas le droit de penser.

Quand les bruits cessèrent enfin, il demanda d'une voix tendue :

— Vous êtes couverte ?

— Oui, répondit-elle.

Il tenta de ne pas la regarder, mais ce fut plus fort que lui. Elle s'était soigneusement emmaillotée, et seule sa tête dépassait. Ses longs cheveux mouillés lui collaient au visage. Ses joues étaient encore rouges, à cause du froid sans doute plus que de l'embarras ou de la timidité. En croisant son regard brun, Peter remarqua pour la première fois à quel point elle était belle.

Aussi étonnant que cela puisse paraître, il ne s'en était jamais rendu compte avant. Il avait été bien trop occupé à essayer de comprendre comment elle était passée du statut de victime à celui de complice, comment elle pouvait aider une criminelle alors que cette même femme l'avait volée étant petite à sa famille.

En réalité, Alanna n'était pas venue risquer sa vie ici juste pour protéger Darcy Altier. Elle était là aussi pour les enfants, parce qu'elle s'identifiait forcément à eux. Peter voulait y croire.

— Merci de vous être porté à mon secours, murmura-t-elle.

— Heureusement que je vous suivais encore.

Il regretta aussitôt ses paroles, mais se rassura en la voyant rire.

— Vous pensiez vraiment ce que vous avez dit tout à l'heure ? s'enquit-il. Vous voulez qu'on fasse équipe pour retrouver ces gamins ?

Une petite ride apparut entre les sourcils gracieux de la jeune femme.

— Bien sûr que je le pensais vraiment.

Peter s'inclina vers le tableau de bord pour vérifier le niveau d'essence ; le réservoir était quasiment plein. Ils pouvaient donc rester encore un moment ici, à profiter de la chaleur. En même temps…

Il se pencha devant Alanna, cherchant à regarder par la fenêtre du côté conducteur. À l'endroit où il s'était garé, le flanc de la montagne formait une pente moins abrupte. Ils semblaient relativement à l'abri des avalanches. Mais le manteau neigeux pouvait être instable, et Peter n'avait aucune envie de découvrir qu'il s'était trompé.

Il s'aperçut que la jeune femme retenait son souffle, plaquée contre le dossier de son siège. Réprimant un sourire, il regagna sa place pour lui permettre de respirer.

— On ferait mieux de partir, lâcha-t-il.

Alanna se tourna vers son chien, offrant un morceau d'épaule nue à la vue de Peter.

— Ça va, Chance ?

Sur la banquette arrière, le saint-bernard avait l'air bien plus détendu qu'il n'aurait dû l'être après avoir extrait deux personnes d'une coulée de neige. Il avança la tête entre les deux sièges pour lécher la joue de sa maîtresse.

— J'imagine que ça veut dire oui, dit-elle en riant.

Elle extirpa ses bras de la couverture, rajusta celle-ci autour d'elle et posa les deux mains sur le volant.

— Je n'ai pas l'intention de sortir dans cette tenue et encore moins de vous monter dessus pour échanger nos places, déclara-t-elle. Ça ne vous dérange pas que je conduise ?

Peter cligna des yeux, tentant de chasser de son esprit l'image qu'elle venait d'y imprimer – leurs deux corps l'un sur l'autre, emmêlés dans les couvertures sous lesquelles ils ne portaient presque rien…

— Oui, oui, vous conduisez, bafouilla-t-il. Je vais vous guider jusque chez moi, et nous déciderons d'un plan.

Elle le regarda un long moment, pendant lequel l'air sembla se charger d'électricité. Puis elle hocha la tête et enclencha la position « drive ». Après un demi-tour prudent, ils franchirent de nouveau la montagne, repassèrent devant le chalet des Altier et redescendirent vers Desparre.

De temps en temps, Peter observait la jeune femme à la dérobée – ses mains qui agrippaient fermement le volant, ses cheveux qui, en séchant, bouclaient contre la couverture de laine, la peau laiteuse de ses épaules dénudées. De profil, elle paraissait plus sérieuse, plus âgée, et il se demanda qui était la vraie Alanna.

La femme qui avait sauvé son chien au risque d'être emportée avec lui par une avalanche ? Celle qui avait proposé son aide à la police pour débusquer une fugitive à laquelle elle semblait encore si attachée ? Qui avait rougi en le voyant torse nu, alors qu'elle aurait dû s'inquiéter davantage de son propre bien-être ?

Ou bien était-elle restée cette enfant modelée par deux kidnappeurs, et dont les émotions avaient été si longtemps manipulées qu'elle continuerait de les défendre quoi qu'il arrive ?

Peter était tiraillé entre l'envie de la prendre sous son aile pour la protéger, et la peur de se mettre une nouvelle fois en danger en voulant sauver quelqu'un qui ne pouvait plus l'être.

Alanna Morgan semblait parfaitement à sa place chez lui. Plus que cela, elle semblait parfaitement à sa place dans les vêtements qu'il lui avait prêtés. *Ne sois pas ridicule*, se sermonna Peter, tout en tendant une tasse de café fumante à la jeune femme. D'où lui venaient ces idées absurdes ? Tandis qu'il prenait place dans le fauteuil en face d'elle, il nota dans son esprit d'aller chercher leurs affaires dans le pick-up pour les passer au sèche-linge. Plus vite elle retrouverait ses propres habits, plus vite il parviendrait à se concentrer.

Dès leur arrivée, il avait allumé un bon feu dans la cheminée. À présent, il faisait presque trop chaud, mais c'était tellement agréable après leur séjour prolongé sous la neige… Peter prit le temps de déguster son café tandis que Chance somnolait sur le tapis entre eux deux.

Malgré ses doutes persistants au sujet d'Alanna, il

éprouvait pour elle un sentiment nouveau. Une certaine compassion, voire de la sympathie. Elle devait être en proie à des émotions si conflictuelles à propos de son passé, de Darcy, de son avenir… Peter savait ce que c'était, et cela le démangeait de la rassurer. S'il s'en était sorti, il n'y avait pas de raison qu'elle n'y arrive pas elle aussi.

Le trajet en voiture s'était fait dans le silence. Concentrée sur sa conduite, Alanna avait négocié les petites routes enneigées avec plus de dextérité que la plupart des gens du pays. Cela rappelait à Peter une des rumeurs qu'il avait entendues à propos des Altier, qui auraient enseigné à « leurs » enfants maintes techniques de survie. Il avait pu constater lui-même qu'Alanna était capable de semer des policiers rompus aux filatures… Pourtant, quand il s'était agi de partir à la recherche de Darcy, elle avait davantage écouté ses émotions que sa raison. Elle savait à quel point la montagne était dangereuse, et elle s'y était aventurée malgré tout.

Peter avait-il bien fait de la ramener chez lui ? Certes, elle pouvait l'aider à retrouver les enfants kidnappés, mais elle représentait aussi une menace. Le moment venu, qui choisirait-elle ? Les enfants en question et un policier qu'elle venait de rencontrer, ou bien la femme qui avait été comme une mère pour elle durant la majeure partie de son enfance ?

Pour l'heure, elle promenait son regard autour d'elle sans chercher à cacher sa curiosité. Comme beaucoup de maisons du grand nord, celle de Peter arborait des poutres apparentes et de larges fenêtres avec vue sur la forêt enneigée. Alanna s'attarda sur la rangée de photos en noir et blanc qui occupaient tout un mur, souvenirs de ses reportages dans des zones de conflit… Ses proches l'avaient souvent imploré de les retirer, surtout depuis que ses neveux et nièces commençaient à poser des questions. Mais il tenait à les conserver. Pour ne jamais oublier. Il y en avait une en revanche qu'il n'avait pas exposée – la plus connue de lui, malheureusement. Inconsciemment, il porta une main à son oreille.

En revenant ici deux ans plus tôt, complètement déboussolé après le traumatisme qu'il avait subi, Peter s'était intéressé pour la première fois à cette histoire d'enfants âgés de six à vingt-trois ans qui avaient été sauvés de leurs kidnappeurs tout près de sa ville natale. Il avait ricané en lisant les témoignages des victimes, qui assuraient avoir été bien traitées. Sans doute manquait-il d'objectivité…

— Parlez-moi des Altier, demanda-t-il à la jeune femme, qui contemplait à présent le paysage par la fenêtre.

Elle tourna brusquement la tête vers lui, méfiante.

— Je ne sais pas ce qui motive Darcy, répondit-elle, mais je peux vous assurer qu'elle ne fera aucun mal à ces enfants.

— C'est trop tard, répliqua-t-il. Elle les a kidnappés. Vous avez oublié ce que ça fait ?

Peter regretta aussitôt son agressivité. Et lui qui voulait dépasser ses préjugés…

— Excusez-moi, murmura-t-il.

Avant qu'il ait eu le temps de lui expliquer pourquoi le sujet était sensible pour lui, elle posa sa tasse sur la table basse et se pencha vers lui. Chance releva la tête, les oreilles dressées.

— Je n'ai pas oublié, dit-elle. J'en fais encore des cauchemars. Je sais que vous ne comprenez pas comment j'ai pu…

Elle prit une grande inspiration, puis termina sa phrase en le regardant droit dans les yeux :

— … les aimer.

— Si, je comprends.

Du moins, il comprenait qu'elle puisse avoir eu *l'impression* de les aimer, alors qu'il ne s'agissait en réalité que d'un mélange de peur et de dépendance multiplié par le nombre des années passées sous leur joug.

— On peut développer un réel attachement pour une personne qui nous détient contre notre volonté, ajouta-t-il. Dans un premier temps, c'est nécessaire pour survivre, et ensuite ce sentiment s'installe en vous. C'est…

Alanna l'interrompit d'un geste agacé.

— Je suis diplômée en psychologie. Je vois où vous voulez en venir, mais n'oubliez pas que c'est moi qui ai dénoncé les Altier. Ils sont allés en prison à cause de moi. Julian est *mort* à cause de moi.

« Je sais que ce qu'ils ont fait est criminel, poursuivit-elle. Je crois qu'ils le savent eux-mêmes. Mais j'ai vécu presque toute mon enfance avec ces gens. Ce sont eux qui m'ont consolée quand j'en avais besoin, qui m'ont fait rire avec leurs blagues idiotes, qui m'ont félicitée à chaque réussite. La seule fois où ils m'ont fait souffrir, c'est quand ils m'ont pris à ma famille.

— N'est-ce pas déjà beaucoup ? demanda Peter d'un ton le plus neutre possible.

— C'est ce que pensent mes proches, en tout cas, répondit Alanna en se tordant les mains. Mais sincèrement, quels souvenirs gardez-vous d'avant vos cinq ans ? Si vous aviez vécu presque toute votre vie avec d'autres gens, n'auriez-vous pas un peu oublié votre « vraie » famille ?

Le saint-bernard devait être doté d'un sixième sens, car il se leva et vint poser sa tête massive sur les genoux de sa maîtresse, comme pour la réconforter. Elle eut un bref sourire, qui s'effaça sitôt que Peter prit la parole.

— Vous voulez dire que vous vous souveniez à peine de votre famille ?

En s'efforçant de se mettre à sa place, de s'imaginer arraché aux siens puis élevé avec amour par d'autres personnes, Peter eut de la peine pour elle. Plus que cela, il crut comprendre pourquoi elle avait fini par aimer ses kidnappeurs.

— J'avais quelques souvenirs, et cela suffisait, expliqua-t-elle d'une voix plus apaisée. Mais parfois, l'amour est irrationnel. Et parfois, des années de bonnes actions finissent par l'emporter sur une seule mauvaise, aussi terrible soit-elle.

— Pourtant, vous les avez dénoncés. Pourquoi ? Qu'est-ce qui vous a poussée à écrire ce mot au bout de quatorze ans ?

— J'ai eu peur de ne plus jamais connaître les personnes qui m'avaient donné la vie, le frère et la sœur avec qui j'avais vécu auparavant. Au fond de moi, je souhaitais renouer avec eux.

Le voile de tristesse qui passa sur son visage en disait long sur les sacrifices qu'elle avait dû consentir pour réaliser ce vœu. Elle n'avait pas seulement perdu deux personnes qui avaient joué le rôle de parents pour elle, mais aussi quatre frères et sœurs qu'elle aimait. Quatre enfants qui, à les croire, avaient eux aussi été heureux, et à qui Alanna devait manquer autant qu'ils lui manquaient.

— Avez-vous revu Darcy et Julian après leur arrestation ? s'enquit-il.

La jeune femme sembla se crisper, et il fut aussitôt sur ses gardes.

— Non, répondit-elle.

— Mais vous leur avez parlé ?

— Non plus.

Était-elle en train de lui mentir ? Il n'aurait su le dire.

— Alanna, soyez prudente. Je sais que Darcy et Julian vous ont aimée, mais vous les avez trahis, en quelque sorte. Vous dites que ce que fait Darcy n'a aucun sens. Peut-être a-t-elle changé en prison.

Peter devait veiller à ne rien révéler de l'enquête en cours, mais il tenait absolument à ce qu'elle soit consciente de la menace qui pesait sur elle. Il ne pourrait pas la protéger si elle ne se protégeait pas elle-même un minimum. Or, malgré leur accord de principe, la confiance restait limitée entre eux, même s'il l'appréciait de plus en plus en tant que personne…

— Darcy ne me ferait jamais de mal, affirma-t-elle d'un ton qui manquait tout de même un peu d'assurance.

— Vous n'en savez rien. Je vous propose un marché : vous voulez qu'on fasse équipe pour retrouver ces enfants ? Très bien. Mais je suis policier, vous devez donc accepter que je vous protège. Cela veut dire que vous ne faites plus vos recherches toute seule, dans votre coin. À partir de maintenant, on reste ensemble. D'accord ?

Elle parut sur le point de protester, mais après un moment de réflexion elle se contenta d'acquiescer.

— Parfait. Alors dites-moi, Alanna : où alliez-vous, quand vous avez été surprise par cette avalanche ?

— J'ai quelques idées d'endroits où Darcy pourrait se cacher. Julian avait des plans de secours.

Peter eut toutes les peines du monde à réprimer sa colère. Elle avait donc dissimulé des informations aussi cruciales à la police ? S'il ne l'avait pas suivie, ces pistes auraient été perdues, tout comme les deux enfants que Darcy Altier retenait en otage.

— Et où sont ces cachettes ? demanda-t-il le plus calmement possible.

Soudain, Alanna bondit sur ses pieds, l'air paniqué. Chance l'imita sur-le-champ. Elle se précipita dans le garage, le chien sur les talons. Lorsque Peter les rejoignit, elle avait ouvert la portière du pick-up et disparu à l'intérieur. Comme le saint-bernard tentait de grimper lui aussi, elle leva une main.

— Assis.

Chance obéit, non sans regarder Peter d'un air suppliant.

— On ne va nulle part, mon grand, lui dit-il.

Quelques secondes plus tard, Alanna émergeait avec son manteau rouge encore tout dégoulinant de neige fondue. Elle fouilla la poche intérieure et en sortit une feuille de papier, qu'elle déplia avec mille précautions. Puis elle étouffa un juron et leva les yeux vers Peter, consternée.

— Tout a été effacé.

— Quoi donc ?

— La liste d'adresses que j'avais trouvée dans le chalet. Tous les endroits où Darcy est susceptible de se cacher.

# 7

— Je n'arrive pas à le croire, se lamenta Alanna en regardant le morceau de papier dans ses mains.

Elle n'avait pas pu se résoudre à le jeter à la poubelle, même après avoir échoué à faire réapparaître l'écriture en le passant sous le sèche-cheveux.

Peter s'assit à côté d'elle sur le canapé, choisissant étrangement de s'installer à sa gauche alors qu'il aurait eu plus de place à droite.

— Vous avez lu cette liste, n'est-ce pas ? souligna-t-il. En vous concentrant, vous vous rappellerez peut-être certaines adresses ?

Alanna tenta de ne pas prêter attention à sa proximité physique, à la chaleur qui émanait de son corps. Elle était juste encore un peu gênée d'avoir dû se déshabiller dans sa voiture, voilà tout… Quelle volonté il lui avait fallu pour ne pas jeter quelques coups d'œil vers lui pendant qu'il retirait ses vêtements ! Dieu merci, il avait fini par s'enrouler dans une couverture.

Le souvenir de cette scène la rendait encore plus sensible au bleu perçant de ses yeux, aux traits anguleux de son visage, à la puissance de sa carrure. Cet homme n'était pas beau au sens classique du terme, mais il avait quelque chose de fascinant. Peut-être était-ce en partie ce qui avait fait de lui un bon journaliste, cette intensité qu'il dégageait et qui retenait votre regard…

— Alanna ?

Elle s'éclaircit la gorge.

— Oui, j'ai lu la liste. Mais il s'agissait de coordonnées géographiques, et elles étaient codées.

— C'est une blague ?

— Non. On a inventé ce code avec mes fr… avec les autres enfants, un hiver où on était coincés à l'intérieur à cause d'une tempête. Pendant une semaine, on s'est amusés à se laisser des messages un peu partout dans la maison. Mes parents… enfin, les Altier, se sont pris au jeu, eux aussi. J'avais oublié tout ça, jusqu'à ce que je tombe sur cette liste.

— C'étaient de bons moments, à vous entendre, avança Peter.

Alanna poussa un soupir. Ce n'était pas la première fois qu'on l'invitait à raconter ses souvenirs. Les journalistes savaient s'y prendre, en général. Ils prétendaient qu'ils la comprenaient, et puis ils finissaient toujours par lui dire : « Mais ces gens vous ont *kidnappée*, quand même ! » Comme si elle n'était pas au courant.

Habituellement, cela signait la fin de la conversation. Comment convaincre des personnes aussi murées dans leurs certitudes qu'elle avait réellement été aimée et qu'elle avait aimé en retour ? Pourquoi avait-elle chaque fois l'impression de devoir se justifier ? C'était plus facile de rompre les liens. De rester seule.

À son retour à Chicago, elle était sortie de sa zone de confort en s'inscrivant à l'université et en s'engageant comme bénévole dans une association. Cependant, après avoir fait l'objet de toutes les attentions les premiers mois, elle s'était vite retrouvée isolée socialement. Kensie et son mari Colter avaient décidé d'intervenir. Comme Alanna s'était bien entendue avec Rebel, l'ancien chien renifleur de la marine qui avait guéri Colter de son stress post-traumatique, ils lui avaient trouvé un compagnon rien que pour elle. Un petit saint-bernard victime de maîtres cruels, si mal en point que les vétérinaires n'avaient pas été certains de le sauver.

Alanna posa un regard attendri sur Chance. Aujourd'hui, c'était un chien magnifique, qui lui avait rendu au centuple ce qu'elle lui avait donné en le recueillant.

Devinant son émotion, il vint appuyer sa tête sur ses genoux.

— Drew et Valerie, les plus jeunes, n'avaient aucun souvenir de leurs vraies familles, expliqua-t-elle à Peter en grattant son chien derrière l'oreille. Ils ignoraient qu'ils avaient été enlevés. Johnny, Sydney et moi ne leur avons rien dit. Ils étaient tellement petits ! Comment annoncer une chose aussi choquante à des enfants, qui plus est quand ils sont parfaitement heureux ?

— Sydney, c'est celle qui se rappelait le mieux sa famille, n'est-ce pas ? Elle a seulement quelques années de moins que vous ?

— Je vois que vous avez fait des recherches.

Elle aurait juré le voir rougir.

— Je me suis un peu renseigné sur votre histoire quand je suis rentré chez moi – enfin, chez mes parents – il y a deux ans. Ils habitent de l'autre côté de la montagne, à Luna, la ville où vous et votre sœur avez été réunies. Lorsque vous êtes revenue à Desparre…

— … vous vous êtes replongé dans ces articles, devina-t-elle.

Il acquiesça, sans tout à fait croiser son regard.

La presse locale n'avait pas brossé un tableau très flatteur d'Alanna, surtout au fil du temps, quand les journalistes avaient commencé à manquer de matière. De victime, la jeune femme s'était lentement transformée en suspecte.

D'accord, elle avait fini par dénoncer les Altier, mais pourquoi n'avait-elle rien dit pendant plus d'une décennie ?

Au début, les Morgan avaient tout fait pour lui épargner ces articles hostiles. À l'époque, elle préparait son diplôme de fin de lycée et montait des dossiers pour entrer à l'université – en résumé, elle était occupée à reprendre le cours de sa première existence, interrompue quatorze ans plus tôt. Mais elle n'avait pas pu résister à la curiosité, et avait cherché elle-même à savoir ce que les médias disaient d'elle et de la « famille » qu'elle avait fait imploser.

— Je comprends mieux pourquoi vous m'avez détestée dès que vous m'avez reconnue, murmura-t-elle.

— Alanna…

Peter venait de poser une main sur la sienne. Elle se figea, parcourue d'un frisson sous l'effet de ce contact inattendu.

— Je ne vous ai pas détestée. C'est juste que…

— Vous ne me faisiez pas confiance, termina-t-elle.

— C'est ça.

Elle fut surprise qu'il l'admette aussi ouvertement. Et bien qu'elle le sût déjà, cela la blessa de l'entendre le dire de vive voix. Elle retira sa main et détourna le regard, en espérant n'avoir rien laissé paraître de son amertume.

Très vite cependant, la colère l'emporta. Elle en avait assez d'avoir à s'expliquer sans arrêt, assez que les autres la jugent d'après ce qu'ils avaient lu dans les journaux et non d'après ce qu'elle était et faisait aujourd'hui.

— Les gens sont persuadés qu'à ma place ils auraient cherché de l'aide tout de suite. Qu'ils ne se seraient jamais attachés à leurs kidnappeurs, qu'ils auraient continué à les détester pendant toutes ces années. Mais tant que vous n'avez pas vécu ça…

— Je ne vous juge pas, la coupa-t-il.

— Ah oui ?

Chance releva la tête en entendant son ton sarcastique.

— Savez-vous pourquoi Julian a été tué en prison ? s'enquit-elle.

— Je l'ignore.

— Il essayait de défendre un gamin de vingt ans qui se faisait agresser sexuellement. Pour sa peine, il a reçu seize coups de couteau.

La fin de sa phrase s'étrangla dans sa gorge tandis qu'elle imaginait cet homme qu'elle avait aimé se faisant brutalement attaquer et agonisant sur le sol crasseux d'une prison.

Sans un mot, Peter la prit par les épaules. Son intention de la serrer dans ses bras était aussi criante que la confusion qui se lisait dans son regard. À l'évidence, il luttait pour concilier l'idée qu'il se faisait d'un kidnappeur d'enfants avec l'image d'un homme prêt à risquer sa vie pour protéger un parfait inconnu.

Alanna le repoussa doucement, résistant à l'envie d'empoigner son sweat pour l'attirer à elle. À l'envie d'accepter l'amitié qu'il lui offrait. Mais celle-ci était-elle sincère ou jouée ?

— Je crois que je devrais partir, dit-elle en se levant.

Il l'imita.

— Je vous demande pardon, Alanna. Vous avez raison, je n'ai aucune idée de ce que vous avez vécu. Tout ce que je connais des Altier, je l'ai lu dans les journaux ou dans les rapports de police. Je suis bien placé pour savoir comment les journalistes sont capables de manipuler les faits. Mais j'ai passé des années à couvrir des conflits armés, et je sais aussi ceci : rien n'est jamais tout blanc ou tout noir. Tout le monde peut prendre de bonnes décisions un jour et de mauvaises le lendemain. Parfois, le jugement que l'on se fait des gens dépend du côté où penche la majorité de leurs décisions, et parfois il se fonde sur un seul événement dramatique.

Il eut en direction de son oreille un geste qu'elle l'avait déjà vu faire plusieurs fois auparavant. Elle comprit soudain qu'il avait lui-même dû vivre un de ces « événements dramatiques » dont il parlait.

— Que vous est-il arrivé ? lui demanda-t-elle d'une voix douce.

Peter sembla hésiter, puis il se laissa retomber sur le canapé. Aussitôt, Chance vint poser sa tête sur sa cuisse. Il avait toujours su « sentir » quand un humain avait besoin de réconfort, à tel point qu'Alanna lui avait obtenu une certification en tant que chien de thérapie pour pouvoir l'emmener au travail.

— J'étais reporter de guerre, commença Peter. Il y a deux ans, j'ai couvert la libération d'une otage.

Il marqua une pause.

— J'ai vu des photos dans les journaux, à l'époque, confessa Alanna. Cela s'est mal terminé, n'est-ce pas ?

— C'était censé bien se passer. J'avais connu des situations beaucoup plus dangereuses… Les militaires avaient réuni l'argent de la rançon. Avec mon cameraman, on était là juste pour filmer. Quand les preneurs d'otage sont arrivés, ils n'étaient même pas masqués – soit ils se disaient qu'on ne pourrait pas les identifier, soit ils s'en fichaient. La CIA a envoyé un de ses agents pour procéder à l'échange. Il était censé s'avancer à mi-chemin, déposer la valise et s'en aller. Puis l'otage marcherait jusqu'à nous, les ravisseurs récupéreraient l'argent et s'en iraient. C'est ce qu'ils ont fait, en fin de compte.

Peter allait se toucher l'oreille, mais il se ravisa et caressa Chance à la place.

— La jeune femme était retenue depuis presque six mois. Elle avait vu les deux autres personnes kidnappées avec elle se faire abattre sous ses yeux. On s'attendait à ce qu'elle se précipite vers nous, mais à mesure qu'elle approchait j'ai bien senti que…

Il s'interrompit, les sourcils froncés, le regard perdu vers les photos affichées au mur.

— Qu'avez-vous senti ? l'encouragea-t-elle.

— Vous savez, ce n'était pas la première fois que j'assistais à un tel échange. Quand tout promet de bien se dérouler, les autorités aiment inviter des journalistes – un peu de publicité, ça ne fait de mal à personne. Parfois, les otages ont l'air terrifiés à l'idée que les choses dégénèrent et que leurs ravisseurs décident finalement de les retenir en enfer. D'autres fois, ils pleurent de soulagement. Il peut arriver aussi qu'ils soient dans un état de sidération, comme s'ils ne comprenaient pas ce qui se passait. Cette fois-là, ce n'était rien de tout ça. Cette otage était… calme, concentrée. Stoïque, même.

Sa main s'immobilisa sur la tête de Chance. Alanna la couvrit doucement de la sienne, lui offrant le même soutien qu'il lui avait témoigné un peu plus tôt. Peter croisa brièvement son regard, un semblant de sourire aux lèvres. Puis il détourna les yeux.

— Quand la bombe a explosé, c'est moi qui me trouvais le plus près.

Alanna eut un coup au cœur. Elle avait vu la photo : elle savait ce qui était arrivé à Peter Robak. Déjà à l'époque, les détails de l'image – le visage ensanglanté du reporter, son regard écarquillé d'horreur – l'avaient choquée. Mais de connaître Peter, d'apprendre qu'il avait été en première ligne de l'explosion, rendait l'événement encore plus révoltant.

— Que s'est-il passé ? Les ravisseurs ont lancé une bombe ?

Peter laissa échapper un rire amer.

— Ils n'ont rien lancé du tout. L'otage portait un gilet explosif. Elle l'a déclenché elle-même quand elle a été suffisamment près de nous.

Alanna sentit la tension monter d'un cran entre eux.

Subitement, tout faisait sens. Le fait qu'il se soit méfié d'elle dès le départ, qu'il ait été convaincu de sa complicité avec Darcy… Il la voyait comme l'otage qui avait failli le tuer, prête à tout pour aider des personnes dont la place était en prison.

— Après ça, j'ai démissionné, reprit-il. Toute ma vie, j'avais voulu être journaliste, mais cette expérience m'a coupé l'envie de remettre les pieds dans un pays en guerre. J'ai passé six mois à ne rien faire, et puis j'ai vu une offre d'emploi pour un poste de policier. J'ai presque dû renoncer aussi à ce projet. Les conditions à remplir en matière de santé et de forme physique sont assez strictes, et vu ma perte d'audition… Ils ne m'ont pris que parce qu'ils avaient désespérément besoin de quelqu'un.

Il leva la main vers son oreille gauche et, cette fois-ci, alla au bout de son geste.

— Depuis l'explosion, je n'entends presque plus de ce côté-là.

Alanna resta sans voix. Dans l'esprit de Peter, elle était de la même engeance que cette jeune femme qui s'était donné la mort alors qu'on venait la sauver, et qui avait tenté d'emporter d'autres vies avec elle.

Jamais il ne lui ferait confiance.

Alanna regardait le paysage défiler derrière la fenêtre du pick-up tandis que Peter les conduisait à Luna. Cinq ans plus tôt, c'était dans cette ville que les policiers avaient arrêté Darcy et Julian, puis emmené les cinq enfants à l'hôpital pour les faire examiner. C'était dans cette ville qu'elle avait vu pour la dernière fois les personnes avec qui elle avait vécu pendant quatorze ans.

La veille, Peter lui avait proposé de passer aux urgences pour vérifier que tout allait bien après leur mésaventure. Mais Alanna n'avait eu aucune envie de revoir cet hôpital, de se replonger dans ces souvenirs. De plus, malgré le froid et la fatigue, elle se sentait relativement en forme. Le pire avait été d'appeler l'agence de location pour leur annoncer ce qu'il était advenu de leur voiture…

Le chemin le plus rapide pour se rendre à Luna grimpait tout droit dans la montagne, puis redescendait de l'autre côté. Après ce qui s'était passé la veille, néanmoins, ils avaient d'emblée écarté cette option et préféré contourner le massif par le bas. Ils roulaient donc depuis une heure et demie dans un silence pesant – et ils avaient encore au moins une heure de route avant d'atteindre l'adresse où se trouvait peut-être l'une des cachettes de Julian.

Alanna avait employé une grande partie de la soirée à tenter de se rappeler la liste de coordonnées effacée dans l'avalanche. Au matin, elle avait eu un flash et s'était souvenue d'un des lieux. Elle avait réussi à convaincre Peter de s'y rendre sans en informer ses collègues policiers.

Une tension nouvelle régnait entre eux depuis qu'il lui avait raconté son histoire. Alanna n'était pas dupe : s'il avait insisté pour qu'elle dorme chez lui dans sa chambre d'amis, ce n'était pas à cause des routes enneigées et de la nuit qui tombait, comme il avait voulu le lui faire croire. C'était parce qu'il ne lui faisait pas confiance. Malgré sa promesse, il était persuadé qu'elle partirait seule de son côté à la première occasion.

— L'otage ne s'est pas forcément fait exploser, observa-t-elle. La veste était peut-être équipée d'un détonateur à distance.

Peter n'eut pas l'air surpris de sa réflexion, quand bien même elle n'avait presque pas ouvert la bouche depuis le début du trajet.

— Non, répondit-il. Il y a eu une enquête. Elle l'a bien déclenchée elle-même.

— Vous ne savez pas ce qu'ils lui ont dit. Elle n'a

peut-être pas eu le choix, s'ils l'ont menacée de s'en prendre à sa famille, par exemple. Les victimes de crimes violents racontent souvent ce genre de choses. On leur ordonne de se taire, sans quoi un de leurs proches mourra. Connaissant la violence de leurs bourreaux, elles prennent ces menaces très au sérieux.

— C'est possible, concéda Peter en lui lançant un coup d'œil intrigué.

Alanna se rendit compte qu'il ignorait ce qu'elle faisait comme métier.

— Je travaille pour une association à but non lucratif, précisa-t-elle. Il y a de quoi faire, chez moi.

C'était étrange de parler de « chez elle » pour une autre ville que Desparre, surtout alors qu'elle était de retour en Alaska. Mais sa maison, son foyer, se trouvait bel et bien à Chicago maintenant.

Cette pensée lui laissa une impression douce-amère. Peut-être commençait-elle vraiment à se détacher des gens qu'elle avait aimés pendant presque toute son enfance et son adolescence…

Ses parents, Kensie, Colter et Flynn s'étaient donné du mal pour l'accueillir dans leur vie, pour lui montrer à quel point ils tenaient à elle. Mais il leur manquait tellement de souvenirs ensemble… Il leur faudrait du temps pour se reconstruire une histoire commune.

Alanna s'arracha à sa rêverie.

— Nous venons en aide aux victimes de crimes violents, reprit-elle.

— Vous êtes psychologue ?

— Oui et non. Nous animons des groupes de soutien, et j'ai fait suivre une formation à Chance pour qu'il soit reconnu comme chien de thérapie. Mais nous aidons aussi les victimes sur le plan légal, nous les accompagnons pour qu'elles retrouvent une vie normale, et nous faisons l'intermédiaire avec la police quand c'est nécessaire. Techniquement, je suis gestionnaire de cas : c'est moi qui identifie les besoins des personnes qui viennent nous voir.

— Pourquoi avez-vous choisi les crimes violents en particulier ? s'enquit Peter.

Elle fut surprise de ne voir aucune trace de suspicion sur son visage, juste un intérêt sincère. Souvent, quand ils entendaient parler de son passé et de ses choix de carrière, les gens en concluaient qu'elle avait été agressée par ses ravisseurs, malgré ce qu'elle prétendait.

— En fait…

Elle poussa un soupir. Ce n'était pas facile de mettre des mots sur ses sentiments.

— Quand je suis rentrée à Chicago, j'ai eu droit à beaucoup d'attention, confia-t-elle. Tout le monde voulait m'aider, même de parfaits inconnus. Certains cherchaient surtout à satisfaire leur curiosité, mais la plupart avaient de bonnes intentions. Mon histoire a inspiré de belles initiatives : dans mon quartier, des policiers à la retraite ont monté un club pour tenter d'élucider de vieilles affaires classées. Ils en ont déjà résolu une dizaine.

Peter croisa brièvement son regard, avant de reporter son attention sur la route. Celle-ci avait été dégagée la veille, mais une fine couche de neige la recouvrait déjà.

— Vous faites ça parce que vous vous sentez coupable, devina-t-il.

— Coupable, c'est un grand mot…

— Je ne dis pas ça de façon négative. C'est tout à fait compréhensible. Vous pensez que ces gens qui ont connu pire que vous méritent la même attention, les mêmes ressources que celles dont vous avez pu bénéficier.

— En quelque sorte.

Elle remua sur son siège, mal à l'aise. Elle hésitait à

partager ce qu'elle ressentait, mais Peter lui semblait avoir suffisamment de sensibilité pour comprendre.

— Je sais à quel point c'est difficile de se réadapter à son existence « d'avant », expliqua-t-elle. Même si je n'ai pas subi les mêmes traumatismes que les victimes que je reçois, il y a quand même une proximité dans l'expérience vécue. Elles savent qui je suis ; et, d'après ce qu'elles me disent, cela leur permet de se confier plus facilement. Et puis, j'aime aider les gens.

— Vous êtes quelqu'un de bien, affirma-t-il d'un air presque étonné.

Alanna ne sut que répondre.

— Merci, murmura-t-elle finalement.

Peter haussa les épaules et lui adressa un sourire qui eut pour effet immédiat d'accélérer les battements de son cœur.

— Ne me remerciez pas, dit-il. Tout le mérite vous revient.

Elle se mit à rire, et la tension retomba enfin. Même Chance s'en rendit compte : il fourra sa truffe entre les deux sièges pour quémander quelques caresses.

Tout en s'exécutant, Alanna étudia le profil de Peter. Elle le revit soudain quatre jours plus tôt, quand il l'avait abordée en lui présentant son côté droit. Sur le moment, elle avait cru qu'il voulait rendre son arme plus visible. En réalité, il cherchait à mieux l'entendre, et non pas à l'intimider.

Peut-être n'était-ce pas le seul geste qu'elle avait mal interprété… Bien sûr, il avait reconnu qu'il s'était méfié d'elle au début, mais cela ne l'avait pas empêché de l'accueillir chez lui. Et, ce matin, elle l'avait entendu dire au téléphone qu'il partait suivre une piste et qu'il arriverait en retard au travail. À aucun moment il n'avait évoqué Alanna.

C'était l'accord qu'ils avaient passé : elle ne lui révélerait l'adresse qu'elle pensait avoir déchiffrée sur le fameux morceau de papier que s'ils s'y rendaient tous les deux et rien que tous les deux. Jusque-là, il avait donc respecté sa part du contrat. Mais que ferait-il s'ils retrouvaient Darcy ?

Alanna craignait la réaction de cette dernière face à une horde d'agents en uniforme. Elle ne se souvenait que trop bien de l'instant où Johnny et sa « mère » avaient tiré sur Kensie cinq ans plus tôt. Confrontés à une kidnappeuse armée, les policiers n'hésiteraient pas à ouvrir le feu. Or Alanna ne voulait pas que Darcy soit tuée.

Brusquement, une inquiétude tout autre l'étreignit.

Arriverait-elle à protéger Peter si Darcy se sentait menacée par sa présence ? Il avait risqué sa vie pour elle en se jetant dans une avalanche, quand il aurait très bien pu rester à l'écart. Alanna lui en était redevable. Pour tout dire, elle commençait à s'attacher à lui – peut-être plus qu'elle ne le devrait.

Lui faisait-elle courir un danger en l'entraînant avec elle dans ses recherches ?

# 8

Peter observait la jeune femme installée en face de lui dans le café bondé du centre-ville de Luna. Elle portait de nouveau son jean et son pull mauve de la veille, mais il ne pouvait s'empêcher de la revoir avec le T-shirt à manches longues et le jogging trop grands qu'il lui avait prêtés chez lui le soir… Pourquoi cette image l'obsédait-elle autant ?

Alanna rougit et baissa les yeux sur sa tasse de thé. Assis à côté d'elle, Chance attendait patiemment, tel un bon garde du corps.

Peter fréquentait cet établissement depuis qu'il était adolescent. Il ne comptait plus les heures qu'il avait passées devant la cheminée, à jouer aux jeux de société que les propriétaires mettaient à disposition des clients, ou plongé dans un livre pris sur une étagère au fond de la pièce… Il était venu là avec ses conquêtes d'un soir, ses relations sérieuses, sa famille, ses amis. Et, durant les six mois qui avaient suivi son retour, seul avec ses fantômes et ses doutes.

Alanna et lui n'étaient plus qu'à une vingtaine de minutes du lieu qu'elle pensait avoir identifié à partir de la liste codée. Peter avait prétendu qu'il avait besoin de faire une pause et de se ressourcer avant une éventuelle confrontation avec Darcy ; en réalité, il voulait laisser le temps à ses collègues de les rattraper.

Ce matin, au téléphone, il leur avait servi l'histoire sur

laquelle Alanna et lui s'étaient mis d'accord : il partait explorer une piste et les tiendrait au courant si celle-ci aboutissait. La jeune femme avait écouté la conversation depuis le couloir, sans se rendre compte qu'il la voyait dans le miroir de l'entrée. Quand elle s'était retirée discrètement, Peter avait envoyé un texto à Tate pour lui expliquer de quoi il retournait exactement.

Son coéquipier lui avait rappelé que ce qui se passait à Luna ne relevait pas de la compétence de la police de Desparre, mais Peter avait confiance en lui, alors qu'il ne connaissait aucun de leurs confrères de Luna. Si les choses devaient mal se passer, il voulait être sûr qu'Alanna serait protégée.

Pour autant, il se sentait coupable d'avoir trahi sa confiance.

À peine quelques jours plus tôt, cela ne l'aurait pas dérangé outre mesure : il aurait vu ce mensonge comme un mal nécessaire pour sauver les enfants. Aujourd'hui, après ce qu'elle lui avait raconté de sa vie avec les Altier, il comprenait qu'elle puisse se sentir partagée.

Pour la première fois depuis deux ans, il éprouvait même de la compassion pour l'otage qui avait failli lui faire perdre la vie. Il l'avait toujours plainte, mais sa colère l'avait empêché de se mettre réellement à sa place. Pour lui, elle avait subi un lavage de cerveau et avait fait exploser cette bombe dans le but de protéger les terroristes. Peut-être s'était-il trompé. Peut-être l'avait-elle fait pour protéger sa famille, comme l'avait suggéré Alanna.

— À quoi pensez-vous ? s'enquit cette dernière.

Peter cligna des yeux, subitement ramené au présent. À en juger par l'expression de la jeune femme, il avait un peu trop laissé transparaître ses émotions.

— Vous n'êtes pas du tout comme je l'imaginais, lâcha-t-il tout à trac.

C'était vrai : en lisant les gros titres et les nombreux articles dont elle avait fait l'objet, il s'était attendu à trouver une jeune femme un peu perdue, une jeune femme qui avait grandi dans l'isolement et le mensonge et qui ne pourrait jamais complètement se détacher de sa famille de substitution.

Un sourire hésitant flotta sur les lèvres d'Alanna.

— Je suppose qu'il faut bien le prendre ?

Elle lui plaisait.

Cette vérité le frappa avec une telle force qu'il s'affaissa contre le dossier de sa chaise. Ce n'étaient pas seulement ses cheveux longs et soyeux, sa bouche sensuelle ou les secrets enfouis dans la profondeur de ses yeux bruns. C'étaient son intégrité, sa volonté de bien agir avec tout le monde, même avec ceux qui ne le méritaient pas. C'était la façon dont elle avait sauvé son chien au péril de sa propre vie. La façon dont elle le bousculait, lui, et le forçait à revoir ses certitudes.

— Qu'y a-t-il ? demanda-t-elle, inquiète, en se penchant pour poser une main sur la sienne.

— Peter !

Il se retourna lentement. Ses parents étaient là, derrière lui, avec les boissons à emporter qu'ils venaient d'acheter. *Le timing parfait*, songea-t-il avec ironie. Son père regardait Alanna d'un air curieux, et sa mère souriait jusqu'aux oreilles – évidemment, elle avait tout compris de travers.

— Salut, maman ! Salut, papa, dit-il en se levant pour les embrasser. Je vous présente Alanna.

Le couple serra la main à la jeune femme, qui avait imité Peter. Puis Chance aboya, comme pour dire : *Et moi, vous m'oubliez ?*

— Et ce gros bonhomme, c'est Chance, ajouta Peter en riant.

Fouettant l'air de sa queue, le saint-bernard se laissa gratter les oreilles avec bonheur.

— Vous habitez Luna, mademoiselle ?

Peter se retint de lever les yeux au ciel. Voilà un an qu'il vivait et travaillait à Desparre, mais sa mère continuait de croire qu'à force de persuasion il finirait par revenir à Luna.

— Non, j'habite Chicago, répondit la jeune femme.

— Vous êtes Alanna Morgan, n'est-ce pas ? Peter, tu ne t'es pas relancé dans le journalisme, quand même ?

— Non, maman, répondit-il en lançant un regard appuyé vers Alanna.

Mais celle-ci ne semblait pas choquée par cette question – juste un peu gênée qu'on l'ait reconnue. La mère de Peter dut s'en rendre compte, car elle s'empressa de sourire.

— Bon, il faut qu'on file. On s'achetait juste un petit café avant d'aller au cinéma. Amusez-vous bien, tous les deux !

— Et venez dîner quand vous voulez à la maison, ajouta le père de Peter tandis qu'ils se dirigeaient vers la porte.

— Ils sont sympas, commenta Alanna.

— Ils m'en veulent d'être parti à Desparre. Quand j'ai renoncé au métier de journaliste, ils ont pensé que je m'installerais à Luna, comme mes frères et ma sœur.

— Vous en avez plusieurs ?

Peter jeta un coup d'œil vers l'entrée du café, juste à temps pour voir sa mère lui lancer un dernier sourire avant de partir. Elle devait être persuadée qu'il s'agissait d'un rendez-vous galant… Et, d'un certain côté, c'était un peu l'impression qu'il avait, lui aussi. Si seulement ils avaient pu se débarrasser de leur passé et des raisons qui les avaient réunis ici !

— J'ai deux frères et une sœur, répondit-il à Alanna. Ils sont tous plus âgés que moi, ils ont tous des enfants, et ils vivent tous à Luna. Mes parents rêvent que je fasse pareil.

— Ça peut se comprendre.

Peter haussa les épaules. Il avait toujours eu la « bougeotte », l'envie de voyager. De changer le monde. Pendant cinq ans, il avait assouvi ce besoin en étant reporter. Puis il s'était rendu compte que le métier de policier lui apportait la même satisfaction.

— Vous ne voulez plus jamais vivre à Luna ? s'enquit Alanna.

— Je ne crois pas, non. Ne vous méprenez pas : j'aime ma famille. Mais il n'y a pas beaucoup d'opportunités, ici. Mes parents ont déjà de la chance que j'aie été pris au poste de police de Desparre.

— C'est vrai que ce n'est pas trop loin. Sauf si vous vous retrouvez bloqué plusieurs mois à cause de la neige, fit-elle remarquer.

Peter avait presque oublié qu'elle connaissait Desparre aussi bien que lui, sinon mieux.

— Quand j'étais journaliste, il arrivait qu'ils ne me voient pas pendant six mois.

— Ça ne doit pas être facile pour eux. D'abord vous partez dans des pays en guerre, et maintenant vous décidez d'être policier, un métier exposé à toutes sortes de dangers. Quand on tient à quelqu'un, on n'aime pas trop le voir prendre des risques.

Ce disant, elle plongea son regard dans le sien, et Peter se demanda si elle parlait toujours de ses parents.

— Vous savez, mes grands-parents ont fui la Tchécoslovaquie – à l'époque, le pays portait encore ce nom, confia-t-il. C'était pendant le Printemps de Prague, en 1968, quand l'URSS a envoyé un demi-million de soldats et de chars. Au début, mes grands-parents ont participé aux manifestations. Mais ils n'ont pas supporté la violence ambiante, la présence continuelle des tanks. Ils ont fini par partir, comme trois cent mille autres personnes. Durant toute mon enfance, j'ai été bercé de leurs histoires, et aussi de celles que leurs propres parents leur avaient racontées sur l'occupation nazie.

Alanna acquiesça lentement, sans doute un peu surprise par ce brusque changement de sujet.

— Je comprends qu'ils aient voulu vivre en paix, après avoir traversé toutes ces épreuves, observa-t-elle.

— Oui, et mes parents, mes frères et ma sœur éprouvent le même besoin. Mais moi, j'ai toujours ressenti l'envie de sortir de ce cocon, d'être témoin des conflits. D'en garder une trace pour l'histoire, avec l'espoir de contribuer à éviter que cela ne se reproduise.

Il baissa les yeux, un peu honteux de sa naïveté.

Alanna lui prit la main.

— Ça aussi, je le comprends.

Et, en effet, elle avait choisi un chemin similaire. Tous deux exerçaient des professions au service des autres.

Peter lui rendit son sourire. Cela lui semblait tellement naturel d'être assis dans ce café avec elle, à bavarder en se tenant la main… S'il s'était agi d'un premier rendez-vous, il aurait déjà décidé de l'inviter une deuxième fois.

Mais il se rembrunit. Dans moins d'une heure, ils allaient peut-être retrouver Darcy, et alors tout serait fini. La jeune femme rentrerait chez elle pour ne plus jamais revenir.

Dès leur arrivée en Alaska, Darcy et Julian étaient tombés amoureux des montagnes. Alanna ne fut donc pas surprise, quand Peter ralentit devant l'adresse qu'elle avait identifiée, de découvrir qu'ils se trouvaient au pied du massif sur lequel l'avalanche les avait surpris la veille.

Le chalet, qui ressemblait davantage à une cabane, était bien plus petit que celui de Desparre – et, cette fois-ci, c'était le flanc de la montagne et non un ravin qui lui servait de protection naturelle. Lorsqu'on s'en approchait suffisamment pour l'apercevoir à travers les arbres, il semblait désert, abandonné.

Alanna poussa un soupir.

— Et si je m'étais trompée ? s'interrogea-t-elle à voix haute.

Quatre autres lieux figuraient sur la liste, mais elle avait été incapable de se remémorer leurs coordonnées précises et de les décoder. Ce n'était pas faute d'avoir essayé, pourtant : elle avait passé des heures penchée sur le petit carnet que Peter lui avait donné, à tenter de se rappeler les différents symboles inventés dans son enfance.

— À votre avis, quelle est la probabilité de trouver une cabane pile à l'endroit que vous aviez repéré ? répliqua Peter, une lueur d'excitation dans le regard.

Il avait raison. Comme la plupart des communes d'Alaska, Desparre et Luna comptaient davantage de grands espaces que d'habitations ou de commerces. Le découragement d'Alanna laissa place à l'angoisse.

— Je devrais y aller seule. Si Darcy est là, j'arriverai peut-être à la convaincre de se rendre.

— On s'était mis d'accord, Alanna, lui rappela Peter en tournant dans l'allée.

— Vous risquez de lui faire peur ou…

Elle ne termina pas sa phrase : la porte de la cabane venait de s'ouvrir, et quelqu'un était apparu dans l'entrebâillement.

Alanna eut un choc. Elle avait parcouru des milliers de kilomètres pour retrouver Darcy, mais, bizarrement, elle ne s'était pas préparée à la revoir. Or c'était bien elle qui se tenait là, à dix mètres à peine, amaigrie et le dos voûté. Ses cheveux étaient gris et ternes, et chaque jour passé derrière les barreaux semblait avoir creusé une nouvelle ride sur son visage.

Par respect pour ses parents biologiques, Alanna n'avait répondu à aucune des lettres que Darcy et Julian lui avaient envoyées de prison. Elle savait à quel point c'était important pour eux qu'elle rompe définitivement les liens avec les Altier. Cependant, malgré le temps qui s'était écoulé, elle se demandait encore ce que ces derniers avaient bien pu lui écrire. Avaient-ils exprimé des remords ? L'avaient-ils assurée de leur amour ? Ou bien de leur haine, parce qu'elle avait brisé tous leurs rêves ?

Darcy avait été condamnée à soixante-deux ans d'emprisonnement sans possibilité de libération conditionnelle. Julian, lui, avait écopé de soixante-trois ans, et s'il n'avait pas été tué en prison il y serait mort quand même. En décidant de couper les ponts avec eux, Alanna s'était un peu punie elle-même d'avoir attendu quatorze ans avant de parler.

Sans pouvoir détacher son regard de cette femme qui avait tant compté pour elle, Alanna descendit du pick-up et s'avança dans l'allée. Derrière elle, Chance bondit de la banquette pour la suivre. À mesure qu'elle s'approchait, elle vit les yeux de Darcy s'agrandir de surprise. Puis celle-ci aperçut Peter et ses traits se déformèrent sous l'effet de la colère. Elle finit de sortir du chalet, révélant un pistolet coincé à sa ceinture et, dans sa main droite, un fusil de chasse.

Le cauchemar recommençait. Alanna eut l'impression d'être projetée cinq ans en arrière. Elle revit Darcy levant ce même fusil et tirant sur le véhicule dans lequel se trouvaient sa sœur et Colter… Et elle entendit l'écho de ses propres cris tandis qu'elle se précipitait vers sa « mère », les mains tendues en avant.

Cette fois-ci, Darcy garda son arme pointée vers le sol, même si son regard ne cessait de passer de Peter à la route – comme si elle s'attendait à voir arriver des voitures de police d'un instant à l'autre, toutes sirènes hurlantes. Quand Alanna s'arrêta à quelques pas, Darcy se contenta de murmurer :

— Pourquoi ?

De près, ses rides étaient encore plus prononcées et ses cernes encore plus sombres. La douleur et la rage se mêlaient dans ses yeux embués de larmes.

— Pourquoi ? répéta-t-elle, dans ce qui ressemblait cette fois-ci à un cri.

Aussitôt, Chance se plaça devant sa maîtresse en grognant. Alanna le retint par le collier. Les lèvres de Darcy ébauchèrent un sourire, qui s'effaça presque instantanément.

— Quand tu étais petite, tu rêvais d'avoir un chien, dit-elle distraitement.

Elle cligna des yeux.

— J'imagine que tu as eu tout ce que tu voulais.

— Nous sommes juste venus chercher les enfants, intervint Peter, qui avait saisi Alanna par le bras et posé son autre main sur la crosse de son pistolet. Confiez-les-nous et nous vous laisserons tranquille.

Pour toute réponse, Darcy attrapa son fusil, avec une rapidité étonnante pour une femme d'apparence aussi fragile.

— Qui est ce type ? Qu'est-ce qu'il fait là ?

— C'est Peter, un ami. Il m'a conduite jusqu'ici.

*Une chance que les gens du coin possèdent presque tous une arme*, songea Alanna. Cela ne faisait pas forcément de lui un représentant des forces de l'ordre.

— Comment m'avez-vous retrouvée ?

— C'est dans cette cabane que vous nous ameniez il y a cinq ans, n'est-ce pas ? s'enquit Alanna sans répondre à sa question.

L'imperceptible mouvement de tête de Darcy suffit à le lui confirmer. Subitement, la colère l'envahit à son tour face à l'injustice de sa situation. On lui reprochait toujours ses choix, quels qu'ils soient.

— Et après, vous comptiez faire quoi ? s'emporta-t-elle. Continuer à fuir, comme quand j'étais petite ?

— Rien de tout ça ne serait arrivé si tu n'avais pas laissé ce mot au magasin, rétorqua Darcy. On a été bons avec toi. On t'a *aimée*.

Elle secoua la tête, comme si elle avait encore du mal à comprendre.

Alanna sentit son cœur se serrer en l'entendant conjuguer les verbes au passé. Mais elle n'était pas venue ici pour parler d'elle. Elle était là pour les deux enfants qui attendaient certainement à l'intérieur de la cabane, perdus et terrifiés comme elle l'avait été après son enlèvement.

— Une autre famille m'aimait, fit-elle remarquer. À ton avis, qu'est-ce qu'ils ont ressenti quand ils ont compris qu'ils ne me reverraient peut-être jamais ?

Un soupçon de culpabilité troubla le regard de Darcy. Elle devait bien savoir au fond d'elle que ce qu'elle avait fait était mal, non ? Mais cette lueur disparut si vite qu'Alanna se demanda si elle ne l'avait pas imaginée.

Soudain, Darcy tourna la tête vers les bois qui recouvraient les premières pentes de la montagne. Y avait-elle caché sa voiture ? Envisageait-elle de filer dans cette direction pour leur échapper ?

— S'il te plaît, la supplia Alanna. Il n'est pas trop tard pour prendre la bonne décision.

L'espace d'un instant, elle crut qu'elle avait réussi à la convaincre. Puis Darcy leva son fusil et visa un point au-dessus des bois. Instinctivement, Alanna retint Peter par le bras pour l'empêcher de dégainer son arme.

Les trois coups de feu résonnèrent dans le silence, immédiatement suivis d'un grondement sourd à vous glacer le sang. Alanna connaissait bien ce bruit. Elle l'avait entendu pas plus tard que la veille.

Son regard remonta le long de la montagne, jusqu'à l'endroit où Darcy avait tiré – un surplomb de neige qui s'était écroulé et qui dévalait à présent la pente. À cette distance, l'avalanche ne risquait pas de les atteindre, aussi le cri de Peter la surprit.

— Attention !

Et brusquement, tout s'agita autour d'elle. Peter s'élança vers la coulée de neige, suivi de près par Chance, tandis que des silhouettes émergeaient de derrière les arbres pour fuir l'avalanche. Des silhouettes qui n'avaient rien à faire là. Et qui ne couraient pas assez vite.

Darcy fixa Alanna pendant quelques secondes, avant de tourner les talons et de rentrer dans le chalet en claquant la porte derrière elle.

Alanna hésita. Puis elle fit son choix.

# 9

Pour la deuxième fois en deux jours, Peter courait vers une avalanche.

Ayant grandi en Alaska, il connaissait pourtant les dangers de la nature et avait appris à les craindre, mais Darcy Altier ne lui laissait pas le choix. Cette fois-ci au moins, il ne risquait pas d'être enseveli, la coulée étant déjà ralentie par les arbres. Dieu merci, ceux-ci stopperaient sa progression avant qu'elle n'atteigne la cabane, où deux enfants innocents étaient très certainement retenus en otage. Mais cela signifiait aussi que la neige continuerait de s'entasser à l'endroit exact où Peter avait aperçu ses collègues pour la dernière fois. Et, parmi eux, son coéquipier.

— Tate ! hurla-t-il.

Sa voix résonna contre le flanc de la montagne, sans rapporter la moindre réponse. Au même instant, Chance le dépassa et plongea dans le tas de neige.

Peter pensa soudain à la pelle pliable qu'il gardait en permanence dans son véhicule. Alors qu'il faisait volte-face pour crier des instructions à Alanna, il s'aperçut qu'elle avait disparu. Sans doute avait-elle suivi Darcy à l'intérieur du chalet.

Pendant que le saint-bernard commençait à creuser, Peter courut jusqu'au pick-up pour récupérer l'outil, tout en priant pour que la kidnappeuse épargne la jeune femme. À l'évidence, elle l'aimait encore comme sa fille. Toutefois, elle se sentait aussi trahie, et elle la tenait pour responsable de sa condamnation, voire de la mort de son mari. Alanna allait-elle ressortir de la cabane avec deux enfants sains et saufs dans les bras et une femme en larmes à ses côtés ? Ou bien Peter entendrait-il une série de coups de feu, avant de voir Darcy s'enfuir seule ?

Pour l'heure, il n'avait pas d'autre choix que de faire confiance à la jeune femme. Il fallait espérer que Darcy éprouve pour elle un amour plus fort que sa haine, et qu'Alanna, grâce à ses études en psychologie et à son expérience auprès de personnes vulnérables, réussisse à gérer cette situation explosive. Peter était sûr d'une chose : c'est parce que cette dernière l'avait présenté comme son ami que Darcy ne lui avait pas tiré dessus. S'il faisait irruption dans la petite maison en sa qualité de policier, elle n'hésiterait pas une seconde à ouvrir le feu.

Alanna avait donc une chance de s'en sortir. Les collègues de Peter, non. Jamais le saint-bernard ne réussirait à les sauver tous tout seul.

La pelle dans une main, son téléphone dans l'autre, Peter appela sa supérieure pendant qu'il repartait en courant vers le lieu de la catastrophe.

— Chef, souffla-t-il dès que Hernandez décrocha, j'ai besoin de renforts, vite ! Il y a eu une avalanche !

Sans lui laisser le temps de répondre, il rangea son portable dans sa poche et commença à creuser à côté du chien, qui avait déjà dégagé les jambes d'un agent étendu à plat ventre.

— C'est bien, mon grand, le félicita Peter.

Chance aboya, puis bondit un peu plus loin, la truffe collée au sol, ses grosses pattes faisant voler la neige jusqu'à ce qu'une autre paire de bottes apparaisse. Peter avait abandonné sa pelle pour finir de libérer la tête de son collègue à la main.

— Allez, allez…

L'homme, qui jusque-là n'avait pas bougé, poussa un grognement et roula sur le côté. C'était Charlie Quinn, un des anciens de l'équipe. Peter l'avait entendu plus d'une fois se plaindre de devoir travailler avec « un type à moitié sourd qui avait sûrement bénéficié d'une discrimination positive à l'embauche ». Néanmoins, il n'avait pas hésité à se porter volontaire pour cette opération à son initiative.

— Ça va ? lui demanda-t-il en l'aidant à s'asseoir.

Charlie se frotta la tête d'une main tremblante, puis acquiesça.

— J'ai prévenu la chef, elle va arriver.

Peter se dépêcha de rejoindre Chance, qui l'encouragea d'un « wouf ! » avant de partir flairer une autre piste.

Il s'attaqua à l'épaisse couche de neige qui recouvrait le deuxième policier. Les muscles de ses bras le brûlaient, et pourtant le froid s'insinuait en lui à chaque minute qui passait. Enfin, il parvint à identifier son collègue : Nate Dreymond, un garçon de vingt-trois ans qui était arrivé six mois avant lui. Celui-ci remuait comme un diable pour se libérer de son carcan glacé.

— Je vais te sortir de là, lui promit Peter.

Lorsqu'il eut fini de dégager le torse du jeune agent, celui-ci se redressa si violemment qu'il le fit tomber à la renverse. Cherchant son souffle, Nate se griffa le visage en voulant retirer de sa bouche et de son nez la neige qui s'y était engouffrée. Ses doigts étaient anormalement blancs : sans doute ne les sentait-il plus.

Peter lui retint les mains.

— Doucement, tu vas te blesser… Monte dans le pick-up avec Charlie. J'ai laissé le moteur tourner, le chauffage est à fond.

Tandis que Nate s'éloignait en titubant, Peter cria :

— Soyez prudents ! Il y a peut-être une fugitive armée dans le chalet.

Nate ne sembla pas l'entendre, mais Charlie lui adressa un signe de tête tout en se levant difficilement, une main sur son arme. Puis les deux hommes se dirigèrent vers le véhicule en se soutenant mutuellement.

Peter retourna aussitôt au cœur de l'avalanche. Mouillé jusqu'à la taille et tremblant de tout son corps, il prit le relais de Chance, qui avait partiellement déterré une troisième victime. Déjà, le chien s'attaquait à une autre zone de la coulée où quelqu'un était visiblement en train de se débattre.

Une fois encore, le policier que Peter finit d'extraire n'était pas Tate. Il s'agissait d'un autre vétéran, Lorenzo Riera. Dès qu'il fut en mesure de parler, il demanda des nouvelles du « bleu », le surnom qu'il donnait à Nate, son coéquipier.

— Il va bien, répondit Peter, tout en jetant un coup d'œil vers l'endroit où Chance se démenait.

*Pourvu que Tate soit là-dessous*, songea-t-il avec angoisse. Combien d'agents étaient venus le soutenir ? Combien étaient blessés à cause de son inconséquence ?

— Robak !

Un SUV de la police s'était arrêté dans un crissement de pneus à la lisière de la forêt. Keara Hernandez tenait le volant d'une main, penchée vers la fenêtre ouverte.

— Quelle est la situation ? s'enquit-elle.

— On en a sorti trois pour l'instant, expliqua Peter. Je ne sais pas exactement combien d'hommes étaient là. Darcy Altier est sans doute retranchée dans la cabane, armée, avec les deux enfants et Alanna.

La chef descendit de voiture et claqua la portière. Pistolet au poing, elle fit un signe aux deux agents qui attendaient à l'arrière du véhicule. Ils sortirent à leur tour, munis de casques et de gilets pare-balles.

— La police de Luna va nous envoyer des renforts. Le

tireur d'élite et le négociateur de l'État sont pris sur une autre affaire. On va devoir donner l'assaut.

— Non ! protesta Peter.

Il commença à s'avancer vers elle, mais se ravisa en entendant Chance qui continuait de creuser derrière lui.

— Laissez au moins une chance à Alanna, demanda-t-il à sa supérieure.

Puis il concentra de nouveau toute son attention sur le sauvetage de la quatrième victime.

— Il ne reste plus que Tate, l'informa Lorenzo, qui était venu l'aider. Ça ne peut être que lui.

À genoux à côté de Chance, Peter creusa à la force des mains, sans prendre la peine d'aller chercher la pelle qu'il avait abandonnée plus loin. Son coéquipier avait cessé de bouger. Bientôt, le visage de ce dernier apparut, très blanc. *Trop* blanc. Ses lèvres étaient presque bleues. Mais alors que Peter se penchait sur lui pour voir s'il respirait encore, Tate inspira profondément et se mit à tousser. Ses deux collègues l'aidèrent à se redresser.

— On aurait dû rester sur la route, au lieu de jouer à cache-cache dans les bois, fit Tate d'une voix éraillée.

Lorenzo laissa échapper un rire soulagé. Quant à Peter, il serra son ami très fort dans ses bras. Puis il fit de même avec Chance.

— Tu es un sacré champion, lui dit-il.

En retour, il eut droit à un grand coup de langue sur la joue. Il s'essuya en grimaçant.

— Maintenant, tâchons de sortir Alanna de ce guêpier, lança-t-il à Tate.

Mais son collègue avait les yeux rivés sur le chalet, et l'expression inquiète qui s'affichait sur son visage n'augurait rien de bon. Peter se retourna d'un bloc.

Sam Jennings et Max Becker, les deux agents qui accompagnaient la chef, étaient en train de défoncer la porte à coups de bélier.

— Attendez ! cria Peter.

Sa voix fut couverte par l'explosion de la grenade assourdissante qu'ils venaient de jeter à travers l'ouverture. Une lumière aveuglante illumina soudain l'intérieur de la cabane, dans laquelle les deux policiers s'engouffrèrent.

Conscient qu'il arriverait trop tard, Peter s'élança malgré tout. Son cœur cognait plus fort que lors de sa première descente de police. L'appréhension lui tordait les tripes.

S'il ne savait pas grand-chose de Darcy Altier en dehors de ce qu'il avait lu sur elle et de ce qu'Alanna lui en avait dit, il pouvait en tout cas témoigner de son état d'esprit. C'était une femme instable, sujette à de brusques variations d'humeur et relativement imprévisible. À cet instant, elle détenait trois otages qui pouvaient fort bien se trouver entre elle et les policiers qui avaient fait irruption dans sa cachette.

Du coin de l'œil, Peter vit Keara Hernandez se décaler sur le côté, bras écartés, pour l'empêcher de passer. Il marqua un temps d'arrêt, hésitant entre la contourner ou lui foncer dessus.

Au même moment, Sam et Max ressortirent du chalet en secouant la tête, la mine sombre. Réprimant l'émotion soudaine qui lui serrait la gorge, Peter bouscula sa chef pour se précipiter à l'intérieur.

Une fumée épaisse emplissait la pièce. Il la dégagea à grands gestes, s'attendant à découvrir quatre corps étendus sur le sol. Mais il n'y avait là qu'un fusil abandonné. Tout au fond, une porte battait au vent. Darcy et les enfants avaient disparu.

Et Alanna aussi.

# 10

— Suivez leurs traces ! ordonna Hernandez à ses hommes.

— Il faut faire attention, insista Peter. Darcy a dû emmener les enfants. Elle a laissé son fusil, mais elle a encore un pistolet. Alanna est sûrement en train d'essayer de lui parler.

La chef lui jeta un regard exaspéré, avant de sortir de la cabane à la suite de Sam et de Max.

Deux séries d'empreintes s'enfonçaient dans les bois – l'espacement entre les pas semblait indiquer que les fugitifs avaient couru. Elles menaient à l'opposé de l'endroit où les policiers avaient été emportés par l'avalanche, c'est-à-dire en direction du centre-ville de Luna, mais avant cela elles croiseraient une route qui conduisait d'un côté à Desparre et, de l'autre, à des zones encore plus reculées de l'État.

Peter n'avait pas vu de véhicule dans l'allée, ni de garage. Darcy avait-elle caché le sien à la lisière de la forêt pour faire croire que le chalet était désert ? Ce n'était pas impossible.

Malgré son épuisement, il accéléra le pas pour doubler Hernandez et les deux hommes. Sa chef lui cria d'attendre, mais il fit mine de ne pas l'entendre. Si Darcy et les enfants étaient encore dans les parages, et si Alanna se trouvait avec eux, Peter voulait les rattraper le premier.

Regardant tantôt devant lui, tantôt à ses pieds afin de ne pas perdre les traces, il zigzagua entre les sapins en priant pour ne pas marcher dans un trou ni percuter un arbre.

Alors que la route se dessinait à quelques mètres, il ralentit l'allure, puis s'arrêta. Les empreintes finissaient là, sur une zone où de profondes ornières marquaient la présence récente d'une voiture.

Peter reprit son souffle, dépité. Au même instant, un bloc de neige se décrocha d'une branche au-dessus de lui et s'écrasa sur sa tête, avant de glisser à l'intérieur de son blouson. Alors qu'il s'ébrouait, sa chef émergea du bois et se planta devant lui.

— C'est un véritable fiasco ! fulmina-t-elle en rengainant son arme.

Il serra les dents, prêt à essuyer une tempête.

— Quand je vous dis d'attendre, vous *attendez* ! Vous êtes sous ma responsabilité, Robak. On n'est pas nombreux à Desparre, mais on forme une équipe. Si vous voulez en faire partie, arrêtez de jouer solo !

Furieuse, elle reprit la direction du chalet par la route, suivie de Sam et de Max. Le premier lança un regard désolé à Peter. Le second l'ignora complètement.

Tout d'un coup, il se sentit très las. Son jean et ses gants étaient trempés, et la neige qui avait coulé dans son dos finissait de le frigorifier. Il poussa un soupir et emboîta le pas à ses collègues.

Alanna avait-elle *choisi* de monter dans ce véhicule avec Darcy ? s'interrogea-t-il. Ou cette dernière l'avait-elle forcée à le faire ?

Il fronça les sourcils. Devant lui, des empreintes qui n'appartenaient ni à sa chef ni aux deux agents repartaient vers la cabane. Et si Alanna avait poursuivi Darcy, mais n'avait pas réussi à l'empêcher de fuir en voiture ?

Peter se hâta de rattraper Hernandez, Sam et Max. Eux aussi avaient repéré les traces de pas et se posaient les mêmes questions. La route conduisait au chalet en ligne droite, mais, avec le vent glacial qui s'était levé, Peter eut l'impression que le trajet durait des heures. Quand ils arrivèrent enfin, Tate attendait sur le bas-côté en grelottant. Chance était collé à ses jambes, comme pour le réchauffer.

— Alanna est-elle repassée par là ? demanda Peter à son coéquipier. Qu'est-ce que tu fais dehors, d'ailleurs ? Pourquoi tu n'es pas en train de te réchauffer dans mon pick-up ?

En jetant un coup d'œil alentour, il s'aperçut que le véhicule n'était plus là.

— Les autres sont partis avec ? Est-ce que tout le monde va bien ?

— Eh, du calme, répondit Tate, qui claquait littéralement des dents. Oui, tout le monde va bien. Ce ne sont pas les collègues qui ont pris ton pick-up.

— Comment ça ?

— Apparemment, pendant que tu finissais de m'extraire de la coulée de neige et que la chef était occupée à surveiller la cabane, Alanna est revenue en courant par la route pour emprunter ton véhicule.

Peter comprit que Darcy s'était enfuie longtemps avant qu'ils ne suivent sa trace dans les bois. Ce qui signifiait qu'Alanna avait préféré partir plutôt que de l'aider à sauver Tate…

— D'après Nate et Charlie, elle était seule, continua ce dernier en se frottant les bras. Ils ont dû penser que ça ne posait pas de problème, vu qu'elle était de ton côté la dernière fois qu'ils l'avaient vue.

— Elle l'est toujours, affirma Peter.

Mais il n'en était plus si sûr.

La chef secoua la tête d'un air consterné, puis elle se dirigea vers son SUV, accompagnée de ses deux fidèles lieutenants. Pendant ce temps, Peter continua de dévisager son coéquipier. Il avait du mal à comprendre. Pourquoi Alanna ne l'avait-il pas attendu ? Pourquoi n'avait-elle rien dit aux autres policiers ?

Au moins, elle allait bien. Elle n'était pas retenue en otage. Elle n'était pas morte.

Mais elle avait clairement décidé de se lancer seule à la poursuite de Darcy.

— Il faut qu'on la rattrape, déclara-t-il. Elle est peut-être en danger.

— Pour l'instant, il faut surtout qu'on aille se changer et se réchauffer, sans quoi on ne sera bientôt plus bons à rien, rétorqua Tate.

Il caressa le saint-bernard d'une main rougie par le froid.

— Puisque Alanna est partie, on pourrait peut-être prendre Chance comme mascotte…

Depuis que Peter le connaissait, Tate essayait de convaincre la chef de créer une brigade canine. Hernandez lui répliquait toujours qu'ils n'avaient déjà pas assez d'argent pour payer la formation des agents, ils n'allaient certainement pas en dépenser pour nourrir des chiens.

Chance leva les yeux vers les deux hommes. *Où est ma maîtresse ?* semblait-il demander.

— On va la retrouver, mon grand, lui promit Peter.

— Robak ! Emory ! Venez ici, appela Hernandez depuis son SUV, où les autres policiers s'étaient déjà entassés. Je vous conduis à l'endroit où on a laissé les voitures avant cet assaut raté.

Peter sursauta. Un *assaut* ? Au départ, l'idée était que ses collègues soient là en renfort au cas où les choses tourneraient mal. Pas qu'ils interviennent directement…

Il coula un regard à Tate, se demandant s'il était le seul à avoir relevé le lapsus, ou si son coéquipier lui avait caché la véritable nature de leur « aide ». Mais Tate avançait déjà vers le SUV, pressé de se mettre à l'abri.

— Ceux qui ont été emportés par l'avalanche ne prendront pas le volant, prévint la chef. Et vous non plus, Robak.

Peter comprenait son inquiétude. Les hommes qui

avaient été prisonniers de la neige – et lui-même, qui les avait déterrés – étaient tous trempés jusqu'aux os. Certains risquaient d'être en hypothermie, ce qui rendait la conduite dangereuse.

La veille, Alanna et lui avaient attendu de s'être un peu réchauffés avant de repartir, mais la jeune femme n'en avait pas moins été parcourue de violents frissons pendant qu'elle négociait les virages des petites routes de montagne. De penser à elle ne fit qu'accroître son impatience. Mais lorsqu'il ouvrit la portière arrière du SUV, ses espoirs de la retrouver rapidement s'effondrèrent.

— Je ne crois pas qu'on va pouvoir faire entrer deux hommes et un saint-bernard en plus dans cette voiture, observa-t-il. Vous pourriez peut-être revenir nous chercher ?

Hernandez jeta un coup d'œil par-dessus son épaule.

— Je vois… On va faire vite. Les autres véhicules sont à un kilomètre à peine d'ici. Je veux que toutes les victimes de l'avalanche aillent se faire examiner par un médecin à l'hôpital.

Comme les policiers commençaient à protester, elle ajouta :

— C'est un ordre !

Et elle démarra brusquement, projetant des gerbes de neige derrière elle.

— Vous aviez prévu dès le départ de nous encercler ? demanda Peter à son coéquipier lorsqu'ils se retrouvèrent seuls.

Tate tourna vers lui son visage encore trop pâle.

— C'est une blague ? Tu as la mémoire courte, mon vieux. On s'est cachés dans les bois et on a attendu ton signal. Est-ce que tu nous as repérés ?

— Non.

— Pourtant, Darcy nous a vus, elle. Comment c'est possible ?

La question indigna Peter. Il se doutait que ses autres

collègues se l'étaient déjà posée. Mais Tate était plus que cela ; c'était son ami. Il était censé lui faire confiance.

— Tu insinues qu'Alanna l'a prévenue ?

Chance les regarda tour à tour, comme s'il attendait lui aussi la réponse. Tate soupira.

— Je te rappelle qu'elle t'a volé ton pick-up. Pourquoi, à ton avis ? Moi, je pense qu'elle voulait te ralentir, t'empêcher de rattraper Darcy. Peut-être qu'elle t'en veut d'avoir fait venir des renforts. Ou alors, elle communique avec Altier depuis le début et, comme elle n'arrivait pas à se débarrasser de toi, elle t'a amené ici tout en la tenant informée.

— Alanna ne savait même pas que vous étiez là ! s'emporta Peter.

Chance se leva, l'air inquiet.

— Je croyais que tu pensais qu'elle était sincère, qu'elle voulait nous aider ?

— Peut-être qu'elle l'était, répondit Tate calmement, sans paraître impressionné par l'agressivité de son ami. Mais c'est possible qu'elle ait changé d'avis. Regarde les choses en face : tu l'as court-circuitée en nous appelant en secret. Et si elle l'avait deviné ? Tu as bien dû la laisser seule à un moment donné, non ? Elle a sûrement eu l'occasion de prévenir Darcy avant que vous n'arriviez ici. Elle ne s'attendait sans doute pas à ce que sa « mère » nous tire dessus, mais…

— Alanna ne ferait jamais ça. Jamais elle ne mettrait volontairement ces enfants en danger.

— Tu ne crois pas qu'ils auraient été plus en sécurité si elle avait dit dès le début à la police ce qu'elle savait ? Elle aime encore cette femme. Elle essaie de la protéger. Où est passée ta méfiance ?

— J'ai appris à la connaître, répondit doucement Peter.

Il baissa les yeux en soupirant. Si même Tate ne croyait plus en la parole d'Alanna, que se passerait-il s'ils parvenaient à retrouver Darcy et que la jeune femme était avec elle ?

— Tu tiens à elle, devina son ami. Je comprends. Mais elle est partie avec ton pick-up sans chercher à t'en informer. Elle a même abandonné son chien, ajouta-t-il en faisant un geste vers Chance.

Celui-ci s'allongea dans la neige d'un air malheureux.

— Elle ne reviendra pas, Peter.

Assis dans un coin du poste de police de Desparre, Chance poussa un long gémissement. Voilà cinq heures qu'ils n'avaient aucune nouvelle d'Alanna, et Peter n'était visiblement pas le seul à s'en inquiéter.

— Ce chien n'a vraiment rien à faire ici, observa Hernandez.

Elle consentit malgré tout à caresser le saint-bernard, sans doute attendrie par son regard triste. Elle ne pouvait pas se montrer trop sévère avec lui alors qu'il venait de sauver la moitié de ses hommes d'une avalanche…

En revanche, elle ne cachait pas son irritation vis-à-vis de Peter. Lui en voulait-elle d'avoir cherché à rattraper Darcy et Alanna le premier, lorsqu'ils croyaient encore que c'était possible ? Ou lui reprochait-elle l'échec de toute l'opération ? Il n'aurait su le dire.

— Du nouveau ? lui demanda-t-elle sèchement.

— Non, désolé.

Depuis leur retour au poste, Peter avait essayé de décrypter les autres adresses où Darcy était susceptible de se cacher. La veille, il avait donné un bloc-notes à Alanna pour qu'elle jette sur le papier tout ce dont elle se souvenait de la liste qu'elle avait trouvée au chalet. Elle avait passé plus d'une heure à griffonner des signes et des chiffres, puis à les barrer, avant d'aller finalement se coucher. Pendant qu'elle dormait, Peter s'était glissé dans la chambre d'amis pour récupérer le carnet.

Il n'avait pas pu s'empêcher de la contempler. Elle était allongée sur le côté, les jambes emmêlées entre les draps, ses longs cheveux en travers du visage. Ses yeux remuaient sous ses paupières closes. Rêvait-elle de l'avalanche ? s'était-il demandé. Ou de son passé ? S'inquiétait-elle pour les enfants que Darcy avait kidnappés ?

Peter avait soudain éprouvé l'envie absurde de s'étendre contre elle, de la serrer dans ses bras pour chasser ses cauchemars. Mais Chance s'était approché. Le chien avait dû l'observer depuis le début, couché sur le tapis au pied du lit… Peter lui avait caressé la tête, avant de s'éclipser pour recopier le contenu du carnet.

Sur le moment, la liste de symboles étranges entrecoupés de blancs et à moitié raturés lui avait paru bien mystérieuse. Il n'était pas beaucoup plus avancé aujourd'hui.

— Nos collègues de Luna n'ont reçu aucun signalement pour l'instant, l'informa Hernandez.

Ceux-ci avaient été prévenus moins de cinq minutes après que Peter avait contacté Tate à l'insu d'Alanna – logique, puisque la cabane se trouvait sur le territoire de Luna. Étaient-ils allés patrouiller dans les parages ? Si oui, la présence de véhicules de police avait sans nul doute mis la puce à l'oreille à Darcy.

Lorsque les agents de Desparre étaient partis à l'hôpital après l'avalanche, ceux de Luna avaient immédiatement pris le relais en installant des barrages routiers. Bien que personne n'ait voulu le reconnaître devant lui, Peter devinait qu'ils avaient reçu l'ordre d'arrêter Alanna au même titre que Darcy. À vrai dire, il aurait été heureux qu'ils appréhendent la jeune femme. Au moins, il la saurait en lieu sûr.

À l'heure actuelle, elle était peut-être encore en train de suivre Darcy au volant du pick-up, ou bien elle avait perdu sa trace et s'était replongée dans sa liste de coordonnées géographiques. Peter refusait d'envisager la troisième possibilité : qu'elle ait rattrapé Darcy et que celle-ci lui ait fait du mal.

Il regarda les notes qu'il avait recopiées à partir du carnet.

Pour être tout à fait honnête, il pensait avoir trouvé quelques pistes en se fondant sur ce qu'Alanna avait écrit. Mais ce n'étaient que des suppositions, et il pouvait tout aussi bien se tromper.

Hernandez l'observa en plissant les yeux, comme si elle se doutait de quelque chose. Avant qu'il ait eu le temps de s'expliquer, elle annonça :

— J'ai eu l'hôpital au téléphone. Vos collègues vont bien. Ils sont presque tous ressortis.

— *Presque* tous ?

— Tate est resté en observation. Sa température corporelle était trop basse quand il est arrivé, ils ne veulent prendre aucun risque.

Peter étouffa un juron. Aussitôt, Chance vint poser sa tête sur ses genoux, comme s'il était conscient de son pouvoir apaisant. Et cela marchait : Peter n'eut qu'à passer la main dans son épaisse fourrure pour se sentir mieux.

Hernandez les regarda tous les deux avec une pointe d'étonnement.

— Nos confrères de Luna ne sont pas très contents de la manière dont les choses se sont déroulées aujourd'hui, ajouta-t-elle. Je crois qu'ils regrettent de nous avoir laissés gérer l'opération. Ils sont d'avis qu'il est temps de lancer un appel à témoins.

— D'accord, répondit Peter lentement. Mais il me semble qu'on avait décidé d'attendre. Il y a un risque que cela ne fasse qu'empirer les choses.

— Ça fait cinq heures, lui rappela-t-elle. Darcy a réussi à passer à travers les mailles du filet, sans doute parce qu'elle n'était déjà plus là quand les barrages ont été dressés. Si Alanna ne nous a toujours pas contactés, elle ne le fera pas.

— Peut-être qu'elle n'a pas pu. Si son téléphone est…

— Peter, je vous en prie… Quand Darcy a tiré dans la

montagne pour déclencher cette avalanche, Alanna a fait son choix. Elle a abandonné les policiers, y compris vous.

— Parce qu'elle a voulu sauver les enfants !

— Si elle était de notre côté, on aurait eu de ses nouvelles, depuis le temps.

Hernandez leva une main pour contrer l'argument qu'il s'apprêtait à lui opposer.

— Je sais : elle est peut-être en difficulté. Elle est peut-être même déjà morte.

Chance se remit à gémir. Peter le comprenait ; en entendant ces mots, il avait eu l'impression de prendre un coup de poing dans l'estomac.

— Je suis navrée, Peter. Vous vous êtes trop investi dans cette affaire. À présent, nous devons considérer Alanna Morgan comme une complice d'enlèvement.

Il se leva si brutalement qu'il en renversa sa chaise de bureau. Chance fit un bond de côté pour l'éviter.

— Jamais elle n'aiderait Darcy à s'enfuir avec ces gamins ! explosa-t-il.

— Ouvrez les yeux, bon sang ! Votre coéquipier est à l'hôpital, et Alanna a abandonné son chien. Elle est partie pour de bon.

— Non ! Elle va revenir, j'en suis sûr. Elle ne peut pas abandonner Chance. Elle s'est jetée dans une avalanche pour le sauver !

— Je suis désolée. Le moment est venu de prévenir les médias, et nous allons leur donner le nom d'Alanna.

Elle lui lança un dernier regard où se mêlaient la pitié, la colère et aussi une touche de méfiance. Puis elle disparut dans son bureau. Alors que Peter redressait sa chaise pour s'y laisser choir, Chance vint presser sa truffe contre sa cuisse avec une telle énergie qu'il le fit reculer d'un bon mètre.

— Je sais, mon grand, murmura Peter. Ce n'est pas rassurant du tout.

Il fixa un moment la porte de sa supérieure, avant de tourner la tête vers les quelques collègues présents dans la salle. Tous s'appliquèrent à l'ignorer.

— Viens, Chance, finit-il par dire. On s'en va.

Saisissant son blouson, Peter se dirigea vers la sortie en se retenant de courir. À chaque pas, il avait l'impression que la carrière pour laquelle il s'était battu si durement lui échappait un peu plus.

Mais avait-il vraiment le choix ? Alanna était innocente. Il ne pouvait pas la laisser prendre des risques pour racheter une faute qui n'était pas la sienne.

Il fallait qu'il la retrouve et, pour cela, il ferait cavalier seul.

# 11

Darcy n'était peut-être pas aussi coupable qu'Alanna le craignait.

Non pas qu'elle fût complètement innocente : elle s'était évadée et avait fui à l'autre bout du pays. Mais pour la première fois, la jeune femme se demandait si on ne l'avait pas accusée à tort.

Darcy avait-elle vraiment kidnappé ces enfants ?

Alanna baissa les yeux sur son téléphone portable, qu'elle tenait dans sa main depuis dix bonnes minutes. À l'écran s'affichait le numéro personnel de Peter. La veille, il l'avait enregistré lui-même dans son répertoire. Et pour le remercier, elle lui avait volé son pick-up…

Le soleil allait bientôt se coucher derrière les montagnes. Alanna s'était arrêtée, moteur allumé, dans une ruelle sombre à la périphérie de Desparre. Cinq ans plus tôt, dans cette même ruelle, elle avait aperçu Kensie à travers la lunette arrière de la voiture de Darcy et de Julian. En la voyant crier son nom et disparaître au loin, elle avait eu l'impression de revivre la scène de son enlèvement. Sauf que, cette fois-ci, c'était sa sœur qui avait besoin d'aide : en venant la chercher en Alaska, elle avait croisé le chemin d'un dangereux criminel. Alanna l'avait crue morte, jusqu'à ce que Kensie se présente au chalet des Altier. Tout s'était bien terminé alors, mais qu'en serait-il cette fois-ci ?

Ces cinq dernières heures, Peter avait essayé sans relâche de la joindre. Au moment de son premier appel, Alanna venait de rattraper Darcy et avait eu trop peur de quitter la voiture des yeux ne serait-ce qu'une seconde. Bien qu'elle n'ait pas réussi à distinguer la personne au volant, qui d'autre pouvait conduire aussi vite sur ces routes en lacets ?

Plus tard, alors qu'elle avait perdu la trace du véhicule, Alanna avait songé à rappeler Peter. Mais elle n'avait pas voulu déclarer forfait tout de suite. Et, pour tout dire, elle appréhendait d'entendre ce qu'il était advenu des agents ensevelis sous la neige.

Quand l'avalanche s'était déclenchée sur le flanc de la montagne, elle n'avait pas hésité très longtemps. Peter et Chance s'étaient déjà précipités au secours des victimes, et elle savait que son chien serait plus utile qu'elle pour aider à les dégager. En voyant Darcy rentrer dans le chalet, elle s'était dit que sa « mère » allait récupérer les enfants et disparaître avec eux. Elle l'avait donc suivie dans l'idée de les sauver, mais Darcy avait réussi à la semer.

Curieuse de découvrir si les journalistes avaient eu vent des derniers événements, Alanna alluma la radio. Celle-ci était réglée sur une station locale.

« … policiers sont hors de danger », entendit-elle.

Elle poussa un soupir de soulagement. À présent, elle pouvait appeler Peter. Lui raconter ce qu'elle avait découvert, demander des nouvelles de Chance, et s'excuser pour tout.

Elle avait été tellement persuadée de pouvoir convaincre Darcy… Évidemment, elle y serait peut-être parvenue si ces agents ne s'étaient pas cachés dans les bois, poussant Darcy à croire qu'elle l'avait trahie.

Ainsi, Peter n'était pas digne de confiance. Cela la peinait, car elle pensait avoir tissé des liens forts avec lui, la veille. Peu importait : bientôt, elle repartirait à Chicago, et il ne serait plus qu'un lointain souvenir. Avant cela, néanmoins, elle avait besoin de son aide – pour prouver que Darcy n'était pas une kidnappeuse. Ou qu'elle ne l'était plus.

« La police recherche une fugitive, Darcy Altier, continua le présentateur. Si vous la voyez, contactez immédiatement le poste de Luna ou celui de Desparre. Attention, elle est armée et dangereuse. Les enquêteurs recherchent également sa complice, Alanna Morgan. Pour rappel, c'était l'une des cinq enfants kidnappés par Darcy Altier et son mari il y a près de vingt ans. Elle est… »

Alanna éteignit brusquement la radio. *Complice* ? Alors qu'elle avait expliqué aux policiers où retrouver Darcy ? Alors qu'elle avait tenté de sauver ces enfants sans l'aide de personne ?

En fin de compte, elle n'avait découvert aucune trace d'eux dans la cabane. Et elle avait compris que Darcy ne les avait tout simplement pas avec elle. Peut-être ne les avait-elle jamais enlevés.

Les enquêteurs possédaient-ils seulement des preuves contre elle, hormis sa proximité géographique au moment des faits ? Malheureusement, les enlèvements n'étaient pas rares, et une détenue en fuite – qui plus est condamnée pour kidnapping – représentait la suspecte idéale. Et si Darcy avait été innocente depuis le début ?

Alanna n'en aurait le cœur net qu'en la retrouvant. Or il semblait de plus en plus évident qu'elle ne pouvait pas compter sur la police ni sur Peter.

Elle devrait se débrouiller seule.

— Mieux vaut demander pardon que demander la permission, tu ne crois pas ? lança Peter à Chance tandis qu'ils filaient dans les rues verglacées de Desparre.

Installé sur le siège passager, le chien le gratifia d'un regard dubitatif. Alanna étant partie avec son pick-up, Peter n'avait pas eu d'autre choix que de prendre son véhicule de service. Il ignorait de combien de temps il disposait avant que la chef ne remarque son absence et commence à se douter de quelque chose. Avant qu'elle ne lui ordonne de revenir. Avant qu'il ne s'attire de sérieux ennuis en lui désobéissant…

Hernandez serait en droit de le pister, de lancer des collègues à ses trousses. Au mieux, Peter se rendait coupable d'insubordination ; au pire, de complicité avec une fugitive. Et même s'il échappait à des poursuites, il pouvait dire adieu à son poste à Desparre.

À moins d'un miracle, sa carrière dans la police était terminée. L'idée lui donna la nausée.

Sa formation avait été brutale. Alors qu'il se pensait en bonne forme, il avait découvert que les années passées à accompagner des soldats dans des zones de conflit ne l'avaient pas du tout préparé à la réalité physique du métier de policier. Il lui avait fallu également s'habituer à porter une arme et apprendre à ne pas sursauter quand il en faisait usage – la détonation ressemblait tellement au « boum » de l'explosion qui avait bouleversé son existence… Enfin, il avait dû redoubler d'efforts pour que son handicap ne fasse courir de risques à personne, ni à lui-même ni à ses camarades.

Il avait tenu bon, malgré les difficultés et les flash-back. Il avait supporté sans broncher les brimades d'un instructeur qui n'approuvait pas du tout la décision de la police de Desparre d'accueillir un agent « diminué » dans ses rangs. Finalement, il avait fait ses preuves et, lorsqu'il avait été officiellement intégré à l'issue de sa formation, il avait ressenti une joie et une fierté encore plus fortes que pour sa première mission en tant que reporter de guerre.

Aujourd'hui, il était en train de tout gâcher.

Mais il ne fit pas demi-tour pour autant. Comment pouvait-il obéir à des ordres quand ceux-ci mettaient Alanna en danger ? Son seul espoir de préserver sa carrière était d'arrêter Darcy et de sauver les enfants qu'elle détenait.

Au moins, il avait une idée d'où chercher. Alanna avait décodé certains symboles, et, en partant de ces bribes de coordonnées, Peter avait observé des images-satellites pour tenter d'affiner les résultats. Il ne s'agissait bien sûr que d'hypothèses, mais c'était déjà mieux que rien. Mieux que de rester assis à son bureau sans rien faire en attendant que des agents d'une autre ville annoncent qu'ils avaient encerclé Darcy et Alanna. Les considérant toutes les deux comme dangereuses, ils n'hésiteraient pas à les sacrifier pour sauver les deux enfants kidnappés. En somme, ils commenceraient par tirer, et poseraient des questions ensuite.

D'imaginer quelqu'un pointant son arme sur Alanna le fit accélérer encore. Le premier lieu qu'il avait repéré se situait à une certaine distance de Desparre, aux abords d'un petit village. Peter espérait y arriver avant que ses collègues ne se mettent en travers de son chemin et lui ordonnent de sortir de son véhicule les mains en l'air…

Comme s'il avait deviné ses pensées, Chance lança un bref aboiement.

— Je sais, mon vieux. Aujourd'hui, mon coéquipier, c'est toi.

Alanna lui avait raconté l'histoire du saint-bernard, sa première année malheureuse, son adoption, sa certification en tant que chien de thérapie. Et, en effet, Chance avait su exactement quand réconforter Peter au poste de police, ou Tate lorsqu'ils avaient attendu dans le froid, devant la cabane de Luna. À voir comment il s'était démené pour dégager les hommes de la coulée de neige, il aurait fait aussi un excellent chien de sauvetage.

À cet instant, il regardait attentivement la route, l'air impatient de retrouver sa maîtresse. Peter l'était tout autant.

Une semaine plus tôt, il aurait ricané si on lui avait dit

qu'un jour il ferait confiance à Alanna Morgan, et même qu'il s'attacherait à elle. Mais aujourd'hui, il admirait la force dont elle faisait preuve malgré ce qu'elle avait vécu. Et il s'était senti libéré d'un poids en se confiant à elle. Si elle n'avait pas habité si loin, ni été impliquée dans une affaire en cours, il aurait déjà entrepris de la séduire. Aussi ridicule que cela puisse paraître, elle lui avait fait prendre conscience qu'il manquait quelque chose d'important dans sa vie.

Peut-être le moment était-il venu pour lui de trouver quelqu'un avec qui fonder une famille. De décrocher de ses murs les photos de guerre, et d'aller enfin de l'avant. Mais comment mener à bien de tels projets s'il n'avait plus de travail ?

*Chaque chose en son temps*, songea-t-il.

L'endroit qu'il avait repéré n'était plus très loin. En zoomant sur une carte satellite, il avait cru distinguer une petite construction. Une planque parfaite pour un couple de criminels qui pouvaient à tout instant avoir besoin d'échapper à la police.

L'adrénaline pulsa dans ses veines lorsqu'il découvrit, malgré la nuit tombée, qu'il y avait bel et bien une cabane nichée derrière les arbres, en retrait de la route. Elle ressemblait à celle de Luna, ainsi qu'au chalet de Desparre que les Altier avaient construit de leurs mains. Les fenêtres étaient éclairées.

Cette fois-ci, Peter ne fit pas l'erreur de tourner dans l'allée. Il se gara plus loin, sur le bas-côté, là où son véhicule ne serait pas visible depuis la maisonnette. L'espace d'un instant, il songea à appeler des renforts, mais il y renonça vite : il ne pouvait pas demander à Tate de risquer sa carrière pour lui, aussi solide que soit leur amitié. Sans compter que son coéquipier n'était peut-être même pas encore sorti de l'hôpital… Et Peter n'avait confiance en personne d'autre pour épargner Alanna si les choses devaient mal tourner.

— Ce sera juste toi et moi, mon bonhomme, lança-t-il à Chance en descendant de voiture.

Ses pieds traversèrent une fine couche de glace et s'enfoncèrent dans plus de trente centimètres de neige. Le trajet jusqu'à la cabane promettait d'être long et pénible… et surtout peu discret.

Il espérait prendre la bonne décision en laissant le chien l'accompagner. En même temps, il n'allait pas l'enfermer dans le véhicule. Que se passerait-il si Peter se faisait tuer ? Chance mourrait de faim et de soif bien avant que quelqu'un ne le retrouve.

L'animal sauta du siège et s'avança silencieusement à ses côtés, le museau tendu en avant et les poils dressés sur le dos, comme s'il flairait une piste.

— Sois prudent, lui murmura Peter.

Le saint-bernard tourna la tête vers lui, avant de reporter son attention sur la cabane. Il semblait savoir exactement pourquoi ils étaient là. Peut-être avait-il reconnu l'odeur de sa maîtresse…

Tout en priant pour que ce soit vrai, Peter sortit son arme de son holster et progressa lentement d'arbre en arbre. Il maudissait le vent qui lui soufflait dans les oreilles, réduisant encore davantage ses capacités auditives. La neige était plus profonde ici qu'à Luna, et son jean était trempé au-dessus de ses bottes. Au moins, elle n'était pas gelée en surface comme au bord de la route ; ils pouvaient avancer un peu plus discrètement.

Soudain, une ombre passa derrière les rideaux qui masquaient l'une des fenêtres. Il y avait donc bien quelqu'un – restait à savoir qui.

Peter s'arrêta pour observer les alentours. De l'autre côté de la cabane, la lune se reflétait sur une forme métallique. Il plissa les yeux : c'était son pick-up ! Plus de doute, Alanna était là.

Parvenu à l'orée du bois, il s'élança, courbé en deux, jusqu'au chalet. Chance l'atteignit avant lui. *Et maintenant, qu'est-ce qu'on fait ?* sembla-t-il lui demander.

Peter se glissa le long du mur et risqua un œil par la fenêtre, mais les rideaux étaient bien tirés et il ne put rien distinguer à l'intérieur. Tapotant sur sa cuisse pour inviter Chance à le suivre, il se dirigea à pas furtifs vers l'arrière de la maison.

Comme la cabane de Luna, celle-ci était munie d'une seconde porte. Cela faisait beaucoup, pour une construction de cette taille... Sauf si l'on voulait pouvoir s'enfuir aisément, bien sûr.

Peter testa la poignée, s'attendant à ce qu'elle résiste. Il se figea en la sentant tourner. *Pourvu que personne ne l'ait vue bouger*, songea-t-il avec angoisse. Pendant quelques instants, il hésita, tous les muscles tendus. Puis il ouvrit doucement le battant, l'arme pointée devant lui.

C'était l'une des situations les plus dangereuses pour un policier. On ne sait jamais ce qui se cache derrière une porte, et la seule façon de le découvrir, eh bien, c'est d'entrer. Il tenta de se rassurer en se disant qu'il avait été entraîné pour cela. À l'école de police, il avait appris les différentes étapes qu'il fallait respecter pour pénétrer dans une pièce ou en sortir le plus vite possible, en éliminant les éventuelles menaces. S'il avait été en mission officielle, il aurait eu un collègue pour le couvrir. Là, il était seul.

Ou presque...

Tapi à côté de lui, Chance paraissait prêt à bondir. Peter leva une main pour lui faire signe d'attendre. Empoignant plus fermement son pistolet, il se força à respirer calmement, puis il poussa la porte.

La minuscule cuisine était déserte, mais des voix lui parvenaient depuis la pièce voisine. L'une d'elles appartenait à Alanna.

— Je croyais en toi, disait-elle d'un ton blessé. Après tout ce temps, je pensais vraiment qu'en te parlant tu comprendrais et tu…

— Je quoi ? l'interrompit Darcy avec véhémence. Je me rendrais à la police ? Je retournerais en prison ? Pour y *mourir*, comme ton père ?

— Justement. Même si vous en aviez très envie, et même si je vous aimais comme une fille, Julian n'était pas mon père et tu n'étais pas ma mère.

Darcy émit un son à mi-chemin entre le gémissement de douleur et le cri de colère. Craignant le pire, Peter se rua dans la pièce. Il espérait trouver la kidnappeuse suffisamment éloignée d'Alanna – et suffisamment distraite pour pouvoir la surprendre. Peine perdue : elle fit volte-face et braqua son arme sur lui.

Aussitôt, Peter visa sa tête plutôt que le centre de son corps comme on le lui avait appris. Il jeta un coup d'œil vers Alanna, qui se tenait à l'autre bout de la pièce, les mains en l'air en geste d'apaisement. Mais la jeune femme était le cadet de ses soucis.

Ce qui l'inquiétait, c'était le petit garçon assis par terre aux pieds de Darcy, qui s'accrochait à sa jambe tout en dévisageant Peter avec de grands yeux. Et la fillette qu'elle tenait dans le creux de son bras libre, tel un bouclier humain.

[illegible]

[illegible]

[illegible]

[illegible]

[illegible]

[illegible]

[illegible]

# 12

— S'il te plaît, baisse ton arme, supplia Alanna.

— Encore lui ! cracha Darcy. Tu m'as dit qu'il n'y avait que nous deux. Tu mens comme tu respires !

Qui mentait à qui, au juste ? eut-elle envie de rétorquer. Mais elle n'en fit rien. Elle n'avait jamais vu Darcy dans cet état. Durant toute son enfance et son adolescence, cette femme avait été souriante, pleine de rêves et d'idées, même si elle n'arrivait pas toujours à les mener à bonne fin. Elle pouvait se montrer insouciante et parfois déprimée, mais jamais elle n'avait perdu patience avec les enfants qu'elle considérait comme les siens.

Alanna avait été si optimiste en arrivant ici ! Tout allait bien se passer. Certes, Darcy s'était échappée de prison, mais elle était innocente des enlèvements qu'on lui attribuait. Alanna lui parlerait, et cette histoire se résoudrait sans heurts.

Comme elle s'était trompée…

Peut-être la mort de Julian avait-elle fait basculer Darcy dans la folie. Ou bien Alanna n'avait vu d'elle que ce qu'elle avait voulu voir pendant toutes ces années. Peut-être Peter avait-il raison : elle avait été manipulée par le couple de kidnappeurs.

— Alanna ne savait pas que je viendrais, intervint-il d'une voix posée.

Au même instant, Chance passa la porte et s'assit aux pieds

du policier. Il observa les différentes personnes autour de lui, l'air d'attendre des instructions. Alanna sentit son cœur se serrer. Comment Peter les avait-il retrouvées ? Pourquoi était-il venu ici avec son chien ?

D'un regard, elle tenta de lui faire comprendre qu'il devait rester en dehors de tout ça, la laisser convaincre Darcy. Mais elle n'avait plus beaucoup d'espoir d'y parvenir. Dans les bras de cette femme qu'elle avait jadis aimée comme sa mère, la fillette aux boucles brunes lui faisait tellement penser à elle au même âge… Avec le petit garçon, lui aussi brun aux yeux noisette, ils auraient très bien pu passer pour les enfants naturels des Altier.

— Sais-tu à quel point tu m'as manqué ? lâcha Darcy d'une voix brisée par l'émotion. À quel point vous m'avez *tous* manqué ? Imagines-tu le mal que ça m'a fait d'être séparée de vous ?

— Je…

— Sais-tu comme j'ai souffert quand j'ai appris que c'était *toi* qui avais tout déclenché ? Et comme ça me blesse de t'entendre dire que je ne suis pas ta maman ? Je sais bien que je ne suis pas ta mère, ajouta-t-elle avec un sanglot. D'un point de vue légal, du moins. Mais…

Elle regarda Alanna sans la voir, perdue dans ses souvenirs.

— Je n'ai jamais pu avoir de bébés, confia-t-elle, tout en appuyant sa tête contre celle de la petite fille.

Cette dernière passa les bras autour de son cou. À l'évidence, elle se sentait en sécurité avec Darcy. C'est ce qu'Alanna avait éprouvé elle aussi dès le début : l'impression irrationnelle que Darcy l'aimait.

Finalement, tout espoir n'était peut-être pas perdu. La femme qu'elle avait connue pendant quatorze ans était toujours là, cachée derrière la fugitive. Et cette femme ne ferait jamais de mal à un enfant qu'elle avait « adopté ».

À Peter, en revanche… Pendant qu'elle parlait, il s'était

imperceptiblement rapproché, aussitôt imité par Chance. Celui-ci pouvait se déplacer avec une discrétion étonnante pour un animal de sa taille. Il semblait calquer ses gestes sur ceux du policier, comme s'ils avaient convenu d'un plan avant de venir.

— Ma famille ne m'a jamais comprise, continua Darcy. C'étaient des bourreaux de travail qui ne supportaient pas l'échec. Et moi, j'avais tellement de mal à apprendre !

Alanna l'encouragea d'un hochement de tête. Bien sûr, elle n'avait jamais rencontré un seul membre de la famille de Darcy ni de celle de Julian. Elle s'était dit jusque-là qu'ils avaient coupé les ponts avec eux lorsqu'ils avaient commencé à kidnapper des enfants, mais peut-être s'étaient-ils brouillés bien avant…

Darcy eut un sourire nostalgique.

— Julian, lui, m'a toujours acceptée telle que j'étais. Quand on s'est mariés, je rêvais d'une vie différente de celle que j'avais vécue. Je voulais plein d'enfants, qu'on élèverait dans l'amour et la tendresse. Alors, quand j'ai appris que j'étais stérile, ça m'a anéantie. On a essayé d'adopter. Un petit garçon, né la même année que Johnny. Ça a été long, très long… Et puis le moment est enfin arrivé, on devait aller le chercher un week-end. Sauf que, le vendredi, l'adoption a été annulée. Ses parents étaient des toxicomanes, ils enchaînaient les cures de désintox et les séjours en prison, mais ils ont réussi à convaincre le juge de leur laisser une autre chance.

Sa tristesse se mua en colère.

— Quatre semaines plus tard, le petit était mort. Tué dans un incendie que ses parents avaient provoqué alors qu'ils étaient drogués. Après ça, on a renoncé à adopter. C'était trop dur.

— Et du coup, vous avez pris Johnny ? demanda Alanna,

qui avait lu l'histoire dans les journaux. Un jour où il était au parc avec sa mère, c'est ça ?

— Elle ne le surveillait même pas ! s'exclama Darcy. Julian m'a dit qu'il n'avait eu qu'à le prendre sur la balançoire et à le ramener chez nous. Johnny n'a pas versé une seule larme. C'était comme s'il nous attendait. Mais après…

Elle secoua la tête, les sourcils froncés, puis jeta un coup d'œil vers Peter. Celui-ci s'était encore avancé, et Alanna vit à l'expression de Darcy qu'elle n'était pas dupe.

— Après ? la pressa-t-elle.

— C'était fort en émotions. Sans doute un peu comme quand on vient de donner naissance à un bébé. Une joie indescriptible, mais aussi de la peur. De la terreur, même. Et la culpabilité…

Sa main qui tenait le pistolet braqué sur Peter se mit à trembler. Elle avait donc toujours su que ce qu'elle faisait était mal. Pendant des années, Alanna s'était demandé si Darcy et Julian avaient éprouvé des regrets. Visiblement, c'était le cas. Tout n'était pas perdu.

— Quelques années plus tard, quand je t'ai vue…

Darcy déglutit, les larmes aux yeux.

— J'ai tout de suite su que ta place était avec nous, dit-elle. Tu me ressemblais tellement ! Mais ce n'était pas que ça. J'ai senti au fond de moi que tu étais faite pour être ma fille. Et je continue à le penser, Alanna.

— D'une certaine manière, je serai *toujours* ta fille, répondit la jeune femme d'une voix pleine d'émotion.

Le sourire qui avait illuminé son enfance s'épanouit de nouveau sur le visage de sa « mère ». Comme Darcy baissait son arme, Alanna fit un pas vers elle.

— Mais les Morgan n'étaient pas des drogués, ajouta-t-elle. Ils m'aimaient. Ils ont passé des années à me chercher. À écumer les morgues pour vérifier que mon corps ne s'y trouvait pas.

Les traits de Darcy s'assombrirent tandis qu'elle regardait d'un air coupable le petit garçon accroché à sa jambe.

— Ma grande sœur a failli mourir en voulant me sauver, poursuivit Alanna. Mon grand frère est tombé dans l'alcool et la drogue parce que ma disparition avait complètement bouleversé l'équilibre familial. Ils ne méritaient pas ça.

— Je sais, murmura Darcy.

Cette femme était une criminelle. Elle avait volé à Alanna l'enfance qu'elle aurait dû avoir, et sa place était en prison. Mais cela n'enlevait rien aux quatorze années de bonheur qu'elle et Julian lui avaient offertes, ni à l'amour qu'Alanna leur portait encore, quand bien même elle était retournée vivre avec ses parents biologiques et ne le regrettait pas.

— Il faut que tu rendes ces petits à leurs familles, dit-elle doucement en posant une main sur le pistolet. Tu le sais.

Pendant quelques instants, Darcy sembla en proie à une violente lutte intérieure. Puis ses épaules s'affaissèrent. Alanna sourit, comprenant qu'elle avait gagné.

Le bruit d'une vieille voiture qui passait sur la route rompit soudain le charme. Chance poussa un aboiement étouffé. En l'espace d'une seconde, l'indécision laissa place à la rage et à la détermination sur le visage de Darcy. Elle recula d'un pas, entraînant le petit garçon avec elle, et leva de nouveau son arme en direction de Peter.

— Ne faites pas ça, la prévint-il. Je suis policier. Je vise mieux que vous.

Darcy eut un rictus douloureux – une fois de plus, Alanna l'avait trahie.

— Vous voulez qu'on vérifie ? cracha-t-elle à Peter. À cette distance, même si je ne savais pas me servir d'une arme, je pourrais vous tuer quand même. Vous prendriez vraiment le risque de me rater et d'atteindre mon bébé à la place ?

Comme Chance s'avançait en grognant sourdement, Alanna leva la main pour lui intimer l'ordre de s'asseoir.

Elle n'avait aucune idée des compétences de Peter en matière de tir, mais elle était à peu près certaine qu'il ne ferait feu que si Darcy ne lui laissait pas d'autre choix.

En revanche, cinq ans plus tôt, cette dernière n'avait pas hésité avec Kensie. Et elle n'avait pas seulement cherché à la blesser…

En la voyant redresser la tête et serrer les mâchoires, Alanna fut prise de panique. Elle bondit entre Darcy et Peter, les bras en l'air.

— Alanna ! cria-t-il, à la fois alarmé et furieux. Écartez-vous, bon sang !

Il fit un pas de côté. Elle suivit le mouvement, sans quitter Darcy des yeux.

Celle-ci eut un sourire fugace, puis elle tourna les talons et s'enfuit avec la petite fille.

— Pas bouger, Chance ! hurla Alanna en se jetant sur Peter.

Il s'arc-bouta pour absorber le choc.

— Mais qu'est-ce qui vous prend ? Il faut la rattraper !

— Elle pourrait vous tuer !

Cette idée semblait terroriser la jeune femme, et c'est avec une énergie décuplée par le désespoir qu'elle l'attrapa par la taille pour le retenir.

Peter lâcha un juron et écarta son pistolet tandis qu'il tentait de la repousser de l'autre main. Alanna était bien plus forte qu'elle n'en avait l'air.

— Si elle nous échappe, comment ferons-nous pour la retrouver ? Elle a une enfant avec elle !

— Elle ne lui fera aucun mal, répliqua Alanna. Alors qu'à vous, si.

Peter ne voulait pas la brutaliser, mais le bruit d'une voiture qui dérapait dans la neige le força à agir.

— Désolé, murmura-t-il, et il lui tordit le bras comme il avait appris à le faire pour plaquer un suspect au sol.

Dès qu'il se fut libéré de son étreinte, il se précipita vers la porte, en espérant qu'il n'était pas trop tard pour arrêter Darcy. Comme Alanna accourait derrière lui, il se retourna et éloigna l'arme de son corps, de peur qu'un coup ne parte si elle s'agrippait à son bras. Cette fois-ci, néanmoins, ce n'était pas lui qu'elle cherchait à stopper, mais le petit garçon que Darcy avait abandonné et qui, en larmes, avait lui aussi entrepris de la suivre.

Chance le rattrapa le premier et s'allongea devant lui pour lui bloquer le passage. L'enfant tomba, mais contre toute attente il se mit à rire, avant de nouer ses bras autour du gros chien en enfouissant sa tête dans son pelage.

Peter aurait voulu assurer à Alanna qu'il ne tirerait pas sur Darcy, mais c'était une promesse qu'il n'était pas certain de pouvoir tenir. Il partit donc sans rien dire.

Éclairé par les rayons de lune qui filtraient à travers les arbres et se reflétaient sur la neige, le terrain à l'avant de la maisonnette semblait désert. Cependant, il existait mille recoins où la fugitive pouvait se cacher, et rien ne garantissait que la voiture qu'il avait entendue était la sienne. Avait-elle vraiment pu regagner un véhicule aussi vite ? Peter n'avait vu que son pick-up à côté de la cabane, et la forêt était trop dense pour s'y garer.

Le cœur battant, il scruta l'obscurité et tendit l'oreille, à l'affût du moindre mouvement, du moindre bruit suspect. Son infirmité ne l'aidait pas, ni le stress de se dire que Darcy pouvait à cet instant être en train de le viser soigneusement.

Un craquement lui fit tourner la tête vers l'endroit où il avait laissé sa voiture de police. Puis un autre, sur sa gauche cette fois-ci. Des animaux, peut-être ? Ou Darcy, qui s'apprêtait à éliminer la seule autre personne armée dans les parages ?

Comment réagirait Alanna s'il se faisait tirer dessus ? Elle se précipiterait à son secours, et alors Darcy n'aurait plus qu'à l'abattre elle aussi avant de s'enfuir avec les deux enfants.

Peter était coincé, et cela le faisait enrager. Il recula lentement jusqu'à la cabane, rentra à l'intérieur et referma la porte.

— Que s'est-il passé ? s'enquit Alanna, qui s'était accroupie auprès de Chance et du petit garçon.

— Je n'ai rien pu voir. Savez-vous où Darcy a garé sa voiture ?

— Je n'ai pas repéré de véhicule en arrivant.

Peter sortit son téléphone, et il s'apprêtait à appeler sa chef quand la jeune femme se précipita vers lui pour l'en empêcher.

— Qu'est-ce que vous faites ? s'exclama-t-elle, paniquée.

Un peu plus tôt, il avait cru qu'elle parviendrait à amadouer Darcy par la seule force de ses émotions et de sa sincérité. Mais cela n'avait pas marché. Il était temps que la police reprenne les choses en main.

— J'appelle des renforts, répondit-il.

Quand Hernandez décrocha, il lui expliqua rapidement la situation et lui indiqua leur position. Puis il se tourna vers Alanna, qui le dévisageait, les yeux écarquillés.

— Refermez bien derrière moi, lui dit-il en posant une main sur son épaule. Vous restez ici avec Chance et l'enfant.

En entendant son nom, le chien s'avança vers Peter et regarda la porte, comme pour lui assurer qu'il monterait la garde.

— C'est bien, bonhomme, le félicita Peter. Alanna, n'ouvrez à personne d'autre qu'aux policiers de Desparre.

Il s'abstint de préciser qu'ils la considéraient comme une complice et qu'ils risquaient de l'arrêter à leur arrivée…

Alors qu'il commençait à s'éloigner, elle le retint par le bras.

— Quand j'ai suivi Darcy, à Luna, j'étais persuadée de

pouvoir la rattraper, expliqua-t-elle. Je pensais réussir à la convaincre.

— Je sais. Ne vous jetez pas la pierre.

Peter se dégagea doucement et dégaina son arme. Avant de sortir, il regarda une dernière fois la jeune femme, et il sut que l'image de ses grands yeux tristes resterait longtemps gravée dans sa mémoire.

Il avait risqué sa carrière pour elle. Il avait même risqué sa vie. Il ne regrettait rien, mais il avait eu tort.

S'il avait prévenu ses collègues plus tôt, une équipe serait venue se placer en embuscade autour du chalet, prête à encercler Darcy ou à la suivre à distance jusqu'à l'arrivée des renforts. Au lieu de ça, elle leur avait une fois de plus échappé. Le petit garçon était sain et sauf, mais qu'en était-il de la fillette ? Serait-elle à jamais séparée de sa famille par la faute de Peter ?

# 13

Un grincement métallique résonna à travers les arbres. Peter se figea, le pistolet tendu devant lui. Le bruit semblait provenir de l'endroit où il avait garé son véhicule de service.

Soudain, il comprit : Darcy essayait de forcer la portière. Sans prendre le temps de se demander pourquoi elle cherchait à lui voler sa voiture plutôt que de partir avec la sienne, il se mit à courir.

Plus il s'enfonçait dans la forêt, plus la couche de glace à la surface de la neige s'épaississait. À chaque pas, elle craquait bruyamment sous son pied, et il faillit plusieurs fois y laisser une botte. Son souffle formait de petits nuages blancs devant lui. La température avait chuté de plusieurs degrés ces dernières heures, et l'air lui gelait les poumons. Les efforts qu'il avait déployés dans la journée pour dégager ses collègues de l'avalanche se rappelaient à ses muscles endoloris.

En approchant du SUV, il ralentit, conscient d'être tout sauf discret. Il ne percevait plus aucun bruit. Était-ce parce que Darcy avait cessé de bouger et tentait de le mettre en joue dans l'obscurité ? Ou bien parce que Peter n'avait pas l'ouïe assez fine pour l'entendre s'éloigner furtivement alors qu'il progressait dans la neige ?

Tout à coup, une détonation retentit, et il s'abrita in extremis derrière un gros tronc d'arbre. Grâce à l'éclair de feu qui avait jailli du pistolet de Darcy, il avait pu l'apercevoir, retranchée derrière le véhicule de police. Peut-être était-elle partie dans la mauvaise direction lorsqu'elle s'était enfuie du chalet ; craignant de croiser Peter en rejoignant sa voiture, elle avait préféré tenter de lui voler son SUV…

Rien ne pressait, à présent. Il n'avait qu'à la retenir ici le temps que ses collègues arrivent – et ils ne tarderaient plus. Peter s'adossa au tronc et ferma les yeux jusqu'à ce que le flash du coup de feu qui s'était imprimé sur ses rétines s'estompe peu à peu. Lorsqu'il rouvrit les paupières, il réussit à distinguer des formes autour de lui. Une branche cassée qui pendait de l'arbre ; les traces de pattes laissées par Chance à l'aller, à côté de ses propres empreintes bien plus profondes…

Il risqua un coup d'œil vers Darcy. Si sa vue commençait à s'habituer à l'obscurité, il en allait forcément de même pour elle. Mais il ne vit rien. Pas de tête qui dépassait du SUV, pas de main armée braquée dans sa direction, pas de petite fille terrifiée et transie de froid.

Il étouffa un juron. Était-elle toujours là ? Ou bien avait-elle déjà rejoint la route dans l'espoir que quelqu'un passe et la prenne en stop malgré l'heure tardive ?

Peter hésitait sur la marche à suivre lorsque des sirènes se firent entendre au loin – des sirènes qui se rapprochaient rapidement. Alors, Darcy surgit de derrière la voiture et se mit à courir aussi vite qu'elle le pouvait dans la neige. Remarquant qu'elle tenait la fillette serrée contre elle dans ses deux bras, et qu'elle ne pouvait donc ni viser ni tirer, Peter rangea son pistolet dans son holster et s'élança à sa poursuite.

Darcy regarda par-dessus son épaule, vit qu'il était en train de la rattraper, accéléra encore. Mais cela ne suffirait pas, et elle dut le comprendre, car elle s'arrêta brusquement pour lui faire face, tout en dégainant son arme. Avant qu'elle ait eu le temps de la pointer sur lui, il la lui arracha de la main, puis lui tordit le bras derrière le dos. Darcy poussa un cri. La fillette, qu'elle n'avait pas lâchée, se mit aussitôt à pleurer.

— Donnez-la-moi, ordonna Peter.

Au même instant, les voitures de police s'arrêtèrent juste au-dessus d'eux, éclairant de leurs gyrophares le visage baigné de larmes de Darcy. Lorsque Hernandez et Tate accoururent à travers le bois, Peter fut soulagé de constater que son coéquipier était sorti de l'hôpital.

— Elle n'est plus armée ! leur cria-t-il.

Mais en était-il vraiment certain ? Il lui tenait le bras tellement serré dans le dos qu'elle ne pourrait pas se dégager sans se blesser elle-même. Ou alors il lui faudrait d'abord laisser tomber la petite fille – et Peter savait qu'elle n'en ferait rien, car malgré sa panique Darcy s'efforçait de la rassurer en la berçant et en lui murmurant des paroles de réconfort.

— Donnez-nous l'enfant, répéta-t-il d'une voix plus douce.

Sa chef avait rengainé son pistolet et s'approchait de Darcy, les mains tendues.

— Tout va bien se passer, insista-t-il. Je vous promets qu'on prendra soin d'elle.

Il perçut au loin des bruits de pas qui craquaient dans la neige glacée. Tate leva son arme dans cette direction, avant de la braquer de nouveau sur Darcy. Peter jeta un coup d'œil par-dessus son épaule : c'était Alanna, qui arrivait seule en courant. Elle avait probablement entendu les sirènes.

En la voyant approcher, Darcy baissa la tête d'un air coupable. Puis elle tendit la fillette à Hernandez.

Cette dernière eut toutes les peines du monde à détacher les bras de l'enfant du cou de Darcy, auquel la petite s'agrippait en hurlant de terreur. Lorsqu'elle y parvint enfin, elle s'éloigna de quelques pas et ouvrit son manteau pour y glisser sa protégée.

Peter menotta Darcy, la plaqua contre un arbre et lui

écarta les jambes afin de vérifier qu'elle ne cachait pas d'autre arme sur elle. Il n'en trouva aucune.

— J'ai jeté son pistolet par là, indiqua-t-il à Tate.

Alors que celui-ci ramassait la pièce à conviction, Alanna les rejoignit, pantelante. En se redressant, Tate se figea et la fixa des yeux, prêt à se jeter sur elle s'il lui prenait l'envie de voler au secours de Darcy.

— Elle est avec nous, lui assura Peter, tout en priant pour que ce soit vrai. Le petit garçon est dans la cabane avec Chance.

Son collègue fit un bref signe de tête. De toute évidence, Peter avait entamé sa confiance en partant seul à la poursuite de la fugitive.

— Pourquoi t'es-tu enfuie ? demanda Alanna à Darcy.

Ce disant, elle s'était avancée vers elle ; Tate vint aussitôt se placer entre les deux femmes.

— Installez Darcy Altier dans ma voiture, ordonna sèchement Hernandez à Peter. Tate et vous ramènerez les enfants au poste de police.

Peter obtempéra. Tandis qu'il poussait Darcy devant lui, la voix d'Alanna les poursuivit :

— Pourquoi ? Pourquoi ?

Darcy ne répondit pas, ni ne regarda une seule fois derrière elle. Peter la fit asseoir dans le SUV et claqua la portière.

Lorsqu'il se retourna, Hernandez était en train de caresser les cheveux de la fillette, qui avait cessé de pleurer et la regardait avec de grands yeux. Tate se tenait devant Alanna, sur ses gardes, comme s'il s'attendait à ce qu'elle se précipite à tout instant vers le véhicule où Darcy était enfermée. Quant à la jeune femme, elle était immobile, les lèvres encore entrouvertes sur ses questions restées sans réponse.

Quoi qu'on puisse penser de ses méthodes, Alanna les avait aidés à retrouver Darcy. Au bout du compte, c'était grâce à elle qu'ils avaient réussi à sauver les deux enfants.

Ceux-ci allaient rejoindre leurs familles, et Alanna pourrait rentrer chez elle, à Chicago, parmi les siens.

La place de Peter était ici, à Desparre, où il allait devoir se battre pour sauver son emploi. Il ne connaissait la jeune femme que depuis quelques jours, pendant lesquels ils avaient été en conflit la majeure partie du temps. Peter avait trahi sa confiance en informant ses collègues à son insu, et elle avait trahi la sienne en suivant Darcy après l'avalanche que celle-ci avait volontairement déclenchée. Et pourtant, malgré tout, il avait le sentiment qu'ils se comprenaient. Qu'un lien profond s'était noué entre eux.

En vérité, il n'avait pas envie qu'elle parte. Il n'avait pas envie de perdre cette promesse de bonheur qu'elle lui avait fait entrevoir.

# 14

Alanna conduisait lentement dans le centre-ville de Desparre, imprimant dans sa mémoire les rues enneigées, paisibles et silencieuses. Elle était au volant d'une nouvelle voiture que l'agence avait bien voulu lui louer. Ce n'était pas la première fois qu'un de leurs véhicules était emporté par une avalanche, lui avait dit le gérant. Elle le soupçonnait aussi d'avoir espéré gagner en retour quelques détails croustillants sur les derniers kidnappings qui avaient défrayé la chronique, de la bouche d'une femme dont le rôle dans l'affaire restait encore un mystère.

La chef de la police de Desparre avait donné une conférence de presse ce matin – Alanna l'avait regardée à la télévision depuis sa chambre d'hôtel, après une nuit sans sommeil. Hernandez avait annoncé l'arrestation de Darcy et le sauvetage des deux enfants. Lorsque les journalistes lui avaient demandé si Alanna Morgan était toujours en cavale, elle avait répondu que la jeune femme n'avait pas participé aux enlèvements et qu'elle n'était plus recherchée. Puis elle avait quitté l'estrade sans rien ajouter.

Techniquement, Alanna avait été lavée de tout soupçon, mais elle savait comment cela marchait. Les journalistes ne se contenteraient pas de ces maigres informations. Ils chercheraient par tous les moyens à lui parler. Ils l'attendraient à la sortie de son immeuble, la poursuivraient dans la rue et jusque sur son lieu de travail pour la harceler de questions sur sa vie privée et ses émotions.

Après la conférence, Alanna avait mis du temps à trouver le courage de sortir de l'hôtel. Elle voulait voir Desparre une dernière fois avant de rentrer chez elle. Faire une dernière étape avant de prendre l'avion et de quitter l'Alaska pour de bon.

À l'époque où elle vivait ici, elle n'avait vu la rue principale que depuis la banquette arrière d'une voiture. Les Altier avaient jugé trop dangereux de laisser les enfants se promener dans les zones les plus peuplées de la ville – même si, dans le cas de Desparre, le risque en question se limitait à croiser une dizaine de personnes tout au plus.

Le centre-ville était charmant. Agréable, comme les rues moins fréquentées dans lesquelles Alanna et ses « frères et sœurs » avaient parfois eu le droit de traîner, autour du chalet. À bien des égards, elle se sentait davantage chez elle à Desparre qu'à Chicago.

Mais sa vie n'était plus ici, et il était temps de repartir.

Cinq ans plus tôt, quand elle était montée dans l'avion avec Kensie, elle avait été terrifiée à l'idée de laisser derrière elle tout ce qu'elle connaissait. Mais au fond d'elle, elle savait qu'elle avait pris la bonne décision.

Aujourd'hui, elle n'avait même pas cette certitude pour se consoler.

Oui, les enfants étaient sains et saufs. Mais n'auraient-ils pas pu être retrouvés plus tôt si elle avait joué franc-jeu avec la police ?

Assis à côté d'elle sur le siège passager, Chance colla sa truffe contre son bras. Quand elle tourna la tête vers lui en souriant, il aboya, comme pour la gronder de culpabiliser.

Après tout, Darcy avait retrouvé sa place derrière les barreaux. Les deux petits, eux, avaient été conduits à l'hôpital pour y subir des examens, et leurs parents devaient arriver bientôt – de joyeuses retrouvailles en perspective, que les reporters ne manqueraient pas de couvrir en long et en large. La fillette et le petit garçon avaient toutefois la chance d'être encore très jeunes, et ils avaient disparu trop peu de temps pour faire l'objet de la même attention médiatique qu'Alanna. Finalement, tout se terminait pour le mieux.

Elle n'avait plus rien à faire ici. Plus aucune mission à accomplir pour soulager sa conscience. Et pourtant, elle avait le sentiment d'avoir encore des choses à régler…

Comme des excuses à présenter, par exemple, songea-t-elle en se garant devant le poste de police de Desparre. Et des adieux à faire.

Chance gémit doucement lorsqu'elle ouvrit sa portière.

— À moi aussi, il va me manquer, chuchota-t-elle.

Elle se rendait bien compte que son angoisse venait de là. Ce n'était pas à l'idée d'aller demander pardon à un groupe de policiers, d'affronter leurs regards, leur jugement. De cela, elle avait l'habitude. Et elle savait que, malgré le discours officiel de leur chef, ils lui en voulaient pour l'avalanche qui avait failli coûter la vie à plusieurs d'entre eux. Ils lui en voulaient de s'être lancée seule à la poursuite de Darcy. Ils lui en voulaient enfin d'avoir poussé Peter à enfreindre les procédures réglementaires.

Non, c'était l'idée de ne plus jamais le revoir qui lui serrait le ventre.

Elle poussa un soupir et descendit de voiture. Au moins, il n'y avait pas de journalistes ici, alors qu'elle avait été obligée de quitter l'hôtel par la sortie de secours pour leur échapper. Comme lors de leur arrivée à Desparre – Alanna avait du mal à croire que cela ne faisait que cinq jours ! –, Chance sauta de la banquette arrière et la suivit jusqu'au bâtiment. Cette fois-ci, néanmoins, il ne joua pas avec les flocons de neige. Queue et tête basses, il semblait aussi déprimé qu'elle.

— On sera bientôt rentrés à la maison, lui dit-elle pour lui remonter le moral. Tu pourras jouer avec Rebel.

En entendant le nom de la chienne de Colter et de Kensie, Chance dressa les oreilles. Puis il regarda de nouveau devant lui, attentif et sérieux.

Alanna ferma les yeux et inspira profondément. D'habitude, cette technique de relaxation portait ses fruits, mais aujourd'hui elle n'arrivait pas à se défaire de l'image de Peter, tantôt furieux, tantôt méfiant, tantôt compréhensif. Et elle revivait inlassablement le moment où il lui avait pris la main pour la réconforter...

Que se serait-il passé si elle avait eu une raison de rester plus longtemps ? Ou si elle était venue ici dans un tout autre but ? S'ils avaient été tous les deux des personnes différentes, sans leurs traumatismes et leurs blessures ?

Rien, sans doute. Car c'était peut-être justement leur passé qui les avait réunis, qui leur avait permis de se comprendre malgré leur méfiance réciproque. Et cette même chose qui avait provoqué l'étincelle aurait probablement fini par l'éteindre. Alanna ne le saurait jamais.

Lorsqu'on la conduisit dans l'*open space* où travaillaient les agents, une dizaine de paires d'yeux se fixèrent sur elle. Les regards mécontents de policiers qui, la veille, avaient été ensevelis sous la neige à cause d'elle, et qui la soupçonnaient d'avoir voulu aider une criminelle à s'enfuir – ou, pire, d'avoir été de mèche avec elle depuis le début.

— Je voulais m'excuser, dit-elle dans un souffle.

Elle s'éclaircit la gorge et reprit un peu plus fort :

— J'étais venue à Desparre pour vous proposer mon aide. Parce que je croyais bien connaître Darcy et savoir comment lui parler. Je n'ai jamais eu l'intention de mettre la vie de quiconque en danger.

Comme les hommes continuaient de la dévisager sans donner le moindre signe de vouloir accepter ses excuses, elle baissa la tête en rougissant. Alors, Tate se leva et vint poser une main sur son bras.

— Ne vous inquiétez pas, Alanna. Rien de tout ça n'est votre faute. On le sait tous, maintenant.

Il jeta un coup d'œil à ses collègues, qui approuvèrent en grommelant avant de se replonger dans leur travail.

— En plus, vous nous avez amené un chien d'avalanche, ajouta-t-il en se penchant pour caresser Chance.

L'animal remua la queue, ravi de l'attention qu'on lui accordait. Alanna adressa un sourire de gratitude à Tate, dont l'expression se fit plus grave.

— Vous devriez venir avec moi.

Il commença à se diriger vers le fond de la pièce, où la jeune femme n'était jamais allée.

— En fait, j'espérais voir Peter, précisa-t-elle. J'aimerais lui dire au revoir.

— Il y a quelqu'un ici qui voudrait vous parler.

Le policier montrait la porte de la salle de conférences devant laquelle il s'était arrêté.

Darcy se trouvait-elle de l'autre côté ? s'interrogea Alanna. La veille, elle n'avait pas voulu répondre à ses questions, mais peut-être avait-elle changé d'avis ? Si oui, pour quelle raison ? Et pourquoi la police avait-elle donné son accord ?

Ou bien il s'agissait des parents des enfants kidnappés, qui souhaitaient demander conseil à Alanna pour surmonter cette épreuve. Après tout, c'était un peu son travail… Dans le cas présent, néanmoins, elle se sentait bien trop impliquée. Elle n'avait pas le recul nécessaire pour leur offrir le soutien dont ils avaient besoin.

Elle s'apprêtait à refuser lorsque Tate ouvrit la porte et la poussa gentiment à l'intérieur. Alanna vit d'abord Peter et la chef de la police, puis Kensie et Colter se précipitèrent vers elle pour la serrer dans leurs bras, manquant écraser la petite Elysia entre eux.

Une fois de plus, Kensie avait traversé le pays pour la rejoindre, emmenant cette fois-ci son mari, leur bébé et leur chien dans ses valises. Depuis qu'elles avaient été réunies cinq ans plus tôt à l'hôpital de Luna, Alanna avait dû se rendre à l'évidence : sa grande sœur avait un sixième sens la concernant.

— Qu'est-ce que tu fais ici ? souffla-t-elle tandis que Chance et Rebel se saluaient joyeusement.

— Et toi ? répliqua Kensie. Pourquoi ne nous as-tu pas appelés ? On t'aurait accompagnée.

— Laissons-les seuls un moment, suggéra Peter à sa chef, et ils s'éclipsèrent sans refermer la porte.

Alanna raconta à sa sœur et à son beau-frère ce qui s'était passé avec Darcy. Kensie la dévisagea un long moment, avant de demander :

— Et ce policier, quelle place a-t-il dans tout ça ?

— Je lui dois des excuses.

Kensie et Colter échangèrent un sourire.

— On est venus pour te ramener à la maison, annonça ce dernier. Mais je crois qu'on va d'abord passer une nuit dans mon chalet. Ça fait plus d'un an qu'on n'y a pas mis les pieds, et j'aimerais le présenter à cette petite demoiselle.

Il prit sa fille des bras de Kensie et la fit doucement sauter en l'air pour la faire rire.

— Ça te laissera le temps de t'excuser, ajouta-t-il à l'intention d'Alanna.

— Mais…

Elle lança un coup d'œil vers Peter, qui l'observait avec toute l'intensité dont il avait le secret depuis la grande salle. Kensie lui prit la main.

— Quand tu rentreras à la maison, j'aimerais que tu n'aies aucun regret, cette fois-ci.

— Je n'ai jamais eu…

— Alanna, l'interrompit sa sœur, ce n'était pas juste de

notre part d'attendre que tu coupes complètement les ponts avec ta vie d'avant.

— C'est toi qui m'as encouragée à garder le contact avec Sydney et Johnny. Tu as même essayé de convaincre les parents de Drew et de Valerie de me laisser leur parler. Tu m'as toujours soutenue.

— Mais j'aurais dû comprendre aussi à quel point c'était dur pour toi de quitter les gens qui t'avaient élevée. Tu as pris la bonne décision en venant ici pour aider à rechercher ces enfants. Je sais que tu n'es pas satisfaite de la manière dont cela s'est passé, mais tu n'y es pour rien. Et je vois bien que tu as trouvé autre chose à Desparre.

Alanna se sentit rougir. Elle se fit violence pour ne pas regarder dans la direction de Peter.

— Les grandes sœurs savent tout, ajouta Kensie avec un clin d'œil.

— Ce n'est pas ce que tu penses.

Sa « relation » avec le policier s'était construite dans un contexte particulier qui n'existait plus aujourd'hui. Elle prendrait fin sitôt qu'Alanna monterait dans l'avion.

Kensie sourit. Elle n'était pas dupe.

— Tu as le droit de te boucher les yeux, dit-elle avec cet air malicieux qu'Alanna aimait tant. Mais je ne voudrais pas que tu t'en mordes les doigts dans quelques années. Colter a raison.

— Ça m'arrive, parfois, intervint l'intéressé, tout en continuant de faire des grimaces à Elysia, qui gloussait de bonheur.

Kensie leva les yeux au ciel, avant de serrer de nouveau sa sœur dans ses bras.

— Ne fais pas ça ici, lui conseilla-t-elle. Va le voir après sa journée de travail. Parle-lui, sois honnête avec lui. Ensuite seulement tu pourras aller de l'avant. D'accord ?

Alanna acquiesça. Cette fois-ci, elle ne put s'empêcher

de tourner la tête vers Peter. Il la regardait toujours, comme s'il savait qu'il était l'objet de leur conversation.

La maison était éclairée, une ombre passait devant les fenêtres. Alanna avait laissé le moteur allumé ; elle hésitait encore entre l'éteindre et faire demi-tour.

Sa sœur lui avait dit ce matin qu'il fallait qu'elle règle toutes les questions laissées en suspens pour pouvoir tourner la page. Elle n'avait pas pu le faire avec Julian, et n'en aurait sans doute plus l'occasion avec Darcy. Dans le cas de Peter, il n'était pas encore trop tard.

Seulement voilà : l'idée lui avait paru bonne il y a dix heures, mais, à présent que le moment était venu de la mettre en pratique, Alanna n'était plus du tout sûre de son bien-fondé.

Comme pour l'aider à se décider, son chien aboya. À la fenêtre, les rideaux s'ouvrirent.

— Chance ! gronda-t-elle tandis que Peter apparaissait sur le perron, en jean et T-shirt à manches longues.

Elle coupa le moteur et descendit de voiture, prête à s'excuser. Peter ne lui en laissa pas le temps.

— Entrez, lui dit-il. Il fait froid, dehors.

Chance le suivit à l'intérieur en bondissant joyeusement. Alanna, elle, s'avança plus lentement, gagnée par la nervosité. Une fois la porte refermée, Peter l'aida à se débarrasser de son gros manteau d'hiver, sans détacher son regard du sien. Elle se sentit rougir, et il sourit.

En temps normal, il paraissait toujours si sérieux, avec ses lèvres serrées, ses sourcils froncés et ses traits anguleux qui accentuaient l'intensité de son expression… C'était le visage d'un policier. Mais son sourire en coin, presque timide, lui donnait l'air plus jeune. Plus accessible. Alanna le trouvait tout à fait charmant.

Quand il souriait, elle se voyait marchant à côté de lui et

glissant sa main dans la sienne. Elle imaginait la fébrilité d'un premier rendez-vous, la douceur d'un premier baiser, la passion d'une étreinte devant la cheminée…

Une petite flamme s'alluma dans les prunelles de Peter, comme s'il avait lu dans ses pensées.

— Allons près du feu, suggéra-t-il en se dirigeant vers le canapé. Toi aussi, Chance.

Le saint-bernard s'allongea à ses pieds. Alanna, gênée, s'assit à bonne distance de Peter. Alors qu'elle tentait en vain de se rappeler le discours qu'elle avait préparé en chemin, quelque chose sur le mur en face d'elle attira son attention.

— Vous avez enlevé les photos, observa-t-elle.

— En effet. Mes proches vont être contents ! Je suis sûr qu'ils vont me demander ce qui a motivé un tel revirement.

Il lui effleura la main, puis se rapprocha d'elle. Alanna sentit son pouls s'accélérer.

— Je me suis rendu compte que je ne me concentrais pas sur les bonnes choses, expliqua-t-il. C'est vous qui m'avez appris ça.

— Moi ? Comment ça ?

Le sourire était de retour, plus amusé, plus naturel. En revanche, ses yeux bleus continuaient de la fixer, presque envoûtants.

— Vous avez eu beaucoup de décisions difficiles à prendre, Alanna. Tous les gens qui vous entourent et qui vous aiment semblent attendre quelque chose de vous. J'ai bien vu que vous vous efforciez de faire de votre mieux avec tout le monde, quitte à négliger vos propres besoins. Honnêtement, vous auriez des raisons d'en détester certains, et pourtant vous faites toujours le choix de l'amour.

Alanna secoua la tête, incrédule. Était-ce vraiment ce qu'il pensait d'elle ? Si seulement…

— J'essaie de bien agir avec les gens que j'aime – et

aussi avec les autres, répondit-elle. Mais ça ne marche pas toujours. J'ai l'impression d'échouer souvent.

— Ce n'est pas vrai.

— Avec vous, par exemple, je n'ai pas été à la hauteur, insista-t-elle en retournant sa main sous la sienne pour pouvoir la serrer. Je vous dois des excuses. Je n'aurais pas dû partir sans vous dire où j'allais. Je n'aurais pas dû vous forcer à prendre une décision qui mettrait votre carrière en péril.

— J'ai fait ce choix en toute conscience, répliqua-t-il, confirmant ses craintes – il risquait bel et bien de perdre son emploi. Et je le referais sans hésiter.

Il leva la main d'Alanna vers ses lèvres, et elle sentit son souffle danser sur sa peau tandis qu'il murmurait :

— Si seulement tu n'habitais pas à l'autre bout du pays…

Puis il déposa un baiser sur ses doigts. Alanna fut parcourue d'un frisson.

— J'aimerais tellement…, chuchota-t-elle, si doucement qu'elle se demanda s'il l'avait entendue.

Il se rapprocha encore.

— Tu aimerais quoi ?

À Desparre, Alanna avait vécu isolée du monde. Lorsqu'elle était revenue à Chicago, sa sœur l'avait encouragée à sortir, à s'inscrire à des activités pour rencontrer des gens. Elle avait fréquenté quelques garçons, mais ne s'était jamais sentie à l'aise avec eux. Elle avait toujours eu l'impression d'attiser chez eux une curiosité qui frisait le voyeurisme.

À l'inverse, être assise à côté de Peter lui semblait naturel. Comme si sa place était ici, auprès de lui. Et pourtant, elle allait devoir partir…

Elle ne s'était pas rendu compte qu'elle pleurait avant qu'il essuie une larme sur sa joue. Sa main, douce et chaude, s'attarda sur son visage, puis glissa jusqu'à sa nuque. Alanna retint son souffle quand il se pencha vers elle pour frôler ses lèvres des siennes. Alors, elle l'agrippa par le T-shirt, soudain avide de goûter sa bouche. Peter répondit à sa demande avec la même ardeur.

Tandis que leurs langues se mêlaient l'une à l'autre, Alanna l'enlaça, cherchant désespérément le contact de son corps. Elle n'avait pas envie de penser à demain. Elle n'avait pas envie de penser à son départ. Tout ce qu'elle voulait, c'était Peter, pour le temps qu'il leur restait à passer ensemble.

Avec un grognement sourd qui traduisait à la fois son désir et sa frustration, il la poussa doucement en arrière sur les coussins du canapé. Puis il captura de nouveau ses lèvres, prenant tout son temps alors même qu'elle s'arquait impatiemment vers lui.

Alanna glissa les mains dans son dos pour l'attirer plus près d'elle, et un gémissement de plaisir lui échappa lorsqu'il pressa enfin son corps contre le sien. Enivrée par ses baisers, elle en oublia le monde autour d'eux… jusqu'à ce que son téléphone se mette à vibrer dans sa poche.

Elle s'apprêtait à s'en débarrasser quand elle vit le nom qui s'affichait à l'écran. Sa sœur savait où elle allait ce soir, elle se doutait sûrement qu'elle ne voudrait pas être dérangée. Pourquoi l'appelait-elle ?

À contrecœur, Alanna repoussa Peter pour s'asseoir.

— Allô ! dit-elle, tout essoufflée.

— Alanna ?

La voix paniquée de Kensie finit de la ramener à la réalité.

— Qu'est-ce qui se passe ?

Sa grande sœur, cette femme courageuse qui avait risqué sa vie pour elle cinq ans plus tôt et qui était revenue la soutenir aujourd'hui, éclata en sanglots.

— Elysia a disparu ! balbutia-t-elle. Elle dormait, et quelqu'un est venu dans sa chambre… Alanna, elle a été kidnappée !

soudain avide de savoir ce pourquoi [illegible] cependant être d'esprit avec la même [illegible]

[illegible]

[illegible]

[illegible]

[illegible]

[illegible]

[illegible]

[illegible]

# 15

— Comment est-ce possible ?

Alanna faisait les cent pas devant la cheminée, les joues encore rouges de leur étreinte, les lèvres encore gonflées de leurs baisers. Elle se tourna vers lui, affolée.

— Comment ?

— Je ne sais pas, articula Peter.

De son bras libre, il la serra contre lui, tout en écoutant son collègue à l'autre bout du fil.

— Tu es sûr ? D'accord.

Il raccrocha et poussa un juron.

— Alors ? s'enquit-elle.

— Darcy est toujours dans sa cellule. On vient de me le confirmer. Elle ne s'est pas échappée.

— Et ?

— Et rien. Elle ne veut pas parler.

La jeune femme traversa la pièce à grands pas pour attraper son manteau. Chance s'élança derrière elle, aboya, puis regarda Peter d'un air inquiet.

— Alanna, calme-toi.

Il lui prit doucement le vêtement des mains.

— Ça ne sert à rien de se précipiter, on ne sait même pas où chercher. Essayons de réfléchir.

— Ça ne peut pas être une coïncidence, affirma-t-elle d'une voix étranglée.

— Non, en effet.

Il l'attira de nouveau dans ses bras.

— Nous allons la retrouver, je te le promets.

Peter aurait voulu revenir cinq minutes en arrière, quand la petite Elysia n'avait pas encore été enlevée alors que ses parents dormaient dans la pièce voisine, quand Alanna et lui s'embrassaient à pleine bouche, quand plus rien d'autre ne comptait…

Il s'était attendu à ce qu'elle vienne le voir pour s'excuser. Il avait même prévu de prendre les devants en lui parlant de l'influence qu'elle avait eue sur sa vie. Mais il n'avait pas osé imaginer que les choses tourneraient ainsi… ni qu'elle répondrait avec autant de fougue à ses baisers.

À présent, rien de tout cela n'importait. Car Darcy Altier semblait avoir réussi à orchestrer le kidnapping de la nièce d'Alanna depuis sa prison.

— Il s'agit peut-être d'un imitateur, suggéra-t-il.

— Tu veux dire qu'il y aurait un autre kidnappeur dans la nature ?

Alanna, sceptique, s'écarta légèrement de lui pour pouvoir le regarder dans les yeux. Peter fut tenté de déposer un baiser sur son front, mais il se retint.

— Tu as raison, c'est peu probable, reconnut-il. Mais Julian est mort. Darcy est restée cinq ans en prison. Tu crois vraiment qu'elle a pu se trouver un autre complice après avoir fui l'Oregon ?

— Non.

La jeune femme se libéra de son étreinte et se remit à arpenter la pièce, les poings serrés.

— Peut-être qu'elle a payé quelqu'un. Ce n'est pas n'importe quel enfant qui a été kidnappé. C'est Elysia…

Elle étouffa un sanglot.

— Je suis sûre qu'elle cherche à me faire souffrir parce que je l'ai dénoncée il y a cinq ans, et parce que je suis revenue lui mettre des bâtons dans les roues aujourd'hui. J'aurais dû rester chez moi. J'aurais dû empêcher Kensie de quitter Chicago. Je n'arrive pas à croire que Darcy ait pu faire ça. Vraiment, je n'arrive pas à y croire !

Peter la stoppa en posant les deux mains sur ses épaules, tandis que Chance se pressait contre sa jambe pour la réconforter.

— Tu n'y es pour rien, Alanna.

— Bien sûr que si !

— Non, ce n'est pas ta faute.

— Écoute, on ne va pas se battre pour ça, le coupa-t-elle. Il faut retrouver ma nièce.

— On la retrouvera.

Peter priait pour que l'avenir lui donne raison.

La première question était de savoir si Darcy avait contacté quelqu'un. Qui serait prêt à l'aider ? D'après les collègues de Peter, elle n'avait passé aucun coup de fil depuis son arrestation la veille. Peut-être le kidnappeur avait-il agi sans qu'elle lui ait rien demandé ? Peut-être avait-il regardé les informations et décidé de la venger ?

Pourquoi pas, mais qui ?

— Ce pourrait être quelqu'un qu'elle a rencontré en prison, avança-t-il.

— Et qui aurait été libéré depuis ?

— Non, qui lui aurait rendu visite. Tu sais, il y a bien des femmes qui épousent des condamnés à mort… Ou des meurtriers, avec qui elles s'installent une fois qu'ils ont purgé leur peine. Cela arrive aussi dans l'autre sens, entre des détenues et des hommes libres.

Alanna secoua la tête.

— Darcy était mariée. Et Julian…

— … était en prison lui aussi, mais dans une autre ville, termina-t-il. Peut-être qu'un homme a commencé à venir la voir. Peut-être qu'il est tombé amoureux d'elle. Qu'elle ait été intéressée ou pas, il peut l'avoir suivie jusqu'ici et avoir kidnappé ta nièce dans le but de séduire Darcy. On a déjà vu des histoires plus tordues.

Alanna n'avait pas l'air convaincue, mais il ne voyait pas d'autre explication logique. Quoi qu'elle pense de la relation entre Darcy et Julian, ces deux-là étaient des criminels qui avaient réussi à vivre pendant presque deux décennies avec des enfants qui n'étaient pas les leurs. Ils étaient donc tout à fait capables de manipuler des gens. Darcy pouvait très bien avoir profité de la solitude et du désespoir d'un type qui lui aurait rendu visite en prison. Un type qui serait prêt à tout pour elle.

Cependant, Peter avait vu dans ses yeux l'amour qu'elle portait encore à Alanna. S'il l'imaginait assez bien kidnappant des petits qu'elle ne connaissait pas pour tenter de recréer sa « famille » fondée avec Julian, il ne concevait pas qu'elle puisse faire intentionnellement du mal à Alanna en organisant l'enlèvement de sa nièce. Cela ne correspondait pas à son mode opératoire. Certes, elle était suffisamment perturbée pour trouver une justification à ses crimes, mais elle avait volé les enfants en question dans le but de les élever, de les aimer comme les siens. Là, le kidnapping d'Elysia semblait motivé par la colère et la vengeance.

— Je vais essayer de joindre les policiers qui étaient censés surveiller Darcy dans l'Oregon, annonça-t-il à Alanna. Avec un peu de chance, ils se sont déjà renseignés sur les visites qu'elle a pu avoir pendant sa détention, et ils voudront bien partager cette information avec moi. Sinon, je tenterai ma chance avec la prison.

Il chercha dans son téléphone le numéro d'une des gardiennes qui avaient accompagné Darcy à l'enterrement de Julian. Il l'avait contactée quelques jours plus tôt pour l'informer de la possible présence de la fugitive en Alaska.

Elle lui avait paru surchargée de travail, et lui avait répondu qu'elle doutait que Darcy ait pu atteindre si vite le grand nord.

Lorsqu'elle décrocha, il lui exposa la situation. Un long silence suivit.

— Il n'y a rien de sûr, mais Darcy Altier a peut-être été aidée lorsqu'elle s'est échappée du cimetière, finit-elle par répondre.

Peter ravala un juron. Pourquoi ne lui avait-elle rien dit lors de leur première conversation ?

— Aidée par qui ? s'enquit-il.

— On ne sait pas. Un type a fait diversion. Sur le moment, on s'est dit que c'était une coïncidence, mais avec ce que vous me racontez là on aurait peut-être dû regarder ça de plus près… Il est parti en même temps que le reste de la foule. On ne l'a jamais retrouvé.

— C'est grâce à lui que Darcy a pu s'enfuir ? demanda Peter, tandis qu'Alanna s'approchait du téléphone pour suivre la conversation.

— Oui.

— Vous pouvez me le décrire ?

— C'était un homme, plus jeune qu'elle, probablement blanc.

Peter eut un rire acerbe.

— C'est tout ?

— Il pleuvait à moitié, se défendit la gardienne. Il portait un imper sombre, se tenait à une certaine distance et, surtout, on était occupés à autre chose. Il y avait du monde au cimetière, des curieux et des journalistes, plus un groupe de personnes qui enterraient un proche non loin de là. Il a disparu très vite.

— D'accord, soupira Peter. Comme je vous le disais tout à l'heure, un bébé vient d'être kidnappé et on pense que Darcy est impliquée. Avez-vous d'autres informations concernant cet homme qui pourraient nous aider ?

— Non, je suis navrée.

— Vous êtes-vous renseignée sur les visites reçues par Darcy Altier pendant qu'elle était en prison ?

— Oui, bien sûr. Personne n'est venu la voir. Apparemment, elle a eu du courrier, mais les employés de la prison n'ont pas le droit de l'ouvrir. Et rien n'a été retrouvé dans sa cellule après son évasion.

— Et les appels téléphoniques ?

— Elle n'en a passé aucun. Figurez-vous qu'elle avait demandé que les numéros des enfants qu'elle avait kidnappés figurent sur sa liste d'appels autorisés… Évidemment, cela lui a été refusé.

— Merci.

Peter raccrocha. À côté de lui, Alanna retenait ses larmes.

— Je vais appeler mes collègues, lui dit-il. Darcy a forcément été en contact avec son complice, qui qu'il soit. Si quelqu'un lui a écrit en prison, peut-être qu'une de ses codétenues pourra nous renseigner sur son identité. On va le retrouver. Entre-temps…

La sonnerie de son téléphone l'interrompit. C'était son coéquipier.

— Tate ! J'allais justement t'appeler. La nièce d'Alanna…

— … a été kidnappée, je sais. Colter Hayes nous a prévenus il y a vingt minutes. Il faut que tu viennes au poste tout de suite.

— Je suis avec Alanna, précisa Peter, tout en passant un bras autour des épaules de la jeune femme qui semblait sur le point de craquer. On a réfléchi, et on pense que…

— J'ai une piste, le coupa Tate. Fais vite.

Un mince croissant de lune éclairait le ciel d'un gris sombre tandis que Peter se garait sur le parking du poste de police de Desparre. Il n'avait pas encore coupé le moteur qu'Alanna se précipitait déjà vers le bâtiment, Chance sur les talons.

Les dix minutes qu'avait duré le trajet lui avaient paru des heures – et pourtant, Peter avait roulé dangereusement vite. D'après ce dernier, Tate avait une piste, mais elle n'en savait pas plus et ce flou lui était insupportable. Pendant ce temps, la petite Elysia était aux mains d'un étranger…

Alanna n'avait jamais ressenti une joie aussi forte que le jour où elle avait fait la connaissance de sa nièce à la maternité. Lorsque Kensie lui avait déposé la petite dans les bras, elle avait été submergée par un tel flot d'amour qu'elle avait failli fondre en larmes. Cet instant lui avait fait oublier tous les doutes qu'elle avait pu nourrir depuis qu'elle avait abandonné ses « frères » et « sœurs » adorés pour en retrouver d'autres dont elle se souvenait à peine.

Aujourd'hui, Elysia était en danger. Par sa faute.

Quand elle ouvrit la porte du poste de police, Chance manqua la faire tomber en filant à l'intérieur. Il poussa un bref aboiement, auquel un autre répondit : Rebel était là, ce qui signifiait que Kensie et Colter n'étaient pas loin.

Chance galopa jusqu'à la porte réservée au personnel. Alanna hésita. Tout en sachant que sa sœur et son beau-frère ne la tiendraient pas pour responsable de ce qui leur arrivait, elle craignait leur réaction. Mais bientôt, Kensie accourut vers elle, suivie de son mari, qui s'appuyait sur une canne – sa blessure de guerre avait dû se réveiller. Avant même que Peter ait fini de passer la porte, ils la serrèrent dans leurs bras tandis que Chance et Rebel couraient en cercle autour d'eux.

— Je suis désolée, bredouilla Alanna en se dégageant de leur étreinte.

Dans le regard de Colter, l'inquiétude se mua en détermination.

— Il ne faut pas, trancha-t-il. Tu n'y es pour rien. On doit se concentrer sur les recherches.

Alanna acquiesça en essuyant les larmes qu'elle n'avait pu retenir.

— Qu'est-ce qu'on sait, pour l'instant ?

À cette question, Tate apparut, une liasse de papiers à la main.

— On a appris des choses auxquelles on ne s'attendait pas, répondit-il.

— C'est-à-dire ?

— Allons nous asseoir dans la salle de conférences.

Alanna, sa sœur, son beau-frère, Peter et les deux chiens lui emboîtèrent le pas, et ils se serrèrent tous dans la petite pièce.

— Les parents des deux enfants kidnappés sont arrivés tard dans la soirée, commença Tate.

Il jeta un coup d'œil à sa montre.

— Techniquement, c'était hier. On leur a laissé le temps de se retrouver, puis on a discuté avec eux de ce qui s'était passé.

— Excusez-moi, l'interrompit Kensie, les yeux rougis et serrant la main de son mari comme on s'accroche à une bouée de sauvetage. Qu'est-ce que cela a à voir avec Elysia ? Avez-vous une idée d'où elle peut être ?

Visiblement fatigué, Tate reposa la pile de documents sur la table et se frotta le front.

— Nous pensions que les enfants avaient été enlevés par Darcy, mais ce n'est pas le cas.

— Pardon ?

Alanna eut l'impression que le sol se dérobait sous ses pieds. Alors qu'elle cherchait un appui autour d'elle, Peter la retint par le bras.

— C'est bien elle qui les a kidnappés, non ? demanda-t-elle

en regardant les deux policiers tour à tour. Elle les avait avec elle dans la cabane…

Dans la seconde, oui, mais dans la première ? s'interrogea-t-elle soudain. Elle avait vu Darcy s'en échapper en courant. Où étaient les petits à ce moment-là ?

— Darcy Altier est impliquée, bien sûr, précisa Tate. Mais…

Il les regarda tous, appuyés contre le mur et se soutenant les uns les autres, avec les deux chiens qui semblaient monter la garde devant eux.

— Vous ne voulez pas vous asseoir ?

— Crachez le morceau, bon sang ! explosa Colter. Qu'est-ce que vous savez ?

— D'après les enfants, ce n'est pas Darcy qui les a enlevés. Le petit garçon a parlé d'un homme beaucoup plus jeune qui les a pris et les a ramenés auprès d'elle.

— J'ai contacté l'une des gardiennes qui accompagnaient Darcy à l'enterrement de Julian, intervint Peter. Le kidnappeur est sans doute le même homme qui lui a permis de s'échapper ce jour-là. Il faut appeler la prison pour savoir qui lui a écrit pendant qu'elle y était enfermée. Elle a dû rencontrer quelqu'un, échanger des courriers avec lui et le convaincre de l'aider.

Était-ce réellement ce qui s'était passé ? se demanda Alanna. Ou bien l'explication était-elle beaucoup plus simple ? Elle se sentit vaciller tandis que Tate reprenait son récit.

— Apparemment, quand vous avez retrouvé Darcy à la première cabane, cet homme avait déjà emmené les deux enfants à la seconde adresse à bord de son véhicule. Darcy a déclenché l'avalanche pour avoir le temps de s'enfuir et d'attendre son complice à un endroit convenu. Lorsque vous êtes arrivés au deuxième chalet, l'homme était sorti. C'est pour ça que Darcy n'avait nulle part où aller. Elle était censée effacer leurs traces et le rappeler pour qu'il vienne les chercher, elle et les petits.

— On a un nom ? s'enquit Peter. Darcy a été interrogée ? Sinon, je peux appeler la prison tout de suite pour leur mettre la pression…

— Ce n'est pas nécessaire, murmura Alanna. Je sais qui c'est.

Elle regarda Kensie et Colter en secouant la tête. Comment avait-elle pu ne pas y penser plus tôt ?

Darcy repérait des enfants qu'elle croyait être les siens, mais jamais elle n'en avait kidnappé elle-même. C'était Julian qui s'en était chargé. Maintenant qu'il était mort, qui serait prêt à prendre sa place, à tout faire pour offrir une nouvelle famille à Darcy ?

— C'est mon grand frère, Johnny.

# 16

— Johnny est bien le kidnappeur, confirma Tate. Nous n'avons pas de photo récente de lui, mais nous en avons montré une aux enfants qui date d'il y a cinq ans, au moment de l'arrestation des Altier. Ils l'ont reconnu.

— Pourquoi a-t-il fait ça ? demanda Kensie d'une voix tremblante.

Elle se serra contre Colter, qui affichait une expression de fureur qu'Alanna ne lui avait jamais vue.

— Pourquoi a-t-il kidnappé ces enfants ? répéta Kensie. Pourquoi a-t-il pris Elysia ?

— Il est…

Alanna ravala un sanglot, avant d'inspirer profondément pour tenter de maîtriser ses émotions. Ce n'était pas en se focalisant sur ses erreurs passées et sur ce qui pouvait arriver de pire à sa nièce qu'elle la sauverait. Elle devait se concentrer sur ce qui avait fait de Johnny un voleur d'enfants. Peut-être parviendraient-ils ainsi à déterminer où il se cachait et comment l'arrêter.

— Il est le premier à avoir été enlevé par les Altier, expliqua-t-elle. Il avait cinq ans. En grandissant, il a quasiment oublié sa vraie famille.

— Il a refusé de te parler après ton retour à Chicago, se rappela Kensie.

Elle fronça les sourcils, fouillant dans ses souvenirs.

— C'est lui qui nous a tiré dessus il y a cinq ans, devant le chalet, n'est-ce pas ? C'était lui, avec le pistolet ?

Alanna acquiesça. Elle aurait tellement voulu la détromper… Si seulement elle avait réussi à établir le dialogue avec Darcy !

— Il ne fera pas de mal à Elysia, affirma-t-elle.

De cela, elle était certaine. Jamais Johnny ne s'en prendrait à un enfant.

— Alanna, intervint Colter avec une colère contenue, je sais qu'il a été comme un grand frère pour toi pendant de nombreuses années, mais…

— Je ne cherche pas à lui trouver des excuses, le coupa-t-elle.

L'idée que Johnny puisse être impliqué dans cette affaire lui tordait le ventre. Elle avait beau n'avoir aucun lien de sang avec lui, elle le considérait encore comme son frère. C'est auprès de lui qu'elle avait trouvé du réconfort juste après son kidnapping, quand elle se sentait seule et terrifiée. Il lui avait promis qu'il prendrait toujours soin d'elle, qu'il resterait toujours à ses côtés. Il lui avait dit qu'ils étaient liés pour la vie.

Tout s'était écroulé il y a cinq ans. Dès l'instant où Alanna avait glissé ce mot entre deux billets dans l'espoir d'attirer l'attention de la police, l'amour fraternel de Johnny avait laissé place à la confusion, puis à la haine. Lorsque Kensie et Colter étaient venus la sauver, Johnny avait imité Darcy en s'emparant d'une arme. Par la suite, il n'avait plus jamais adressé la parole à Alanna.

Le kidnapping d'Elysia s'inscrivait forcément dans la continuité de cette rancœur. Si la jeune femme ne voyait pas Darcy se venger de la sorte, elle n'avait aucune peine à imaginer son grand frère recourant à de telles extrémités.

— Johnny n'a gardé contact qu'avec Sydney, précisa-t-elle. Les parents de Drew et de Valerie leur interdisent d'échanger avec nous – et, d'après ce que j'ai compris, ils les surveillent de près. Quant à moi, je suis tombée en disgrâce auprès de lui.

Alanna baissa les yeux. Elle regrettait de n'avoir pas fait plus d'efforts pour sauver sa relation avec Johnny. Mais tous ses coups de fil étaient restés sans réponse, toutes ses lettres et tous ses e-mails aussi. Au fil du temps, elle avait perdu espoir. Elle ne lui écrivait plus qu'une ou deux fois par an, en sachant pertinemment qu'il ne lirait pas ses courriers.

Si elle avait persévéré, en seraient-ils là aujourd'hui ?

— Que dit Sydney ? la pressa Kensie.

— Johnny est retourné vivre en Alaska. Quand ses parents biologiques sont venus le chercher, il avait déjà vingt-trois ans. Il les a suivis dans le Colorado, mais apparemment il ne s'y est jamais senti chez lui. La dernière fois que j'ai eu Sydney au téléphone, elle m'a raconté qu'il avait quasiment coupé les ponts avec eux. Je crois qu'ils ont renoncé à l'idée de reconstruire une relation. Il n'en a tout simplement pas envie.

Aussi terrible que cela puisse paraître, Johnny ne se connaissait qu'une seule famille : les Altier. Et Alanna l'avait fait imploser en révélant leur secret au grand jour. À cause d'elle, il s'était retrouvé seul.

— Ce gamin – ou plutôt ce jeune homme, puisqu'il a maintenant vingt-huit ans – a dû être anéanti par la mort de Julian, avança Peter. Mais il a vu là une opportunité d'aider Darcy à s'évader. Il s'est rendu dans l'Oregon pour assister à l'enterrement, où il a détourné l'attention des gardiennes pour permettre à Darcy de s'enfuir. Ensuite, ils ont rejoint l'Alaska ensemble et ont sans doute décidé de kidnapper des enfants en chemin. Ou alors tout était déjà prévu avant, s'ils ont correspondu pendant que Darcy était en prison.

— Non, je crois que les derniers enlèvements ont été décidés sur un coup de tête, répondit Alanna.

Darcy lui avait expliqué comment cela s'était passé pour

elle : en la voyant jouer dans son jardin, elle avait « su » qu'Alanna était des leurs. Or, en entrant dans la deuxième cabane, cette dernière avait été frappée par la ressemblance de la fillette et du petit garçon avec elle et Johnny aux mêmes âges.

— Darcy a dû croiser ces enfants et ressentir un lien très fort avec eux, dit-elle. Alors Johnny les lui a ramenés, comme Julian l'avait fait avant lui.

Alanna rougit en se rendant compte que la seule information qu'elle avait tue cinq ans plus tôt prenait soudain une importance cruciale.

— Et Johnny savait comment faire, parce que…

Elle ferma les yeux, regrettant que son frère ait été mêlé à de telles pratiques. Comment aurait-il pu retrouver une vie normale après cela ?

— Parce que quoi ? demanda Colter en s'avançant vers elle.

Rebel suivit le mouvement de son maître. La chienne l'avait accompagné dans toutes ses missions à l'armée et percevait le moindre changement dans ses émotions.

— Quand Darcy et Julian nous ont kidnappés, Johnny et moi, ils ont chaque fois profité d'une occasion qui se présentait à eux, expliqua Alanna sans oser regarder sa sœur et son beau-frère en face. Mais avec les autres, ils ont *créé* ces occasions. Ils ont repéré Sydney sur une aire de jeux et ont demandé à Johnny de l'attirer loin de ses parents pour qu'ils puissent l'attraper.

— Pardon ? s'écria Kensie, à la fois horrifiée et incrédule – elle se demandait sans doute ce que sa sœur lui avait caché d'autre. Tu ne m'en as jamais parlé !

— Cette information ne figure pas non plus dans les rapports de police, observa Tate, les yeux plissés.

Peter, lui, ne dit rien, et elle fut rassurée qu'il continue de lui tenir la main.

— Johnny n'avait que treize ans, leur rappela-t-elle.

Avait-il vraiment le choix ? Je ne voulais pas qu'il ait des problèmes avec la justice alors qu'il n'avait fait qu'obéir aux gens qu'il considérait comme ses parents. Je ne voulais pas qu'il aille en prison.

— Il était mineur, souligna Peter d'une voix douce. Il n'aurait pas été incarcéré.

Il dut percevoir la détresse et la honte dans son regard, car il ajouta :

— Ce n'est pas tout, n'est-ce pas ? Que s'est-il passé pour Valerie et Drew ?

Alanna s'éclaircit la gorge, puis elle se força à s'adresser à Kensie et à Colter.

— Pour les deux derniers enlèvements, Julian a demandé à Johnny de distraire les parents en prétendant qu'il avait besoin d'aide, pendant que lui s'occupait des enfants.

Elle baissa la tête, ne supportant pas la déception qui se peignait sur les visages de sa sœur et de son beau-frère.

— Je ne l'ai su qu'après, ajouta-t-elle, comme si cela changeait quelque chose.

— Il était plus âgé, fit remarquer Tate. Il devait avoir dix-sept ans pour Drew, et vingt et un pour Valerie. C'était un adulte.

— Oui, admit-elle. Mais lui aussi était une victime. Il n'a pas choisi cette situation ! Darcy et Julian l'ont kidnappé alors qu'il n'avait que cinq ans. Même s'ils lui ont donné beaucoup d'amour, il n'a eu personne de son âge pour le réconforter au début, contrairement à nous. À chaque nouvelle arrivée dans la famille, il a vraiment joué le rôle du grand frère protecteur et rassurant. Si Drew et Valerie ne se souvenaient pas de leurs parents, Sydney et moi étions tiraillées entre la vie qu'on avait connue et celle qu'on menait au sein de cette famille aimante. Johnny nous a beaucoup aidées.

Elle regarda Kensie, la suppliant silencieusement de lui pardonner.

— Je suis désolée, dit-elle. Si j'avais imaginé…

— Tu as voulu protéger quelqu'un que tu aimais, l'interrompit sa sœur. Je comprends pourquoi tu n'as rien dit.

Pourtant, elle gardait les poings serrés. Elle se sentait trahie, cela ne faisait aucun doute.

— Je suis vraiment désolée, répéta Alanna.

Mais elle eut l'impression de parler dans le vide. Ses excuses arrivaient sans doute trop tard. En voulant bien faire, elle avait réussi à se mettre tout le monde à dos. Sauf une personne, peut-être : Peter, qui ne lui avait pas lâché la main. Elle se retint de le regarder, de peur d'affronter là aussi un jugement.

— Qu'est-ce qui va se passer, maintenant ? demanda Tate alors que le silence s'éternisait. Qui décide, entre Darcy et Johnny ? Vu qu'elle est de nouveau en prison, il va sans doute chercher à la venger, non ?

Il jeta un coup d'œil gêné vers Kensie et Colter, avant de reporter son attention sur Alanna.

— Vous avez dit qu'il ne ferait pas de mal à Elysia. Qu'est-ce qu'il cherche, alors ?

La jeune femme sentit quatre paires d'yeux braqués sur elle, attendant une réponse. Malheureusement, elle n'en avait pas.

Il avait vu juste dès le départ.

En observant Alanna qui tentait vaillamment de refouler ses larmes, Peter repensa à la méfiance et à la suspicion qu'il avait ressenties à son égard dès lors qu'il avait compris qui elle était. Six jours seulement s'étaient écoulés depuis, qui lui semblaient une éternité tant ils avaient été riches en rebondissements. Au bout du compte, son intuition avait été la bonne. Il s'était juste trompé de personne.

Quand tout avait commencé, il s'était dit que l'auteur des

enlèvements pouvait être un des enfants kidnappés et élevés par les Altier, quelqu'un qui avait tissé des liens si forts avec eux qu'il serait prêt à tout pour faire plaisir à Darcy. Cela s'était déjà vu. Dans un premier temps, on fait semblant d'être loyal dans l'espoir d'être épargné par ses geôliers, puis cette loyauté devient réelle, sincère. Peter pensait qu'Alanna avait été victime de ce processus psychique. En réalité, il s'agissait de son « grand frère ».

La jeune femme avait gardé de Johnny le souvenir d'un garçon vulnérable et désorienté, et cette image l'empêchait de voir la réalité en face. Peter, lui, était nettement plus objectif. Il savait que cet homme représentait un réel danger pour eux tous.

Il aurait dû éprouver de la compassion pour lui ; seulement, cette histoire le replongeait dans l'enfer du traumatisme qu'il avait subi deux ans plus tôt, à cet instant où, couvert de sang et de sable, il avait compris que sa carrière de reporter de guerre était terminée. L'envie de se toucher l'oreille le saisit, mais il se contrôla et tâcha de réfléchir à ce qu'il venait d'apprendre.

Ainsi, Johnny avait enlevé les deux enfants. Darcy les avait certes repérés, mais c'était lui qui avait agi. De quoi d'autre était-il capable ? Jusqu'où irait-il pour se venger d'Alanna, pour lui faire payer les souffrances qu'elle lui avait infligées ?

Inconsciemment, Peter serra plus fort la main de la jeune femme, qu'il tenait toujours dans la sienne. Il n'avait vraiment pas hâte de découvrir les réponses à ces questions.

En face d'eux, Tate considéra leurs mains jointes avec une moue sceptique. Peter se fichait de ce qu'il pensait. De toute façon, son job était déjà sur la sellette. Si on l'avait appelé au poste, si on acceptait de l'associer à l'enquête, c'était sans doute davantage en raison de sa proximité avec Alanna que pour ses compétences de policier.

Après l'arrestation de Darcy à l'extérieur du deuxième chalet, Hernandez lui avait passé un savon mémorable. Puis elle lui avait suggéré de prendre quelques jours de congé. Elle devait réfléchir à son avenir au sein de la police de Desparre, lui avait-elle dit. Il avait déjà de la chance qu'elle ne lui ait pas directement réclamé son arme et son badge...

Pour l'instant, néanmoins, sa situation personnelle importait peu. Il ne pouvait pas se permettre de s'en inquiéter. La priorité était de retrouver la nièce d'Alanna et d'assurer la sécurité de la jeune femme.

Il la força à se tourner vers lui, à oublier un instant la pression familiale pour se concentrer sur l'homme qu'elle appelait son frère.

— À ton avis, qu'est-ce que Johnny essayait de faire ? lui demanda-t-il. Es-tu certaine qu'il a enlevé ces enfants parce que Darcy les lui avait désignés ?

Alanna le regarda d'un air interrogateur, tout en caressant son chien de sa main libre. Chance lui donna un petit coup de museau pour l'encourager.

— Qu'est-ce que tu veux dire par là ?

— Je crois me souvenir que tu as décidé d'écrire ce mot il y a cinq ans parce que Johnny avait rencontré quelqu'un et commençait à évoquer la possibilité de se marier. Est-ce qu'il n'aurait pas pu kidnapper ces enfants pour lui ? Qui était cette femme qu'il voulait épouser ?

Alanna haussa les épaules.

— Je me souviens à peine d'elle. En fait, Darcy et Julian faisaient davantage confiance à Johnny. Ils lui laissaient plus de liberté – d'après eux, il l'avait mérité. Il a rencontré une fille en ville, et ça a été le coup de foudre. Nos parents étaient sceptiques. Ils lui ont dit qu'il fallait faire attention, qu'il fallait préserver les secrets de la famille, mais Johnny a quand même continué à la fréquenter. Quand la vérité a éclaté et que nos visages ont fait la une de tous les journaux, elle s'est enfuie en courant.

— Donc, tu ne penses pas qu'il pourrait essayer de fonder sa propre famille ? Qu'en kidnappant Elysia il assouvit à la fois son envie de paternité et son désir de vengeance ?

Peter espérait presque que cette explication était la bonne, car dans ce cas Johnny prendrait soin d'Elysia, plutôt que de la tuer…

— Non, répondit Alanna d'un ton convaincu. Je crois vraiment qu'il cherche à recréer la famille qu'il avait avant.

— Mais c'est impossible ! Tu dis qu'il ne veut plus te parler, que Drew et Valerie ont coupé les ponts avec tout le monde… Il ne reste que Sydney, non ?

— C'est la seule qui continue à avoir de ses nouvelles de temps en temps. Mais c'est aussi celle qui se rappelait le mieux sa famille de naissance quand on habitait ensemble. Elle avait six ans lorsque les Altier l'ont kidnappée. Ils ont toujours eu peur qu'elle dise ou qu'elle fasse quelque chose qui nous mettrait en danger. Aujourd'hui, elle a vingt et un ans, elle va à l'université. Elle a sa propre vie, bien différente de celle qu'elle a connue à Desparre. Elle m'a confié plus d'une fois qu'elle ne retournerait jamais en Alaska. Je suis sûre qu'elle l'a dit aussi à Johnny.

— D'après vous, il a plutôt décidé de se trouver de nouveaux frères et sœurs, alors ? intervint Tate.

— Oui, c'est ce que j'imagine.

— Et là-dessus, vous débarquez. Vous contrariez ses plans, donc il kidnappe Elysia.

Peter fronça les sourcils. Son coéquipier avait-il raison ? Peut-être était-ce suffisant en effet pour Johnny de savoir qu'Alanna souffrait, mais quelque chose lui disait qu'il ne se contenterait pas de cela. Tout ce qu'Alanna avait raconté de lui suggérait qu'il avait été profondément traumatisé dans son enfance ; il semblait avoir le profil psychologique de l'homme qui dirige toute sa colère et toute sa rage sur la cible la plus accessible. Or à quoi servait cette rage si la cible en question ignorait d'où venait son malheur ?

— Avez-vous vu Johnny au chalet ? demanda Peter à Kensie et à Colter. A-t-il laissé un indice de son passage ? Un message pour Alanna ?

— Rien du tout, répondit l'ancien soldat. Elysia était dans son berceau, dans la chambre du fond. Avec Kensie, on s'était endormis près du feu. C'est Rebel qui nous a réveillés ; elle essayait d'entrer dans la chambre, et cela la rendait folle. Elle a beau être à la retraite, elle a gardé l'esprit militaire... On a accouru, et on s'est rendu compte que la porte était fermée à clé de l'intérieur. Comme je n'osais pas l'enfoncer de peur de blesser Elysia, j'ai fait le tour par l'extérieur. La fenêtre était ouverte.

Ses mâchoires se contractèrent.

— Notre fille n'était plus dans son lit.

— Vous n'avez rien vu ? Ni dans la chambre ni dans le jardin ? Pas de mot ? le pressa Tate.

— Si on avait remarqué quoi que ce soit, vous ne croyez pas qu'on vous en aurait parlé ?

Colter se passa la main dans les cheveux.

— Excusez-moi. Ma fille n'a que cinq mois, et elle... Il faut absolument qu'on la retrouve.

Tate acquiesça, compréhensif. Il n'en était pas à sa première disparition d'enfant. Peter remerciait le ciel qu'avant d'arriver à Desparre son collègue ait fait l'expérience du travail de policier dans une grande ville.

— Alanna, doit-on s'attendre à recevoir une demande de rançon ?

— Je n'en sais rien, répondit la jeune femme. Mais je sais qui pourra nous répondre. Je veux parler à Darcy.

# 17

— Je ne te comprends pas, lâcha Darcy.

Tate et Peter avaient conduit Alanna dans cette salle d'interrogatoire oppressante où la prisonnière attendait, assise sur une chaise. Ils avaient insisté pour que Darcy reste menottée, puis les avaient laissées seules.

Du moins… en apparence.

La jeune femme jeta un coup d'œil vers la caméra fixée au plafond. Évidemment, les deux policiers pouvaient regarder et écouter tout ce qui se passait dans cette pièce. Elle ignorait en revanche qui d'autre suivait leur conversation.

Darcy avait encore plus mauvaise mine que lorsqu'ils l'avaient retrouvée devant la cabane de Luna. Ses épaules étaient toutes voûtées, et les rides qui encadraient ses yeux et sa bouche semblaient s'être creusées en l'espace de quelques jours.

— Je ne suis pas sûre non plus de bien te comprendre, répliqua Alanna, les mains serrées l'une contre l'autre sous la table.

Elle s'efforçait de garder un ton neutre, de chasser de sa voix la colère et le reproche. Mais Darcy la connaissait mieux que personne. Elle devinait sans doute ce que sa « fille » ressentait.

— Tu m'as laissée partir, à la cabane, dit-elle avec une

confusion sincère. Tu étais là, devant moi, et tu n'as rien fait pour me retenir.

Alanna se crispa, tout en s'empêchant de regarder la caméra qui enregistrait leur échange. Elle n'avait eu aucunement l'intention d'aider Darcy à s'enfuir, mais elle préféra se taire. Mieux valait s'exposer à une accusation de complicité que risquer d'irriter Darcy et de perdre ainsi leur seule chance de retrouver Elysia.

— Tu m'as laissée partir, reprit la détenue, et pourtant tu étais venue accompagnée d'un policier. Pourquoi ? Pourquoi nous as-tu dénoncés il y a cinq ans ? C'est comme s'il y avait deux personnes différentes en toi, Alanna.

Un sourire triste flotta un moment sur ses lèvres. Puis elle fronça les sourcils.

— J'aurais dû m'en rendre compte plus tôt, je suppose. Tu as toujours été partagée entre deux mondes. Je l'ai bien vu au fil des ans, cet air lointain que tu prenais, comme si tu rêvais à la famille dans laquelle tu étais née au lieu de penser à celle qui t'était destinée. Je croyais que ça t'avait passé, jusqu'à ce que tu écrives ce mot… Après tout ce temps, on imaginait pouvoir te faire confiance.

*Encore ces remontrances ?* songea Alanna en réprimant un mouvement de frustration. La culpabilité qu'elle avait distinguée quelques jours plus tôt dans le regard de Darcy, lorsqu'elle avait évoqué l'enfer que ses vrais parents avaient traversé, semblait avoir été oubliée. Mais elle n'était pas là pour obtenir des excuses de Darcy, ni pour tenter de refermer ce chapitre de son existence. De fait, elle ne le refermerait probablement jamais. Elle devrait apprendre à vivre avec ses fantômes – et elle ne doutait pas d'y arriver, grâce à son diplôme en psychologie et à son travail auprès de personnes qui avaient connu bien pires traumatismes.

Non, elle était là pour faire comprendre à Darcy tout le tort qu'elle avait déjà causé et qu'elle causerait encore si elle laissait Elysia aux mains de Johnny. Elle espérait lui ouvrir les yeux, l'amener à choisir le bonheur de celle qui avait été sa fille et qui ne l'était plus, plutôt que la colère de l'homme qui l'appelait encore maman.

Posant les bras sur la table, elle s'apprêtait à parler quand Darcy la devança :

— Qu'as-tu fait de ta bague ?

Alanna baissa les yeux sur ses mains, gênée. Le jour de ses seize ans, Darcy lui avait offert un anneau serti d'un vieux rubis qu'elle avait elle-même hérité de sa mère. Alanna l'avait vu à son doigt pendant toute son enfance, et à son tour elle ne l'avait pas quitté pendant trois ans. C'était le seul souvenir qu'elle avait ramené d'Alaska, avec les vêtements qu'elle portait le jour où la police avait arrêté les Altier.

À Chicago, tous les membres de la famille Morgan avaient regardé cette bague à la dérobée, sans jamais lui poser la moindre question. Ils ne voulaient pas la brusquer, préférant la laisser se confier à son rythme. De son côté, elle n'avait pas eu le cœur de leur expliquer que Darcy et Julian lui manquaient et que cette bague était le seul lien qui la rattachait encore à eux. Elle l'avait donc rangée dans un tiroir et ne l'avait plus jamais remise.

— Elle n'est pas perdue, répondit-elle. Je l'ai toujours, ne t'inquiète pas.

Elle glissa de nouveau ses mains sous la table et tenta de ramener la conversation à son sujet initial.

— Tu dis que vous pensiez pouvoir me faire confiance. Mais tu as dit aussi que tu m'aimais. Que tout ce que tu voulais, c'était que je sois forte et heureuse.

Darcy eut l'air blessée.

— C'est vrai !

Alanna approcha son visage du sien, sans rien cacher de sa douleur et de sa peur.

— Alors pourquoi as-tu laissé Johnny enlever ma nièce ?

Darcy écarquilla les yeux, visiblement surprise.

— Tu ne le savais pas ? questionna Alanna.

Son trouble était-il réel ou feint ? La jeune femme sentit l'espoir renaître en elle. Peut-être avait-elle une chance de convaincre Darcy, finalement. Si Johnny avait agi seul, elle accepterait sans doute plus volontiers d'aider Elysia. Mais en serait-elle seulement capable ? Saurait-elle comment faire entendre raison à Johnny ?

— Non, je n'étais pas au courant, répondit Darcy quand elle se fut remise de son choc. Ça ne faisait pas partie du plan. J'ignorais que ta nièce était là – bon sang, j'ignorais même que tu avais une nièce ! Je te rappelle que tu ne me parles plus depuis cinq ans.

Elle secoua la tête.

— On voulait juste retrouver le bonheur qu'on avait perdu, ajouta-t-elle tristement. On avait l'intention de ne faire de mal à personne.

— Tu sais pourtant que c'est ce que vous avez fait, n'est-ce pas ? demanda doucement Alanna.

Elle avait envie que Darcy la regarde en face, qu'elle assume ses actes.

— Et tu savais très bien ce que vous faisiez subir à nos familles, à l'époque. Tu essayais de ne pas trop y penser, de te convaincre qu'elles s'en remettraient, que les enfants que vous leur aviez volés étaient heureux. Mais au fond de toi, tu savais que ce n'était pas bien.

Les yeux de Darcy s'emplirent de larmes ; elle cligna rapidement des paupières pour les refouler. Quand elle voulut tendre la main vers Alanna, les menottes l'en empêchèrent.

Alors, la jeune femme se pencha au-dessus de la table et couvrit de sa main celles de Darcy. À peine quelques années plus tôt, elles avaient été douces et lisses, et étonnamment petites par rapport à leur force. Combien de fois avaient-elles soulevé Alanna dans son enfance ? Des centaines, voire des milliers. C'étaient ces mains-là qui lui avaient cousu ses vêtements et construit un bureau d'écolière. Qui avaient essuyé ses larmes et l'avaient tendrement bercée.

À présent, elles étaient sèches et calleuses. Elles paraissaient plus âgées, aussi, comme si elles avaient vieilli de vingt ans au lieu de cinq.

Alanna sentit une vague de culpabilité la submerger. D'habitude, elle se raisonnait en se répétant qu'elle n'avait rien à se reprocher, qu'elle avait fait ce qu'elle avait à faire. Cette fois-ci, elle décida de jouer franc-jeu et de montrer à Darcy toute la complexité de ses sentiments. Peut-être cela l'aiderait-il à en faire autant.

— S'il te plaît, chuchota-t-elle. Elysia n'a que cinq mois. Johnny ne sait pas comment s'occuper tout seul d'un bébé aussi jeune. Et ce n'est pas juste de faire subir ça à ma sœur. Elle a déjà suffisamment souffert.

— Je…

Un muscle tressauta sur la joue de Darcy tandis qu'elle détournait les yeux.

— Johnny a encore une chance de mener une vie normale, insista Alanna.

Était-ce seulement vrai ? Elle en doutait. D'une part, parce qu'il serait poursuivi pour complicité d'évasion et pour l'enlèvement de trois enfants et, d'autre part, parce que tout ce qui s'était passé durant la semaine écoulée prouvait qu'il était bien plus perturbé qu'elle ne l'avait imaginé.

Cependant, elle était certaine d'une chose : s'il voulait s'en sortir, il n'avait pas d'autre choix que de se livrer à la police et de rendre Elysia saine et sauve à ses parents.

Darcy leva vers elle un regard indéchiffrable.

— Je t'en prie, aide-moi à les retrouver, insista Alanna en lui serrant les mains.

— Tu mens, cracha-t-elle, tout en se dégageant brusquement. Je ne vais certainement pas t'aider à envoyer Johnny en prison, comme tu l'as fait avec moi et avec Julian. J'aime mon fils.

Elle la regarda une dernière fois, les mâchoires serrées, le visage fermé.

— Au revoir, Alanna.

Elle avait échoué.

Alanna se tenait devant la salle d'interrogatoire, comme paralysée. Elle redoutait d'aller rejoindre Peter et Tate, alors même qu'ils avaient assisté à l'entretien et en connaissaient déjà l'issue. Mais surtout, elle redoutait d'affronter Kensie et Colter, de leur avouer que la meilleure piste pour retrouver leur fille venait de s'envoler.

Le caractère définitif des adieux de Darcy l'avait bouleversée. Toutefois, elle avait bien vite réprimé ses larmes, en formulant le vœu de ne plus jamais pleurer sur le sort des Altier.

Oui, ils l'avaient élevée avec amour. Mais elle se rendait compte aujourd'hui à quel point ils avaient été égoïstes. Tout ce qu'ils avaient fait, ils l'avaient fait pour eux.

Cinq ans plus tôt, Alanna pensait avoir repris en main son existence, alors qu'en réalité elle était restée coincée entre deux mondes, deux familles. À présent, elle choisissait enfin son camp.

Sauf qu'elle se décidait trop tard.

Tentant de maîtriser son angoisse, elle inspira puis expira lentement, avant de se diriger vers la salle où l'attendaient Kensie et Colter. Dès qu'elle tourna à l'angle du couloir, ils se précipitèrent vers elle, les yeux emplis d'espoir et d'appréhension, puis de déception lorsqu'ils découvrirent son visage.

Kensie déglutit péniblement. Agrippée au bras de son mari, elle prit la main d'Alanna dans la sienne pour la réconforter, demeurant en toutes circonstances la grande sœur aimante et protectrice qu'elle était.

— On trouvera une autre solution, murmura-t-elle d'une voix sourde. Les policiers sont en train de ratisser les bois derrière le chalet. Ils finiront bien par tomber sur quelque chose, un indice ou une piste.

Devinant la détresse d'Alanna, Chance se faufila à travers le petit groupe pour presser sa grosse tête contre sa hanche, tandis que Rebel faisait de même avec Kensie et Colter. Alanna caressa le pelage de son chien ; petit à petit, sa présence rassurante calma les battements effrénés de son cœur.

En lançant un coup d'œil vers Tate et Peter qui se tenaient un peu à l'écart, elle s'aperçut que ce dernier l'observait avec compassion. Après les allégations de Darcy, il aurait pourtant eu des raisons de se poser des questions… À côté de lui, Tate était plongé dans ses pensées, mais elle fut surprise de constater que lui non plus ne semblait pas lui en vouloir.

— Ce que Darcy a dit tout à l'heure…, commença-t-elle.

— Tu as fait de ton mieux, la coupa Peter en s'approchant. Je suis désolé que ça n'ait pas marché.

Alanna cligna des yeux. L'espace d'un instant, elle eut l'impression qu'il n'y avait plus qu'eux deux dans la pièce. Elle comprit à son regard qu'il lui faisait confiance ; jamais il n'avait cru qu'elle avait voulu aider Darcy à s'échapper. Un sourire trembla sur ses lèvres, mais s'effaça aussitôt sous le poids de la réalité.

Elysia avait été kidnappée.

Sans l'aide de Darcy, comment allaient-ils retrouver Johnny ? Et sans l'aide de Darcy, comment ce dernier comptait-il s'occuper d'un nourrisson, tout en fuyant la police ?

— Il n'avait pas prévu de faire ça, comprit-elle soudain.

— Pardon ?

Kensie la dévisageait intensément, ayant sans doute perçu la pointe d'excitation dans sa voix.

— Johnny n'essaie pas de se créer une famille, expliqua Alanna. Sans Darcy, cela n'a aucun sens. Il cherche à se venger, c'est tout.

Enlever Elysia était le seul moyen qu'il avait trouvé pour appâter celle qu'il avait aimée comme une sœur et qu'il détestait à présent de toute son âme. Et Alanna savait où le rejoindre.

Johnny était retourné à l'endroit où tout avait commencé : au chalet des Altier.

# 18

— Qu'est-ce qu'on fait ici ? s'enquit Tate en remontant la fermeture Eclair de son blouson.

Alanna les avait tous entraînés dehors, sur le parking enneigé du poste de police. Debout entre Kensie et Colter, la chienne Rebel semblait elle aussi attendre une réponse, tout comme Peter, qui caressait distraitement la tête de Chance.

En leur annonçant qu'elle avait besoin de prendre l'air, Alanna avait espéré que Tate resterait à l'intérieur – et une petite partie d'elle-même avait prié pour que Peter en fasse autant. Car si l'un ou l'autre refusait de la suivre, alors sa nièce courrait un danger encore plus grand.

— Vous devriez peut-être rentrer au chaud, leur suggéra-t-elle le plus sincèrement possible.

— Vous savez où Johnny se cache, c'est ça ? devina Tate.

— Quoi ? souffla Kensie. C'est vrai ?

Alanna soutint le regard de sa sœur, et acquiesça.

— Je crois le savoir. Mais…

Elle lança un coup d'œil aux deux policiers.

— Johnny connaît cette montagne aussi bien que Darcy. Quand on était enfants, les Altier nous ont appris à nous servir d'un fusil au cas où un intrus pénétrerait sur notre propriété, ou si nous croisions le chemin d'un ours solitaire. Malgré mon imprudence de l'autre jour, je suis censée reconnaître les signes d'une avalanche. Nous savons à la fois nous protéger de la nature et l'utiliser à notre avantage.

— En tirant sur un surplomb de neige pour ensevelir des policiers qui étaient pourtant bien cachés, par exemple ?

Tate la scrutait comme s'il cherchait encore à savoir si elle avait pu, d'une manière ou d'une autre, informer Darcy de leur présence le jour où celle-ci avait déclenché l'avalanche.

Alanna laissa sa question sans réponse. S'il tenait à connaître son plan, il n'avait qu'à lui faire confiance.

— Dans ce domaine, Johnny était le plus doué d'entre nous, poursuivit-elle. C'est pour ça que je ne veux pas débarquer là-bas accompagnée de tout un groupe de policiers qui n'auront qu'une idée en tête, celle de l'encercler. Avec Elysia au milieu, c'est trop dangereux.

Peter lui prit la main.

— On fera attention…

— Non.

Elle poussa un soupir, avant de regarder tour à tour les personnes qui l'entouraient.

— Vous vous souvenez de ce que je disais tout à l'heure, sur le fait que Johnny cherchait à se venger ? Eh bien, pour lui, c'est moi la cause de tous ses malheurs.

— On ne le laissera pas te faire du mal, asséna Colter.

Émue par sa loyauté, Alanna le remercia d'un sourire. Elle n'oublierait jamais que son beau-frère avait risqué sa vie pour elle alors même qu'il ne la connaissait pas.

— Je ne pense pas qu'il veuille me faire du mal, répondit-elle, ni qu'il soit prêt à me tirer dessus s'il me voit apparaître. Il a passé cinq ans à m'ignorer complètement. Maintenant, je crois qu'il cherche à établir le contact.

— En kidnappant ma fille ? lâcha Kensie d'une voix tremblante.

Elle se serra contre son mari, retenant ses larmes avec peine. Alanna détestait l'idée que Johnny s'en soit pris à sa sœur pour l'atteindre. Kensie s'était déjà tellement sacrifiée pour elle !

— Il veut me parler, dit-elle.

— Te parler ? répéta Peter en haussant les sourcils. Et après ?

— Je connais Johnny. Si on lui propose de me prendre à la place d'Elysia, il acceptera sans hésiter.

— Un échange ? C'est ça, ton plan ? Il doit y avoir une meilleure solution.

— Eh, vous ne croyez pas qu'on va un peu vite en besogne ? intervint Tate. Dites-nous où Johnny a emmené Elysia, et nous commencerons par surveiller les lieux. Ensuite…

— Vous n'arriverez jamais à vous approcher de lui, le coupa Alanna. Moi, si. Je peux y aller et le convaincre de partir avec moi en laissant Elysia sur place.

— Sûrement pas ! s'exclama Kensie. Je ne veux pas te perdre à nouveau.

— Tu ne vas pas me perdre, lui assura Alanna. Pour l'instant, il me déteste, mais je fais encore partie de sa famille. Tant que je ne le trahis pas en lui ramenant la police, il acceptera ma proposition. Je le sais.

— Alanna…, soupira Peter. Tu ne peux pas prédire sa réaction. Les choses ont changé en cinq ans.

— Tu as vu ce qui s'est passé devant la cabane de Luna, répliqua-t-elle. Darcy a braqué son arme sur toi, mais elle a préféré s'enfuir plutôt que de risquer de me blesser. Johnny est son fils. Il fera pareil.

Peter interrogea Tate du regard. Après un moment d'indécision, son collègue finit par opiner du chef, et Alanna sentit tout son corps se détendre.

Ils la croyaient.

Elle s'autorisa à sourire, parce qu'elle savait que son plan pouvait marcher. Johnny n'avait enlevé Elysia que par vengeance. Jamais il ne ferait de mal à un bébé. Et jamais il n'avait eu l'intention de l'élever seul.

— Tate, il est encore temps pour toi de rentrer, suggéra Peter. Alanna ne nous a pas dit où se cachait Johnny. Rien ne t'oblige à te mouiller dans cette affaire.

Son coéquipier secoua la tête, déterminé.

— C'est grâce à Alanna que nous avons pu sauver les deux enfants kidnappés, parce qu'elle a été capable de deviner ce que ferait Darcy. Si Johnny connaît la région aussi bien que sa mère, il peut nous échapper facilement.

Il jeta un coup d'œil vers Kensie et Colter.

— Nos collègues sont de bons flics, mais une situation comme celle-ci requiert au moins l'une de ces deux choses : un bon négociateur, ou une équipe d'intervention entraînée. Dans le cas présent, je parierais sur notre négociatrice.

— Merci, murmura Alanna.

Elle inspira profondément, avant de se tourner vers sa sœur.

— Johnny est dans le chalet des Altier. Je ne vois pas d'autre possibilité. C'est le seul endroit où il est sûr que je penserai à regarder. Je vais m'y rendre et le convaincre de m'emmener en voiture. Nous laisserons Elysia dans la maison ; comme ça, il sera certain que les personnes qui pourraient tenter de nous suivre passeront d'abord la récupérer. Attention : il est doué pour déjouer les filatures.

— Et si ça ne marche pas ? s'enquit Peter. S'il essaie de s'enfuir avec toi et le bébé ?

— Je refuserai.

Consciente que Johnny serait probablement armé et qu'elle n'aurait peut-être pas le choix, elle ajouta :

— Si je suis obligée de monter dans la voiture avec Elysia, je vous ferai signe. Dans ce cas, et dans ce cas seulement, vous arrêterez Johnny. Sinon, vous nous laisserez partir et irez chercher ma nièce au chalet.

— Et toi ? demanda Kensie. Qu'est-ce que tu feras ?

— Quand nous serons assez loin, je discuterai avec Johnny. Je ne pense pas pouvoir le persuader de se rendre, mais il sait que je ne resterai pas avec lui éternellement, tout comme je ne suis pas restée avec les Altier. Il sera bien obligé de me laisser partir.

Tous la dévisagèrent d'un air inquiet.

— Je vous l'ai dit, il ne me fera pas de mal, insista-t-elle. Il mettra peut-être du temps à me libérer, mais tout se passera bien pour moi, je vous le promets.

Chance poussa un gémissement et appuya sa tête contre sa cuisse, comme pour la supplier de dire la vérité. Elle le caressa en affectant un sourire confiant.

Aujourd'hui, elle allait prouver à sa sœur qu'elle avait enfin choisi sa famille. Et si elle ne survivait pas, elle mourrait en ayant pris soin de sa nièce, tout comme Kensie avait pris soin d'elle.

C'était leur meilleure option.

Peter en était convaincu, même si elle ne lui plaisait pas. Dans d'autres circonstances, il s'en serait remis à ses collègues, en qui il avait davantage confiance qu'en de simples civils pour dénouer ce genre de situation. Mais suivre les règles aurait impliqué de placer des agents autour du chalet et, si possible, de faire venir une équipe du SWAT. Il aurait fallu tenir les chefs informés à chaque étape de l'opération. Et Alanna aurait été écartée de tout danger.

L'idée était séduisante, mais la jeune femme avait raison. Sans elle, ils n'auraient jamais réussi à capturer Darcy. Les Altier avaient appris à Johnny à se servir d'une arme, à se cacher, à se battre. Dans le cas présent, envoyer Alanna au front était leur seule chance de reprendre Elysia à son ravisseur.

Comme Kensie et Colter n'avaient pas protesté, ils étaient

sans doute du même avis que Peter. Et à en juger par la façon dont ils se regardaient – avec un mélange d'espoir, de peur et d'impuissance –, cette solution leur déplaisait autant qu'à lui.

Cela dit, ils n'étaient pas obligés de suivre à la lettre le plan d'Alanna…

Peter savait que sa carrière et celle de Tate n'en sortiraient pas indemnes. Cela l'ennuyait d'entraîner son collègue dans cette périlleuse entreprise, mais après tout Tate était un grand garçon, il avait bien conscience des risques qu'il prenait en participant à leur mission clandestine. Pour sa part, Peter acceptait de renoncer à sa vocation si c'était le seul moyen d'offrir à Alanna l'existence qu'elle méritait auprès des gens qui l'aimaient.

En revanche, il n'était pas prêt à mettre la vie de la jeune femme en péril.

Certes, elle connaissait Johnny, ce dont il était capable et les limites qu'il ne franchirait jamais. Et malgré tous leurs défauts, les membres de cette étrange famille s'étaient aimés les uns les autres. Mais quand l'amour se transformait en haine, tout devenait brusquement imprévisible.

Alanna allait prendre la place d'Elysia pour la sauver. Il leur fallait à présent un plan B, un échange à proposer à Johnny afin de récupérer Alanna. Hors de question de laisser le jeune homme l'embarquer et la faire disparaître à nouveau.

Par moments, Peter trouvait ses proches agaçants. Ses parents, par exemple, le traitaient encore comme un adolescent. Chaque fois qu'ils le croisaient en ville en compagnie d'une fille – comme au café avec Alanna –, ils imaginaient qu'il s'agissait d'un rendez-vous galant, et expliquaient à la pauvre demoiselle que leur fils avait vraiment besoin de se caser. Ses frères et sa sœur n'étaient pas mieux… Plus âgés que lui, tous heureux en ménage et parents de deux ou trois bambins, ils étaient persuadés que ce qu'ils avaient était précisément ce qui manquait à Peter. Que, si seulement il se dépêchait de trouver quelqu'un avec qui s'installer et faire des enfants, il oublierait tout ce à quoi il avait dû renoncer, et tous les efforts qu'il avait dû consentir pour que ses collègues policiers le reconnaissent comme un égal au lieu de le considérer comme un boulet.

Peter avait beau avoir parfois l'impression qu'ils avaient du mal à le comprendre, ils l'aimaient. Ils le soutenaient, et ce, depuis toujours. Alanna méritait la même chose. Elle avait le droit de voir sa nièce grandir heureuse et entourée de ses proches.

Pour être honnête, la jeune femme lui avait fait entrevoir ce fameux bonheur qui était censé lui manquer. Si elle avait vécu en Alaska, il se serait tout à fait imaginé entretenant une relation avec elle, l'épousant même un jour et, pourquoi pas, lui faisant des bébés. Des versions miniatures d'Alanna, peut-être avec ses yeux à lui…

Cela n'arriverait pas. Pour autant, Johnny n'avait pas à décider de l'avenir de sa « sœur ». Même si Peter n'y avait pas sa place, Alanna devrait être libre de fonder son propre foyer et d'élever ses enfants au sein de sa vraie famille, celle qui l'avait cherchée et attendue pendant quatorze longues années.

— Moi aussi, j'ai un plan, annonça-t-il.

Toutes les têtes se tournèrent vers lui. Même Rebel et Chance le dévisagèrent, l'air d'attendre la suite.

— Colter et Kensie, vous ramènerez Alanna chez moi. Laissez les chiens là-bas et attendez mon coup de fil. Ensuite, Alanna partira à bord de sa voiture de location, et vous la suivrez à bonne distance dans votre véhicule.

Les deux bêtes interrogèrent leurs maîtres du regard. Comme ces derniers n'émettaient aucune réserve, Chance aboya, aussitôt imité par Rebel. Ils n'étaient pas d'accord.

— Désolé, mais cette fois-ci vous devrez rester à la

maison, leur dit Peter en sentant un sourire poindre sur ses lèvres – le premier depuis que Kensie avait appelé pour annoncer l'enlèvement de son bébé.

Il se tourna vers Tate.

— Je vais expliquer à la chef qu'Alanna a de bonnes raisons de penser que sa nièce se trouve dans la première cabane où nous nous sommes rendus, celle où Darcy a déclenché l'avalanche. J'aimerais que tu ailles là-bas avec les collègues pour faire en sorte qu'on ait le champ libre.

Tate secoua la tête.

— Je sais ce que tu as derrière la tête. Tu veux me tenir à l'écart, tenter de sauver mon job. Mais ça ne sert à rien. Si tu continues tout seul pendant que je fais semblant de regarder ailleurs, ça revient au même. Rends-toi à l'évidence : je suis déjà mouillé jusqu'au cou, alors je viens avec toi.

— Non, je veux que tu t'assures que les gars vont bien à Luna, et qu'ils y restent suffisamment longtemps pour qu'on puisse faire ce qu'on a prévu de faire.

— Et où suis-je censé dire que tu te caches, pendant ce temps-là ? s'enquit Tate en croisant les bras sur son torse.

— Je suis allé vérifier qu'Alanna et sa sœur ne tentaient pas de rejoindre Johnny les premières, c'est tout.

— Écoute, Peter, tu veux me protéger et je t'en remercie. Mais tu penses vraiment que la chef va croire que je n'étais au courant de rien ? Ce serait mieux que je vienne avec vous. Vous pourriez avoir besoin d'aide.

— On s'en sortira.

Peter n'en était pas si convaincu… Cependant, il ne cherchait pas seulement à préserver la carrière de son coéquipier : il voulait l'écarter de son chemin. C'était une chose de contourner les règles de procédure en essayant d'arrêter un criminel sans le renfort d'une équipe de police. Mais Peter ne lui avait pas tout dit, et Tate n'accepterait jamais l'autre partie de son plan.

— Vraiment, c'est une mauvaise idée, insista ce dernier.

— C'est la meilleure solution, répliqua Peter.

De peur de changer d'avis lui-même, il s'avança vers la porte, avant de se retourner vers Alanna, Kensie et Colter, qui n'avaient pas bougé d'un pouce.

— Allez ! leur lança-t-il. Lorsque vous serez arrivés chez moi, attendez bien que je vous confirme le départ de tous les agents. Il ne faut surtout pas qu'ils puissent rappliquer vite si quelqu'un leur signale un problème au chalet des Altier. Autant profiter de la nuit et de l'effet de surprise.

Peter avait parfaitement conscience que l'opération pourrait très mal tourner, et son estomac se serra à cette pensée. Il devait oublier tout ce qu'il avait appris en formation, et ignorer ce que son bon sens lui criait – à savoir, qu'il commettait une erreur.

Kensie et Colter acquiescèrent et se décidèrent enfin à rejoindre leur pick-up, suivis de Rebel. Alanna, elle, resta plantée où elle était. Elle regardait Peter en secouant lentement la tête, comme si elle se doutait qu'il leur cachait quelque chose.

Avant qu'elle ne devine la vérité, il réduisit la distance qui les séparait et passa un bras autour de sa taille pour l'embrasser. Après quelques secondes de flottement, la jeune femme se laissa aller contre lui et répondit à ses baisers avec une ardeur qui ne fit que le conforter dans sa décision.

Cependant, ce fut elle qui s'écarta la première. Elle resta un long moment le regard plongé dans le sien, puis tourna les talons et courut vers sa sœur et son beau-frère qui l'attendaient dans le pick-up. Après un dernier aboiement adressé à Peter, Chance s'élança derrière elle.

Peter s'apprêtait à ouvrir la porte du poste de police quand Tate le retint par le bras.

— Qu'est-ce que tu mijotes, exactement ?

— Crois-moi, il vaut mieux que tu n'en saches rien,

répliqua-t-il, et il entra dans le bâtiment sans laisser à son collègue le loisir d'insister.

Feignant un air affolé, il se précipita vers Hernandez, qui quitta son bureau pour aller à sa rencontre, les sourcils froncés. Les agents présents dans la salle levèrent le nez de leur écran pour observer la scène.

— Que se passe-t-il ? demanda la chef en dévisageant les deux hommes.

— Alanna, sa sœur et son beau-frère viennent de partir, répondit Tate.

— Je leur ai dit qu'ils pouvaient aller chez moi avec leurs chiens pour se reposer, et revenir ici demain, enchaîna Peter, qui ne voulait pas que son coéquipier s'implique trop dans ce mensonge. Je leur ai promis qu'on les appellerait si on avait du nouveau. Je crois qu'ils vont déposer leurs chiens, mais j'ai bien peur qu'ils repartent aussitôt.

Hernandez plissa les yeux.

— Pour aller où ?

— J'ai entendu Alanna dire à Kensie et à Colter que Johnny avait dû emmener Elysia à la cabane de Luna.

— Qu'est-ce qui lui fait croire ça ? J'ai suivi sa conversation avec la détenue. Darcy Altier n'a pas du tout évoqué cette cabane.

— Alanna a vécu quatorze ans avec elle. Elle est capable de lire entre les lignes. Écoutez, elle se trompe peut-être, mais est-ce qu'on peut vraiment prendre un tel risque ? Il faut s'y rendre. En fait…

— En fait quoi ?

— Je crois que je devrais aller chez moi pour essayer de les retenir. Avec un peu de chance, j'arriverai à me faire entendre d'Alanna.

— Moi, je pars avec les collègues, renchérit Tate. Je ne sais pas ce que Darcy a dit à Alanna, mais elle semblait persuadée que la petite se trouvait à Luna. On ferait mieux d'y aller sans trop tarder.

Peter jura intérieurement. Au lieu de se rendre coupable d'une simple négligence aux yeux de leur chef et du reste de l'équipe – celle d'avoir fait confiance à son coéquipier –, Tate participait activement au mensonge. Mais ses paroles finirent de convaincre Hernandez, qui fit signe à ses hommes de se préparer.

Tandis qu'ils se ruaient dans la salle du matériel pour récupérer les armes lourdes et l'équipement de protection, Peter courut jusqu'à son pick-up et prit la direction de sa maison. Arrivé au coin de la rue, cependant, il éteignit les phares et se gara sur le côté. Puis il descendit de voiture, se glissa le long du mur de l'épicerie et attendit que le dernier véhicule des forces de l'ordre soit sorti du parking.

Alors, il passa un rapide coup de fil, avant de repartir au pas de course vers le poste de police. Sachant qu'un agent serait resté sur place – ils ne pouvaient pas laisser le bâtiment désert avec une prisonnière en cellule –, il se servit de sa carte magnétique pour ouvrir la porte de derrière.

Peter priait pour que le collègue en question n'ait pas l'idée d'aller voir Darcy dans l'heure qui suivrait…

Une petite voix lui hurlait de faire demi-tour immédiatement, mais il l'ignora. Oui, il allait enfreindre la loi. Oui, ce qu'il s'apprêtait à faire allait à l'encontre de tout ce en quoi il croyait. Mais il ne voyait pas d'autre moyen de s'assurer que la femme qu'il aimait ne courait pas tout droit vers sa propre mort.

*La femme qu'il aimait.* Les mots résonnèrent dans sa tête, tellement ridicules au regard du nombre de jours qui s'étaient écoulés depuis leur rencontre, mais tellement vrais…

Il y réfléchirait plus tard.

Sans se laisser le temps d'hésiter, il attrapa le trousseau

de clés dans le tiroir où il était rangé et ouvrit la seule cellule occupée du poste de police de Desparre.

Darcy l'accueillit avec un regard impassible.

— Venez, lui dit-il en la menottant.

Il tenta de l'obliger à se lever, mais elle lui résista, méfiante.

— Vous voulez que votre fils et votre fille soient encore vivants demain matin ? lui demanda-t-il.

Elle se laissa entraîner dehors.

*C'est vous, mon plan B*, songea Peter.

# 19

Il avait extrait une détenue de sa prison. Lui, Peter Robak, si attaché à la loi et si désireux de se faire accepter au sein de la police de Desparre. Comment en était-il arrivé là ? Comment avait-il pu si facilement mentir à ses collègues et commettre un acte susceptible de nuire à la réputation de toute l'équipe ?

Certes, si son plan fonctionnait, Darcy serait bientôt de retour derrière les barreaux. Mais il s'y retrouverait sans doute aussi par la même occasion.

Il tenta de ne pas trop penser aux conséquences de son geste tandis qu'il abordait les virages de la petite route montagneuse. Sa passagère devait les connaître par cœur, mais lui n'avait fait ce trajet qu'une seule fois quelques jours auparavant.

Lorsqu'il était ressorti du poste de police, Peter avait entraîné Darcy jusqu'à son pick-up garé au coin de la rue, en espérant que personne ne les observait derrière un rideau tiré. Puis il l'avait poussée dans le véhicule.

L'espace d'un instant, il avait songé à court-circuiter Alanna en se rendant au chalet pour essayer de troquer directement Darcy contre le bébé. Toutefois, il avait renoncé à l'idée avant même d'atteindre le pied de la montagne : une telle opération serait trop difficile à mener seul. Pour garantir la sécurité d'Elysia, mieux valait la mettre à l'abri d'un éventuel échange de tirs. Peter ignorait en effet comment Johnny réagirait en le voyant arriver avec sa « mère », et il ne lui serait pas aisé de porter un nourrisson tout en tenant en joue le kidnappeur… Par ailleurs, rien ne permettait de prédire ce que Darcy tenterait de faire, même menottée. Si Johnny n'avait probablement aucune envie d'élever un enfant tout seul, elle leur avait déjà prouvé qu'elle était prête à tout pour assouvir son besoin de maternité.

Alanna, elle, n'était pas armée. Elle pourrait s'avancer vers Johnny les mains en l'air pour éviter toute réaction violente de sa part. Et surtout, elle avait demandé à Peter de lui faire confiance… Peut-être réussirait-elle à régler cette affaire pacifiquement. Peut-être Peter ramènerait-il Darcy dans sa cellule sans que personne se soit rendu compte de rien.

*C'est ça*, pensa-t-il amèrement. Et peut-être aurait-il encore un travail demain matin.

Pourtant, aussi infime soit-elle, la chance que tout se termine bien existait réellement. Quelque part devant lui, Kensie et Colter parcouraient la montagne dans leur véhicule, et Alanna dans le sien. Cette dernière était censée leur envoyer un texto une fois arrivée au chalet, puis attendre leur réponse avant de se présenter à la porte. Quand elle repartirait avec Johnny, Peter les prendrait en filature. Pendant ce temps, Kensie et son mari iraient chercher leur bébé et le conduiraient en lieu sûr.

Colter avait promis à Peter de revenir lui prêter main-forte si la situation dégénérait. Malgré sa blessure à la jambe qui l'avait obligé à quitter l'armée, il en avait conservé la mentalité. Il possédait un pistolet et savait évidemment s'en servir, et il pourrait emmener Rebel, même si la chienne était réformée depuis longtemps et avait été entraînée à débusquer des fabricants de bombes. Peter avait côtoyé assez de soldats dans sa vie pour savoir que l'adage « militaire un jour, militaire toujours » était vrai.

Tout en espérant qu'il n'aurait pas besoin d'eux, il se rassurait un peu avec l'idée de pouvoir compter sur des renforts en cas de problème. En tant que correspondant de guerre, il avait toujours bénéficié de la protection de l'armée, et dans son nouveau métier tout se faisait en équipe ; là, il se retrouvait seul. Et la vie d'Alanna était en jeu.

— Vous êtes amoureux de ma fille, n'est-ce pas ?

C'était la première fois que Darcy ouvrait la bouche depuis qu'il l'avait embarquée. Même quand il lui avait passé les menottes, elle n'avait pas protesté.

Il lui jeta un bref coup d'œil, se souvenant des paroles dures qu'elle avait adressées à la jeune femme dans la salle d'interrogatoire.

— Si vous considérez encore Alanna comme votre fille, alors vous m'aiderez à convaincre Johnny de la libérer et de vous prendre à la place.

— C'est donc ça, votre plan… J'avais deviné qu'il y avait un rapport avec mon fils, mais je ne pensais pas que vous me laisseriez partir. Vous devez vraiment aimer Alanna, si vous êtes prêt à enfreindre la loi pour elle. Ou alors vous avez toujours été un flic véreux ?

Peter garda les yeux rivés sur la route, préférant ignorer la provocation. L'opinion que Darcy avait de lui importait peu. En revanche, il se demandait ce qu'elle pensait de leurs chances de sauver à la fois la jeune femme et le bébé sans que personne soit blessé…

Mais il ne lui posa pas la question, et elle continua de l'étudier avec un mélange de curiosité, de méfiance et d'appréhension.

Lui aussi était inquiet. Si sa manœuvre échouait, s'il ne parvenait pas à arrêter Darcy et Johnny après avoir mis Alanna en sécurité, non seulement il finirait en prison, mais en plus il devrait vivre avec la culpabilité d'avoir permis à deux kidnappeurs de s'échapper. Et il ne doutait pas un seul instant que ceux-ci reprendraient bien vite leurs projets là où ils avaient été obligés de les abandonner.

Il agrippa le volant plus fort tandis que la route verglacée se transformait en chemin encore moins carrossable. Les chasse-neige ne passaient pas dans cette partie de la commune, mais les habitants de la montagne étaient des gens coriaces ; ils vivaient à la merci de la nature et de ses caprices, et savaient s'en accommoder.

Peter coula un regard à Darcy. Il espérait que Johnny tenait suffisamment à elle pour oublier ses idées de vengeance. Il espérait aussi qu'il n'avait pas concocté un piège dans lequel ils tomberaient tous…

Soudain, son téléphone vibra dans le porte-gobelet où il l'avait posé. Alanna était arrivée et attendait leur feu vert. Moins d'une minute plus tard, Colter annonça qu'il était en place, caché en retrait de la route. Il ne manquait plus que Peter.

Alors qu'il appuyait sur l'accélérateur, les roues dérapèrent dans la neige, et il parvint de justesse à redresser le véhicule.

— Ce n'est pas le moment de nous mettre dans le fossé alors qu'on est si proches du but, commenta Darcy.

Elle paraissait bien trop calme. Comme si c'était elle qui menait les opérations. Peter chassa bien vite cette pensée.

Ils approchèrent du sommet de la montagne alors que les premiers rayons du soleil commençaient à filtrer à travers la forêt. Peter gara son pick-up sur le bas-côté, suffisamment loin du chalet pour que Johnny ne puisse pas le repérer. Puis il respira un bon coup et envoya un message groupé :

En place aussi. Soyez prudents.

Alanna répondit aussitôt :

J'y vais.

De là où il se tenait, Peter ne distinguait que le bout de l'allée qui menait au chalet. Il vit le véhicule de location d'Alanna s'y engager, puis disparaître derrière les arbres.

À présent, il n'avait plus qu'à attendre.

Le temps s'écoula avec une lenteur insupportable. Peter ne pouvait s'empêcher de pianoter nerveusement sur le volant. À côté de lui, Darcy tendait le cou pour tenter d'apercevoir la maison, en vain. Alanna avait indiqué l'endroit exact où se placer pour rester invisible.

Peut-être devrait-il intervenir… En théorie, il serait capable d'entendre un coup de feu d'ici, mais ce n'était pas le seul moyen de tuer quelqu'un. Et si Alanna était plutôt grande pour une femme et bien plus forte que ne le suggérait sa mince silhouette, Peter avait vu des photos de Johnny datant d'il y a cinq ans : le jeune homme faisait un bon mètre quatre-vingts et semblait au sommet de sa forme. Aujourd'hui, de surcroît, il était plein de rage.

Peter jeta un coup d'œil sur l'horloge du tableau de bord, puis sur l'écran de son téléphone. Dix minutes sans aucune nouvelle. C'était trop.

Alors qu'il tendait la main vers le boîtier de vitesses, un moteur démarra près du chalet. Le « clank clank » lui parut étrangement familier, et il se rendit compte brusquement que c'était le même bruit qu'il avait entendu dehors lorsqu'il se trouvait avec Darcy et Alanna dans la deuxième cabane. La jeune femme avait presque réussi à établir le contact avec sa « mère » ; Peter avait vu dans les yeux de Darcy qu'elle s'apprêtait à renoncer, à accepter l'idée qu'il était temps d'arrêter de fuir. À ce moment précis, cette voiture était passée sur la route avec ses ratés de vieux moteur, et Darcy avait changé d'avis. Johnny était sans doute venu la chercher, et il avait préféré continuer son chemin lorsqu'il avait aperçu le pick-up garé à côté de la cabane.

Une berline fatiguée apparut dans l'allée. Peter attrapa ses jumelles et observa le véhicule qui s'apprêtait à déboucher sur la route.

Johnny se trouvait à l'intérieur, mais du côté passager. Il jetait des regards paranoïaques partout autour de lui, tout en affichant un sourire satisfait. Dans sa main, un pistolet pointé vers le siège conducteur.

Peter braqua les jumelles dans cette direction. Alanna était derrière le volant, les mâchoires crispées. Lorsqu'elle s'arrêta au bout du chemin, elle hocha discrètement la tête : le signal convenu pour indiquer qu'Elysia était bien dans le chalet. Puis la voiture redémarra et disparut.

Peter retint son souffle tandis qu'un deuxième véhicule s'engageait dans l'allée des Altier. Lui-même avança légèrement son pick-up et attendit sur le bas-côté, le pied sur le frein.

— Allez, allez, allez, marmonna-t-il.

— Qu'est-ce que vous faites ? s'enquit Darcy. Suivez-les ! Quand j'ai été arrêtée, Johnny a jeté son téléphone pour qu'on ne puisse pas le localiser. Je n'ai aucun moyen de le joindre. Dépêchez-vous !

Peter brûlait d'enfoncer la pédale d'accélérateur, mais il avait promis.

— Allez ! cria-t-il, exaspéré.

Darcy se tut.

Enfin, un message de Colter tomba sur le portable de Peter.

On a récupéré Elysia.

Sans perdre une seconde, ce dernier plaça le levier de vitesse en position « drive » et accéléra si fort que les roues arrière projetèrent des gerbes de neige derrière elles. Quelques secondes plus tard, ils dévalaient la montagne, à la poursuite de Johnny et d'Alanna.

Cet homme hargneux qui lui pointait une arme sur la tête était le grand frère qui l'avait portée dans la neige pendant près d'un kilomètre, un jour où elle s'était tordu la cheville en jouant. Le grand frère qui l'avait consolée chaque fois qu'elle pleurait parce que sa vraie famille lui manquait. Le grand frère qui lui avait confié son impatience de la voir danser à son mariage.

Quand la vieille voiture roulait sur une bosse ou un nids-de-poule, Alanna grimaçait, en priant pour que Johnny n'ait pas le doigt sur la détente.

Son plan avait fonctionné. Elle s'était avancée jusqu'à la porte du chalet, et Johnny lui avait ouvert avant qu'elle ait eu le temps de frapper. Tout en la tenant en joue, il avait vérifié qu'il n'y avait personne derrière elle. Très vite, Alanna lui avait proposé de partir avec lui et de laisser Elysia dans la maison. Il avait commencé par ricaner, puis il l'avait dévisagée un long moment, avant de la faire entrer pour lui montrer le bébé endormi dans un vieux berceau.

— Je sais que tu n'es pas venue seule, avait-il dit. S'ils essaient de m'arrêter, je te tue, c'est compris ?

Devant la froideur de son ton, elle n'avait pu qu'acquiescer.

— Dans ce cas, allons-y, avait-il ajouté en la poussant dehors. Je n'ai pas besoin du bébé, de toute façon. Mais toi et moi, on a des comptes à régler.

À peine plus de cinq minutes s'étaient écoulées depuis. Avec un peu de chance, Elysia était dans les bras de sa mère à cet instant, en route vers la sécurité du chalet de Colter.

Entre-temps, Johnny s'était contenté de la surveiller. Il lui avait demandé si les policiers allaient les prendre en chasse et les encercler, ce à quoi elle lui avait répondu par la négative. Elle n'avait pas eu le sentiment de mentir, puisque le seul policier dans les parages était Peter et qu'il n'était pas censé les suivre avant d'être sûr qu'Elysia avait été retrouvée. Même alors, il lui faudrait les rattraper…

— Je n'ai jamais voulu te faire du mal, Johnny, murmura-t-elle d'une voix qui trahissait sa peur.

Il eut un rire amer.

— Tu t'es bien plantée, alors.

Elle lui lança un coup d'œil, nota les nouvelles rides qui étaient apparues sur son front, la ligne sévère de sa mâchoire, encore si enfantine il y a cinq ans mais aujourd'hui recouverte d'une barbe de plusieurs jours. À vingt-trois ans, Johnny souriait souvent, même si l'on pouvait déceler quelque chose de triste, de distant, dans son regard. À vingt-huit, il n'y avait plus là que de la colère et de la haine.

Alanna sentit son cœur se serrer. Elle avait détruit sa vie en dénonçant les Altier, et il n'avait pas réussi à s'en reconstruire une meilleure. Si seulement elle avait écrit ce mot des années plus tôt, avant que Darcy et Julian demandent à Johnny d'attirer Sydney loin de ses parents, alors les choses auraient peut-être été différentes pour son grand frère qu'elle aimait tant.

Cette personne existait-elle encore aujourd'hui ? se demanda-t-elle. Ou tout ce qu'il y avait de bon en Johnny avait-il été anéanti ?

Comme elle essuyait les larmes qui l'aveuglaient soudain, il cracha :

— Tu n'as pas le droit de pleurer. Tout ça, c'est ta faute !

Elle secoua la tête, regrettant de ne pouvoir s'arrêter pour discuter avec lui comme ils le faisaient jadis.

— Tu ne nous aimais donc pas ? ajouta-t-il d'une voix moins dure, moins assurée.

C'était la voix du garçon de son enfance, celui qu'Alanna avait consolé quand Sydney, tout juste kidnappée, l'avait frappé en hurlant qu'elle le détestait. Celui dont elle avait soigné les genoux écorchés après qu'il fut tombé du toit qu'ils étaient en train de construire. Celui qu'elle avait eu du mal à suivre lorsqu'il l'emmenait faire des raquettes dans les bois…

— Je n'ai jamais cessé de vous aimer, répondit-elle en relâchant légèrement la pédale d'accélérateur.

— Je ne te crois pas, grommela Johnny.

Cependant, son ton avait perdu un peu de sa fureur, et il écarta insensiblement son arme de la tête d'Alanna.

Une petite lueur d'espoir se ralluma au fond d'elle.

— Il y a une autre solution, Johnny, dit-elle très vite, de peur qu'il l'interrompe. Les choses n'auraient pas dû se passer comme ça. Mais malgré ce que tu as fait, je t'aime toujours. Tu es encore mon frère.

— Et notre mère ? répliqua-t-il. Et notre *père* !

Il pointa de nouveau le pistolet sur elle, et elle vit des larmes briller dans ses yeux.

— Je n'ai pas voulu tout ça, Johnny, tu le sais très bien. Tu sais aussi que ce que Darcy et Julian ont fait est indéfendable. Et ce qu'ils t'ont fait faire encore plus !

— Ils ont pris soin de nous, souligna-t-il, mais il n'avait plus l'air si convaincu.

Elle pouvait le ramener à la raison. Il lui fallait juste un peu de temps.

Alanna ralentit encore. Quoi qu'il ait prévu ensuite, pendant ce trajet au moins elle bénéficiait de son attention pleine et entière. En le faisant durer, peut-être parviendrait-elle à persuader Johnny de se rendre… Mais elle devait quand même garder une distance suffisante avec Peter ; bien qu'elle soit partie très vite – trop vite pour des routes aussi dangereuses –, il n'était sans doute pas très loin derrière.

Alanna était sincère lorsqu'elle disait qu'elle aimait Johnny. Malgré ses crimes, lui aussi avait été une victime, et il méritait une chance de se réinsérer dans la société, de refaire sa vie. Une vie qui ne serait pas construite sur des mensonges, et dans laquelle il serait entouré de gens qui l'aimeraient et le soutiendraient sans conditions.

S'il refusait de saisir cette chance, Alanna n'était pas

prête pour autant à renoncer à sa propre existence. Elle aussi avait le droit de repartir de zéro, de corriger ses erreurs. Par exemple, elle avait bien l'intention de se montrer enfin honnête avec les Morgan au sujet des sentiments confus qu'elle avait éprouvés ces dernières années. Elle comptait aussi se rendre dans le Kansas pour revoir Sydney. Et elle expliquerait aux parents de Drew et de Valerie que son but n'était pas de replonger leurs enfants dans le passé, mais de construire un avenir dans lequel ils feraient encore partie de sa famille.

Enfin, elle voulait dire à Peter à quel point il comptait pour elle. Si elle survivait à ce dernier voyage avec Johnny, elle rentrerait à Chicago. Cinq mille kilomètres, c'était beaucoup pour une relation amoureuse, mais cela n'empêchait pas de tisser des liens d'amitié. Ce serait mieux que rien, même si elle désirait plus.

Cependant, avant de se battre pour Peter, elle devait convaincre Johnny que tout ce qu'il croyait à propos de Darcy et de Julian – et à propos d'elle – était faux.

— Oui, ils ont pris soin de nous, répondit-elle. Mais ils nous ont aussi volé quelque chose. La chance de grandir avec d'autres personnes qui nous aimaient.

Johnny secoua la tête sans rien dire.

— Tu sais, j'ai rencontré tes parents, ajouta-t-elle.

Ils s'étaient présentés à l'hôpital de Luna cinq ans plus tôt, en larmes, impatients de retrouver leur fils. Quand Alanna les avait timidement salués, la mère de Johnny lui avait serré le bras en murmurant : « Tes parents vont être fous de joie. Merci de nous avoir rendu notre enfant. »

— C'est vrai ? s'enquit Johnny.

— Oui. Ils étaient tellement heureux de te revoir !

Son frère avait posé le pistolet sur ses genoux ; et, malgré la colère et la méfiance qui se lisaient encore sur son visage, Alanna y décelait aussi une pointe d'intérêt.

Tout n'était pas perdu.

Alors qu'elle hésitait à lui prendre la main, un pick-up surgit d'un chemin latéral, l'obligeant à freiner brusquement. La ceinture lui coupa le souffle. Mal équipée pour ce genre de terrain, la voiture chassa violemment, glissant sur la route enneigée. Alanna s'entendit crier et elle freina encore, en priant pour que l'ABS fonctionne avant qu'ils ne percutent le véhicule arrêté devant eux.

C'était celui de Peter.

Ils finirent par s'immobiliser contre le flanc du pick-up dans un léger froissement de métal. Puis tout s'enchaîna très vite. Tandis que le policier s'extirpait du véhicule, Johnny attrapa Alanna par le manteau, lui détacha sa ceinture et la tira hors de la voiture par le siège passager. Elle se retrouva dehors, tenue fermement par le bras, un pistolet sur la tempe.

En face d'elle, Peter avait sa propre prisonnière. Bien que menottée, Darcy semblait sereine et souriait tranquillement.

— J'ai un échange à vous proposer, Johnny, cria-t-il. Alanna contre Darcy.

# 20

Peter avait sacrifié sa carrière pour tenter de la sauver. Debout derrière Darcy, il gardait les yeux rivés sur Johnny, qu'il tenait en joue d'une main assurée.

Alanna ravala un sanglot. Malgré la température glaciale, le canon de l'arme était froid contre sa peau. Johnny la maintenait devant lui tel un bouclier humain. Elle sentait son souffle furieux sur le haut de sa tête.

Elle avait failli le convaincre. Mais, comme avec Darcy, elle avait échoué. Une fois de plus, le temps lui avait manqué.

— Johnny…

— Tais-toi, lui ordonna-t-il, avant de s'adresser à Peter. Qu'est-ce qui pourrait m'empêcher de vous tuer et de les emmener toutes les deux ?

— Ne fais pas ça ! cria Alanna en tentant de se dégager malgré la menace du pistolet.

— Je suis policier, répondit Peter calmement. Vous pourriez rater votre cible et blesser votre mère. Pas moi.

Alanna sentit son cœur s'affoler à l'idée de voir son grand frère mourir sous ses yeux.

— Votre sœur m'a appris quelque chose, Johnny, continua Peter. Elle m'a appris que l'amour est plus fort que la haine. Je sais ce que vous éprouvez, tout de suite. Vous vous sentez trahi. Vous êtes en colère contre Alanna. Mais vous l'aimez encore, tout autant qu'elle vous aime.

— Qu'est-ce que vous en savez ?

— Elle ne veut pas vous suivre, poursuivit Peter sans relever sa question. Elle a risqué sa vie pour sauver sa nièce. C'est vous, le grand frère, c'est à vous de la protéger, de faire en sorte qu'elle soit heureuse. Laissez-la partir. Prenez Darcy, disparaissez tous les deux. Ce n'est pas bien, et vous le savez, mais je vous permets de le faire. Je vous demande juste de libérer Alanna.

La jeune femme eut l'impression que Johnny lui serrait le bras un peu moins fort. Elle observa Peter, son expression stoïque, déterminée, et elle fut certaine que son frère ne voyait que cela : un policier entraîné qui n'hésiterait pas à tuer deux kidnappeurs pour sauver une innocente.

Mais Alanna, elle, ne s'arrêtait pas à ce que Peter voulait bien montrer. Au fond de ses yeux bleus, elle distinguait la peur. Et elle devinait qu'il ne tirerait sur Johnny qu'en dernier recours, si celui-ci commençait à appuyer sur la détente de son arme. Il ne le tuerait pas, parce qu'il savait qu'elle l'aimait.

— Allez, Johnny, intervint Darcy. Laisse-la partir.

Alanna fut frappée par l'épuisement et la lassitude qui transparaissaient sur son visage. Elle crut y percevoir aussi des regrets... Darcy prenait enfin conscience du mal qu'elle avait fait.

Au bout de quelques secondes, Johnny se décida à lâcher le bras d'Alanna. Il pointa aussitôt son pistolet sur Peter.

— Viens, Alanna, dit celui-ci, tout en libérant Darcy.

Les jambes tremblantes, elle s'avança prudemment, redoutant qu'un coup de feu ne parte au moindre mouvement brusque. Darcy fit de même de son côté. Au moment où elles se croisaient, cette femme qu'elle avait appelée « maman » pendant des années la regarda intensément, comme si elle cherchait à mémoriser son visage. Un sourire triste se dessina sur ses lèvres, puis elle murmura quelque chose qui ressemblait à : « Pardon. »

Un pas de plus et Peter attrapa le bras d'Alanna pour la tirer derrière lui, tandis que Darcy courait jusqu'à la voiture et se glissait derrière le volant.

— Les clés des menottes ! hurla Johnny à Peter, l'arme toujours braquée sur lui.

Il les lui lança, et Johnny les rattrapa d'une main avant de se réfugier dans la berline à côté de Darcy. Celle-ci démarra sur les chapeaux de roues dans un nuage de neige. Dès qu'ils eurent passé le virage, Peter rengaina son pistolet et attira Alanna dans ses bras, la serrant si fort qu'elle crut étouffer.

— Elle est avec moi, dit-il – elle mit un moment à comprendre qu'il parlait dans son téléphone. Venez vite la chercher. On est presque en bas de la montagne. Darcy et Johnny finissent de redescendre, je vais tenter de les rattraper.

Il raccrocha, puis s'écarta légèrement d'Alanna pour pouvoir la regarder dans les yeux.

— Comment as-tu fait ? lui demanda-t-elle.

— Darcy m'a montré un chemin de traverse qui nous a permis de vous dépasser. Colter et Kensie devraient arriver dans quelques minutes. Moi, je repars tout de suite. Il faut que j'appelle des renforts – j'ai envoyé toute l'équipe à la cabane de Luna, mais depuis le temps ils ont sûrement compris que c'était une fausse piste.

— Peter, tu n'aurais pas dû…

— Ne t'inquiète pas. Tu es plus importante qu'un boulot.

Sans lui laisser le temps de répondre, il plaqua sa bouche sur la sienne et l'embrassa fougueusement. Elle eut à peine le temps de nouer les bras autour de son cou qu'il se dégageait déjà.

— Je vais faire ce que je peux pour les ramener sains et saufs, lui promit-il, tout en lui caressant la joue de sa main gantée.

Au même instant, le pick-up de Colter apparut sur la route. Peter remonta dans son véhicule, lança un dernier regard à Alanna et partit. Elle le suivit des yeux jusqu'au bout, puis se tourna vers Colter et Kensie, la gorge nouée.

Allait-elle perdre quelqu'un qu'elle aimait, aujourd'hui ?

Alanna était tirée d'affaire, mais deux kidnappeurs se baladaient en liberté à cause de Peter.

La culpabilité pesait sur sa conscience. Même s'il avait encore une chance infime de ramener Darcy en prison avant que ses collègues ne se rendent compte de ce qui s'était passé, mieux valait demander de l'aide.

Tandis qu'il roulait sur la route verglacée, à l'affût du moindre chemin que les fugitifs auraient pu emprunter, il décida de ne pas appeler Tate. Il ne voulait pas l'impliquer davantage qu'il ne l'était déjà. À la place, il contacta directement sa chef.

— Où êtes-vous, bon sang ? rugit Hernandez. Et où est passée Darcy Altier ?

— Vous êtes rentrés au poste ?

— On est en route. J'ai reçu un appel de Sam, qui était resté sur place.

— On a retrouvé Elysia Hayes, expliqua Peter. Elle va bien. Mais on a dû l'échanger contre Alanna.

— Et vous, vous avez échangé Alanna contre Darcy, devina Hernandez, avec une fureur dans la voix qui ne laissait aucune place au doute.

Peter pouvait tirer un trait sur sa carrière dans la police.

Il ravala son amertume et s'obligea à se concentrer sur l'instant présent.

— Je suis presque au pied de la montagne, sur la route de Desparre, dit-il. Je me suis lancé à la poursuite de Darcy et de Johnny. Ils circulent à bord d'une vieille berline couleur moutarde. Les plaques sont illisibles, mais vous entendrez le moteur avant de voir la voiture.

— Vous avez intérêt à ce qu'on les retrouve, rétorqua la chef. Pour votre bien, et pour celui de votre coéquipier.

— Tate n'a rien…

Hernandez avait déjà raccroché.

Maudissant son ami d'avoir collaboré au mensonge – quand bien même cela avait permis de le faire passer –, Peter accéléra. Il devait absolument rattraper Darcy et Johnny avant qu'ils n'atteignent la vallée, car alors de multiples voies s'offriraient à eux pour s'évaporer dans la nature. Les Altier avaient réussi à vivre sous les radars pendant dix-huit ans ; même après son évasion, alors qu'on la soupçonnait de se trouver à Desparre et que son visage était connu de tous, Darcy avait quand même échappé à la police. Sans l'intervention d'Alanna, elle serait probablement encore en fuite.

Soudain, un bruit familier parvint aux oreilles de Peter. Celui d'un vieux moteur qui crachotait et n'arrivait plus à démarrer.

Il freina brusquement, certain que Darcy et Johnny l'avaient entendu eux aussi. Lentement, il s'avança vers la trouée qu'il apercevait dans la forêt et qui indiquait sans doute la présence d'un chemin.

Avant de l'atteindre, néanmoins, il gara son pick-up en laissant le contact et en descendit discrètement. Peut-être pourrait-il les surprendre, s'il arrivait à pied plutôt qu'au volant de son véhicule…

Il envoya un texto à Hernandez pour lui signaler sa position, puis écrivit à Colter de ne pas approcher avant que les renforts soient arrivés. Alors, il empoigna son arme, en priant pour que Johnny ne soit pas déjà en train de le viser à travers les arbres.

La voiture n'était nulle part en vue. Et tout à coup, le bruit de moteur cessa. Johnny et Darcy savaient qu'il était là.

*Faites vite*, enjoignit silencieusement Peter à ses collègues tandis qu'il se glissait derrière l'arbre le plus proche. Il ne pouvait pas les attendre. Il ne pouvait pas risquer de laisser les deux criminels s'échapper une fois de plus.

— Je suis meilleur tireur que vous ne le pensez, fit soudain la voix du jeune homme.

Peter se plaqua contre le tronc et scruta les alentours. Johnny l'avait-il repéré, ou cherchait-il à le faire parler pour le localiser ?

— J'ai bien peur de devoir vous emprunter votre pick-up, reprit Johnny.

Où se cachait-il, bon sang ?

— Lancez-moi les clés, et je vous laisserai partir. Sinon, je serai obligé de venir les prendre sur votre cadavre.

Il se trouvait juste devant, à quelques mètres à peine. Darcy aussi, sans doute, à moins que ce soit elle qui tienne le pistolet… Dans ce cas, Johnny s'occupait juste de le distraire pendant qu'elle le contournait, et elle lui logerait une balle dans la tête sans qu'il ait rien vu venir.

Mais alors qu'il filait se cacher derrière un autre arbre, Peter aperçut enfin Johnny. Il parcourait du regard la zone où était garé le pick-up. Darcy se tenait à côté de lui, une main posée sur son bras.

— C'est fini, lui disait-elle tout bas. Tu ne peux pas lui tirer dessus. Ta sœur est amoureuse de lui.

Peter était en train d'ajuster sa visée sur le jeune homme ; les paroles de Darcy lui firent un tel choc qu'il dut fermer les yeux un instant pour reprendre ses esprits. Pourquoi avait-elle dit cela ? Alanna lui avait-elle fait croire qu'elle l'aimait dans le but de le protéger ? Ou ressentait-elle vraiment pour lui la même chose qu'il éprouvait pour elle ?

— Il faut qu'on se tire d'ici, répondit Johnny en chuchotant. Je ne veux pas que tu retournes en prison.

— Moi non plus, je n'ai pas envie d'y retourner. Mais je ne te laisserai pas tuer quelqu'un.

Il la repoussa et brandit de nouveau son pistolet devant lui, mais il semblait un peu moins sûr de lui...

À cet instant, des sirènes retentirent sur la route. Johnny se tourna aussitôt dans leur direction. Peter savait que, s'il faisait usage de son arme contre les policiers, ceux-ci riposteraient. Comme lui, ils avaient appris à tirer pour tuer.

Or ce jeune homme était le frère d'Alanna. Et elle l'aimait encore.

Peter sortit de sa cachette, sans cesser de le tenir en joue.

— Lâchez ce pistolet, lui dit-il. S'il vous plaît.

Johnny fit volte-face. Sa main tremblait.

— Johnny, la décision que vous allez prendre maintenant va déterminer le reste de votre existence. Si vous tirez, mes collègues seront obligés de vous abattre. Je vous en prie, ne me forcez pas à annoncer à Alanna que vous êtes mort. Elle vous aime. Elle veut garder des liens avec vous. Vous avez encore toute la vie devant vous. S'il vous plaît.

Les sirènes se turent tandis que les véhicules de police s'immobilisaient brutalement sur la route. Les agents en descendirent et se positionnèrent à l'abri des portières ouvertes.

— Attendez ! leur cria Peter. Ne tirez pas ! Il va se rendre. N'est-ce pas, Johnny ?

Il s'avança en baissant son arme, sachant que ses collègues avaient le jeune homme dans leur ligne de mire.

— C'est fini, murmura Darcy.

Johnny regarda sa mère, puis jeta son pistolet dans la neige.

Aussitôt, les policiers accoururent pour arrêter les deux fugitifs. Tate était resté en arrière, à l'orée du bois. Il fixait Peter d'un air peiné.

Sa présence ici signifiait qu'il avait au moins sauvé son emploi. *C'est déjà ça*, pensa Peter. Pour le sien, il n'y avait plus d'espoir.

— Donnez-moi votre arme, Robak.

Peter tourna la tête. Hernandez était plantée à côté de lui, la main tendue. Il lui remit son pistolet à contrecœur, et n'attendit pas qu'elle lui demande son badge pour le lui confier également. Sur un signe de la chef, Charlie Quinn les rejoignit et menotta Peter les bras dans le dos.

Le cliquetis des bracelets résonna dans la forêt.

— Vous êtes en état d'arrestation, déclara Hernandez d'une voix lasse.

# Épilogue

Trois semaines plus tôt, lorsque les menottes s'étaient refermées sur ses poignets, Peter avait compris que la carrière pour laquelle il s'était si durement battu avait définitivement pris fin. Il avait lancé un coup d'œil vers Tate, soulagé malgré tout que son ami n'ait pas à subir le même sort.

Pendant les sept jours qu'il avait passés dans la prison de Desparre, il avait interdit à sa famille de lui rendre visite et à Tate de laisser Alanna s'approcher de sa cellule. Hors de question que la dernière image qu'elle ait de lui soit celle d'un prisonnier. Ainsi, quand elle monterait dans l'avion avec Kensie et Colter, elle se souviendrait plutôt du baiser qu'ils avaient échangé sur une petite route de montagne.

Peter n'avait pas voulu qu'elle se croie obligée de l'aider, qu'elle voie dans son arrestation une raison de plus de se sentir coupable, alors qu'il était entièrement responsable de sa situation. Si c'était à refaire, il reprendrait les mêmes décisions sans hésiter, quand bien même les choses ne s'étaient pas très bien terminées pour lui.

À présent, il se trouvait dans l'aéroport le plus proche de Desparre, où il faisait la queue pour enregistrer ses bagages. Lorsque ce fut son tour, il tendit sa pièce d'identité à la dame du comptoir. Le prochain vol pour Chicago partait dans deux heures. En comptant les trois escales du voyage, il atterrirait dans dix-huit heures. Cela lui laisserait le temps de réfléchir à ce qu'il allait dire à Alanna…

La jeune femme savait qu'il avait été placé en détention, mais elle ignorait sans doute qu'il en était ressorti – la chef n'en avait pas informé la presse. Alanna avait appelé plusieurs fois au poste de police, cherchant à parler à Peter. Elle avait réussi à se procurer le numéro de téléphone de Tate, et avait même persuadé Colter de joindre Hernandez. Peter leur avait demandé à tous de rester évasifs dans leurs réponses, et de lui dire qu'il ne fallait pas s'inquiéter pour lui. S'il devait passer cinq ou dix ans derrière les barreaux, il ne voulait pas lui donner de faux espoirs. Tant qu'il n'était pas libre, il préférait couper toute communication.

Quand l'employée lui eut rendu ses papiers, Peter passa au contrôle de sécurité, puis alla se poster devant les baies vitrées donnant sur le paysage enneigé. Ces grandes étendues désertes si propres à l'Alaska allaient lui manquer, mais il reviendrait. Toute sa famille habitait ici. Lorsqu'il leur avait annoncé son projet, ses parents, ses frères et sa sœur l'avaient dévisagé comme s'il avait perdu la tête, avant de se lancer dans une bataille d'arguments pour tenter de le faire changer d'avis. Jusqu'à ce que sa mère lève la main pour réclamer le silence.

— C'est vraiment ce que tu veux ? avait-elle demandé à Peter en le regardant droit dans les yeux.

— Oui.

— Soit. Mais tu rentres au moins une fois tous les deux mois, d'accord ?

Peter avait promis, puis il était passé chez lui pour faire ses valises. Il avait pris de quoi tenir un mois. D'ici là, il espérait être fixé.

Poussant un soupir, il tourna le dos à cette nature sauvage qu'il aimait tant.

Au même moment, un aboiement retentit. Peter crut rêver en voyant Chance galoper vers lui.

— Qu'est-ce que…

Il s'accroupit pour accueillir le chien, qui manqua le renverser en lui sautant dessus.

— Tout doux, mon grand ! Où est ta maîtresse ?

Alors, il la vit qui déboulait dans le hall en traînant sa valise à roulettes, ses longs cheveux bruns flottant derrière elle. Peter se redressa et courut à sa rencontre. Ils s'arrêtèrent à un mètre l'un de l'autre, tandis que Chance trottinait autour d'eux en aboyant joyeusement.

— Assis ! lui ordonna la jeune femme, avant de lever les yeux vers Peter. Qu'est-ce que tu fais là ?

— Et toi ? Je te croyais repartie depuis des semaines !

Elle lâcha sa valise pour planter ses deux mains sur ses hanches.

— J'ai bien compris que c'était ce que tu cherchais, quand Colter et Kensie m'ont dit que tu ne voulais plus jamais me revoir… Pourquoi as-tu fait ça ?

Comme ses yeux s'emplissaient de larmes, Peter lui prit la main.

— Je ne savais pas ce que l'avenir me réservait. Je ne voulais pas que tu te sentes obligée de rester.

— Obligée ? Alors que c'est ma faute si…

— Justement, la coupa-t-il. Ce n'est pas ta faute. Je ne veux pas que notre relation soit fondée sur la culpabilité ou sur l'impression d'être redevable à l'autre.

Elle le regarda un long moment, avant de demander :

— Que s'est-il passé ? La dernière chose que j'ai sue, c'est que tu avais été arrêté.

— En effet. Mais Tate a convaincu la chef d'abandonner les poursuites contre moi, dans la mesure où Darcy et Johnny avaient finalement été retrouvés et incarcérés. Ça m'a évité quelques années de prison.

Alanna eut l'air de se détendre, et un beau sourire éclaira son visage.

— Tu as pu garder ton travail, alors ?

— Non.

Le sourire s'effaça. Peter lui serra la main un peu plus fort, sans pour autant oser se rapprocher. Il était encore tôt pour cela.

— Je ne serai plus jamais policier.

— Je suis tellement désolée, Peter, murmura-t-elle en laissant libre cours à ses larmes. Je ne voulais pas…

— Je t'interdis de t'excuser. Ça m'a fait mal, mais ce n'est pas la première fois que je dois renoncer à un boulot que j'aime. Au moins, cette fois-ci, la décision vient de moi. Je savais ce que je risquais en libérant Darcy. Et je m'en suis plutôt bien sorti, parce que Tate est un sacré bon copain et que Hernandez peut se montrer plus clémente qu'elle n'en a l'air. De toute façon…

— Quoi ?

Peter prit une grande inspiration, soudain nerveux. Il aurait vraiment eu besoin de ces dix-huit heures pour préparer son discours…

— J'ai trouvé un nouveau travail, annonça-t-il. Je vais commencer par une période d'essai, mais je retourne au journalisme.

— Ah.

Un éclair d'inquiétude traversa le regard d'Alanna.

— Tu repars dans une zone de conflit ?

— Non, je vais assurer la couverture des affaires criminelles. Avec mon expérience dans la police et dans le journalisme de guerre, ils ont pensé que j'étais parfait pour ce poste. Ce n'est pas exactement ce que j'imaginais faire, mais je suis content. Et j'espère que tu le seras aussi.

— Oui, bien sûr. Je suis navrée que tu doives renoncer au

métier de policier, et je regrette que… Enfin, je suis heureuse que tu aies trouvé autre chose qui te plaise.

Elle baissa les yeux sur leurs mains jointes.

— Écoute, Peter, je suis revenue ici parce que je ne supportais plus ce silence. Il fallait que je te voie. Je sais qu'on n'a pas passé beaucoup de temps ensemble, mais j'ai…

Elle marqua une pause. Chance vint se coller à elle, comme pour lui dire : *Allez, crache le morceau !*

— J'ai développé des sentiments pour toi, avoua-t-elle. Et j'ai envie de voir où ça nous mène.

— Alanna…

— Laisse-moi finir, s'il te plaît.

Elle s'avança d'un pas, si bien qu'ils se trouvaient presque assez près l'un de l'autre pour s'embrasser. Presque.

— Je sais qu'une relation à distance ne sera pas facile. Mais l'Alaska me manque, je voudrais y revenir plus souvent. Et je crois que Chicago te plairait. Vraiment. Si on faisait le trajet chacun à notre tour quelques fois par an, ça pourrait peut-être marcher…

— Alanna, arrête.

Elle regarda ses pieds, avant de relever les yeux vers lui.

— Je sais que tu tiens à moi, Peter. J'ai bien vu…

— Je t'aime, lâcha-t-il. Ça va vite, j'en ai bien conscience, mais c'est vrai, et je n'ai pas l'intention de renoncer à ça.

Il se rapprocha à son tour.

— Je ne veux pas renoncer à *toi*, Alanna. Moi aussi, je suis prêt à faire quelques allers-retours – mes proches ne me laissent pas le choix, en fait –, mais mon nouveau travail est à Chicago.

Alanna le dévisagea, bouche bée.

— Je sais que ta vie est là-bas, ajouta-t-il doucement. C'est normal que tu aies besoin de passer du temps avec la famille dont tu as été privée si longtemps. Tu le mérites. Et moi, j'ai envie d'être là où tu es.

Comme elle continuait de le regarder sans rien dire, il laissa échapper un rire nerveux.

— Ça fait beaucoup de choses à digérer, mais…

Avant qu'il ait pu finir sa phrase, elle se jeta à son cou et pressa ses lèvres contre les siennes. Quand elle s'écarta enfin, les joues rosies et les yeux brillants, elle murmura :

— Moi aussi, je t'aime, Peter.

Alors, Chance se faufila entre eux deux, et elle éclata de rire.

Peter saisit la valise qu'elle avait abandonnée, prit Alanna par la main et se dirigea à grands pas vers la sortie de l'aéroport.

— Où est-ce qu'on va ? s'enquit-elle en trottinant derrière lui.

— J'ai gardé mon chalet pour quand on reviendra à Desparre. Que dirais-tu qu'on y passe quelques jours, avant de rentrer chez nous à Chicago ?

Alanna s'arrêta brusquement, l'obligeant à faire de même.

— Chez nous à Chicago… J'aime quand tu dis ça.

Elle sourit et l'attrapa par le col pour l'embrasser encore.

Retrouvez prochainement,
dans votre collection

# BLACK ROSE

**Invincibles ensemble, de Lena Diaz - N°667**

LES JUSTICIERS - 2/4

Le visage fermé, le regard dur, Bryson Anton fixe Teagan et marmonne : « Je ne fais plus partie des Justiciers, sortez de chez moi ! » Mais Teagan ne bouge pas. Rien ni personne ne pourra la détourner de sa quête. Car le criminel qui l'a attaquée, enfermée, brutalisée durant des jours, court toujours. Un autre purge sa peine à sa place, et Bryson, l'ancien profileur du FBI, est le seul homme capable de le retrouver…

**Pour l'amour de Rachel, de Nicole Helm**

Chaque nuit, Rachel Knight revit l'attaque dont elle a été victime quand elle avait quatre ans et qui l'a rendue à moitié aveugle… Mais, depuis peu, son cauchemar est différent : ce n'est plus un puma qui l'attaque mais un homme armé d'un couteau. Terrifiée par le réalisme des images qui la hantent, Rachel demande l'aide de Tucker. Tucker qui a grandi avec elle et dont elle sait qu'il fera tout pour la secourir…

---

**Le lac des disparues, de Carol Ericson - N°668**

Alors qu'elle enquête sur une série de meurtres liés à un trafic de drogue dans la région des Grands Lacs, Aria Calletti fait la connaissance de Grayson Rhodes, employé sur le port. Elle le recrute comme indicateur, sans savoir que le séduisant docker travaille sous couverture et qu'il est là pour les mêmes raisons qu'elle. Car sa sœur, mère d'un bébé de sept mois, fait partie des victimes…

**Murée dans le silence, de Rita Herron**

Quel terrible secret cache Peyton Weiss ? Pour faire la lumière sur l'incendie criminel qui a ravagé l'hôpital où Peyton travaillait et où son propre père est mort en tentant de sauver des vies, Liam Maverick interroge la jolie infirmière murée dans son silence. Est-elle menacée ? Protège-t-elle quelqu'un ? Qu'importe les raisons de son mutisme, il est bien décidé à briser ses défenses…

Retrouvez prochainement,
dans votre collection

# BLACK ROSE

### Cet enfant qui est le tien, de Carla Cassidy - N°669

Depuis peu, Eva reçoit des lettres de menaces destinées, de toute évidence, à la chasser de son ranch. Et voilà qu'une nouvelle stupéfiante vient la distraire de ses soucis : Jake Albright est de retour en ville… Partagée entre exaltation et doute, elle appréhende ces retrouvailles. Car bien qu'il ait quitté le Kansas, dix ans plus tôt, à cause d'elle, elle aime encore Jake. Et elle va devoir lui annoncer qu'il est le père de son fils Andy…

### Sauvée malgré elle, de Julie Miller

Indépendante, sûre d'elle, Amy Hall refuse toute forme de protection. Pourtant, lorsque pour la troisième fois sa propriété est la proie des flammes, elle doit bien se rendre à l'évidence : un pyromane en veut à sa vie. Sauvée in extremis par Mark Taylor qui a bravé le danger pour l'extraire des flammes, elle balaye ses réticences et se laisse aller au trouble que le séduisant pompier a fait naître en elle…

---

### La détresse d'une mère, de Cindi Myers - N°670

Alors qu'elle se cache dans une chambre d'hôtel, quatre hommes surgissent et Stacy comprend, terrifiée, que le cauchemar vient de recommencer… Vite, il faut qu'elle protège Carlo, son fils de trois ans, de ces criminels qui sont venus l'enlever ! Car le petit garçon n'a pas choisi d'avoir pour père un baron de la mafia, un truand notoire que Stacy a été contrainte d'épouser parce qu'elle y a été forcée…

### Au centre du danger, de Delores Fossen

Le souffle coupé, Rayanne observe l'homme caché derrière le mur de sa propriété. Que fait ici Blue McCurdy avec qui elle a passé une nuit d'amour, cinq mois plus tôt ? Mais soudain une voiture s'approche, et Blue sort son arme. Rayanne sent alors la panique monter en elle : pourquoi Blue est-il revenu ? Et représente-t-il un danger pour elle et l'enfant – son enfant – qu'elle attend ?

Retrouvez prochainement,
dans votre collection

# BLACK ROSE

**Troublante cavale, de Barb Han - N°671**

« Je vais vous rendre votre vie. » Le cœur battant, Sadie regarde Nick Campbell et s'interroge. Peut-elle faire confiance à ce policier sûr de lui qui, quelques heures plus tôt, l'a arrachée à l'existence paisible qu'elle menait sous une fausse identité ? Mais, surtout, n'a-t-elle pas eu tort de le suivre dans cette fuite éperdue à travers bois alors qu'une bande de tueurs est à leurs trousses ?

**L'empreinte de la vérité, de Cynthia Eden**

Alors qu'il s'apprête à fermer son agence de détectives, Grant voit arriver Scarlett, son amour de jeunesse, qu'il a quittée dix ans plus tôt. D'une voix paniquée, elle lui fait un étrange récit : recherchée pour le meurtre de son ex-petit ami, elle est venue le trouver pour qu'il l'aide à prouver son innocence et à retrouver le véritable assassin dont – elle en est sûre – elle sera la prochaine victime.